명고전집

이 책은 2015~2017년도 정부(교육부)의 재원으로 한국고전번역원의 지원을 받아
수행된 '권역별거점연구소협동번역사업'의 결과물임.

This work was supported by Institute for the Translation of Korean Classics - Grant funded by
the Korean Government.

명고전집 4

明皐全集

한국고전번역원 한국문집번역총서 / 성균관대학교 대동문화연구원

서형수 지음　徐瀅修

장성덕 옮김

이승현

일러두기

1. 이 책의 번역 대본은 한국고전번역원에서 간행한 한국문집총간 261집 소재 《명고전집(明皐全集)》으로 하였다. 번역 대본의 원문 텍스트와 원문 이미지는 한국고전종합DB(http://db.itkc.or.kr)에서 확인할 수 있다.
2. 내용이 간단한 역주는 간주(間註)로, 긴 역주는 각주(脚註)로 처리하였다.
3. 한자는 필요한 경우 이해를 돕기 위하여 넣었으며, 운문(韻文)은 원문을 병기하였다.
4. 맞춤법과 띄어쓰기는 한글 맞춤법과 표준어 규정을 따랐다.
5. 이 책에서 사용한 부호는 다음과 같다.
   ( ) : 번역문과 음이 같은 한자를 묶는다.
   〔 〕 : 번역문과 뜻은 같으나 음이 다른 한자를 묶는다.
   " " : 대화 등의 인용문을 묶는다.
   ' ' : " " 안의 재인용 또는 강조 문구를 묶는다.
   「 」 : ' ' 안의 재인용 또는 강조 문구를 묶는다.
   《 》 : 책명 및 각주의 전거(典據)를 묶는다.
   〈 〉 : 책의 편명 및 운문·산문의 제목을 묶는다.

명고전집 제11권

잡저 雜著

명고전집 제12권

명고전집 제13권

제문祭文

그림 차례

명고전집

제11권

잡저
雜著

잡저 雜著

태백을 논함[1]
泰伯論

신은 다음과 같이 논합니다. 태백(泰伯)의 덕에 대해 사람들이 당시에 칭찬이 없었던 줄만 알고 후대에도 칭찬이 없는 줄은 알지 못합니다. 후대 사람들이 태백에 대해 칭찬하는 것은 단지 성인의 칭찬으로 인하여 반드시 칭찬할 만하다고 여길 뿐입니다. 어찌 칭찬할 만한 실상을 참으로 알아서 조금도 흠잡지 않은 것이 성인과 같을 수 있겠습니까.

태백의 덕으로 말하면 시간이 갈수록 그 자취가 사라져왔습니다. 《시경》의 이른바 "태왕(太王)에 이르러 상(商)나라를 정벌하기 시작

---

1 【작품해제】1783년(정조7) 선시(選試)의 답변이다. 당시 이현도(李顯道), 정만시(鄭萬始), 조제로(趙濟魯), 이면긍(李勉兢), 김계락(金啓洛), 김희조(金熙朝), 이곤수(李崑秀), 윤행임(尹行恁), 성종인(成種仁), 이청(李晴), 이익진(李翼晉), 서형수(徐瀅修), 심진현(沈晉賢), 신복(申馥), 이유수(李儒修), 강세륜(姜世綸) 등의 답변을 뽑았다. 《논어》〈태백(泰伯)〉에, 공자가 "태백은 지극한 덕을 가진 분이라고 할 만하다. 세 차례나 천하를 양보했는데도 백성들이 칭찬할 수가 없었다.〔泰伯其可謂至德也已矣. 三以天下讓, 民無得而稱焉!〕"하였는데, 정조가 이에 대해 질문하였다. 《弘齋全書 卷72 經史講義9 論語》

했다.”는 것은² 위대한 주(周)나라의 도(道)가 태왕이 기(岐)로 옮겨간 뒤에 비롯되었다는 말이지, 태왕이 상(商)나라의 천명(天命)이 아직 다하지 않은 시기에 진실로 주(紂)를 정벌하여 백성들을 위로하려는 마음을 품었다는 뜻은 아닙니다.

《춘추좌씨전》의 이른바 “태백과 우중(虞仲)은 태왕의 아들이었는데, 태백이 따르지 않아 이 때문에 왕위를 이어받지 못하였다.”는 것은³ 태백이 나라를 떠나 왕위를 잇는 서열을 따르지 않았다는 말이지, 태백이 상나라를 정벌하려는 태왕의 뜻을 따르지 않았다는 말은 아닙니다.

그런데 후대의 유자(儒者)들은 이런 뜻을 알지 못하고 천하를 양보한 행적을 가지고 태왕이 상나라를 정벌하려 했다는 설을 분분하게

---

2 《시경》의……것은 : 《시전대전(詩傳大全)》〈시서(詩序)〉에, 정우 진씨(定宇陳氏)가 “왕도의 자취가 태왕(太王)에게서 비롯되었고 왕업이 문왕에게서 점차 커졌다는 말은 태왕에게서 비롯되었음을 미루어 근본한 것이다. 이 시에서 문왕이 명을 받은 것이 또한 태왕이 기(岐)로 옮겨가고부터 비롯되었음을 미루어 근본하였다. 그러나 문왕이 천명을 받은 시점을 오직 우(虞)나라 임금과 예(芮)나라 임금이 송사를 철회한 때로 말하는 것은 인심이 귀의한 것이 곧 천명이 있는 것이기 때문이다.” 하였다.

3 《춘추좌씨전》의……것은 : 《춘추좌씨전》 희공(僖公) 5년 조에, 진후(晉侯)가 또다시 괵(虢)을 치기 위해 우(虞)나라에 길을 빌리자, 궁지기(宮之奇)가 간하기를 “괵은 우의 외곽이니, 괵이 망하면 우가 필시 따라 망할 것입니다. 진나라를 이끌어 들여서는 안 되고 도적질을 거듭해서는 안 됩니다. 한 번 하는 것도 심하거늘 재차 할 수 있겠습니까? 속담에 이와 잇몸이 서로 의지하고 입술이 없으면 이가 시리다고 하였습니다. 아마 우와 괵 사이에 해당하는 말일 것입니다.” 하였다. 우공(虞公)이 “진나라는 우리의 일족이니, 우리를 해치기야 하겠는가?” 하였다. 이에 궁지기가 대답하기를 “태백(大伯)과 우중(虞仲)은 태왕(太王)의 아들인데, 태백이 따르지 않아 이 때문에 왕위를 이어받지 못했습니다. 괵중(虢仲)과 괵숙(虢叔)은 왕계(王季)의 아들로 문왕의 경사(卿士)가 되어 왕실에 공로를 세워 맹부(盟府)에 보관되어 있습니다. 그런데도 장차 괵을 없애려 하니, 우리 우나라를 어찌 아껴주겠습니까.” 하였다.

실증하여, 마치 태백이 태왕의 뜻을 마땅치 않게 여겨 계력(季歷)에게 양보하고 태왕의 뜻을 따르지 않았던 것처럼 말합니다.

태백의 마음은 천지간에 변치 않는 원칙을 지킨 것이고 태왕의 마음은 고금에 통용되는 의리를 따른 것이라고 한 이도 있고, 태백의 지극한 덕은 바로 군신 간의 분수를 지킨 점에 있다고 한 이도 있습니다. 이러한 말들은 태왕을 왜곡할 뿐만 아니라 태백까지도 왜곡한 것입니다.

이 때문에 명유(明儒) 고염무(顧炎武)가 이에 대해 논하기를, "태백이 나라를 사양한 것은 태왕과 관계된 것이 아니고, 문왕이 주(紂)를 임금으로 섬긴 것이 무왕의 덕을 해친 것이 아니다. 지금 태백의 덕을 칭찬하면서 먼저 왕망(王莽)과 조조(曹操)의 마음[4]을 품었다고 태왕에게 뒤집어씌우니, 이것이 어찌 부자(夫子 공자)께서 말씀하신 취지이겠는가." 하였습니다.[5] 아, 고염무는 참으로 사리를 안 사람입니다. 이것이 태백의 덕이 후대에 칭찬받지 못하게 된 첫 번째 이유입니다.

예로부터 중화의 문물로 오랑캐를 교화시킨 성인은 있었지만 오랑캐에게 동화되었다는 성인이 있었다는 것은 들어보지 못했습니다. 이 때문에 부자께서 구이(九夷)에 대해서는 "군자가 머문다면 무슨 더러움이 있겠는가." 하였고, 필힐(佛肹)이 불렀을 때에는 "나를 등용해주는 자가 있다면 내가 동주(東周)를 만들 것이다." 하였으니,[6] 어찌 오랑

---

4 왕망(王莽)과 조조(曹操)의 마음 : 반역의 마음을 뜻한다. 왕망은 전한(前漢)의 신하로서 반역하여 신(新)나라를 세웠고, 조조는 후한(後漢)의 신하로서 반역하여 위(魏)나라를 세웠다.

5 고염무(顧炎武)가……하였습니다 : 고염무의 이 말은 《일지록(日知錄)》권7 〈천하를 세 번 사양하다[三以天下]〉에 나온다.

6 부자께서……하였으니 : 《논어》〈자한(子罕)〉에, 공자가 구이(九夷) 지역에 살려

캐로 인해 자신도 오랑캐가 된 예가 있겠습니까.

태백이 현단복(玄端服)을 입고 위모관(委貌冠)을 쓰고 오(吳)나라를 다스린 일은 자하(子夏)가 본디 말했습니다. 《춘추좌씨전》의 이른바 "머리를 깎고 문신을 했다.[斷髮文身]"[7]는 것은 중옹(仲雍) 때부터 비롯된 일입니다. 그럼에도 한영(韓嬰)은 태백의 일로 간주하여 잘못된 것이 거듭 와전되어 지금에 와서는 고증할 수 없게 되었습니다. 이는 태백이 나라를 사양한 마음을 후세에 드러내지 못할 뿐만 아니라 오(吳)나라를 다스린 예악 문물까지도 까맣게 어두워져 드러내지 못하는 말입니다.

이 때문에 청유(淸儒) 모기령(毛奇齡)이 이에 대해 논하기를, "태백이 형만(荊蠻)으로 달아나 처음부터 성명을 감추고 머리 깎고 문신했다고 하는데, 이 오류는 《사기(史記)》에서 비롯되었다." 하였습니다. 아, 모기령의 이 말은 참으로 변론을 잘한 것입니다. 이것이 태백의 덕이 후대에 칭찬받지 못하게 된 두 번째 이유입니다.

그 외에 실로 세 가지 사양을 갖추었다[8]는 정사농(鄭司農)[9]과 상서로

고 하자, 어떤 이가 "누추한 지역을 어찌하시렵니까?" 하였다. 이에 공자가 "군자가 머문다면 어찌 누추할 게 있겠는가?" 하였다.[子欲居九夷, 或曰: 陋如之何? 子曰: 君子居之, 何陋之有.] 《논어》〈양화(陽貨)〉에, 공산불요(公山弗擾)가 비(費) 땅을 근거로 반란하여 공자를 초빙하였다. 공자가 초빙에 응하려고 하자, 자로(子路)가 "안 가면 그만이지 하필 공산씨에게 간단 말입니까." 하며 불쾌해하였다. 이에 공자가 "나를 부르는 사람이 어찌 괜히 부르기야 하겠는가. 만일 나를 등용해주는 이가 있다면 나는 동주(東周)를 이룩하리라." 하였다.[公山弗擾以費畔, 召, 子欲往. 子路不說 曰: 末之也已, 何必公山氏之之也? 子曰: 夫召我者, 而豈徒哉? 如有用我者, 吾其爲東周乎!]

7 《춘추좌씨전》의……했다 : 《춘추좌씨전》 애공(哀公) 7년 조에 나온다.

8 실로……갖추었다 : 《논어》〈태백(太伯)〉의 '세 번 사양했다[三讓]'라는 것에 대한

운 징조를 보고 계력에게 양보했다는 왕충(王充)의 논의는 모두 견강부회가 아닌 것이 없습니다. 그리하여 성인이 감추어진 것을 드러내어 후세에 천명한 것을, 후세의 유자들은 끝내 그 말에 집착하여 속뜻을 놓치는 지경에 이르렀습니다. 신이 매번 글을 읽다가 이 부분에 이르러서는 반복해 읽으며 탄식하지 않은 적이 없습니다.

오직 주자의 《논어혹문》만은 상나라를 정벌하려는 마음을 품었다는 설을 취하지 않았습니다. 채침(蔡沉)은 주자 문하의 적전(嫡傳)으로서 주자의 가르침을 직접 받아서 《서경》〈무성(武成)〉편의 집전(集傳)에서, "태왕이 본디 상을 정벌하려는 뜻을 갖지는 않았으나 왕업이 실로 여기에서 시작되었다." 하였습니다.

왕백(王柏)과 김이상(金履祥)의 경우에는 누차 집전에서 구설(舊說)을 논척하여 변론하지 않은 점에 대해 의심하였습니다. 또 "상나라가 쇠약해지고 주나라가 강성해졌다.'는 것은 나라의 형세를 말한 것이고, '아들에게 성덕(聖德)이 있었다.'는 것은 세덕(世德)을 말한 것이고, '이에 상나라를 정벌할 뜻을 품었다.'는 것은 천명(天命)과 인심(人心)을 말한 것이고, 집전에서 상나라를 양보했다고 주장한 것은 못난 유자의 식견이다." 하였습니다. 그렇다면 태백의 덕에 대해 칭찬할 만한 점을 참으로 알아서 칭찬한 분은 공자 이후에 주자뿐입니다.

정중(鄭衆)의 견해로, "약을 캔 것〔採藥〕이 일양(一讓)이고, 상에 달려가지 않은 것〔不奔喪〕이 이양(二讓)이고, 머리를 자르고 문신을 한 것〔斷髮文身〕이 삼양(三讓)이다." 하였다. 정현(鄭玄)의 설로 보기도 한다.

9 정사농(鄭司農) : 후한(後漢)의 정중(鄭衆)으로, 대사농(大司農)을 지냈으므로 정사농이라 불린다. 정현(鄭玄)보다 전대(前代)의 사람이므로 경학가(經學家)에서 정중을 선정(先鄭), 정현을 후정(後鄭)이라 한다.

지금 《논어》〈태백〉 편을 강론하시면서 특별히 '태백(泰伯)' 두 글자를 들어 논하라고 명하셨으니, 성상의 뜻도 공자나 주자와 같은 생각에서 나온 것이 아닌가 합니다. 신이 이에 감히 어리석은 생각을 다해 올리지 않을 수 없었습니다. 삼가 이상과 같이 논합니다.

공자가 등용되지 못했기에 여러 가지 기예를 익히게 되었다라고 한 것에 대한 논의[10]

不試故藝論

신은 다음과 같이 논합니다. 성인은 등용되었기에 기예를 익힌 것이지 등용되지 않았기에 기예를 익힌 것이 아닙니다. 전(傳)에 이르기를, "반드시 성인이 천자의 자리에 오른 뒤에야 예(禮)를 논의하고 제도를 만들고 문장을 살필 수 있다." 한 것이 바로 그것입니다.

이 때문에 복희씨(伏羲氏)가 팔괘(八卦)를 만들어 만물의 정상을

---

10 【작품해제】1789년(정조13) 4월 11일, 저자의 나이 41세에 지은 글이다. 당시 정조가 희정당(熙政堂)에 나아가 문신의 전강(殿講)과 제술(製述)을 행하였다. 제술의 시관(試官)은 김익(金熤), 정창순(鄭昌順), 서정수(徐鼎修)이고, 대독관(對讀官)은 이경일(李敬一), 이태영(李泰永), 남학문(南鶴聞), 신응현(申應顯)이었다. 이때 비가 많이 내렸기 때문에 시관에게 명하여 응제인(應製人)들을 거느리고 인정전(仁政殿)의 월랑(月廊)으로 나아가 시제(試題)를 내걸고 시권(試券)을 거두어 오게 하였다. 논(論)에서 병조 정랑 유한인(兪漢人)이 삼하(三下)로 거수(居首)하였다.《日省錄 正祖 13年 4月 11日》

《논어》〈자한(子罕)〉에, 태재(太宰)가 자공(子貢)에게 묻기를, "'부자(夫子)는 성인이신가? 어쩌면 그리도 잘하는 게 많으신가?' 하자, 자공이 '진실로 하늘이 낳으신 성인이시고 또 잘하는 것도 많으시네.' 하였다. 공자가 그 말을 듣고 '태재가 나를 아는가 보다. 내가 젊은 시절에 비천하였기 때문에 잡다한 일을 잘하는 게 많다. 그러나 군자는 재능이 많아야 하겠는가? 많을 필요가 없느니라.' 하였다. 또 금뢰(琴牢)가 '부자께서 내가 등용되지 못했기 때문에 기예를 갖게 되었다.'고 하신 말씀을 들었다.〔夫子聖者與? 何其多能也? 子貢曰: 固天縱之將聖, 又多能也. 子聞之曰: 大宰知我乎. 吾少也賤, 故多能鄙事, 君子多乎哉? 不多也. 牢曰: 子云吾不試故藝.〕"라고 하였는데, 시제(試題)는 여기에서 따온 것이다.

유형화하자 서계(書契 문자)가 출현했으니 이는 기예 중의 서(書)인데 등용되었기 때문에 이 기예를 익힐 수 있었던 것이고, 대요(大堯)가 일월성신(日月星辰)을 살펴 농시(農時)를 받은 것은 기예 중의 수(數)인데 이는 등용되었기 때문에 이 기예를 익힐 수 있었던 것입니다.

소소(蕭韶)의 연주가 끝났을 때 봉황이 와서 춤췄다는 것은 대순(大舜)의 음악[樂]에 대한 말인데 이는 등용되었기 때문에 이 기예를 익힐 수 있었던 것이고, 예의(禮儀) 삼백과 위의(威儀) 삼천은 주공(周公)의 예(禮)인데 이는 등용되었기 때문에 이 기예를 익힐 수 있었던 것입니다.

군대를 해산하고 교외에서 활을 쏠 때 가죽을 꿰뚫는 활쏘기가 종식되었다 하였으니[11] 무왕이 등용되었기 때문에 활쏘기[射]를 잘한 것이고, 군자의 말이 훌륭하게 조련되고 잘 달렸다 하였으니[12] 성왕이 등용되었기 때문에 수레 몰기[御]를 잘한 것입니다. 그렇다면 여러 가지 기예 중에 예·악·사·어·서·수의 육예(六藝)보다 중요한 것이 없는데, 역사적 사실이 이와 같은데도 등용되지 못하고서 기예가 있는 자가 있었다고 할 수 있겠습니까.

덕은 마음에 쌓이고 기예는 기운에서 생겨납니다. 성인은 청명한 기운이 몸에 있고 정신이 귀신같아서 보고 듣는 온 천하의 사물들을 낱낱이 모두 다룰 줄 알고 제작하는 방법을 익히지 않은 것이 없습니다.

따라서 천도(天道)와 인리(人理)·성(性)과 명(命)에서부터 물 긷고 절구질하며 밭 갈고 쟁기질하는 데에 이르기까지 다만 하지 않을

---

11 군대를……하였으니 : 《예기》〈악기(樂記)〉에 나온다.
12 군자의……하였으니 : 《시경》〈권아(卷阿)〉에 나온다.

뿐이지 불가능한 것은 없습니다. 그러기에 "백공(百工)의 일은 모두 성인이 만든 것이다." 하였으니, 어찌 모두 등용되지 않아서 만든 것이겠습니까.

그러나 사람들 모두가 성인일 수는 없습니다. 일반 사람들의 기예는 대부분 등용되면 잃게 되고 등용되지 못하면 얻게 됩니다. 등용되면 나라에서는 일을 나누어 처리하는 동료가 있고 집안에서는 수고로운 일을 대신해주는 일꾼이 있으므로 익지 않은 일에는 손이 설고 익숙지 않은 일에는 지혜가 막히니, 어떤 기예를 가진 것은 다만 자기 천성과 가까운 일입니다.

반면에 등용되지 못하면 나무하고 고기 잡으며 신을 삼고 자리를 짜기도 합니다. 의원·점쟁이·목수·수레장은 종종 온갖 일을 두루 경험한 덕에 핵심을 저절로 이해하여 배우지 않고도 눈에 익고 마음으로 아는데, 이는 형세상 그리되지 않을 수 없어서입니다.

그렇다면 등용되지 못하여 기예를 가지는 것은 바로 일반 사람들의 일이거늘 부자께서 자신이 그랬다고 말씀하신 것은, 겸양하여 자신을 성인이라고 자부하지 않는 마음에서 나온 듯합니다. 따라서 신은, 성인은 등용되셨어도 기예가 있었고 등용되지 못하셨어도 기예가 있었을 것이라고 생각합니다.

만일 부자께서 복희(伏羲)·요(堯)·순(舜)·무왕(武王)·성왕(成王)·주공(周公)의 지위에 계셨다면 참작하고 가감하여 당대에 공을 이루고 만대에 법도를 남겨주셨을 것이니, 틀림없이 등용되지 않아 기예를 익히는 데에서 멈추지는 않았을 것입니다.

아, 성인을 살펴보는 방법은 여러 가지가 있습니다. 위의(威儀)로 말하면 온화하고 어질며 공손하고 검속하셨고,[13] 공로로 말하면 요(堯)·

순(舜)보다 훌륭하셨고,[14] 덕행으로 말하면 위로 하늘의 운행을 본받고 아래로 땅의 이치를 따르셨고,[15] 문장(文章)으로 말하면 강수(江水)와 한수(漢水)로 씻고 가을볕에 말린 듯 찬란하였고,[16] 자품으로 말하면 하늘이 낸 성인이었습니다.[17]

13 위의(威儀)로……검속하셨고 : 자금(子禽)이 자공(子貢)에게 묻기를 "부자(夫子)께서 가시는 나라마다 반드시 그 나라의 정치에 참여하시는데, 부자께서 참여하기를 원하시는 것입니까 아니면 주어지는 것입니까?" 하였다. 이에 자공이 "부자께서는 온화하고 어질고 공손하고 검속하고 겸양하시어 얻는 것이다. 부자의 구하심은 남들의 구함과는 다르다." 하였다.〔子禽問於子貢曰: 夫子至於是邦也, 必聞其政, 求之與? 抑與之與? 子貢曰: 夫子溫良恭儉讓以得之, 夫子之求之也, 其諸異乎人之求之與!〕《論語 學而》

14 공로로……훌륭하셨고 : 공자의 제자 재아(宰我)가 공자를 평하여 "내 시각으로 부자를 본다면 요·순 임금보다 훌륭하시다.〔以予觀於夫子, 賢於堯舜遠矣!〕" 하였다. 《孟子 公孫丑 上》

15 덕행으로……따르셨고 : "공자는 요·순 임금을 잇고 문왕(文王)·무왕(武王)을 본받았으며, 위로 천시(天時)를 따르고 아래로 지리(地理)에 순응하였다.〔仲尼祖述堯舜, 憲章文武, 上律天時, 下襲水土.〕" 《中庸 30章》

16 문장(文章)으로……찬란하였고 : 옛날에 공자가 돌아가시자, 삼년상을 마치고 문인들이 짐을 꾸려 돌아가려고 하여 자공(子貢)에게 들어가 읍하고 목이 쉬도록 곡한 뒤에 떠나갔다. 그러나 자공은 돌아와 마당에 집을 짓고 홀로 3년을 더 시묘한 뒤에 돌아갔다. 훗날 자하(子夏)와 자장(子張), 자유(子游)가 유약(有若)을 공자와 외무가 흡사하다 하여 공자를 섬기듯이 모시려고 하여 증자(曾子)에게 동참하도록 하였다. 이때 증자가 "안 될 일이디. 강수(江水)와 한수(漢水)에 빨고 가을볕에 말린 듯하여 더할 나위 없이 깨끗하신 분이다." 하였다.〔昔者孔子沒, 三年之外, 門人治任將歸, 入揖於子貢, 相嚮而哭, 皆失聲然後歸, 子貢反, 築室於場, 獨居三年然後歸. 他日, 子夏, 子張, 子游以有若似聖人, 欲以所事孔子事之, 强曾子, 曾子曰: 不可. 江漢以濯之, 秋陽以暴之, 皜皜乎不可尚已.〕《孟子 滕文公 上》

17 자품으로……성인이었습니다 : 태재(太宰)가 자공(子貢)에게 묻기를, "'부자(夫子)는 성인이신가? 어쩌면 그리도 잘하는 게 많으신가?' 하자, 자공이 '진실로 하늘이

비유하자면, 하늘을 말할 때 형체(形體)를 가지고는 천(天)이라 하고, 주재(主宰)하는 능력을 가지고는 제(帝)라 하고, 성정을 가지고는 건(乾)이라 하고, 작용을 가지고는 신(神)이라 하고, 공용(功用)을 가지고는 귀신(鬼神)이라 하는 것과 매한가지입니다. 저 금뢰(琴牢)가 얻어들은 일시적인 성인의 대답이 더욱이 어찌 성인의 실상을 다 담은 말이겠습니까. 삼가 이상과 같이 논합니다.

낳으신 성인이시고 또 잘하는 것도 많으시네.' 하였다. 공자가 그 말을 듣고 '태재가 나를 아는가 보다. 내가 젊은 시절에 비천하였기 때문에 잡다한 일을 잘하는 게 많다. 그러나 군자는 재능이 많아야 하겠는가? 많을 필요가 없느니라.' 하였다. 또 금뢰(琴牢)가 '부자께서 내가 등용되지 못했기 때문에 기예를 갖게 되었다.'고 하신 말씀을 들었다.〔夫子聖者與? 何其多能也? 子貢曰: 固天縱之將聖, 又多能也. 子聞之曰 : 大宰知我乎? 吾少也賤, 故多能鄙事, 君子多乎哉? 不多也. 牢曰: 子云吾不試故藝.〕"라고 하였다. 《論語 子罕》

좌구명을 논변함[18]

左丘明辯

신은 다음과 같이 변론합니다. 천고(千古)의 문헌을 상고하여 천하의 의안(疑案)을 말할 때 명물가(名物家)들은 반드시 가장 먼저 좌씨(左氏)를 거론합니다. 믿을 만한 문헌으로는 경전만 한 것이 없는데 좌씨의 경우 경전에 두 번 보이고, 사적을 근거할 때에는 세대만 한 것이 없는데 좌씨의 경우 세대에 여기저기 나옵니다. 장차 누가 이 설들을 절충할 수 있겠습니까.

명(明)나라 융경(隆慶) 연간에 무명씨(無名氏)가 《좌계절충(左季折衷)》을 지어 《좌전(左傳)》과 계본(季本)의 《춘추사고(春秋私考)》[19]를 가지고 서로 참고하고 비교해서 그 잘잘못을 교정한 적이 있으나 견강부회하고 필요에 따라 안배했다는 비판을 면치 못했습니다. 신이 일찍이 여러 설을 널리 취하여 소급해서 따져봤더니, 좌씨를 다른 인물로 여기는 근거는 네 가지가 있고 좌씨를 같은 인물로 여기는 근거는 세 가지가 있었습니다.

---

18 【작품해제】 창작 연대는 미상이다. 저자는 좌구명(左丘明)을 동일 인물로 볼 것인가 다른 인물로 볼 것인가 하는 문제에 대해, 다른 인물로 보는 네 가지 설과 동일 인물로 보는 세 가지 설을 제시한 뒤, 좌구명과 상대적으로 가까웠던 시대의 인물들이 주장한 것에 동조하였다.

19 춘추사고(春秋私考) : 명나라 계본(季本, 1485~1563)이 지은 책이다. 계본은 자가 명덕(明德), 호가 팽산(彭山)이다. 절강(浙江) 소흥(紹興) 사람으로, 왕수인(王守仁)에게 배웠다. 1517년에 진사가 되었고, 1544년 장사 지부(長沙知府)를 끝으로 벼슬에서 물러나 강학에 종사하였다. 《춘추사고(春秋私考)》는 모두 30권이다.

두 인물로 여기는 근거는 다음과 같습니다. 《좌전》에 한위(韓魏) 지백(智伯)의 사건이 있고 또 조양자(趙襄子)의 시호를 거론한 것을 보면 《좌전》이 만들어진 것은 틀림없이 조양자가 죽은 뒤의 일입니다. 조양자가 죽은 것은 《춘추》가 지어진 80년 뒤의 일이니, 만일 그가 공자(孔子)와 동시대에 살았다면 공자의 사후 78년 뒤에 책을 지을 수는 없었을 것입니다. 이것이 좌씨가 조양자 뒤에 있었던 인물이라는 첫째 근거입니다.

《좌씨전》에 '불경(不更) 여보(女父)', '진(秦)나라 서장(庶長) 포(鮑)와 서장 무(武)'라는 말이 있는데, 진(秦)나라는 효공(孝公)의 시기에 이르러 상급(賞級)의 작위(爵位)를 확립하고서야 불경(不更)과 서장(庶長)이라는 호칭이 있었습니다. 이것이 좌씨가 진 효공의 뒤에 있었던 인물이라는 둘째 근거입니다.

《좌씨전》에 "우(虞)나라가 납제(臘祭)를 지내지 못하겠구나." 하였는데, 진(秦)나라는 혜왕(惠王) 12년에 이르러서야 처음으로 납제를 지냈습니다. 이것이 좌씨가 진 혜왕의 뒤에 있었던 인물이라는 셋째 근거입니다.

《좌씨전》에 "좌사(左師)가 공이 탔던 말을 끌고 돌아갔다." 하였는데, 삼대(三代) 때에는 전차를 이용한 전쟁만 있고 기병(騎兵)은 없었습니다. 오직 소진(蘇秦)이 여섯 나라를 합종(合從)한 뒤에 비로소 천 승(乘)의 수레와 만 필(匹)의 기병이라는 말이 나옵니다. 이것이 좌씨가 소진의 뒤에 있었던 인물이라는 넷째 근거입니다.

한 인물로 여기는 근거는 다음과 같습니다. 춘추 시대에는 장수한 사람이 많았으니, 그래서 선유(先儒)들은 노팽(老彭)을 전갱(籛鏗)으로 여겼습니다. 계본은 《좌전》을 장창(張蒼)이 지었다고 추증하였는데, 장창의 나이가 100여 살로서 전대의 일을 잘 기록할 수 있었다는 것입니다. 장창이 장수했다면 좌씨도 장수할 수 없겠습니까. 좌구명이 둘이 아니라는 첫째 근거입니다.

진(秦)나라는 비자(非子)가 나라를 이어받은 뒤로 주 효왕(周孝王) 시기까지 10여 대를 전해져 《춘추》에 편입되었으니, 《춘추》가 있기 전에도 이미 진(秦)나라가 있었습니다. 사람들은 진 효공(秦孝公) 때에 비로소 불경(不更)과 서장(庶長)의 칭호가 나타나고 혜왕(惠王) 때에 비로소 납제(臘祭)의 명칭이 나타나는 것을 알고 있습니다.

그러나 어느 공(公)에게서 시작되었고 어느 세대에서 기원하였고 어느 해 어떤 사람에게서 제도가 변경되었는지의 논의는 끝내 아득히 근거가 없습니다. 다만 기록에 드러난 것만 가지고 창제(創制)의 시초를 삼는다면 이는 은(殷)나라의 조법(助法)도 《맹자》가 저술된 시대로부터 시작되었고,[20] 태재(太宰)와 사패(司敗)도 《논어》가 저술된 시대로부터 시작되었다는 꼴입니다.[21] 좌구명이 둘이 아니라는 둘째 근거입니다.

한 무제(漢武帝) 초기에 하간헌왕(河間獻王)이 고서를 사들일 때 《춘추좌씨전》도 그 속에 있었습니다. 그렇다면 《좌전(左傳)》의 출현이 《공양전》과 《곡량전》보다 뒤처지지 않은 것인데, 단지 학관(學官)에 정식 과목으로 채택되지 않아서 《사기(史記)》〈유림전(儒林傳)〉에 실리지 못했을 뿐입니다. 이 때문에 유흠(劉歆)이 일찍이 태상시 박사(太常寺博士)에게 글을 보내어 제 박사(諸博士)를 꾸짖고 《춘추좌씨

---

20 은(殷)나라의……시작되었고 : 《맹자》〈등문공 상(藤文公上)〉에 나온다.

21 태재(太宰)와……꼴입니다 : 태재(太宰)는 《논어》〈자한(子罕)〉 편에, 사패(司敗)는 〈술이(述而)〉 편에 나온다.

전》을 전문 과목으로 학관에 세우려고 했던 것입니다. 이미 《시경》·《서경》과 함께 하간헌왕이 구매한 책 속에 들어 있었고 저 유실된 예(禮)와 함께 공씨(孔氏)의 벽 속에 들어갔으니, 그렇다면 좌씨가 공자의 뒤에 있지 않았던 것은 매우 분명합니다. 좌구명이 둘이 아니라는 셋째 근거입니다.

이 두 설이 똑같이 나름대로 근거가 있는데, 신은 다만 시대의 선후를 가지고 그 설의 시비를 변별해보겠습니다. 신은 삼가 다음과 같이 생각합니다. 《한서(漢書)》〈예문지(藝文志)〉에 《좌전》과 《국어(國語)》가 모두 노(魯)나라 태사(太史) 좌구명(左丘明)의 저술로 되어 있고, 유향(劉向)·유흠(劉歆)·두예(杜預)는 모두 좌구명이 공자와 함께 노사(魯史)를 보고서 《춘추좌씨전》을 지었다고 하였습니다.

유흠은 또 "좌구명은 호오(好惡)가 성인과 같았고 공자를 직접 보았으며, 공양고(公羊高)와 곡량적(穀梁赤)은 70제자의 뒤에 생존했던 인물이므로 전해 듣고 직접 본 차이로 인해 상세하고 소략함이 다르다."라고 하였습니다. 그렇다면 한(漢)나라 이전에는 실로 모두 좌구명을 한 인물로 여긴 것입니다.

당(唐)나라 이후로 담조(啖助), 조광(趙匡), 육덕명(陸德明) 등이 "《논어》에서 인용한 좌구명은 사일(史佚)이나 지임(遲任)과 같은 무리[22]이지 좌씨(左氏)가 곧 그 사람이라고 하면 옳지 않다." 하였습니다. 더 상세히 해명한 후대의 유자들은 덩달아서 "옛날에 좌사(左史)는 말

---

22 사일(史佚)이나……무리 : 사일은 이름을 알 수 없는 사관의 범칭이고, 지임은 《상서(尙書)》〈반경(盤庚)〉에 "지임(遲任)이 말했다." 하였는데, 정현(鄭玄)이 그 주에 "옛날의 훌륭한 사람이다." 하였다.

을 기록하고 우사(右史)는 일을 기록하였으니, 경(經)은 일을 기록한 것이고 전(傳)은 말을 기록한 것이다. 그렇다면 좌(左)는 좌사(左史)의 의미이지 성(姓)이 반드시 좌씨라고 할 수는 없다." 하였습니다.

한(漢)나라는 춘추 시대와 가까우니 전해 들은 것이 반드시 가까울수록 더욱 상세할 수밖에 없고, 당(唐)나라는 춘추 시대와 머니 전해 들은 것이 반드시 멀수록 더욱 소략할 수밖에 없습니다. 위 두 설에 대한 문헌상의 근거가 모두 믿을 만하고 사적(事蹟)이 모두 근거할 만하며 또 그 사이에 절충할 만한 의리가 없는 것에 대해, 시대의 선후로 저울질하지 않는다면 무얼 가지고 명실(名實)을 밝히고 동이(同異)를 분별하겠습니까.

그러나 천고의 긴 세월 동안에도 적막하게 당상(堂上)의 사람이 없고[23] 천하가 크지만 오히려 온갖 의심이 쌓였는데,[24] 변방의 일개 수유(竪儒) 주제에 한마디 말로 박식한 큰 학자들이 결단하지 못했던 문제에 대해 결단하고자 하니 아, 또한 어렵습니다. 오직 성상의 질문이 여기에 미치시기에 감히 어리석은 의견을 다 피력하지 않을 수 없었습니다. 삼가 이상과 같이 변론합니다.

---

23 적막하게……없고 : 《이정유서(二程遺書)》 권3에 "맹자의 지언(知言)은 사람이 마루 위에 있어야만 마루 아래 서 있는 사람들이 비뚠지 바른지 알 수 있는 것과 같다. 〔孟子知言, 正如人在堂上, 方能辨堂下人曲直.〕" 하였나.

24 온갖 의심이 쌓였는데 : 원문의 구의산(九疑山)은 수많은 의심을 상징하는 용어이다. 구의산은 중국 호남(湖南) 영원현(寧遠縣) 남쪽에 있는 산으로 구억산(九嶷山)이라고도 한다. 《산해경(山海經)》〈해내경(海內經)〉에 "남방 창오(蒼梧)의 언덕과 창오의 못 가운데 구억산(九嶷山)이 있는데 순(舜)임금을 장사 지낸 곳이다. 장사(長沙) 영릉(零陵) 경계에 있다." 하였는데, 곽박(郭璞)이 주석에서 "구의산의 아홉 계곡이 모두 흡사하게 생겨서 '구의(九疑)'라고 한다." 하였다.

명을 드물게 말씀하신 것에 대한 찬[25]

罕言命贊

명은 하늘이 사람에게 명한 것입니다. 하늘이 사람에게 명하는 것에는 성명(性命)이 있고 기수(氣數)가 있습니다. 그렇다면 부자께서 드물게 말씀하신 것은 성명에 관해서입니까 아니면 기수에 관해서입니까.

성명이라고 한다면 부자께서 "음(陰)과 양(陽)의 기운이 번갈아 운행하는 것을 도(道)라 하니, 발현된 것이 선(善)이다."[26]라고 하지 않았습니까. 기수라고 한다면 부자께서 "얻고 얻지 못하고는 명(命)에 달렸다."[27]라고 하지 않았습니까. 그렇다면 부자께서 드물게 말씀하신 것은 과연 성명과 기수밖에 없는 것입니까.

---

25 【작품해제】 1798년(정조22) 가을, 저자의 나이 50세에 지은 글이다. 구체적인 배경은 이 글 말미에 나온다.

26 음(陰)과……선(善)이다 : 《주역》〈계사전 상(繫辭傳上)〉에 나온다.

27 얻고……달렸다 : 《맹자》〈만장 상(萬章上)〉에, 공자가 무도(無道)한 사람에게 의탁했다고 하는 말에 대해 맹자가 변론하여 "아니다. 그렇지 않다. 일을 만들기 좋아하는 자가 지어낸 말이다. 위(衛)나라에서는 안수유(顔讎由)에게 의탁하였는데, 미자(彌子)의 아내와 자로(子路)의 아내는 자매간이었다. 미자가 자로에게 '공자가 나에게 의탁하면 위(衛)나라 경(卿)의 지위를 얻을 수 있다.' 하여 자로가 공자에게 전했는데, 이때 공자께서 명(命)에 달린 일이라고 하였다. 공자는 예(禮)를 따져 벼슬에 나아가고 의리를 따져 물러나셨고, 뜻을 얻고 얻지 못하고는 명에 달렸다고 하셨으니, 옹저(癰疽)와 시인(侍人) 척환(瘠環) 같은 소인에게 의탁했다면, 이는 의리와 명을 무시한 처사이다.〔孟子曰: 否, 不然也. 好事者爲之也. 於衛主顔讎由, 彌子之妻與子路之妻 兄弟也. 彌子謂子路曰: 孔子主我, 衛卿可得也. 子路以告, 孔子曰: 有命, 孔子進以禮, 退以義, 得之不得曰有命, 而主癰疽與侍人瘠環, 是無義無命也.〕하였다.

아, 신은 알겠습니다. 인(仁)은 천지가 만물을 생성하는 마음으로 사람이 얻어서 이치로 삼은 것입니다. 그렇다면 명도 인이고 인도 명이니, 인을 말하고 또 명을 말한다면 지붕 위에 지붕을 덧씌우는 격이어서 말을 기록하는 체제를 잃는 것이 아니겠습니까. 그러므로 이(利)도 사덕(四德 원(元)·형(亨)·이(利)·정(貞))의 이(利)와 이해(利害)의 이(利)가 있는데, 이 장의 이(利)가 사덕에 속하지 않는 것은 인(仁)과 같은 뜻이 아니어야 하기 때문입니다. 이(利)도 그러한데 더구나 명(命)에 있어서이겠습니까.

어떤 이는 "주자(朱子)의 이른바 '명의 이치가 은미하다〔命之理微〕'는 것은 성명(性命)의 명(命)을 말씀하신 것이다."라고 합니다. 그러나 기수(氣數)의 명(命)도 이치로 말하면 은미합니다. 그렇기 때문에 "성인과 천도(天道)의 관계는 명(命)이지만 본성(本性)에 좌우되므로 군자는 명으로 여기지 않는다." 하였으니,[28] 이른바 명으로 여기지 않는다〔不謂命〕는 것이 명을 드물게 말씀하셨다는 뜻이 아니겠습니까.

그렇다면 드물게 말씀하셨다는 것은 무슨 뜻이겠습니까. 드물게 말씀하셨다는 것은 '평소 자주 말씀하셨다〔雅言〕'는 것의 반의어이니, 평

---

28 성인과……하였으니 :《맹자》〈진심 하(盡心下)〉에, 맹자(孟子)가 말하기를 "입이 감미로운 맛을 추구하고, 눈이 아리따운 것을 보려 하고, 귀가 아름다운 소리를 들으려 하고, 코가 향긋한 냄새를 맡고자 하고, 사지기 편안하려고 하는 것은 타고난 본성이지만 얻는 것은 명에 달렸으므로 군자는 본성이라고 하지 않는다. 부자 사이의 인(仁), 군신 사이의 의(義), 빈주(賓主) 사이의 예(禮), 현명한 사람에 있어서의 지(智), 천도(天道)와 성인(聖人)의 관계는 명이 작용하지만 본성에 달려 있기 때문에 군자는 명이라고 하지 않는다.〔口之於味也, 目之於色也, 耳之於聲也, 鼻之於臭也, 四肢於安佚也, 性也, 有命焉, 君子不謂性也. 仁之於父子也, 義之於君臣也, 禮之於賓主也, 智之於賢者也, 聖人之於天道也, 命也, 有性焉, 君子不謂命也.〕" 하였다.

소 자주 말씀하지 않으셨을 뿐이지 애당초 말씀하지 않으신 것은 아닙니다. 어찌 얻고 얻지 못하는 것에만 반드시 명이 있다 했겠습니까.

자로(子路)가 참소를 당하자 "도가 시행될지 여부는 명에 달렸다." 하셨고,[29] 백우(伯牛)가 병이 들자 "병에 걸릴 이유가 없는 사람이 걸렸으니 명이로구나." 하셨습니다.[30] 이는 일이 정도에 어긋나거나 천리(天理)를 기필할 수 없는 뒤에야 부득이 말씀하여 자주 말씀하신 것이 아니니, 이처럼 드문 것이 어디 있겠습니까. 신이 이에 다음과 같이 찬(贊)을 짓습니다.

하늘이 내리고 만물이 받은 것을	天賦物受
명이라고 한다네	盖曰命云
명한 것은 무엇인가	命之維何
이와 기로 구분되네	理氣中分

---

29 자로(子路)가……하셨고 : 《논어》〈헌문(憲問)〉에 나온다. 공백료(公伯寮)가 계손씨(季孫氏)에게 자로(子路)를 참소하여 쓰이지 못하게 하자, 자복경백(子服景伯)이 공자에게 고하기를 "부자가 진실로 공백료의 말에 의심을 품었으니, 제 힘으로 공백료를 죽여버릴 수 있습니다." 하였다. 그러자 공자가 "도가 시행될 수 있는 것도 명에 달렸고 도가 시행될 수 없는 것도 명에 달렸다. 공백료가 명을 어찌 바꿀 수 있겠는가." 하였다. 〔公伯寮愬子路於季孫, 子服景伯以告曰: 夫子固有惑志於公伯寮, 吾力猶能肆諸市朝. 子曰: 道之將行也與, 命也, 道之將廢也與, 命也, 公伯寮其如命何?〕

30 백우(伯牛)가……하셨습니다 : 《논어》〈옹야(雍也)〉에 나온다. 백우(伯牛)가 질병을 앓자 공자가 문병을 한 뒤 창문 너머로 손을 잡고는 "병에 걸릴 사람이 아닌데 걸렸으니, 명이로다. 이 사람이 이런 병에 걸리다니, 이 사람이 이런 병에 걸리다니." 하고 탄식하였다.〔伯牛有疾, 子問之, 自牖執其手曰: 亡之, 命矣夫! 斯人也而有斯疾也! 斯人也而有斯疾也!〕

이는 형용하기 어렵고	理固難形
기는 변하기 쉽도다	氣亦易幻
우습게 보면 함부로 하고	玩之則褻
맹신하면 허탄하네	信之則誕

명에 일삼을 것이 무엇인가	何事於命
몸을 닦고 기다려야 한다네	修身以俟
성인은 자주 말씀하지 않으셨지만	聖惟不言
말씀하시면 꼭 의미가 담겨 있었지	言必有旨
학문을 좋아한 몇몇 제자들은	好學二三
가르침 듣자마자 실행하였지	聞斯行諸
감추면 숨긴다 생각하고	秘或謂隱
다하면 허황한 데로 달려가니	竭或鶩虛
감추지도 않고 다하지도 않아	不秘不竭
드물게 말씀하셨네	其言也罕

| 내리신 글제를 우러러보고 | 仰瞻璇題 |
| 신은 절 올리고 찬을 짓습니다 | 臣拜作贊 |

이 글은 무오년(1798, 정조22) 가을에 지었다. 일찍이 성상께 올리고 포상을 받은 것으로, 《대학유의(大學類義)》를 간행하는 날을 기다려 봉안각(奉安閣)31의 방미(旁楣)에 걸게 하셨다. 경의생(經義生)이

---

31 봉안각(奉安閣) : 함춘원(含春苑) 안에 있던 전각이다. 1764년(영조40) 북부 순

조목조목 답변한 구경강의(九經講義)에 대해서는 신(臣) 형수(瀅修)·노춘(魯春)·광안(光顔)을 고관(考官)으로 임명하여, 조목마다 찌를 붙여 성적을 평가하고 점수를 계산하여 등수를 매기고 합격자를 확정해서, 제술생(製述生) 합격자와 함께 두 방(榜 급제자 명단)을 나란히 걸게 하였다.

그러나 책이 미처 간행되지 못하고 참방례(參榜禮)를 행하기도 전에 하늘이 사문(斯文)을 버려 성상께서 승하하셨다. 아, 부모를 잃은 듯한 애통한 심정이 어찌 다만 신하들에게 은택을 내리고 백성들에게 혜택을 준 때문이겠는가.

5년 뒤 을축년(1805, 순조5)에 사왕(嗣王) 전하께서 선왕의 뜻을 따라 《대학유의(大學類義)》를 간행하였다. 이 책이 완성되기까지 두 성왕께서 전대를 빛내고 후대에 물려준 계책과 옛 성현을 잇고 후학을 개도해준 공이 하늘이 베풀고 땅이 이루어주듯 찬란하니 아, 성대하도다. 이에 삼가 지난날의 명을 따라 성상이 보실 글을 판각하여 걸고 이어서 그 전말을 이와 같이 덧붙인다.

화방(順化坊)에 있던 사도세자(思悼世子)의 사당인 수은묘(垂恩廟)를 함춘원 안에 옮겨 지었고, 1776년(영조52)에 정조가 즉위하자 수은묘를 경모궁(景慕宮)으로 고쳐 불렀다. 이때 정조가 친히 편액(扁額)을 써 달았으며, 서쪽에 일첨(日瞻)·월근(月覲) 두 문을 내어 창경궁 쪽의 문과 서로 통할 수 있게 하였다. 1785년(정조9) 8월에 경모궁과 사도세자의 원묘(園墓)에 대한 의식 절차를 적은 〈궁원의(宮園儀)〉를 완성하는 등 이 일대를 정비하였다. 1839년(헌종5) 12월에 봉안각이 소실되었으나 곧 중건되었다.

백성이 바위라는 잠[32]

民嵒箴

인정(人情)은 성왕(聖王)의 밭이라고 하지 않았습니까.[33] 밭을 정(情)에 비유한 경우가 있습니다. 백성의 입을 막기가 냇물을 막기보다 어렵다고 하지 않았습니까.[34] 냇물을 입에 비유한 경우가 있습니다. 《서경》의 이른바 '민암(民嵒)'은 무엇을 비유한 것입니까? 정(情)을 비유한 것입니까, 아니면 입을 비유한 것입니까?

---

32 【작품해제】창작 시기는 미상이다. 《서경》 주서(周書) 〈소고(召誥)〉에, 소공(召公)이 성왕(成王)에게 "아, 왕이 비록 연소하시나 원자이시니, 크게 백성들을 화합시켜서 이에 아름답게 하소서. 왕이 감히 느슨하게 하지 말아서 백성들의 암험(嵒險)함을 유념하여 두려워하소서.〔嗚呼! 有王雖小, 元子哉, 其丕能諴于小民, 今休. 王不敢後, 用顧畏于民嵒!〕" 하였는데, 이 내용을 토대로 출제한 것이다.

33 인정(人情)은……않았습니까 : 쟁기와 보습으로 농사를 잘 지으면 풍요를 누릴 수 있듯이 의리와 예법으로 백성을 잘 다스리면 선한 본성을 유지시킬 수 있다는 말이다. 즉 성왕의 본업은 의리와 예법에 의거하여 인정을 다스리는 것이라는 뜻이다. 《예기》 〈예운(禮運)〉에 "성왕이 사람이 유념해야 할 의리와 따라야 할 예법을 강명하여 인정을 다스렸다. 그러므로 인정은 성왕의 전답이다.〔聖王修義之柄禮之序, 以治人情, 故人情者, 聖王之田也.〕" 하였다.

34 백성의……않았습니까 : 주 여왕(周厲王)이 학정을 일삼자 백성들이 왕을 비방하였다. 소공(召公 목공호(穆公虎))이 백성들이 왕의 명령을 견디지 못한다고 직언하자, 왕이 화가 나서 위(衛)나라에서 용한 무당을 데려와 비방한 백성을 찾아내어 죽였다. 그리하여 비방이 사라지자 왕이 기뻐서 소공에게 자랑하였다. 이에 소공이 "이는 잠시 막은 것일 뿐입니다. 본래 백성의 입을 막기란 흐르는 물을 막는 것보다 어렵습니다. 막았던 둑이 터지면 많은 사람들이 해를 당하는데, 백성들의 입을 막았다 터지게 되면 어찌 감당하시겠습니까?" 하였다. 《國語 卷1 周語》

암(嵓)은 바위(岩)이니, 곧 《정자통(正字通)》[35]에 "암(巖)과 같은
글자이다."라는 것입니다. 천하에 바위보다 험한 것은 없어서 굴곡진
모양이 천태만상입니다. 노한 모양은 다투는 범 같고 솟구친 모양은
날아오르는 새 같으며, 그 구멍을 살펴보면 발톱과 송곳니처럼 삐죽삐
죽 드러나 있고 그 뿌리를 찾아보면 발굽과 허벅지가 대치한 듯합니다.
바위 주변에 괴이한 나무가 높이 솟고 뒤집히는 물결이 솟구치는 것은
백성들의 입이 한결같지 않음과 같고 검푸른 산의 엷은 이내가 갑자기
끼었다 걷히는 것은 백성들의 마음을 믿을 수 없는 것과 같습니다.
어찌 한 가지만 비유할 수 있겠습니까. 무엇이든 비유할 수 있습니다.

이 때문에 선왕(先王)들은 백성들에 대해 바위를 바위로 여기지 않
고 백성을 바위로 여겼습니다. 일관성 없는 정책과 가혹한 명령을 없앤
것은 그 삶을 안정시켜준 것인데도 뜻에 안 맞을까 전전긍긍 늘 두려워
하였고, 세금을 무겁게 거두지 않고 급한 요역을 없앤 것은 그 소원을
이루어준 것인데도 거친 물결이 넘어뜨릴까 염려하여 온갖 정무에 부
지런하였습니다.

이 밝은 명을 유념하라는 것[36]은 밝은 명 자체를 유념하라는 뜻이

---

35 정자통(正字通) : 《정자통(正字通)》의 구본(舊本) 가운데 명(明)의 장자열(張自
烈)이 지었다고 한 것도 있고, 청(淸)의 요문영(廖文英)이 지었다고 한 것도 있으며,
장자열과 요문영이 공동으로 지었다고 한 것도 있어, 여러 판본들이 서로 다르다. 현재
통용되고 있는 요문영본(廖文英本)의 《정자통》은, 강희(康熙) 경술년(庚戌年, 1670)
장정생(張貞生)의 서(序)와 신해년(辛亥年, 1671) 여원관(黎元寬)의 서(序)가 있다.
이 책은 《자휘(字彙)》의 결루(缺漏)와 착오(錯誤)를 보정(補正)하기 위하여 지은 것
이다.

36 밝은……것 : 《대학장구》 전 1장에, 대갑(太甲)이 "이 하늘의 밝은 명을 돌아본다
〔顧諟天之明命.〕" 하였다.

아니라 밝은 명이 암험한 백성에게 달려 있음을 유념하라는 뜻이고, 하늘의 밝은 도를 두려워하라는 것은 하늘의 밝은 도 자체를 두려워하라는 뜻이 아니라 하늘의 밝은 도가 암험한 백성에게 달려 있음을 두려워하라는 뜻입니다.

그리하여 일예(逸豫)의 즐거움을 천 길의 깊은 계곡에 임한 듯 삼가고 연한(宴閑)의 즐거움을 한 가닥 돌 비탈길을 지나듯 두려워하여 이른 새벽부터 늦은 밤까지 힘쓰는 모든 일이 덕을 닦고 백성을 돌보는 것에서 벗어나지 않았습니다. 그리하여 저 조용한 자와 발랄한 자, 내성적인 자와 외향적인 자, 소극적인 자와 적극적인 자가 모두 저마다 그 자연스러운 본성을 얻게 하였으니, 바로잡을 필요도 없이 다스려져서 옛날에 돌아보고 두려워한 이는 끝내 험한 바위가 아니라 전답과 같다는 것을 알게 되었습니다. 이것이 소공(召公)이 성왕(成王)에게 고한 뜻이며, 신들이 전하께 기대하여 잠(箴)을 지어 경계를 아뢰는 이유입니다.

아, 태산(泰山)과 반석(磐石)을 가지고 지극한 다스림의 형상을 논한 적이 있지만 이는 공효를 말한 것이지 잠언은 아니고, 군주는 배이고 백성은 물이라는 논리[37]를 가지고 서로가 절실히 필요로 한다는 것을 논한 적이 있지만 이는 형세를 말한 것이지 경계는 아닙니다. 잠(箴)은 침을 말하니, 의원이 침으로 병든 곳을 찌를 때 병의 형세와 침의 효과를 따질 겨를이 어디 있겠습니까. 잠(箴)은 다음과 같습니다.

---

37 군주는……논리 : 임금이 정사를 함에 있어서 백성들의 힘을 무시해서는 안 된다는 말이다. 《순자(荀子)》〈왕제(王制)〉에 "임금은 배이고 백성은 물이다. 물은 배를 띄울 수도 있고 뒤집을 수도 있다.〔君者舟也, 庶人者水也, 水則載舟, 水則覆舟.〕" 하였다.

하늘이 백성에게 은혜 내리고　　　　　　惟天惠民

군주가 하늘을 받드니　　　　　　　　　惟辟奉天

백성은 군주 덕에 편안하고　　　　　　　民以君安

군주가 나라를 다스리고　　　　　　　　惟后爲國

백성이 떠받드니　　　　　　　　　　　惟民是肩

군주는 백성 덕에 편안하네　　　　　　　君以民安

백성 덕에 편안하니　　　　　　　　　　賴之以安

어찌 험하다 하랴　　　　　　　　　　　曷云其險

저 백성들은 험한 바위 아니라네　　　　　伊民非嵒

그러나 민심의 향배는　　　　　　　　　然民向背

내가 교화하기에 달렸으니　　　　　　　係我摩漸

백성이라 할지라도 험한 바위라네　　　　雖民亦嵒

혹한과 무더위와 폭우는　　　　　　　　祈寒暑雨

사람이 하는 일이 아니건만　　　　　　　匪人之爲

백성들은 원망하고　　　　　　　　　　民猶曰咎

흉년 들어 굶주리는 해는　　　　　　　　凶年饑歲

인력으로 바꿀 수 없건만　　　　　　　　匪力之移

백성들은 원망하네　　　　　　　　　　民亦曰咎

하물며 이 정치는　　　　　　　　　　　矧玆政治

흠나기 쉽고 순후하기 어려우니　　　　　易疵難醇

백성의 뜻과 어긋나기 마련이라네　　　　宜咈乎民

단속하면 가혹하다 하고 　　　　　檢必謂苛

관대해야 찡그리지 않으니 　　　　縱乃不顰

백성보다 험한 게 없도다 　　　　莫嶮乎民

어떻게 다스릴까 　　　　　　　　何以平之

두려워하고 돌아보는 데에 달려 있으니 　在畏與顧

바위에 비유할 만하네 　　　　　可以嵒喩

백성이 튼튼하면 천명도 튼튼하고 　民固命固

백성이 노하면 상제도 노하니 　　民怒帝怒

바위가 아니면 무엇으로 비유하랴 　不嵒何喩

만승의 존귀한 신분으로도 　　　萬乘之尊

한 백성이 두려우니 　　　　　　一夫亦懼

유념할지어다 나라를 다스리는 군주여 　念哉有土

백성은 지극히 멀면서도 가깝고 　至遠而近

지극히 어리석으면서도 신명하니 　至愚而神

공경할지어다 백성을 소유한 군주여 　敬哉有民

한낱 바위만이 　　　　　　　　匪直也石

우뚝하고 가파른 것이 아니니 　嶔嵌嶙峋

이 사람도 바위 같으며 　　　　如嵒斯人

한낱 사람만이 　　　　　　　　匪直也人

빼곡하고 가득한 것이 아니니 　蔥蔥林林

이 바위도 사람 같도다 　　　　如人斯嵒

미천한 신이 경계를 맡아   微臣司戒

조아리며 잠을 바치오니   拜稽獻箴

바로 민암잠입니다   曰維民嵒

금인에 대한 명[38]

金人銘

신은 삼가 생각해보았습니다. 허신(許愼)의 《설문해자(說文解字)》에 "언(言)은 구(口)와 신(辛)의 의미를 근간으로 한다.", "신(辛)은 허물[辜]이다.", "허물[辜]은 범법(犯法)의 의미이다." 하였고, 유희(劉熙)의 《석명(釋名)》에 "언(言)에 신(辛)을 쓴 까닭은 경계를 담고자 해서이다." 하였습니다. 언(言) 자의 의미가 이처럼 엄중합니다.

그러므로 우리 유학을 위시하여 제자백가에 이르기까지 지향하는 도는 같지 않지만 말을 경계하는 것은 한결같습니다. 《주역》의 괄낭(括囊),[39] 《서경》의 흥융(興戎),[40] 《시경》의 마점(磨玷),[41] 도가(道家)

---

38 【작품해제】창작 시기는 미상이다. 공자(孔子)가 주(周)나라를 둘러보러 갔다가 주나라의 시조 후직(后稷)의 사당에 들어갔다. 사당 오른쪽 계단 앞에 청동으로 만든 인형[金人]이 서 있었는데, 그 입을 세 군데 꿰매놓았고 등에는 다음과 같은 명문(銘文)이 있었다. "옛날에 말을 조심했던 사람이다. 경계할지어다. 말을 많이 하지 말지니 말이 많으면 실패가 많고, 일을 많이 벌이지 말지니 일이 많으면 우환이 많다. 지금 안락하더라도 반드시 경계하여 후회할 짓을 하지 말거라. 무슨 문제가 있겠냐고 방심하지 말지니 재앙이 자라게 되느니라. 무슨 해가 되겠는가 우습게 여기지 말지니 재앙이 커지게 되느니라. 아무도 듣지 않는다고 여기지 말지니 귀신이 사람을 보고 있느니라. 작은 불을 끄지 않다가 불길이 치솟으면 어떻게 하랴. 졸졸 흐르는 물을 막지 않다가 마침내 강하(江河)가 되느니라. 가느다랄 때 끊지 않으면 그물이 되고, 터럭만 할 때 뽑지 않으면 도끼를 써야 된다네.〔古之愼言人也, 戒之哉! 無多言, 多言多敗, 無多事, 多事多患. 安樂必戒, 無所行悔. 勿謂何傷, 其禍將長. 勿謂何害, 其禍將大. 勿謂不聞, 神□伺人. 熖熖不滅, 炎炎若何? 涓涓不壅, 終爲江河. 綿綿不絶, 或成網羅. 毫末不札, 將尋斧柯.〕《孔子家語 觀周》. 글 전체에 이 명문을 많이 인용하였다.

의 수여병(守如瓶),[42] 불씨(佛氏)의 마기견(磨夔堅)[43]이 모두 말을 경계한 것입니다.

그렇다면 후직(后稷)의 사당에 금인(金人)을 세운 것이 《설문해자》와 《석명》이 근거한 바가 아니겠습니까. 금인의 입을 세 군데 꿰맨 것은 발언을 조심시키는 뜻이고, 졸졸 흐르는 물을 막지 않으면 강하(江河)가 된다는 명문은 말이 쉽게 흘러나오는 것을 조심시키는 말이고, 가느다란 것이 그물이 되고 터럭만 한 것을 뽑지 않아 도끼를 쓰게 된다는 명문은 말의 재앙을 두려워하는 말입니다.[44]

---

39 주역의 괄낭(括囊) : 《주역》 곤괘(坤卦) 육사효(六四爻)에 "주머니를 묶으면 허물이 없으리라.〔括囊, 无咎.〕"라고 하였다.

40 서경의 흥융(興戎) : 《서경》 대우모(大禹謨)에 "오직 입이 우호를 낳기도 하고 싸움을 일으키기도 한다.〔惟口, 出好興戎.〕" 하였다.

41 시경의 마점(磨玷) : 《시경》 대아(大雅) 〈억(抑)〉에 "백규의 흠은 갈아 없앨 수 있지만, 이 말의 흠은 어찌할 수가 없네.〔白圭之玷, 尙可磨也. 斯言之玷, 不可爲也.〕"라고 하였다.

42 도가(道家)의 수여병(守如瓶) : 송(宋)나라 부필(富弼)이 80세 되던 해에 병풍에 "수구여병 방의여성(守口如瓶防意如城)"이라고 써서 자신을 경계하였는데, 불가(佛家)의 《유마경(維摩經)》에도 이 말이 순서를 바꿔서 나온다. 주희가 문인에게 이 대목을 설명하면서 "수구여병은 아무렇게나 말을 하지 않는 것이요, 방의여성은 외물의 유혹을 받는 것을 두려워함이다.〔守口如瓶, 是言語不亂出; 防意如城, 是恐爲外所誘.〕"라고 하였고, 또 "수구여병은 함부로 말하지 않는 것이요, 방의여성은 바르지 못한 것이 안에 들어오는 것을 막는 것이다.〔守口如瓶, 不妄出也, 防意如城, 閑邪之入也.〕"라고 하였다. 《朱子語類 卷105 敬齋箴》

43 불씨(佛氏)의 마기견(磨夔堅) : 미상이다.

44 졸졸……말입니다. : 원문의 '연연강하(涓涓江河)'는 "졸졸 흐르는 물을 막지 않다가 마침내 강하(江河)가 된다.〔涓涓不壅, 終爲江河.〕"는 명문을 축약한 표현이고, '면면부가(綿綿斧柯)'는 "가느다랄 때 끊지 않으면 그물이 되고, 터럭만 할 때 뽑지 않으면

그리하여 마침내 적도(赤刀)와 대훈(大訓), 천구(天球)와 이옥(夷玉)[45]과 함께 깊고 엄숙한 사당에 안치하고 그 등에 잠언을 새겨 만세(萬歲)에 밝게 보여주었으니, 선대의 성왕(聖王)께서 이 세상을 걱정한 것이 참으로 깊고도 간절했다 하겠습니다.

아, 도철(饕餮)의 탐욕을 기물에 새겨놓고 도올(檮杌)의 악행을 역사서의 이름으로 붙여놓았으니,[46] 금인을 만들어 말 많은 사람을 경계한 것이 어찌 공연한 것이겠습니까. 오직 성인만이 말을 경계해야 하는 줄을 잘 아셨기 때문에 노(魯)나라 사당에 들여놓았으니, 바로 저 금인입니다. 그러나 금인이 《공자가어(孔子家語)》 외에는 보이지 않습니다.

신이 일찍이 《침중십서(枕中十書)》[47] 중의 〈존중구(尊重口)〉 한 편

도끼를 써야 된다.〔綿綿不絶, 或成網羅. 毫末不札, 將尋斧柯.〕"는 명문을 축약한 표현으로, 《공자가어(孔子家語)》의 원문을 따라 번역하였다.

45 적도(赤刀)와 대훈(大訓), 천구(天球)와 이옥(夷玉) : 주(周)나라를 대표하는 보물들을 말한다. 적도(赤刀)는 무왕(武王)이 주(紂)를 정벌할 때에 사용했다는 적색으로 장식한 보도(寶刀)이고, 대훈(大訓)은 문왕(文王)과 무왕(武王)의 가르침이다. 천구(天球)는 옹주에서 나는 하늘처럼 파란 빛깔의 옥이고, 이옥(夷玉)은 의무려산에서 나는 순우기(珣玗琪)라는 옥돌이다. 《書經 顧命》

46 도철(饕餮)의……붙여놓았으니 : 도철(饕餮)은 전설 속에 등장하는 탐욕스럽고 잔학한 괴물이다. 고대에 종(鍾)과 정(鼎), 술잔 등에 그 머리 형상을 조각하여 장식한 경우가 많다. 도올(檮杌)은 초(楚)나라 역사책의 명칭이다. 《맹자》 〈이루 하(離婁下)〉에, "왕자(王者)의 자취가 종식되자 《시》가 망하였다. 《시》가 망한 뒤에 《춘추》가 지어졌다. 진(晉)나라의 《승(乘)》, 초(楚)나라의 《도올(檮杌)》, 노(魯)나라의 《춘추》는 똑같이 역사책이다. 실린 사건은 제 환공(齊桓公)과 진 문공(晉文公) 등의 일이고, 문체는 사관(史官)의 문체이다.〔王者之迹熄而詩亡, 詩亡然後春秋作. 晉之乘, 楚之檮杌, 魯之春秋, 一也, 其事則齊桓 晉文, 其文則史.〕" 하였다.

을 좋아하여 말을 경계한 역대의 교훈을 가지고 유형별로 나누고 모아서 금인의 미진한 뜻을 다 드러내려고 한 지 오래되었습니다. 이제 금인에 새길 명문을 지으라는 명을 받자오니 감히 어리석은 소견을 모두 피력하여 부응하지 않을 수 있겠습니까. 드디어 절하고 머리를 조아리며 다음과 같이 명을 짓습니다.

말은 외면의 꽃이요	言爲貌華
말은 마음의 소리라네	言爲心聲
내면에 쌓으면 덕이 길러지고	蘊則育德
밖으로 드러내면 행동에 이롭네	發則利行
사과와 오사[48]가	四科五事

---

47 침중십서(枕中十書) : 명(明)나라 이지(李贄, 1527∼1602)가 지은 책으로, 모두 10권이다. 원제는 《대아당정정침중십서(大雅堂訂正枕中十書)》이다. 이지는 호가 탁오(卓吾), 굉보(宏甫), 온릉거사(溫陵居士) 등이며, 복건(福建) 천주(泉州) 사람이다. 당시의 부패정치에 반감을 가져 예교(禮敎)를 반대하고 도학(道學)을 공격하다가 '감히 난잡한 도를 제창하여 세상을 현혹시키고 백성을 속인다.'는 죄명으로 체포되어 옥중에서 칼로 자결하였다. 《침중십서》는 《정기록(精騎錄)》·《운창필기(篔窗筆記)》·《현혁선(賢奕選)》·《문자선(文字禪)》·《이사(異史)》·《박식(博識)》·《존중구(尊重口)》·《양생제호(養生醍醐)》·《이담(理譚)》·《소단천금결(騷壇千金訣)》로 구성되어 있는데, 이 가운데 《존중구》에는 말을 조심하지 않아 재앙을 만난 사람들의 여러 가지 구업(口業)을 유형별로 분류해놓았다. 《北京圖書館古籍善本目錄》

48 사과(四科)와 오사(五事) : 《논어》〈선진(先進)〉에 공자(孔子)의 제자들을 장점에 따라 네 가지로 분류하여 "덕행(德行)에는 안연(顔淵)과 민자건(閔子騫), 염백우(冉伯牛)와 중궁(仲弓)이고, 언어(言語)에는 재아(宰我)와 자공(子貢)이고, 정사(政事)에는 염유(冉有)와 계로(季路)이고, 문학(文學)에는 자유(子游)와 자하(子夏)이다." 하였는데, 후세에 이를 공문 사과(孔門四科)라고 하였다. 오사는 통치자들이 지녀

모두 이를 규범으로 삼네	率是以程
의미가 전달되지 않을까 걱정일 뿐[49]	患惟不達
어찌 풍부하지 못함을 걱정하랴	戒何在贏

노나라 사당에 금인을 세우기 전에는	魯廟之先
주 무왕의 명문이 있어서	周武有銘
입이 입을 해친다는	口之戕口
가르침 간곡했고	訓也丁寧
노나라 사당에 금인을 세운 뒤에는	魯廟之後
맹자의 경문 있어서	孟氏有經
편파적이고 회피하는 말에 대한	詖辭遁辭
경계를 들을 수 있네[50]	戒也可聽

야 할 다섯 가지의 몸가짐을 말한다. 즉 모양이 공손하고, 말이 이치에 맞고, 눈이
분명하고, 귀가 밝고, 사고가 슬기로운 것이다. 《서경》〈홍범(洪範)〉에 "오사(五事)는
첫째 모양이고, 둘째 말이고, 셋째 보는 것이고, 넷째 듣는 것이고, 다섯째 생각하는
것이다. 모양은 공손해야 하고, 말은 이치에 맞아야 하고, 보는 것은 분명해야 하고,
듣는 것은 밝아야 하고, 생각은 슬기로워야 한다.〔一曰貌, 二曰言, 三曰視, 四曰聽,
五曰思. 貌曰恭, 言曰從, 視曰明, 聽曰聰, 思曰睿.〕" 하였다.

49 의미가……뿐 : 《논어》〈위령공(衛靈公)〉에, 공자가 "말은 의미가 전달되기만 하
면 된다.〔辭, 達而已矣.〕" 하였다.

50 맹자의……있네 : 《맹자》〈공손추 상(公孫丑上)〉에, 지언(知言)에 대한 공손추
의 물음에 "치우친 말에서 무엇에 가려졌는지를 알며, 방탕한 말에서 무엇에 빠져 있는
지를 알며, 사벽한 말에서 이치를 등진 것을 알며, 애써 외면하는 말에서 곤궁한 것을
안다.〔詖辭知其所蔽, 淫辭知其所陷, 邪辭知其所離, 遁辭知其所窮.〕" 하였다.

그러나 이 명문과 이 경문도　　　　　　　之銘之經

형상으로 보여줌만 못하구나　　　　　　　不若象形

형양의 삼품⁵¹으로　　　　　　　　荊楊三品

틀을 만들어 주조했네　　　　　　　　　　乃鑄乃型

둥근 머리와 모난 발로　　　　　　　　　　圓首方趾

의젓이 선 모습 정말 신령스럽네　　　　　儼立最靈

저 의기⁵²와 함께　　　　　　　　　偕彼欹器

사당의 뜰에 있네　　　　　　　　　　　閟宮之庭

꿰매고 또 꿰매어　　　　　　　　　　　緘而又緘

동정호⁵³처럼 고요하니　　　　　　　默若洞停

귀 기울여 기다려봐도　　　　　　　　　　側耳而俟

들리는 소리 없네　　　　　　　　　　　無聞無聆

좋은 말과 악한 말을　　　　　　　　　　爾好爾莠

문에 깊이 빗장을 지르듯 하였네　　　　如戶鐍扃

51　형양(荊楊)의 삼품 : 형주(荊州)와 양주(揚州)에서 생산되는 청(靑)・백(白)・
적(赤) 색의 세 가지 동(銅)을 말한다. 《시경》〈반수(泮水)〉에 "남쪽 지방에서 나는
금을 크게 바쳤다[大賂南金]" 하였는데, 정현(鄭玄)은 전(箋)에서 "형주와 양주에서
금(金) 삼품(三品)을 바쳤다." 하였고, 공영달(孔穎達)은 소(疏)에서 "세 가지 색깔의
동(銅)을 말한다." 하였다. 일설에는 금・은・동 세 가지를 말한다고도 하였다.

52　의기(欹器) : 한쪽으로 기울게 만든 그릇이다. 주(周)나라 사당에 있던 그릇으로,
텅 비면 한쪽으로 기울고, 물을 중간쯤 채우면 똑바르게 되며, 물을 가득 채우면 엎어져
버리는데, 임금이 경계하기 위해 항상 옆에 두었다고 한다. 《孔子家語 三恕》

53　동정호(洞停湖) : 중국 호남성(湖南省) 북동부에 있는 호수이다. 상강(湘江), 자
수(資水), 원강(沅江) 등이 흘러들어가는 중국 최대의 호수이다.

쉽게 말을 내뱉는 자여　　　　　　易由言者

어찌하여 전형을 보지 않는가　　　盍視典刑

공자께서 경계의 말씀 남겨　　　　孔聖垂徹

사람들을 일깨우셨네　　　　　　　俾人喚醒

신이 명을 지어　　　　　　　　　臣撰銘辭

밝은 조정에 올립니다　　　　　　拜獻明廷

녹야당 상량문[54]

닫혀 있던 사방 골짜기에 흰 구름 걷히니 좋은 땅과 그렇지 못한 땅 있고, 두 강의 경계를 푸른 산이 감싸니 마치 하늘이 감추고 다듬은 곳인 듯해라. 어찌 알았으랴. 백 년 세월 승경(勝景)이라 손꼽히던 장소가 마침내 한 사람 차지 될 줄을. 더구나 이 집현리(集賢里)는 예로부터 낙양 근교에서 가장 뛰어난 곳으로 일컬어짐에랴. 천 이랑 자오교(子午橋) 둘렀으니 푸른빛이 비단 들판에 아득하고, 오도(五都)[55]의 뛰어난 경관 우열을 비교하니 청아하고 수려함으로는 금대(襟帶)의 고장[56]을 말하네. 우뚝한 대숲이 정취 돋우니 절로 자연의 꾸밈 있고, 은은하게 연꽃 향기 발하니 연못과 도랑 틔워 만들 필요 무에 있으랴. 사안석(謝安石)이 동산(東山)에 별장을 새로 지은 것은 단지 취할 만한 물색(物色) 있어서일 뿐만이 아니요, 왕마힐(王摩詰)이 망천(輞川)에 별장 지은 것 또한 너무 지나치게 자랑했음을 알았음이라.[57]

還京, 文宗必先問之曰"卿見裴度否?"]

55 오도(五都) : 당(唐)나라 때의 중경(中京) 장안(長安), 동경(東京) 낙양(洛陽), 서경(西京) 봉상(鳳翔), 남경(南京) 성도(成都), 북경(北京) 태원(太原)을 가리킨다.

56 금대(襟帶)의 고장 : 금대는 옷깃과 띠처럼 사방이 산과 강으로 둘러싸인 지형을 말한다. 금대의 고장이란 문맥상 배도(裴度)가 지은 녹야당이 있었던 낙양 인근을 가리킨다.

57 사안석(謝安石)이……알았음이라 : 사안석은 동진(東晉) 때의 인물인 사안(謝安)을 가리킨다. 안석은 그의 자이다. 사안은 경륜과 지략이 뛰어나 명망이 드높았는데 조정의 거듭된 부름에도 응하지 않고 어지러운 세상을 피해 회계(會稽)의 동산(東山)

녹야당 주인은 일찍부터 경세제민(經世濟民)의 재주 품고서 오랫동안 천하 경륜(經綸)하는 책임 맡았네. 조정에서 단정히 홀 잡고 중서성(中書省)의 복잡한 기무(機務) 다스리고, 변방에서 군기(軍旗) 세우고서 회서(淮西)의 포악무도한 병졸 평정했네. 나라의 안위를 재상에게 일임하니 더욱 융숭한 임금의 총애를 어찌 모르랴. 명성이 기상(旂常)[58]에 밝게 드러나니 공 이루어지면 반드시 떠날 것 매양 생각하였네. 어두운 길 더듬거리며 가는 일 경계할 만하니[59] 군자는 명철보신(明哲

에 20년 동안이나 은거하다가 후에 나이 마흔에야 벼슬길에 나아가 삼공의 지위에 이르렀다. 사안이 은거하자 당시 사람들은 "안석이 세상에 나오지 않으니, 창생들을 어찌하려는가."라고 말하기도 하였다. 《晉書 卷79 謝安列傳》. 본문의 말은, 사안이 동산에 별장을 짓고 한가로이 은거한 것이 단순히 그곳 풍광이 좋아서만 그런 것이 아니라 뛰어난 재주를 감추고 어지러운 세상을 피해 은거하기 위한 것이었듯, 배도 역시 정치가 어지러워지자 녹야당을 짓고 은거한 것임을 나타낸 것이다.

　　왕마힐은 당(唐)나라 때의 인물인 왕유(王維)를 가리킨다. 마힐은 그의 자이다. 왕유는 어렸을 때부터 재능이 뛰어나 음악과 시, 그림 등에 조예가 깊었으나 한편으로 그의 뛰어난 재능을 잘 감추지 못해 관직에서 많은 부침을 겪었다. 이로 인해 관직 생활에 염증을 느끼고 산수를 벗하려는 마음이 생긴 왕유는 장안 동남쪽의 망천에 별장을 짓고 그곳에서 시를 짓고 그림을 그리며 유유자적한 생활을 하였다. 《新唐書 卷202 王維列傳》. 본문의 말은, 왕유가 지나치게 드러나는 것을 경계하여 망천으로 은거하였듯, 배도 역시 정치가 어지러워져 화가 미칠 것을 염려하여 최고의 자리인 승상의 자리를 버리고 은거한 것임을 나타낸 것이다.

58　기상(旂常) : 기(旂)와 상(常)은 왕실에서 사용하는 깃발이다. 용의 형상을 서로 어긋나게 그린 것을 기라 하고 일월의 무늬를 그린 것을 상이라 하는데, 신하 가운데 왕조에 공덕(功德)이 있으면 여기에 기록하였다고 한다. 《周禮 春官 司常》

59　어두운……만하니 : 어지럽고 혼란스러운 상황을 피하지 않고 길을 잃고 헤매는 것을 경계해야 한다는 뜻이다. 양웅(揚雄)의 《법언(法言)》 〈수신편(修身篇)〉에 "지팡이로 땅을 더듬어서 길을 찾아 어둠 속으로 나아갈 따름이다.〔摘埴索塗, 冥行而已矣.〕"

保身)[60]의 지혜 중시하고, 벼슬길에서의 풍파가 자주 사람 놀라게 하니
몇 사람이나 평소 계책 그르쳤던고.

이에 고향 땅[61] 지나 안개와 노을 낀 고요한 땅 차지했네. 훌륭한
장인이 솜씨 발휘하니 세 칸의 당이 찬란히 우뚝 서고, 길일에 고고(鼕
鼓) 소리 울려 퍼지니 모든 담장이 여기저기서 다 세워진다.[62] 그윽하고
단아한 풀과 꽃들은 자연적인 단청 될 만하고, 맑은 여울과 푸른 벼랑
은 인위적으로 다듬지 않은 울타리와 담장으로 가져다 쓸 수 있네.
행랑을 나는 듯이 세우고 문으로 이으니 주인 인도 받는 빈객들 싫어하
는 기색 없고, 시원한 누대 있고 따뜻한 온실 있으니 사시사철 모두
합당하여라. 고관대작 시절은 꿈속에서라도 다시 생각하지 않고, 푸른
도롱이 초록 삿갓은 만년의 유유자적 즐기는 삶에 쓸 만하도다. 공역
함께하는 모든 이들은 다같이 선송(善頌)[63]을 들을지어다.

라고 하였다.

60　명철보신(明哲保身) : 《시경》〈대아(大雅) 증민(烝民)〉에 "이미 사리에 밝고 또
일에 밝아 그 몸을 보전한다.〔旣明且哲, 以保其身.〕"라고 하였다.

61　고향 땅 : 배도의 고향인 문희(聞喜)를 가리킨다. 지금의 산서성(山西省) 문희현
(聞喜縣)으로 낙양 인근이다.

62　고고(鼕鼓)……세워진다 : 녹야당을 건립하는 일이 순조롭고 빠르게 진행됨을 뜻
하는 말이다. 고고는 역사(役事)를 할 때 울리는 북이다. 《시경》〈대아 면(綿)〉에
"모든 담장을 일으켜 세우니, 고고 소리가 감당하지 못하네.〔百堵皆興, 鼕鼓弗勝.〕"라
고 하였다.

63　선송(善頌) : 춘추 시대 진(晉)나라 대부 조무(趙武)의 새 집이 준공되자 손님인
장로(張老)와 주인인 조무가 덕 있는 축사와 답사를 모두 잘한〔善頌善禱〕 고사에서
온 말이다. 《禮記 檀弓下》

어기여차 들보 동쪽으로 떡을 던지니

동녘에서 찬란히 아침 해 떠오른다

나아가거나 물러나거나 천하 일 잊지 않으니

나라 위한 일편단심 붉은 규화(葵花)[64] 같아라

어기여차 들보 남쪽으로 떡을 던지니

단아한 농가 아낙네 저 남녘 들판에서 새참 먹인다

듬뿍 내린 단비는 황제의 공으로 돌리니

상공은 일없이 농사 이야기 듣노라

어기여차 들보 서쪽으로 떡을 던지니

약초밭과 벼논은 작은 정원 서쪽이라

각건(角巾) 쓰고 사제(私第)에 돌아온 뒤에[65]

어린 손자만이 좌우에서 이끄는구나

64 규화(葵花) : 그 꽃이 해를 향하기 때문에 임금을 향한 충성을 나타내는 '葵'에 대한 번역어로 대체적으로 '해바라기'가 사용되어왔는데, 현재 우리가 해바라기라고 부르는 꽃은 서양에서 들어온 꽃이므로 번역어로 적절치 않다는 의견이 있다. '葵'는 아욱, 접시꽃 등 동양 고래(古來)의 품종을 나타내는 단어에 다 쓰이는데, 그 복잡성으로 인해 여기서는 순우리말 번역어의 확정은 일단 유보하기로 한다. '규화'에 대한 고찰로 '김종덕·고병희, 〈아욱(葵菜), 접시꽃(蜀葵), 닥풀(黃蜀葵), 해바라기(向日葵)에 대한 문헌고찰〉, 《사상체질의학회지》 제11권 1호, 대한의학회, 1999.'가 참고된다.

65 각건(角巾)……뒤에 : 각건은 은자(隱者)가 착용하는 두건을 말한다. 《진서(晉書)》 권42 〈왕준열전(王濬列傳)〉에 "전장에서 돌아온 뒤에 사제에서 각건을 쓰고 오(吳)를 평정한 일은 입 밖에 내지 않았다."라고 하였다.

어기여차 들보 북쪽으로 떡을 던지니

오색구름 서린 궁궐은 북쪽 하늘에 있구나

오동나무 침상에서 밤마다 잠 못 이루니

앉아서 뭇 별이 북극성 향한 것 바라보노라

어기여차 들보 위로 떡을 던지니

백 척 높은 누각 위로 해가 지누나

소 등 걸터탄 이가 부르는 젓대 소리 때때로 들리니

푸른 구장(鳩杖)⁶⁶ 짚고서 흔연히 배회하노라

어기여차 들보 아래로 떡을 던지니

맑은 강물과 흰 바위가 계단 아래에 둘러 있네

지금부터 영원히 태평한 세상 사람 되리니

술을 붓듯이 흐르는 시간에 모든 것을 맡기네

---

66 구장(鳩杖) : 머리 부분에 비둘기 모양을 조각한 지팡이로, 임금이 나이 많은 노인에게 하사하는 것이다. 《태평어람(太平御覽)》 권383 〈인사부(人事部)〉에 "나이 일흔이 된 노인에게 옥장(玉杖)을 내리는데 길이는 9척(尺)이고 지팡이 머리에 비둘기 모양을 새겨 꾸민다. 비둘기는 목이 메지 아니하는 새이므로, 노인이 목이 메지 말라는 뜻으로 그렇게 한다."라고 하였다. 《후한서》〈예의지(禮儀志)〉에도 "나이 여든 아흔이 된 노인에게 옥장을 내린다."라고 하였고, 《예문유취(藝文類聚)》 권92 〈조부(鳥部) 구(鳩)〉에, 《풍속통(風俗通)》의 말을 인용하여 "한 고조(漢高祖)가 항우(項羽)와 싸우다가 패하여 숲속에 숨었는데 항우가 추격해왔다. 그때 비둘기가 그 숲 위에서 우니, 추격하던 자들이 사람이 없다고 여기고는 그냥 지나갔다. 그리하여 그 위기를 벗어날 수가 있었다. 한 고조가 즉위한 뒤에 그 새를 기특하게 여겨 구장(鳩杖)을 만들어서 노인들에게 하사하였다."라고 하였다.

삼가 바라건대 상량(上樑)한 뒤에 산과 강은 그 자태를 드러낼지어다. 술은 표주박과 술동이에 넘쳐나 사방 풍경을 오래도록 즐기고, 책은 서가에 더해져 한가로이 천고의 전적을 뽑아볼지어다. 발걸음 닿는 대로 소요하니 반생 동안 나라를 위해 수고한 노고를 보답 받겠거니와, 반드시 안부를 물으시니 구중궁궐에서 알아주신 은혜를 장차 어찌 보답하려나?

한나라가 신풍을 옮겨 세우면서 내린 조서[67]

漢移新豐詔

황제는 이르노라. 대업을 개창하여 중토(中土)를 개척하니 우적(禹迹)보다 더하고,[68] 신풍(新豐)을 만들어 옛 이름 그대로 쓰니 거북이 먹은 것이 그 징조이다.[69] 이는 비록 신령스러운 땅이 예비된 것이지

---

67 【작품해제】 이 작품은 《서경잡기(西京雜記)》 등에 실려 있는, 한 고조(漢高祖) 유방(劉邦)이 천하를 통일한 뒤에 부친을 모셔와 장안(長安)의 황궁에서 태상황(太上皇)으로 호화로운 생활을 하게 했는데, 그 부친이 고향인 풍현(豐縣)을 못 잊어 하자 장안 부근에 신풍(新豐)을 조성하여 위로했다는 고사를 기반으로 의작(擬作)한 것이다.

한편 《일성록(日省錄)》 정조 7년(1783) 5월 4일 기사에, 하루 전인 5월 3일 거행한 초계문신(抄啓文臣)의 친시(親試) 결과물 가운데 윤행임(尹行任)과 저자의 작품을 놓고 어느 것이 더 나은가를 두고 정조와 신하들 간에 논의하는 내용이 있으며, 《내각일력(內閣日曆)》 정조 7년 5월 3일 기사에 따르면 이때의 시제(詩題)가 바로 "한나라가 신풍을 이설한 일에 대한 의작〔擬漢移新豐〕"이었다. 이를 통해 이 작품은 1783년 5월 3일에 지어진 것임을 알 수 있다. 《일성록》의 해당 기사에서는, 서명선(徐命善)은 윤행임의 글을 명작이라고 하였고 정민시(鄭民始)도 서형수의 작품은 시제를 해설한 부분이 없으므로 흠이 있다고 한 반면, 정조는 윤행임은 과문(科文)의 투식을 벗어나지 못하였고 서형수의 작품은 관각의 문장이라고 할 만하다고 하면서 저자의 작품을 더 높이 평가하고 있다.

68 우적(禹迹)보다 더하고 : 우임금이 치수(治水) 사업을 벌일 때 그 발자취가 구주(九州) 전역에 두루 미쳤으므로 이를 우적이라고 한다. 한나라가 새로 왕조를 개창하여 우임금보다 더 높은 공적을 이루었다는 뜻이다.

69 거북이……징조이다 : 거북점을 쳐서 길지(吉地)를 택했다는 뜻이다. 거북이 먹는다는 것은, 옛날에 거북점을 칠 때 먼저 거북 껍데기에 먹줄을 그려놓은 다음 거북 껍데기를 구워 징조가 길하면 그 먹줄을 먹게 되는 현상을 말한 것이다. 《서경》〈낙고(洛誥)〉에 "오직 낙읍을 먹었다.〔惟洛食〕"라고 하였는데, 《서전(書傳)》의 주석에 "먹

만, 또한 사람의 계획이 함께 좋았던 데 힘입은 것이다. 생각건대 옛날 상종(商宗)이 은(殷)으로 천도(遷都)할 때 근거 없는 소문으로 서로 선동함을 얼마나 탄식하였던가.[70] 주왕(周王)이 낙읍(洛邑)에 도성을 만든 것[71]은 진실로 여론이 따른 데 힘입은 것이다. 관문(關門)과 시장을 만들고 기정(旗亭)[72]을 늘여 세움에 장인(匠人)이 도성 설계하는 계책이 모자라지 않고, 강역을 살피고 성야(星野)[73]를 관찰함

는다는 것은, 사관이 먼저 먹줄을 정하여 그려놓았는데, 거북 껍데기를 구워 나타난 조짐이 바로 그 먹줄을 먹은 것이다.〔食者, 史先定墨, 而灼龜之兆, 正食其墨也.〕"라고 하였다.

70 상종(商宗)이……탄식하였던가 : 여기에서 상종은 은(殷)나라 제19대 임금인 반경(盤庚)을 가리킨다. 은나라는 반경 때에 와서 황하의 범람으로 인해 경(耿) 땅에서 황하 남쪽의 은 땅으로 도읍을 옮기려 하였다. 그러나 대가(大家)와 세족(世族)들이 있던 곳을 편안히 여기면서 천도를 반대하여 근거 없는 말을 퍼뜨려 민심을 선동하였고 백성들은 이해관계에 현혹되어 새 도읍으로 가려 하지 않았다. 이때 반경이 천도의 이로움과 천도하지 않았을 때의 해로움을 백성들에게 설명한 글이 《서경》〈반경〉이다. 《서경》〈반경 상(上)〉에 "너희들은 어찌하여 나에게 고하지 않고, 서로 근거 없는 말로 선동하여 사람들을 두려워 떨게 하는가. 마치 불이 평원에 타올라서 불길을 향하여 가까이할 수는 없으나 오히려 꺼버릴 수는 있는 것과 같으니, 너희들이 스스로 불안정함을 만드는 것이지 내게 잘못이 있는 것이 아니다.〔汝曷弗告朕, 而胥動以浮言, 恐沈于衆? 若火之燎于原, 不可嚮邇, 其猶可撲滅, 則惟爾衆自作弗靖, 非予有咎.〕"라고 하였다.

71 주왕(周王)이……것 : 주왕은 무왕(武王)의 아들인 성왕(成王)을 가리킨다. 성왕 때에 호경(鎬京)의 동쪽인 낙읍(洛邑)에 또 하나의 도읍을 세우고 성주(成周)라 하였으며 이를 기반으로 동방을 경영하였다. 이때 성왕이 주공(周公)과 낙읍의 경영을 문답한 것이 《서경》〈낙고(洛誥)〉이다.

72 기정(旗亭) : 깃발이 세워진 시장 안의 누각으로 이곳에서 시장의 관리가 시장의 동태를 관찰하였다.

73 성야(星野) : 하늘의 28수(宿)의 위치에 따라 중국 전역을 구분한 것을 가리킨다.

에 집 떠나 타향 사는 이가 고향 그리워하는 마음 없을쏜가.[74] 이에 짐이 오랫동안 마음속으로 신풍 세울 것을 생각했으니 이제 그 중요도를 헤아려보노라.

어버이를 봉양할 적에 천하로 봉양함보다 큰 봉양은 없으니 어버이가 기쁘고 즐겁도록 봉양하라고 하신 성인의 가르침을 실천해야 하고, 어버이의 즐거움이 관중(關中) 지역에 있지 않으니 부로(父老)들이 이주하는 수고로움[75]을 돌봐야 한다. 산과 강이 견고하게 옷깃과 띠처럼 두르고 있으니 참으로 아름답지만 내 땅은 아니라 말하지 말고,[76] 축(筑)을 치며 노래하면서 풍운(風雲)의 생각 일으켰으니 가는 곳마다 얻지 못함이 없음을 생각해야 한다.[77]

---

74 집……없을쏜가 : 한 고조 유방의 부친이 고향을 그리워함을 말한 것이다.

75 부로(父老)들이 이주하는 수고로움 : 신풍을 세우면서 기존의 풍읍(豐邑) 사람들을 신풍으로 이주시킨 것을 말한다.

76 참으로……말고 : 비록 진짜 풍읍은 아니지만 정을 붙여야 한다는 뜻이다. 건안칠자(建安七子)의 한 사람인 왕찬(王粲)의 〈등루부(登樓賦)〉에 "참으로 아름답지만 내 땅이 아니니, 어찌 잠시인들 머물 수 있으리오.〔雖信美而非吾土兮, 曾何足以少留?〕"라고 한 표현을 가져온 것이다.

77 축(筑)을……한다 : 한 고조 유방이 천하를 통일하고 나서 고향인 패(沛) 땅에 들러 부로(父老)와 자제(子弟)들을 패궁(沛宮)으로 초대하여 주연을 크게 베풀고 술이 거나해지자, 스스로 〈대풍가(大風歌)〉를 지어 친히 축(筑)을 치면서 노래하기를 "큰 바람이 일어나니 구름이 날리었도다. 위엄을 천하에 떨치고 고향에 돌아왔네. 어떻게 하면 용사들을 얻어 천하를 지킬까?〔大風起兮雲飛揚. 威加海內兮歸故鄉. 安得猛士兮守四方?〕"라고 한 것을 가리킨다. 《漢書 卷1 高帝本紀》. 가는 곳마다 얻지 못함이 없다는 것은, 문맥을 따져볼 때 고조 자신이 고향을 떠나 큰 뜻을 이루었듯이 고향인 풍읍을 떠나 신풍으로 가는 사람들 역시 고향을 떠나는 것을 애석하게 생각하지 말고 그곳에서 새로운 뜻을 얻을 수 있음을 생각해야 한다는 뜻으로 보인다.

더구나 가장 풍요로운 이 땅은 평소 전국에서 최고로 비옥한 고장이라 일컬어졌다. 다섯 도읍[78]의 진귀한 재화가 오가니 삼기(三畿)[79]의 오랜 자취를 다투어 전하고, 네거리의 먼지가 어지러이 합쳐지니 대로(大路)의 장대한 포부를 부러이 이야기한다. 사람들이 이 땅을 안락하게 여겨 편안히 거하니 어찌 새가 둥지를 그리워하는 탄식이 있겠는가. 때때로 비록 높은 곳에 올라 멀리 고향을 바라보겠지만 단지 여우가 수구초심(首丘初心)하는 마음일 뿐이다. 이에 장차 환고(渙誥)[80]를 크게 펼치리니 풍읍(豐邑)의 이전을 명하노라. 너희 대소신민(大小臣民)들은 시장에 가듯이 신풍으로 올 것이며 소란함 없이 짐의 명을 들을지어다. 아아! 고향의 물색이 시야에 들어오니 누군들 돌아보며 상상하지 않겠는가마는 낙토(樂土)의 춘경을 완상할 만하니 삼가 주저하며 안일하게 있지 말지어다. 그러므로 이에 조칙을 내리니 잘 알았으리라 생각한다.

---

78 다섯 도읍 : 한나라는 낙양(洛陽), 감단(邯鄲), 임치(臨菑), 완(宛), 성도(成都)를 다섯 도읍으로 삼았다. 《漢書 卷24 食貨志下》

79 삼기(三畿) : 한나라 때 도성인 장안(長安) 인근을 세 지역으로 나누었던 삼보(三輔)를 가리킨다. 장안 동쪽을 경조윤(京兆尹), 장릉(長陵) 북쪽을 좌풍익(左馮翊), 위성(渭城) 서쪽을 우부풍(右扶風)이라 하였고, 전하여 경기(京畿)를 가리키는 말로 쓰였다.

80 환고(渙誥) : 제왕의 조칙 및 명령을 가리키는 말이다. 《주역》〈환괘(渙卦)〉에 "흩어지는 때에, 땀을 내듯이 큰 호령을 발한다.[渙汗其大號]"라고 한 데서 온 말이다. 정이(程頤)는 땀이 나서 무젖듯이 제왕의 명령이 사람들에게 무젖는 뜻이라고 하였고, 주희(朱熹)는 땀이 나면 다시 흡수될 수 없듯이 제왕의 명령이 한번 내려지면 다시 회수될 수 없음을 뜻하는 것이라고 하였다.

나라에서 송렴에게 영지와 감로를 하사하며 내린 조서[81]

明賜宋濂靈芝甘露詔

81 【작품해제】 이 작품은 명나라 태조(太祖) 때의 학자이자 문신인 송렴(宋濂, 1310~1381)에게 영지와 감로를 내린 고사를 기반으로 지은 의작(擬作)이다.

송렴은 절강(浙江) 포강(浦江) 사람으로 자는 경렴(景濂), 호는 잠계(潛溪), 시호는 문헌(文憲)이다. 명나라 태조 주원장(朱元璋)이 원(元)나라에 반기를 들고 무주(婺州)를 차지하자 유기(劉基) 등과 함께 응천(應天)에 가서 강남유학제거(江南儒學提擧)로 태자에게 경서를 가르쳤으며, 후에 《원사(元史)》 편찬을 책임졌고 일력(日曆)을 정리하는 등 개국 사업에 공로가 많았다. 국자 사업(國子司業), 예부 주사(禮部主事), 학사승지 지제고(學士承旨知制誥) 등을 역임하였다. 저서에 《문헌집》 등이 있다.

영지와 감로를 내린 고사와 관련해서는 《명사(明史)》 권2 〈태조본기(太祖本紀)〉에, 홍무(洪武) 2년(1369) 10월 갑술일에 감로가 종산(鍾山)에 내렸다는 기록이 있으며, 같은 책 권136 〈증노열전(曾魯列傳)〉에, 종산에 감로가 내리자 신하들이 시부(詩賦)를 지어 황제에게 바쳤다는 기록이 있다. 또한 송렴의 《문헌집》 권1에 이때 지어 올린 〈고로송(膏露訟)〉이 있는데, 태조가 건청궁(乾淸宮) 후원의 소나무 위에 내린 감로를 채취하여 신하들에게 보여주었다는 내용이 실려 있다. 한편 《명문형(明文衡)》 권63의 정해(鄭楷)가 지은 송렴의 행장인 〈한림학사승지송공행장(翰林學士承旨宋公行狀)〉에는, 감로가 내리자 태조가 감로를 넣은 탕을 끓여 송렴에게 하사했다는 내용이 있다. 그런데 이상의 기록에서 보듯, 감로에 관한 고사는 존재하지만 영지를 받았다는 고사는 미상(未詳)이다. 다만 《명사(明史)》 권141 〈고증(考證)〉의 방효유(方孝孺) 조항에서 《명서(明書)》의 내용을 인용하여, 송렴이 연회에서 태조로부터 〈영지감로송(靈芝甘露頌)〉을 지어 바칠 것을 명 받았으나 술에 취해 쓰러져 짓지 못하였다가 문생이었던 방효유가 송렴이 쓰러져 있는 동안에 대신 지어놓은 것이 있어 그것을 바쳐 위기를 모면하였다는 일화가 있다. 영지와 관련한 고사는 보궐(補闕)을 기다린다.

한편 《내각일력(內閣日曆)》 정조 7년(1783) 11월 17일 기사에, 11월의 초계문신 삭과시(朔課試)의 과제로 '황명에서 송렴에게 영지와 감로를 하사하다〔皇明賜宋濂靈芝甘露〕'가 낙점되었다는 기록이 있으므로, 이 작품 역시 이 당시에 지어진 과작(課作)으로 보인다.

황제는 이르노라. 신령스런 뿌리가 세 차례 꽃을 피우는 신이함을 드러내니[82] 아름다운 향기가 하늘에 알려졌음[83]을 누가 찬미할 것인가? 신령스러운 감로가 가을 빛깔에 엉기니 천지 기운이 하강한 것임을 알겠다. 저 푸른 단지의 매우 단맛을 거두고, 단약(丹藥)의 불로장생 비방(秘方)을 대신하리라.[84] 짐은 생각건대 천직(天職)은 반드시 함께 다스려야 하니 덕(德)이 같은 훌륭한 보필 있어야 하고,[85] 왕자(王者)는 비록 상서(祥瑞)를 귀히 여기지 않으나 또한 저절로 생긴 경사스러운 징조가 대부분이다. 단구(丹丘)에서 마노(瑪瑙) 단지 바치니 고신씨(高辛氏)가 덕으로 오게 한 물건 아직 전해지고,[86] 감천(甘泉)

---

82 신령스런……드러내니 : 영지는 1년에 세 차례 개화(開花)한다고 알려져 있다.

83 아름다운……알려졌음 : 훌륭한 정치가 펼쳐져 그 덕의 향기가 신명에게 알려져 영지가 피어났다는 뜻이다. 《서경》〈주서(周書) 군진(君陳)〉에 "지극한 정치는 향기로워 신명을 감동시키니, 서직이 향기로운 것이 아니라 오직 밝은 덕이 향기롭다.〔至治馨香, 感于神明, 黍稷非馨, 明德惟馨.〕"라고 하였다.

84 저……대신하리라 : 영지와 감로를 한 차례씩 번갈아 언급하는 전체 구법상 단맛은 감로를, 단약을 대신하는 것은 영지를 가리키는 것으로 보인다. 푸른 단지는 뒤이어 나오는 마노 단지와 같은 의미로 보인다.

85 천직(天職)은……하고 : 천직은 관직을 말하는 것으로 임금이 혼자 정무를 다스리는 것이 아니라 현자(賢者)와 함께 다스려야 함을 뜻한다. 《맹자》〈만장 하(萬章下)〉에, 진 평공(晉平公)이 현자인 해당(亥唐)과 벗으로 사귄 일을 논하면서 "그와 더불어 천위를·함께하지 않았으며, 더불어 천직을 다스리지 않았으며, 더불어 천록을 먹지 않았으니, 이는 사가 현자를 높이는 것이지 왕공이 현자를 높이는 것은 아니다.〔弗與共天位也, 弗與治天職也, 弗與食天祿也, 士之尊賢者也, 非王公之尊賢也.〕"라고 하였다. 덕이 같은 보필은, 《서경》〈주서(周書) 태서(泰誓)〉에 "나에게는 정치를 잘 보좌하여 다스리는 신하 열 명이 있는데, 그들과 나는 마음이 같고 덕이 같다.〔予有亂臣十人, 同心同德.〕"라고 한 주 무왕(周武王)의 말에서 연유한 것이다.

86 단구(丹丘)에서……전해지고 : 《습유기(拾遺記)》에 "단구의 나라에서 감로를 채

에 쟁반 같은 잎 둘렀으니 한제(漢帝)의 경사가 넘쳐나는 상서 징험하기 충분하다.[87] 하얀 띠풀에 촉촉한 꽃[88] 얹히니 정결하기가 기름과 옥과 같고, 자줏빛 등나무에 반착(蟠錯) 색채 빛나니[89] 그 형상 덮개와 수레바퀴 모양 같다. 이는 진실로 원기(元氣)의 정수(精髓)이자 또한 태화(太和)의 무궁함이다.[90] 영지와 감로는 도 있는 세상 되어야 나오니 저 상서로운 봉황 기린과 함께하고, 복용함에 반드시 불로

운 마노 단지를 바쳤는데 제곡(帝嚳)의 덕이 이방에까지 넉넉히 입혀졌기 때문이다."라고 하였다.

87 감천(甘泉)에……충분하다 : 감천은 한나라 때 감천산에 있었던 궁 이름이다. 쟁반 같은 잎은 지초(芝草)의 잎을 형용한 것이다. 《포박자(抱朴子)》에 "칠명지(七明芝)와 구광지(九光芝)는 모두 석지(石芝)인데, 강을 접한 높은 산 절벽에 서식하며 모양이 마치 쟁반[盤椀] 같다."라고 하였다. 한제는 한 무제(漢武帝)이다. 《한서(漢書)》 권6 〈효무제기(孝武帝紀)〉에, 원봉(元封) 2년에 감천궁에서 지초가 났는데 줄기는 아홉에 금빛이 나고 여섯 잎에 붉은 열매가 달렸으며 밤에 빛이 났다는 기사가 있다.

88 촉촉한 꽃 : 이슬을 가리키는 말이다. 원문의 '厭浥'은 젖은 모양을 나타내는 말로 《시경》〈소남(召南) 행로(行路)〉의 "이슬 젖은 길[厭浥行露]"에서 온 말이다. 이슬을 다른 말로 '노화(露花)'라고도 한다.

89 자줏빛……빛나니 : 자줏빛 등나무와 반착은 모두 영지를 가리키는 말이다. 반착은 복잡하게 얽혀 있는 모양이다. 송(宋)나라 때 소식(蘇軾)의 시 〈석지(石芝)〉의 인문(引文)에 "우물 위는 모두 푸른 암석이었는데, 암석 위에는 자줏빛 등나무가 용과 뱀이 서린 것처럼 서식하고 있었고 가지와 잎은 붉은 화살 같았다. 주인이 석지라고 말하였다.〔井上皆蒼石, 石上生紫藤如龍蛇, 枝葉如赤箭, 主人言此石芝也.〕"라고 하였으며, 《연감유함(淵鑑類函)》 등에서 영지를 나타내는 표현들을 나열하면서 당(唐)나라 때 이신(李紳)의 시를 인용하여 "신령스러운 뿌리 얽혀 하늘의 상서 드러내고, 보배로운 잎 이어져 땅의 상서 나타내네.〔靈根蟠錯呈天瑞, 寶葉蟬聯表地祥.〕"라고 하였다.

90 원기(元氣)의……무궁함이다 : 원기는 만물의 근원이 되는 태초의 기를, 태화는 천지의 음양이 모여 조화로운 기를 말한다.

장생 효과 보니 이로움이 금경(金莖) 요초(瑤草)[91]와 같다.

이제 홍라(紅羅)[92]가 문명(文命)을 펼치는 날에 우주 자연의 현묘한 공력이 신물(神物)을 바치는 상서를 드러냈다. 금국자[金杓]로 한 덩이 봄기운 빚어내니 진실로 백번 달군 솥보다 낫고, 비단 주머니에 육화(六和)의 기운 온축하니 구전단(九轉丹)을 기다릴 것이 없다.[93]

---

91 금경(金莖) 요초(瑤草) : 금경은 한 무제(漢武帝)가 하늘에서 내리는 이슬을 받으려고 세웠던 두 선인장(仙人掌) 기둥을 말한다. 이 이슬을 받아 먹으면 오래 산다는 방술사의 말을 믿은 무제가 이슬을 받아 옥가루를 타서 마셨다고 한다.《漢書 卷6 孝武帝紀》. 요초는 신선 세계에 피어난다는 불로초를 가리킨다.

92 홍라(紅羅) : 명 태조(明太祖) 주원장(朱元璋)의 별칭이다.《명사기사본말(明史紀事本末)》에, 명 태조가 태어나 그 부친이 태아를 씻기기 위해 강물을 길러 갔는데 홀연 붉은 비단이 떠내려오므로 그 비단을 명 태조에게 입혔고 이로 인해 그 거처를 홍라장(紅羅障)이라고 했다는 기사가 있다.

93 금국자[金杓]로……없다 :《명문형(明文衡)》권63의 정해(鄭楷)가 지은 송렴의 행장인〈한림학사승지송공행장(翰林學士承旨宋公行狀)〉에 "감로가 내리자, 황제가 선생을 불러 자리를 내려주었다. 그리고 직접 금국자를 잡고서 솥에 탕을 달구어 감로를 넣고 손수 잔에 부어 선생에게 내려주면서 말하기를 '이것은 화기가 응결된 것으로 질병을 낫게 하고 장수하게 할 수 있다. 그러므로 경과 함께하는 것이다.'라고 하였다.〔甘露降, 上召先生賜坐. 上躬執金杓, 煉湯於鼎, 以甘露投之, 手注于巵, 以賜先生曰, 此和氣所凝, 能愈疾延年, 故與卿共之耳.〕"라는 내용이 있다. 본문의 금국자 관련 내용은 이 사실을 서술한 것으로 보인다. 한 덩이 봄기운이란 보통 화기(和氣)를 나타낼 때 자주 쓰는 표현이며, 백번 달군 솥은 단약(丹藥)을 만드는 단정(丹鼎)을 백번 달구어 좋은 단약을 만들어낸다는 뜻으로 쓰인 듯하다. 이렇게 보면, 본문의 내용은 황제가 내린 감로를 넣은 탕이 정성 들여 만든 단약보다 좋다는 뜻이 된다.

한편 비단 주머니 이후의 내용은 영지와 감로를 번갈아 언급하는 전체 구법상 영지를 표현한 말로 보인다. 육화는《예기(禮記)》〈예운(禮運)〉에 나오는 말로, 정현(鄭玄)은 "봄에는 신맛, 여름에는 쓴맛, 가을에는 매운맛, 겨울에는 짠맛이 많은데, 모두 부드러운 맛과 단맛이 있다. 이것을 육화라고 한다.〔春多酸, 夏多苦, 秋多辛, 冬多鹹, 皆有滑

상서는 선련(蟬聯)에서 점치고 맑은 기운은 학의 경계에서 찾는다.[94] 그대가 날마다 나를 도와 보좌한 것에 힘입어 이제 나는 하늘의 상서를 크게 받들게 되었다.

생각건대 경은 금화(金華)에서 명성이 성대하고 옥서(玉署)에서 인망이 두터운 사람이다.[95] 접견할 때 총애 내리니 학사의 취한 모습 노래하고,[96] 태평 세상 몸소 이루니 선생으로 대우하는 특수한 은례(恩禮) 매양 베풀었다.[97] 요부(堯夫)가 탕약 끓이는 때에 상여(相如)에게 술잔

廿, 是謂六和.]"라고 하였다. 구전단은 《포박자(抱朴子)》에 나오는데, 아홉 번 제련한 단약으로 이것을 복용하면 3일 만에 신선이 된다고 하였다.

94 상서는……찾는다 : 선련은 연속되어 이어지는 모양으로 영지를 형용한 말이다. 이에 대해서는 60쪽 주89의 이신(李紳) 시 참조. 학의 경계는 이슬이 내렸다는 말로 《예문유취(藝文類聚)》 권90에, 주처(周處)의 《풍토기(風土記)》를 인용하여 "8월에 이슬이 내려 풀 위에 흘러내리면 학들이 크게 울어 서로 경계하면서 둥지를 옮긴다."라고 하였다.

95 금화(金華)에서……사람이다 : 옥서는 한림원(翰林院)의 별칭이다. 금화는 한나라 미앙궁(未央宮) 안의 금화전(金華殿)으로, 성제(成帝) 때 정관중(鄭寬中)과 장우(張禹)가 이곳에서 《상서(尙書)》와 《논어》를 진강(進講)하였던 고사에 의거하여 학사원(學士院)의 별칭으로 쓰였다. 《漢書 卷100 敍傳上》

96 접견할……노래하고 : 《명문형(明文衡)》 권63의 정해(鄭楷)가 지은 송렴의 행장인 〈한림학사승지송공행장(翰林學士承旨宋公行狀)〉에, 송렴은 평소 술을 마시지 못하였는데 명 태조가 송렴과 함께한 술자리에서 억지로 술을 마시게 하여 송렴이 취하여 걸음도 제대로 걷지 못하자, 시신(侍臣)들에게 명하여 모두 〈취학사가(醉學士歌)〉를 짓게 하여 후세 사람들이 군신들이 이와 같이 즐거움을 함께하였음을 알게 했다는 내용이 있다.

97 선생으로……베풀었다 : 송렴은 태자의 사부를 맡은 적이 있으며 명 태조의 각종 자문에 응하여 학사로서의 명성이 높았으므로, 명 태조가 선생으로 예우하며 각종 은례를 내린 사실을 말하는 것이다.

을 내려줌을 생각해야 할 것이다. 상산(商山)에 흰 눈빛 비추니 누가 따고 땄던 옛 노래에 화답할 것이며, 악원(樂苑)에 푸른 난초 촉촉하니 함께 영롱한 새 꽃을 따리로다.[98]

이에 영지와 감로를 찬선대부(贊善大夫) 송렴을 불러 내리노라. 경은 이 금빛의 영지를 캐고 저 옥액(玉液)의 감로를 마실지어다. 구중궁궐의 봄빛은 선도(仙桃)의 가지에 취하였고,[99] 삼청(三淸)[100]의 상서로운 광채는 푸른 소나무의 잎에 젖었다. 수명을 연장하여 신선 되려는 것 아니라, 단지 기쁨을 드러내고 아름다움을 선양하여[101] 태평하게

---

98 요부(堯夫)가……따리로다 : 이 구절은 자세한 전고가 미상이다. 다만 문장에서 사용한 단어들과 이 글 전체의 구법을 고려할 때 요부와 상여를 말한 구절은 감로를, 상산과 악원을 말한 구절은 영지를 표현한 것으로 보인다. 요부로 추측할 만한 대표적인 인물은 송(宋)나라 때의 소옹(邵雍)과 범순인(范純仁)이 있으며, 상여는 사마상여(司馬相如)를 가리키는 듯한데, 자세한 것은 미상이다. 또한 상산 구절은 한(漢)나라 초기에 고조(高祖)의 부름에도 응하지 않고 상산에 은거했던 네 사람의 은자인 상산사호(商山四皓)의 고사를 가리키는 듯하다. 따고 땄던 옛 노래라는 것은 이들이 은거의 뜻을 밝히며 불렀다는 〈자지가(紫芝歌)〉를 가리키는 것으로 보이는데, 〈자지가〉는 〈채지조(採芝操)〉라고도 불린다. 이상 전고 미상인 구절의 자세한 뜻은 보궐(補闕)을 기다린다.

99 구중궁궐의……취하였고 : 두보(杜甫)의 〈봉화가지사인조조대명궁(奉和賈至舍人朝早大明宮)〉 시에 "구중궁궐의 봄빛은 선도가 취한 듯하여라.〔九重春色醉仙桃.〕"라고 한 구절을 차용한 것이다. 봄빛이 복숭아가 취한 듯 붉게 물든 빛깔 같다는 말이다.

100 삼청(三淸) : 도교(道敎)에서 말하는 옥청(玉淸), 상청(上淸), 태청(太淸)의 천계(天界)를 가리킨다. 이는 삼동교주(三洞敎主)가 사는 최고의 선경(仙境)이다.

101 기쁨을……선양하여 : 원문은 '飾喜而揚休'이다. '飾喜'는 《예기(禮記)》〈악기(樂記)〉에 "음악은 선왕이 기쁨을 드러내는 방법이었으며, 군대와 부월은 선왕이 노여움을 드러내는 방법이었다.〔夫樂者, 先王之所以飾喜也, 軍旅鈇鉞者, 先王之所以飾怒也.〕"라고 한 네서 온 것으로 음악이니 잔치 등을 표현할 때 쓰이는 말이며, '揚休'는 《시경》〈대아(大雅) 강한(江漢)〉에 "소호(召虎)가 절하고 머리를 조아려, 왕의 아름다

다스려지는 시대의 일을 말하려 함이다. 아아! 북극성 상서로운 광채 멀리 비치니 하늘이 군신(君臣)을 보우하는 송가(頌歌) 드높고, 장수 관장하는 남방 노인성 광채 처음 밝으니 태평한 세상 기쁨 넘친다. 초목에 성대히 입혀진 교화[102]를 본받고 장수[103]를 길이 누리라. 그러므로 이에 조칙을 내리니 잘 알았으리라 생각한다.

운 명에 답하여 칭송하였다.〔虎拜稽首, 對揚王休.〕"라고 한 데서 온 것으로 찬미의 뜻이 담겨 있다. 이들 모두 영지와 감로 등 태평성세에 상서로움이 나타난 것을 송축한다는 의미가 담겨 있다.

102 초목에……교화 : 당(唐)나라 대종(代宗) 대력(大曆) 12년에 성도(成都) 사람 곽원(郭遠)이 '천하태평(天下太平)'이라는 네 글자가 적힌 상서로운 나무를 얻게 되어 이를 바치자, 재신(宰臣)들이 송축하기를 "지극한 덕의 교화가 먼저 초목에 성대하게 입혀져 태평시대가 마침내 문자로 드러났으니 비각에 보관하고 사관에 내려주기를 바랍니다.〔至德之化, 先賁草木, 太平之時, 遂形文字, 望藏祕閣付史館.〕"라고 한 고사가 있다. 《淵鑑類函 卷49》

103 장수 : 원문의 '頤艾'는 모두 장수를 나타내는 단어로, 《예기(禮記)》〈곡례 상(曲禮上)〉에 "100년을 '기이'라고 한다.〔百年曰期頤〕"라고 하였고, 또한 "50을 '예'라 한다.〔五十曰艾〕"라고 하였다.

주나라에서 동지에 환구에서 음악을 연주하며 내린 조서[104]
周冬日至奏樂圜邱詔

왕은 이르노라. 자반(子半)의 미미한 양(陽)이 비로소 움직이고,[105] 동녘 땅 퍼지는 햇살 처음 길어진다.[106] 제실(緹室)에서 재 날리니 7일 만에 회복하는 형상 보고,[107] 황종(黃鐘) 율이 동지에 응하니 삼양

---

104 【작품해제】 이 작품은 《주례(周禮)》〈춘관(春官) 대사악(大司樂)〉에 "모든 음악에 환종을 궁, 황종을 각, 태주를 치, 고선을 우로 하고, 뇌고와 뇌도와 홀로 자라난 대나무로 만든 관악기와 운화산의 재목으로 만든 금슬과 황제(黃帝)의 춤인 〈운문〉을 동짓날에 지상의 환구에서 연주한다. 만약 악장이 여섯 번 변하면 천신들이 모두 강림하여 예를 행할 수 있다.〔凡樂, 圜鍾爲宮, 黃鍾爲角, 大蔟爲徵, 姑洗爲羽, 靁鼓, 靁鼗, 孤竹之管, 雲和之琴瑟, 雲門之舞 冬日至, 於地上之圜丘奏之. 若樂六變, 則天神皆降, 可得而禮矣.〕"라고 한 부분에 기반하여 지은 의작(擬作)이다.

105 자반(子半)의……움직이고 : 자반은 자시(子時)의 반이다. 동짓날 자시 반에 일양(一陽)이 처음으로 움직여 양기가 태동하기 시작하는 것을 말한 것이다. 소옹(邵雍)의 〈동지음(冬至吟)〉에 "동짓날 자시 반에, 하늘의 마음은 움직이지 않으나, 일양이 처음 움직이는 곳이며, 만물이 나지 않은 때로다.〔冬至子之半, 天心無改移, 一陽初動處, 萬物未生時.〕"라고 하였다.

106 동녘……길어진다 : 동지를 기점으로 낮의 길이가 점점 길어지는 현상을 두고 한 말이다. 원문의 '辰陸'에서 '辰'은 '진각(辰角)'이라 하여 해가 뜨는 동쪽을 가리키는 말이다.

107 제실(緹室)에서……보고 : 제실은 십이 율관(十二律管)을 안치해두는 방을 말한다. 절기를 관찰하는 법에 의하면, 삼중으로 밀실을 만들고 그 안에 명주〔緹〕를 간다음, 십이 율관을 방위대로 안치하고 율관 속에 갈대를 태운 재를 채워놓으면 율관에 맞는 기운이 이를 때마다 해당 율관의 재가 날리는데, 특히 동지가 되면 황종 율관이 동지의 기와 상응하므로 황종 율관의 재가 날리게 된다. 《後漢書 卷11 律曆志上》. 7일 만에 회복된다는 것은 음기가 치성한 중에 양이 다시 회복됨을 나타낸 말이다.

개태(三陽開泰)[108]의 기틀 시작된다. 저 성 남쪽 우뚝 솟은 언덕 보니 참으로 상제(上帝)에게 정결히 제사 올릴 곳이다. 유모(柔毛)와 강렵(剛鬣)은 상신일(上辛日)에 기곡제(祈穀祭) 올리는 의례(儀禮) 아님이 없고,[109] 계이(鷄彝)와 희준(犧罇)은 또한 계추(季秋)에 보답하는

《주역》〈복괘(復卦)〉의 괘사에 "그 도를 반복하여 7일 만에 와서 회복한다.〔反復其道, 七日來復.〕"라고 하였다.

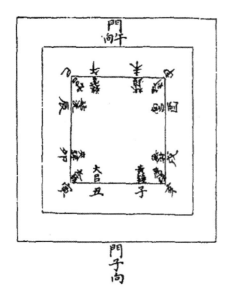

〈그림 1〉《종률통고(鍾律通考)》 권3
〈후기도(候氣圖)〉의 제실

108 삼양개태(三陽開泰):《주역》〈태괘(泰卦)〉의 하삼효(下三爻)가 모두 양(陽)인데, 이는 겨울이 가면 봄이 오고 음(陰)이 줄어들면 양(陽)이 자라나 형통한 상이다. 그러므로 옛날에 '삼양개태'나 '삼양교태(三陽交泰)' 등의 단어를 신년의 송축사로 사용하였다.

109 유모(柔毛)와……없고:《예기(禮記)》〈곡례 상(曲禮上)〉에 돼지를 강렵이라 하고 양을 유모라고 하였는데, 공영달(孔穎達)의 소(疏)에 "돼지는 살이 찌면 털이 강대(剛大)해지고 양은 가늘고 부드러워진다."라고 하였다. 상신일은 매월 상순의 신일(辛日)을 가리키는데, 옛날에는 이 가운데 정월의 상신일에 곡식의 풍년을 비는 제사를

제사의 전례(典禮)에 쓰이는 것이다.[110]

그러므로 이 우레가 땅에서 나오는 날에[111] 밝게 하늘을 섬기는 음악을 더욱 장중히 한다. 당 위에 올라 가창할 때 운화산(雲和山)의 재목으로 만든 현금을 타서 건덕(乾德)을 본받아 널리 펴기를 힘쓰고, 당 아래에서 관악기 연주할 때 홀로 자라난 대나무로 만든 피리를 불어 양수(陽數)를 본받아 기(奇)를 이룬다.[112] 뇌도(靁鼗)를 치고 〈운문(雲門)〉을 연주하니 어찌 새와 짐승이 따라서 춤출 뿐이랴. 환종(圜鍾)을 궁음(宮音)으로, 태주(太簇)를 치음(徵音)으로 하니 봉황이 와서 춤추는 때에 가깝다.[113]

올렸다.

110 계이(鷄彝)와……것이다 : 계이는 닭 문양을 새겨 장식한 술잔이고, 희준은 소 모양으로 생긴 술통으로, 모두 나라의 큰 제례에 사용하는 예기(禮器)의 하나이다. 옛날에는 가을에 수확하고 나서 사직에 곡식을 내려준 데 대한 보답의 제사를 올렸다.

111 우레가……날에 : 양기(陽氣)가 발동함을 말한다. 《주역》〈예괘(豫卦)〉의 상전(象傳)에 "우레가 땅에서 나와 분발함이 예이니, 선왕이 이를 보고서 악을 지어 덕을 높여서 성대하게 상제께 올려 조고를 배향하였다.〔雷出地奮, 豫, 先王以, 作樂崇德, 殷薦之上帝, 以配祖考.〕"라고 하였다.

112 양수(陽數)를……이룬다 : '기'는 홀수를 뜻한다. 《주역》〈계사전 하(繫辭傳下)〉에 "양괘는 홀수이고 음괘는 짝수이다.〔陽卦奇, 陰卦耦.〕"라고 하였다.

113 뇌도(靁鼗)를……가깝다 : 《서경》〈우서(虞書) 익직(益稷)〉에 "아! 제가 석경(石磬)을 치고 석경을 어루만지자, 온갖 짐승들이 모두 따라서 춤을 추며 관장(官長)들이 진실로 화합합니다.〔於! 予擊石拊石, 百獸率舞, 庶尹允諧.〕"라고 하였고, 또 같은 편에 "당 아래에는 관악기와 도고를 진열하고, 음악을 합하고 멈추되 축과 어로 하며, 생과 용을 번갈아 울리니, 새와 짐승이 너울너울 춤을 추며, 소소를 아홉 번 연주하자 봉황이 와서 춤을 춥니다.〔下管鼗鼓, 合止柷敔, 笙鏞以間, 鳥獸蹌蹌, 簫韶九成, 鳳凰來儀.〕"라고 하였다.

아! 너희 대서(大胥)와 대사(大師)[114]는 저 아홉 겹 담과 아홉 층 계단으로 된 환구에 오르라. 축(柷)과 어(敔)로 음악을 합하고 멈추어 양률(陽律)의 삼삼(三三)에 화합하고,[115] 우(羽)와 약(籥)으로 조화롭게 울려 천수(天數)의 육육(六六)에 응하라.[116] 대개 하늘의 운행이 위에서 다시 시작되니 참으로 형향(馨香)이 하늘에 알려진 것에 부합된다.[117] 그러므로 환구에서 음악을 연주하니 천신(天神)이 감응하기를 바라노라. 바야흐로 푸른 벽옥으로 하늘에 제례 올리는 때에[118] 붉은 구름이 땅으로 하강하는 상서를 보는 듯하다. 성관(星官)[119]이 상제

---

114 대서(大胥)와 대사(大師) : 모두 주나라 때의 악관(樂官)의 관명이다.

115 축(柷)과……화합하고 : 축은 음악의 시작을 알리는 악기이고, 어는 음악의 마침을 알리는 악기이다. 축을 칠 때에는 축의 몽치로 축의 밑바닥을 한 번 치고 좌우로 한 번씩 쳐서 총 세 번을 세 차례씩 쳐 아홉 번을 치는 구성(九聲)으로 음악을 일으킨다. 어를 긁을 때에는 어를 긁는 채로 세 차례 긁는데, 이때 채의 대는 모두 세 개이고 각각의 끝을 쪼개서 세 조각으로 만들어 9의 수를 이룬다. 《樂學軌範 卷6 雅部樂器圖說》. 이상의 과정을 이루는 3과 9는 모두 양의 수로, 《송사(宋史)》 권128 〈악지(樂志)〉에 "3과 9는 양수의 궁극이다.〔三九, 陽數之窮.〕"라고 하였고, 또 권129 〈악지〉에는 "3에서 성하고 9에서 극한다.〔成於三, 極於九.〕"라고 하였다.

116 우(羽)와……응하라 : 우와 약은 모두 문무(文舞)를 출 때 드는 것으로, 우는 깃털이고 약은 피리이다. 천수의 육육 및 우약과의 관계는 미상이다.

117 형향(馨香)이……부합된다 : 훌륭한 정치가 펼쳐져 그 덕의 향기가 신명에게 알려졌다는 말이다. 《서경》 〈주서(周書) 군진(君陳)〉에 "지극한 정치는 향기로워 신명을 감동시키니, 서직이 향기로운 것이 아니라 오직 밝은 덕이 향기롭다.〔至治馨香, 感于神明, 黍稷非馨, 明德惟馨.〕"라고 하였다.

118 푸른……때에 : 《주례(周禮)》 〈춘관(春官) 대종백(大宗伯)〉에 "푸른 벽옥으로 하늘에 예를 올린다.〔以蒼璧禮天〕"라고 하였다.

119 성관(星官) : 하늘의 별자리를 인간의 관원에 비유하여 일컬은 말이다. 《사기(史記)》 권27 〈천관서(天官書)〉의 해제에 "천문에 다섯 등급의 관이 있으니, 관은 곧 성관

곁에 줄지어 시립하고 있다가 분명하게 계속 이어지는 음악 소리 듣고
서 복을 내리고, 태양이 음지(陰地) 차례를 기다리고 있다가 음률이
같음을 좇아 상서를 나타낸다.[120] 우주에 한 기운이 운행하니[121] 하늘의
자연적인 절서라 말하지 말라. 동짓날에 팔음(八音)을 올리니 실로
전성(前聖)의 보상(輔相)의 방도가 있는 것이다.[122] 오직 도맥(道脈)[123]
의 일분(一分)의 양기는 대악(大樂)을 기다려 부식(扶植)되는데, 하물
며 하늘의 마음이 자반(子半)에 전아(典雅)한 음악 소리로 인하여 조
화롭게 됨에 있어서랴. 이 때문에 재계하고 몸을 가리는 중에[124] 이에
흩어지는 때에 뿌리고 굵은 실과 같은 조서[125]를 내리노라. 부디 나의
뜻을 저버리지 말고 서둘러 음악 연주하는 의식을 거행하라.

이다. 별자리에도 존비가 있는 것이 마치 인간 세상의 관원의 위차와 같으므로 천관이라
한다.[天文有五官, 官者, 星官也. 星座有尊卑, 若人之官曹列位, 故曰天官.]"라고 하였다.

120 태양이……나타낸다 : 동짓날이 되어 황종 율관이 응하고 양기(陽氣)가 발동하
여 태양이 길어지는 상서가 나타난 것을 형용한 말이다.

121 우주에……운행하니 : 두보(杜甫)의 〈상위좌상(上韋左相)〉 시의 "천하에 장수
의 고장을 열고 한 기운으로 우주를 다스리네.[八荒開壽域, 一氣轉洪鈞.]"라는 구절을
전용한 것이다.

122 전성(前聖)의……것이다 : 《주역》〈태괘(泰卦)〉 상전(象傳)에 "하늘과 땅이 사
귐이 태이니, 군주가 이것을 보고서 하늘과 땅의 도를 재성하고 하늘과 땅의 마땅함을
보상하여 백성을 도와준다.[天地交, 泰, 后財成天地之道, 輔相天地之宜, 以左右民.]"
라고 하였다. 재성(財成)은 지나친 것을 억제함을 뜻하고, 보상(輔相)은 부족한 것에
보탬을 뜻한다.

123 도맥(道脈) : 일월이 운행하는 궤도인 구도(九道)의 맥을 가리킨다. 이 가운데
양(陽)은 '장(長)'에 속한다.

〈그림 2〉《도서편(圖書編)》의 〈구도맥지도(九道脈之圖)〉

124 재계하고……중에 :《예기(禮記)》〈월령(月令)〉에 "군자가 재계하고 거처함에 반드시 몸을 가린다.〔君子齊戒, 處必掩身.〕"라고 하였다.

125 흩어지는……조서 : 흩어지는 때에 뿌리는 것은 57쪽 주80 참조. 굵은 실과 같다는 것은, 《예기》〈치의(緇衣)〉에 "왕의 말은 처음엔 실오라기 같다가도 일단 나오면 굵은 실처럼 된다.〔王言如絲, 其出如綸.〕"라고 한 데서 온 말이다.

송나라에서 문언박에게 평장군국중사를 배수하면서 내린 조서[126]

宋拜文彦博平章軍國重事詔

황제는 이르노라. 하남 절도사(河南節度使)의 직임을 사직하고서 오랫동안 적석(赤舃)[127]이 한가로웠는데, 낙양(洛陽) 동쪽의 노성(老

---

126 【작품해제】이 작품은 송나라에서 문언박(文彦博, 1006~1097)에게 평장군국중사를 내린 일에 기반하여 지어진 의작(擬作)이다.

　문언박은 분주(汾州) 개휴(介休) 사람으로 자는 관부(寬夫), 시호는 충렬(忠烈)이다. 동중서문하평장사(同中書門下平章事), 청주 지주(青州知州) 등을 역임하였으며 노국공(潞國公)에 봉해졌다. 부필(富弼) 등과 함께 영종(英宗)의 옹립에 진력하여 그 공으로 추밀사(樞密使)가 되었으며 왕안석(王安石)의 신법당에 반대하다가 좌천되어 대명(大名)과 하남부(河南府)를 다스리다가 원풍(元豊) 6년(1083) 태사(太師)로 치사(致仕)했다. 철종(哲宗)이 즉위하여 구법당(舊法黨)이 집권하자 사마광(司馬光)의 천거로 평장군국중사(平章軍國重事)가 되고, 원우(元祐) 5년(1090) 다시 치사하였다.

　문언박이 태사로 치사하고 낙양(洛陽)에 있었는데, 원우(元祐) 초에 사마광이 문언박은 숙덕 원로(宿德元老)이므로 기용하여 황제를 보좌하게 해야 한다고 추천하자, 선인후(宣仁后)가 곧 평장군국중사에 제수하고 6일에 한 번 조회하고 한 달에 두 번 경연에 나오도록 한 사실이 있다.《宋史 卷313 文彦博列傳》

　한편《내각일력(內閣日曆)》정조 8년(1784) 10월 26일 기사에, 초계문신의 10월 1차 삭과시(朔課試) 시제로 '송나라에서 문언박에게 평장군국중사를 배수한 데 대한 의작[擬宋拜文彦博平章軍國重事]'이 결정된 내용이 있는데, 이 작품 역시 이 무렵 지어진 것으로 보인다.

127 적석(赤舃) : 고대에 천자나 제후가 신었던 붉은 신발로, 문언박을 가리킨다.《시경》〈빈풍(豳風) 낭발(狼跋)〉에 "이리가 앞으로 나아가면 턱살이 밟히고 뒤로 물러나면 꼬리가 밟히도다. 공이 큰 아름다움을 사양하시니, 붉은 신이 편안하도다.〔狼跋其胡, 載疐其尾. 公孫碩膚, 赤舃几几.〕"라고 하였는데, 이 시는 주공(周公)이 섭정(攝政)

成)한 사람을 일으키니 이제 황발(黃髮)에게 자문을 구하는 것이로다.[128] 진실로 조정의 큰 논의에 참여하여 나라를 보호해주기 바라는 뭇 사람의 마음에 답하기 바라노라.

짐은 생각건대 군국(軍國)을 고루 밝히려면 반드시 조정에서 나이 많고 덕 있는 사람을 기다려야 한다. 10년 만에 다시 재상이 된 일로는 배진공(裴晉公)의 아름다운 명망이 더욱 드높고, 5일에 한 번 도당(都堂)에 나온 일로는 여몽정(呂蒙正)에 대한 예우가 특별하다.[129] 삼공은 비록 체모가 무거우나 또한 오직 직무를 스스로 맡고, 육부(六部)는 각기 전담하여 다스리는 일이 있으나 기무(機務)를 총괄하여 다스리지 않음을 어이하랴. 더구나 내가 처음 즉위하여 정신을 가다듬고 정성을

을 할 때 사국(四國)에서 유언비어를 퍼뜨리고 참소를 당하는 것을 성왕(成王)이 몰라 주었음에도 성스러운 풍모를 잃지 않자 대부들이 그를 찬미한 것이다. 당시 문언박 또한 신법당에게 반대하다 좌천되어 하남부를 다스리다가 태사로 치사하고서 물러나 있었다.

128 황발(黃髮)에게……것이로다 : 춘추 시대 진 목공(秦穆公)이 정(鄭)나라를 공격하려 하자, 군사들이 피곤하여 사기가 저하되었다는 이유를 들어 건숙(蹇叔)이 극력 저지하였다. 목공이 말을 듣지 않고 끝내 공격하다가 크게 패하였다. 그 뒤 진 목공은 건숙의 충고를 듣지 않은 것을 후회하면서 군사들 앞에서 맹세하였다. 그 말 가운데 "이제 백발의 원로들에게 자문을 구할 것이니, 그렇게 하면 잘못된 일이 없게 되리라. 〔尙猷詢茲黃髮, 則罔所愆.〕"라고 하였다. 《書經 秦誓》. 여기서는 지난날 조정이 신법 당에 기울어 잘못 판단하여 문언박을 내쫓았던 것을 뉘우치고 다시 조정의 원로로 대우한다는 뜻이 들어 있다.

129 10년……특별하다 : 배진공은 진국공(晉國公)에 봉해진 당(唐)나라 때의 재상 배도(裴度, 765~839)이고, 여몽정(944~1011)은 북송(北宋) 때의 재상이다. 다만 10년 만에 다시 재상이 된 일과 5일에 한 번 도당에 나온 일은 재상에 대한 예우를 말한 것이기는 한데 이와 딱 맞는 두 사람의 고사는 미상이다.

다하는 날에 현량한 보필이 합심하여 도와주는 공이 더욱 필요하다. 조원호(趙元昊)의 외침(外侵)[130]이 반복무상(叛服無常)하니 사방의 오랑캐를 평정한 공렬에 거의 부끄럽고,[131] 왕안석(王安石)이 일으켰던 내홍(內訌)이 멀지 않으니 참으로 백성을 고루 밝힐 계책[132]이 시급하다. 비록 조야(朝野)에서 다 앙모하는 현인일지라도 마침 모두 도성을 떠나 있으니,[133] 국가와 즐거움과 슬픔을 함께하는 의리상 어찌 차마

---

130 조원호(趙元昊)의 외침(外侵) : 조원호(1004~1048)는 서북변의 소수민족인 당항족(黨項族)으로 부친인 이덕명(李德明)의 뒤를 이어 서평왕(西平王)의 지위를 계승하였다. 이후 인종(仁宗) 보원(寶元) 원년(1038)에 황제를 칭하고 국호를 대하(大夏, 일명 서하(西夏))라고 하여 송나라에 반기를 들었다가 확실한 승패 없이 대치 상황이 길어지고 무역 등에 피해를 입게 되자 인종 경력(慶曆) 4년(1044)에 다시 신하의 예를 갖추고 강화를 맺었다. 그러나 송나라로부터 은과 차 등의 세폐를 받았으며 침범과 화친을 반복하면서 자주 변경을 소란스럽게 하였다. 이렇게 성장한 서하와 요(遼)나라 등의 간섭을 물리치고 재정 압박을 해결하려는 신종(神宗)의 의도와 맞아떨어져 왕안석의 신법이 등장하게 되었다.

131 사방의……부끄럽고 : 문언박의 공렬을 가리키는 듯하다. 《송사(宋史)》 권313 〈문언박열전〉에서는 문언박의 명성이 사방의 오랑캐에게까지 알려졌다고 하면서, 거란의 사신이 문언박을 공경히 대하고 서강(西羌)의 수령이 명마(名馬)를 문언박에게 선물로 보낸 일화를 언급하고 있다.

132 백성을 고루 밝힐 계책 : 원문의 '平章百姓'은 '평장군국중사'에서 '평장'의 원출처이기도 한 《서경(書經)》 〈우서(虞書) 요전(堯典)〉에 나오는 말로, "큰 덕을 밝혀 구족을 친하게 하시니 구족이 이미 화목하거늘, 백성을 고루 밝히시니 백성이 덕을 밝히며, 만방을 합하여 고르게 하시니 여민(黎民)들이 아! 변하여 이에 화(和)하였다.〔克明俊德, 以親九族, 九族旣睦, 平章百姓, 百姓昭明, 協和萬邦, 黎民於變時雍.〕"라고 한 데서 유래하였다.

133 비록……있으니 : 철종(哲宗)이 즉위한 초기에는 신법당에 의해 좌천되었던 구법당의 현인들이 아직 다 복귀하지 못한 상황을 말한 것이다.

나를 버릴 수 있겠는가.

　오직 경은 일편단심의 충정이 있고 세 황제[134]를 모신 원로이다. 오랑캐 사신이 경의 덕을 보고 용모를 가다듬었으니[135] 발돋움하고서 우러러볼 풍모를 충분히 알 수 있고, 조정 의론을 재상 임명하는 조서 내리고서 몰래 들었으니 꿈과 점으로 훌륭한 인물 얻은 것보다 낫다는 칭찬을 들었다.[136] 경림원(瓊林苑)의 술동이와 그릇들 가지런하니 조도(祖道) 지내며 내린 어시(御詩)가 아직도 전해지고,[137] 낙사(洛社)의 사대

134　세 황제 : 북송(北宋)의 인종(仁宗), 영종(英宗), 신종(神宗)을 가리킨다.

135　오랑캐……가다듬었으니 : 원우(元祐) 연간에 거란 사신 야율영창(耶律永昌) 등이 왔을 때 멀리서 문언박을 보고 생각보다 건장하다고 여겼다. 소식(蘇軾)이 정색을 하고 소개하며 "사신께서는 그의 용모만 보고 그의 말을 듣지 못했군요. 그가 여러 정무를 처리하는 솜씨는 아무리 야무진 젊은이도 그만 못하고, 고금을 꿰뚫는 박학함은 어떠한 전문가라 할지라도 못 미칩니다."라고 하자, 거란의 사신이 예를 표하며 "천하의 이인이군요."라고 하였다. 《宋史 卷313 文彦博列傳》

136　조정……들었다 : 송나라 인종 황우(皇祐) 3년(1051) 6월에 문언박과 부필(富弼)을 재상에 임명하는 조서를 내리고서 황제가 어린 환관 몇 명을 조정으로 보내어 사대부들의 동태를 엿보게 하였는데, 사대부들이 제대로 된 재상을 얻었다고 서로 축하하였다. 며칠 뒤 구양수(歐陽修)가 정무를 보고하기 위해 황제를 알현하자, 황제가 "지금 짐이 두 사람을 얻자 인정(人情)이 이와 같으니 어찌 꿈과 점으로 재상을 얻은 것보다 낫지 않겠는가."라고 하였다. 《續資治通鑑長編 卷180》. 꿈과 점으로 훌륭한 사람을 얻는다는 것은, 은(殷)나라 고종(高宗)이 꿈에서 부열(傅說)의 모습을 보고 그를 찾아내어 재상으로 삼고, 주(周)나라 문왕(文王)이 점을 쳐서 강태공(姜太公)을 얻은 고사를 말한다. 《書經 周書 泰誓》

137　경림원(瓊林苑)의……전해지고 : 송나라 신종 원풍(元豐) 3년(1080)에 문언박에게 양진 절도사(兩鎭節度使)의 자리를 더해주자 문언박이 사양하고 물러나려 하였는데, 장차 떠나려 할 때 황제가 경림원에서 연회를 베풀어주고 두 차례나 환관을 보내어 어시를 내려주었으며 길 떠나는 사람의 무사 안녕을 기원하는 제사인 조도제(祖道祭)

부들 위의 있으니 기영(耆英)의 아름다운 모임 부럽게들 말한다.[138]

　비록 정력은 아흔의 나이에도 쇠하지 않았으나 정사를 일임하는 것이 어찌 합당하겠는가.[139] 정신을 기울여 장부 살피는 일에 어찌 나라에 큰 공 세운 신하가 수고로이 온 힘을 쏟게 하랴. 사저로 돌아가 여가 즐기는 일은 찬황(贊皇)의 유유자적[140]을 기약할 수 있도다. 젊은이가 지금 단명전(端明殿)에 있으니 뭇 사무가 판별될 곳이 있고,[141] 순유(醇儒)를 매일 숭정전(崇政殿)에서 접하니[142] 여러 훌륭한 선비들 공정(共貞)[143]의 기약을 맞게 되었다.

를 지내주니, 당세 사람들이 영광스러운 일로 여겼다.《宋史 卷313 文彦博列傳》

138　낙사(洛社)의……말한다 : 문언박이 서도 유수(西都留守)로 있을 때 부필(富弼)의 집에서 연로하고 어진 사대부들을 모아놓고 술자리를 베풀어 서로 즐겼던 모임을 낙양기영회(洛陽耆英會) 또는 낙사기영회(洛社耆英會)라 하였다.《宋史 卷313 文彦博列傳》

139　정사를……합당하겠는가 : 평장군국중사의 직임이 실직이라기보다는 명예직에 가까웠음을 나타낸 말이다. 당(唐)나라 때부터 명칭이 있었던 평장군국중사라는 직임은 북송(北宋) 때 문언박과 여공저(呂公著)에게 이 직책을 내리면서 최초로 시행되었는데, 원로대신에게 이 직함을 주고 5일 정도에 한 번 부정기적으로 조정에 나와 자문의 역할을 하게 했을 뿐, 직접적으로는 정사에 참여하지 않았다.

140　찬황(贊皇)의 유유자적 : 찬황은 찬황현백(贊皇縣伯)에 봉해졌던 당(唐)나라 때의 명재상 이덕유(李德裕)를 가리킨다. 이덕유가 낙양 남쪽에 평천장(平泉莊)이라는 별장을 지었는데 기화요초(琪花瑤草)와 기암괴석(奇巖怪石)이 늘어져 있어 마치 선경(仙境)과도 같았다고 한다.《舊唐書 卷174 李德裕列傳》《古今事文類聚 續集 卷9 居處部 平泉莊》

141　젊은이가……있고 : 뒤의 대구와 연관시켜보면, 이 역시 어떤 특정한 인물을 지칭하는 듯한데 미상이다.

142　순유(醇儒)를……접하니 : 철종 초년에 사마광(司馬光) 등의 천거에 의해 정이(程頤)가 숭정전 설서(崇政殿說書)로 있었던 사실을 가리키는 듯하다.

이에 경에게 평장군국중사를 제수하노니, 경은 힘써 드넓은 계책을 다하고 삼가 황제의 총애를 받을지어다. 근력이 노쇠하였다 하지 말고 반드시 엿새에 한번 조정에 나올 것이며, 병이 들었다고 핑계하지 말고 반드시 한 달에 두 번 경연에 나오라는 명을 따르라. 아아! 삼군(三軍) 의 절제(節制)를 그대가 맡으니 나는 지금 믿고 의지하는 생각이 가득 하고, 일국의 병폐가 치유되지 않았으니 경은 이를 어루만질 책임을 생각해야 한다. 그러므로 이에 조칙을 내리니 잘 알았으리라 생각한다.

---

143 공정(共貞) : 정무를 함께 담당하여 마땅하게 하는 것을 뜻한다. 《서경》〈주서 (周書) 낙고(洛誥)〉에, 주공(周公)이 새 도읍지인 낙읍(洛邑)을 정해 놓고 성왕(成王) 에게 사자를 시켜 보고하자, 성왕이 "공께서 이미 집터를 정하시고 사자를 보내와 점의 조짐이 좋아서 항상 길하다는 것을 보여 주시니, 우리 두 사람이 똑같이 마땅하리로다. 〔公旣定宅, 伻來, 來視予卜,休恒吉, 我二人共貞.〕"라고 한 데서 온 말이다.

송나라에서 청주 지사(靑州知事) 부필에게 예부 시랑을 더 배수하면서 내린 제서(制書)[144]

宋加拜知靑州富弼禮部侍郞制

황제는 이르노라. 짐은 생각건대 재난을 만나 곤궁한 자를 구휼하는 것은 관치(官治)의 급선무이고, 공적을 살펴 포상하는 것은 왕정(王政)의 큰 단서이다. 오중(吳中)의 창고를 개축하자 범중엄(范仲淹)의 구황(救荒)의 지혜를 포상하였고,[145] 성도(成都)의 쌀과 소금 가격

---

144 【작품해제】 이 작품은 송나라에서 재난 구휼에 공을 세운 부필(富弼, 1004~1083)에게 예부 시랑을 제수한 사실에 기반하여 지은 의작(擬作)이다.

　부필은 하남(河南) 낙양(洛陽) 사람으로 자는 언국(彦國), 시호는 문충(文忠)이다. 지제고(知制誥), 추밀사(樞密使), 중서문하평장사(中書門下平章事) 등을 역임하였으며 범중엄(范仲淹) 등과 함께 경력신정(慶曆新政)을 추진하였다. 왕안석(王安石)의 신법을 반대하다가 좌천되었고, 한국공(韓國公)으로 치사(致仕)하였다. 저서에 《부정공시집(富鄭公詩集)》 등이 있다.

　인종(仁宗) 황우(皇祐) 4년(1052)에 부필이 청주 겸 경동로 안무사(靑州兼京東路安撫使)로 나가서 종전의 방식과 다르게 구휼(救恤) 대책을 세워 공사(公私)의 집 10여만 채를 가려서 유랑하는 백성 50여만 명을 거처하게 하고 국가의 식량을 지급하였으며, 이들을 군사로 모집하여 1만여 명을 병졸로 삼았는데, 그때 사용했던 방법이 간편하면서도 주도면밀하였으므로 이후 천하에서 법도로 삼게 되었다는 기록이 보인다.《宋史 卷313 富弼列傳》

　한편《내각일력(內閣日曆)》정조 7년(1783) 10월 21일 기사에, 초계문신의 10월 삭과시(朔課試) 시제로 '송나라에서 지청주 부필에게 예부 시랑을 추가로 배수하면서 내린 제서의 의작〔擬宋加拜知靑州富弼禮部侍郞制〕'이 결정된 내용이 있는데, 이 작품 역시 이 무렵 지어진 것으로 보인다.

145 오중(吳中)의……포상하였고 : 송나라 인종(仁宗) 황우(皇祐) 2년(1050)에 범

을 균등히 하자 장영(張詠)의 일 처리하는 재주를 발탁하였다.[146] 더구나 양절로(兩浙路)가 재해에서 구원된 뒤에 어찌 세 번 상고하여 밝은 자를 올려주는 은전(恩典)[147]을 늦추겠는가.

청주 지사 부필은 얽히고설킨 나무뿌리를 잘라내는 예리한 기구이고[148] 깊고도 깊은 큰 도량을 지닌 사람이다. 원호(元昊)가 서쪽 변경에서 감히 방자하게 굴자 여덟 가지 계책을 상소하여 바쳤고,[149] 거란이

중엄(989~1052)이 항주 지사(杭州知事)였을 때, 오중에 큰 기근이 들었는데 범중엄이 백성들로 하여금 뱃놀이를 즐기게 하고 연회를 열었으며 크게 토목공사를 일으켜 항주 백성들이 좋아하는 불사(佛寺)를 짓게 하고, 또 창고와 관사(官舍)를 개축하였다. 이로 인해 황정(荒政)을 베풀지 않고 민력을 낭비한다는 탄핵을 받기도 하였으나 범중엄의 조처로 하루에 수만 명의 백성들이 토목공사로 먹고살게 되어 이해에 양절(兩浙) 지방에서 항주 지역만이 편안하게 되었다. 《鶴林玉露 卷13》

146 성도(成都)의……발탁하였다 : 송나라 태종(太宗) 순화(淳化) 4년(993)에 장영(946~1015)을 성도 지사(成都知事)로 임명하였는데, 장영이 성도에 당도하여 둔병(屯兵)의 군량이 항상 부족한 것을 알게 되었다. 그리고 소금의 가격이 평소 고가인데 창고에 소금 비축량이 넉넉한 것을 보고 그 가격을 낮추어 백성들이 쌀과 소금을 바꿀 수 있도록 해주자 한 달도 되지 않아 수만 섬의 쌀을 얻게 되었다. 그러자 군사들이 "이전에 지급받은 쌀은 먹을 수가 없었는데, 지금은 하나하나가 다 정결하고 좋으니, 나랏일을 잘 처리하는 분이다."라고 환호하였다. 《古今事文類聚 外集 卷10》

147 세……은전(恩典) : 관리의 공적을 살펴서 공이 있는 사람에게 포상하는 것을 말한다. 《서경》〈우서(虞書) 순전(舜典)〉에 "3년에 한 번씩 공적을 상고하고 세 번 상고한 다음 어두운 자와 밝은 자를 내치고 올려주시니 여러 공적이 다 넓혀졌다.〔三載考績, 三考, 黜陟幽明, 庶績咸熙.〕"라고 하였다.

148 얽히고설킨……기구이고 : 어려운 일을 해결해낼 수 있는 뛰어난 능력을 가진 사람이라는 뜻이다. 《후한서(後漢書)》 권58 〈우후열전(虞詡列傳)〉에 "쉬운 것을 구하지 않고 어려운 일을 피하지 않는 것이 신하의 직분이니, 얽히고설킨 나무뿌리를 만나지 않으면 어떻게 예리한 기구를 구별하겠는가.〔志不求易, 事不避難, 臣之職也, 不遇盤根錯節, 何以別利器?〕"라고 하였다.

북쪽 변경에서 자주 소란을 일으키자 구정(九鼎)의 무거움으로 사양하여 물리쳤다.[150] 추밀원(樞密院)의 직임에 임명하는 조서가 갓 반포되었을 때 사람들이 꿈과 점으로 재상을 얻은 것보다 낫게 여김을 알았더니, 중서성(中書省)의 자리가 따뜻해지기도 전에 참언이 진동하여 놀라게 하는 일이 어찌 그리 많았던가.[151] 장차 경을 등용할 것이니 어찌 한 방면을 전담하여 다스리는 일로 수고롭게 하겠는가. 이 또한 정사를 하는 것이니 구중궁궐에서 돌아보고 걱정하는 나의 마음을 덜어달라.

때마침 홍수가 범람하는 때를 당하여 오랫동안 백성들이 거처를 잃고 떠돌아다니는 탄식이 절절하였다. 하북(河北)의 전답이 다 침수되

---

149 원호(元昊)가……바쳤고 : 원호와 관련해서는 73쪽 주130 참조. 인종(仁宗) 보원(寶元) 2년(1039) 9월에 있었던 부필의 상소를 가리킨다. 이 상소에서 부필은 여덟 가지 조목에 걸쳐 원호가 평소부터 반란하려던 조짐이 있었음을 열거하고 그에 대한 대책을 진달하였다. 《續資治通鑑長編 卷124》

150 거란이……물리쳤다 : 구정은 우(禹)임금이 주조한 솥으로 구주(九州)를 상징하며 나라의 대권을 나타낸다. 부필이 거란에 가서 송나라의 국체(國體)의 무거움을 들어 거란의 요구를 물리쳤다는 뜻이다. 인종 때에 거란이 두 차례나 국경에 군대를 이끌고 와서 송나라 황실과의 혼인과 세폐(歲幣)의 증액 등을 요구하였으나, 부필이 단신으로 거란의 임금과 담판하여 모두 거절하였다. 특히 거란에서 송나라가 세폐를 보낼 때 헌(獻) 자가 아니면 납(納) 자라도 써야 한다고 요구하자 부필이 두 글자는 결코 쓸 수 없다고 거절하였으며, 전쟁을 일으키겠다고 위협하자 부득이하게 전쟁이 일어난다면 곡직(曲直)을 가지고 승부를 결정할 것이라며 담대하게 거절하였다. 《宋史 卷313 富弼列傳》

151 추밀원(樞密院)의……많았던가 : 꿈과 점으로 재상을 얻은 것보다 나은 것에 대해서는 74쪽 주136 참조. 《송사(宋史)》 권313 〈부필열전(富弼列傳)〉에 따르면, 하송(夏竦)이 뜻을 얻지 못하여 부필을 참소하자 부필이 두려워하여 하북 선무사(河北宣撫使)를 자청하여 나갔고, 다시 조정에 돌아왔다가 운주 지사(鄆州知事)를 거쳐 청주 겸 경동로 안무사(靑州兼京東路安撫使)로 자리를 옮겼다.

어 내가 조정에 임해 세금을 덜어주고 구휼하는 은혜를 비록 부지런히 내렸으나, 경동로(京東路)의 백성들이 유리(流離)하게 되었으니 강토를 지키고 백성을 어루만질 책임을 맡을 자 누구인가? 그리하여 군왕의 자리에서 소의간식(宵衣旰食)[152]하는 일념이었는데 이에 청주의 특별한 다스림에 대해 듣게 되었다. 닷새마다의 밥이 약속한 듯이 오니[153] 먹여주기를 바라는 백성들이 후생(厚生)의 이로움을 힘입고, 만 개의 집이 기다린 듯이 있으니[154] 청주 경내에 들어오면 거처를 잃은 백성이 없다. 급료를 덜어 빈민에게 나누어주면서도 오히려 혜택이 넉넉히 돌아가지 못할까 근심하였고, 창고를 열어 궁핍한 자를 구휼하면서도 혹 명실(名實)이 서로 걸맞지 못할까 염려하였다. 관리를 나누어 공적을 기록하니[155] 진실로 권징(勸懲)의 방도가 많고, 병농(兵農)[156]을 모집하여 진휼의 방도로 삼으니 참으로 계획과 실행에 요체를 알았다. 어찌 소 잡는 칼을 쓰겠는가마는[157] 지난날 일국을 경륜하던 능력을

---

152 소의간식(宵衣旰食) : 임금이 정사에 부지런함을 가리키는 말로, 해가 밝기 전에 일어나 정복을 차려입고 날이 어두워진 뒤에야 저녁을 먹는다는 뜻이다.

153 닷새마다의……오니 : 부필이 구휼할 때 닷새마다 사람을 보내어 술과 고기와 밥을 가지고 가서 위무하게 하였다. 《宋史 卷313 富弼列傳》

154 만……있으니 : 실제로는 공사(公私)의 10만여 채의 집을 마련하여 유민들을 거주하게 하였다. 《宋史 卷313 富弼列傳》

155 관리를……기록하니 : 부필이 구휼할 때, 이전의 자급(資級)을 지니고 결원이 나기를 기다리는 관리들에게 모두 녹봉을 주어 유민들이 있는 곳에 가서 구휼 업무를 보게 하고 그 노고를 기록해두었다가 훗날 조정에 아뢰어 상을 받도록 하겠다고 약속하였다. 《宋史 卷313 富弼列傳》

156 병농(兵農) : 평상시에는 농사를 짓고 유사시에는 군병이 되는 사람을 가리킨다.

157 어찌……쓰겠는가마는 : 《논어》〈양화(陽貨)〉에, 공자가 자유(子游)가 다스리

청주에 옮겨 쓰고, 여러 날고기를 백성들에게 먹이니[158] 이 시기에 백성들을 장려하는 근실함에 합당하다.

이에 청요직을 내려주어 널리 백성을 구제한 공적에 보답한다. 아아! 처하는 곳마다 더욱 독실하게 온 힘을 쏟으니 대신(大臣)의 충성을 알기에 충분하고, 통솔하는 지역의 백성들을 위무하여 안집시키기도 오히려 어려운데 하물며 유민들을 원조해주는 일에 있어서이겠는가. 정사를 보는 청주 지사의 옛 직임은 피해가 점차 복구될 때까지 유임할 것이요, 예부 시랑의 새 영광은 그대를 의지하는 마음이 더욱 간절해서임을 알아야 할 것이다. 총애하는 명을 삼가 공경히 받들어 길이 한결같은 마음을 변치 말지어다. 예부 시랑을 더 제수하고 훈봉(勳封)과 원임(原任) 관직은 모두 예전과 같이 한다.

는 무성(武城)에 갔다가 현가(弦歌) 소리를 듣고는 빙그레 웃으며 "닭을 잡는 데에 어찌 소 잡는 칼을 쓰느냐?[割鷄, 焉用牛刀?]"라고 하였다. 작은 고을을 다스리는 데에 큰 도(道)를 굳이 사용할 필요가 있겠느냐는 뜻으로, 여기서는 온 나라를 경영할 만한 재주를 지닌 부필을 한 지역을 다스리는 데 쓸 수 있겠느냐는 말이다.

158 여러……먹이니 : 《서경》〈우서(虞書) 익직(益稷)〉에 "홍수가 하늘에 닿아 넘실넘실 산을 감싸고 언덕까지 올라가 백성들이 혼란에 빠지거늘, 내가 네 가지 탈것을 타고서 산을 따라 나무를 제거하고, 익과 함께 백성들이 여러 날고기를 먹도록 하였고, 구주의 냇물을 터놓아 사해에 이르게 하였다.〔洪水滔天, 浩浩懷山襄陵, 下民昏墊, 予乘四載, 隨山刊木, 暨益奏庶鮮食, 予決九川, 距四海.〕"라고 하였다. 즉 백성들의 구휼을 잘하였다는 뜻이다.

송나라에서 사마광에게 한림학사를 배수하면서 내린 제서[159]

宋拜司馬光翰林學士制

황제는 이르노라. 금란전(金鑾殿)에서의 시초(視艸)는 다섯 봉황이 일제히 날아오르는 재주를 얻기 어려운데,[160] 옥당(玉堂)에 빼어난

---

159 【작품해제】 이 작품은 송나라에서 사마광(司馬光, 1019~1086)에게 한림학사를 제수한 사실에 기반하여 지은 의작(擬作)이다.

사마광은 섬주(陝州) 하현(夏縣) 사람으로 자는 군실(君實), 호는 우부(迂夫) 또는 우수(迂叟), 시호는 문정(文正)이다. 지간원(知諫院), 한림학사(翰林學士), 권어사중승(權御史中丞), 한림겸시독학사(翰林兼侍讀學士), 좌복야(左僕射) 등을 역임하였다. 신법을 추진하던 왕안석(王安石)과 마찰을 빚어 관직에서 오랫동안 물러났다가 철종(哲宗) 즉위 후 출사하여 재상이 되어 신법을 폐지하고 옛 제도를 회복시켰다. 구법당을 대표하는 인물로 그의 봉호를 따서 사마온공(司馬溫公)으로도 불린다. 저서에 《자치통감(資治通鑑)》, 《사마문정공집(司馬文正公集)》 등이 있다.

이 작품과 관련해서는, 송나라 신종(神宗)이 즉위하여 사마광을 한림학사로 발탁하였는데 사마광이 사양하자, 신종이 사마광은 동중서(董仲舒)와 양웅(揚雄)처럼 문(文)과 학(學)을 겸하였다고 하면서 사양하지 못하게 하였고, 사마광이 다시 사륙문(四六文 변려문)을 잘하지 못한다고 하자 신종이 양한(兩漢)의 제조(制詔)와 같은 정도면 되고 더구나 진사시에서 높은 등수를 차지한 사람이 그런 말을 어찌하여 하느냐고 하여, 마침내 한림학사의 직을 받든 사실이 있다. 《宋史 卷336 司馬光列傳》

한편 《내각일력(內閣日曆)》 정조 7년(1783) 10월 13일 기사에, 초계문신 친시(親試)의 시제(詩題)로 '송나라에서 사마광에게 한림학사를 배수한 데 대한 의작[擬宋拜司馬光翰林學士]'이 채택된 기록이 있으며, 정조 14년(1790) 10월 3일의 친시 때에도 이 시제가 채택된 기록이 있다. 이 작품 역시 이 두 시기 중 한 시기에 지어진 것으로 추측되는데, 이 작품 이전의 의작들이 모두 앞 시기에 지어진 것임을 고려할 때, 이 작품도 1783년에 지어졌을 가능성이 높다.

재주 지닌 사람을 등용하니 까치 한 쌍이 와서 지저귀는 일을 기쁘게 점친다.[161] 내정(內庭)의 깊고 지엄한 곳에 처하려면 모름지기 중후한 자질을 가진 숙유(宿儒)여야 한다.

지간원(知諫院) 사마광은 선조(先朝)의 구신(舊臣)이며 사문(斯文)의 종장(宗匠)이다. 기둥과 들보 역할과도 같은 큰 책임을 그대에게 맡기니 매양 천하의 안위를 염려하고, 큰 산과 큰 강의 정기가 그대에게 찬란하니 이 시대를 위해 나온 호걸임을 알겠도다.[162] 천장각(天章閣)[163]은 도서를 담당하는 관서로 10년 동안 휘장을 내린 그대의 공부[164]

---

160 금란전(金鑾殿)에서의……어려운데 : 금란전은 궁궐 명칭으로 한림학사들이 이곳을 출입하면서 황제의 고문(顧問)에 응하였다. 시초는 황제의 조칙 등을 수정하고 다듬는 일로 한림학사들이 맡던 일이다. 다섯 봉황은 송(宋)나라 태종(太宗) 때 문장으로 이름을 날렸던 송백(宋白), 가황중(賈黃中), 이지(李至), 여몽정(呂蒙正), 소이간(蘇易簡) 등 다섯 명의 한림학사를 말하는데, 승지인 호몽(扈蒙)이 시를 지어주기를 "다섯 봉황 함께 날아 한림에 들어섰네.〔五鳳同飛入翰林〕"라고 하였네. 《淵鑑類函 卷72》

161 까치……점친다 : 송나라 때 옥당 후원의 해당화 나무에 까치 한 쌍이 서식하였는데, 까치가 지저귀면 반드시 중요한 조서를 내리거나 신하를 불러 접견하는 일이 있었다고 한다. 《淵鑑類函 卷71》

162 이……알겠도다 : 두보(杜甫)의 〈세병마행(洗兵馬行)〉 시에 "두세 분 호걸이 이때를 위해 나와, 하늘과 땅을 정돈하고 시대를 구제했네.〔二三豪傑爲時出, 整頓乾坤濟時了.〕"라고 하였다. 《杜少陵詩集 卷6》

163 천장각(天章閣) : 송나라 진종(眞宗) 때의 장서각(藏書閣) 이름으로 학사(學士), 직학사(直學士), 대제(待制) 등의 관원을 두어 학문에 전념하게 하였다. 사마광은 인종(仁宗) 때에 천장각 대제(待制)를 지냈다.

164 휘장을……공부 : 학문에만 전념했다는 뜻이다. 한(漢)나라 경제(景帝) 때 박사(博士)였던 동중서(董仲舒)가 강석(講席) 앞에 휘장을 드리운 채 강학하였기에 제자들이 수업하면서도 그 얼굴을 보지 못한 사람이 있을 정도였으며 3년 동안 집 안의 정원에 나가 구경하지도 않았다고 한다. 《史記 卷121 儒林列傳》. 그런데 여기서의 3년이 《태

가 가상하고, 대성(臺省)은 직언하는 기풍을 수립하는 곳으로 그대가 낮에 세 번 곤직(袞職)의 결함을 보완한 힘[165]에 의지하였다.

생각건대 이 한림의 영예로운 선발은 예로부터 사원(詞垣)[166]의 청요직이라 일컬어졌다. 화돈(花墩)에 올라 황제의 윤음을 부연하니 은택에 있어서는 예주전(蘂珠殿)에서 받은 총애를 자랑하고,[167] 연촉(蓮燭)을 잡고서 청쇄문(靑瑣門)으로 돌아오니[168] 청절(淸切)함으로는 봉래(蓬萊)에 사는 신선에 가깝다. 깁 이불의 고사[169] 이어져 전해오니 여덟 번째 벽돌에 햇살이 내려옴[170]을 다투어 부러워하고, 문묵(文墨)

평어람(太平御覽)》 등 일부 책에는 10년으로 되어 있기도 하다.

165 낮에……힘 : 낮에 세 번 했다는 것은 임금을 자주 접견한다는 뜻으로, 《주역》 〈진괘(晉卦)〉에 "낮 동안에 세 번 접견한다.〔晝日三接〕"라고 하였다. 곤직은 임금의 직책이며, 결함을 보완한다는 것은 간언을 하여 임금을 보필한다는 뜻으로, 《시경》 〈대아(大雅) 증민(蒸民)〉에 "곤직에 결락됨이 있으면 오직 중산보가 보완한다.〔袞職有闕, 惟仲山甫補之.〕"라고 하였다.

166 사원(詞垣) : 사신(詞臣)들의 관서라는 뜻으로, 한림원의 별칭으로 쓰이기도 했다.

167 화돈(花墩)에……자랑하고 : 송나라 때 한림학사 왕규(王珪)가 예주전에서 영종(英宗)을 알현하였는데 황제가 자화돈(紫花墩)을 마련해두고 왕규에게 그 자리에 앉도록 하는 총애를 내린 고사가 있다. 《淵鑑類函 卷71》. 자화돈은 단어 뜻으로 볼 때 붉은 꽃 장식이 된 자리를 말하는 듯하다.

168 연촉(蓮燭)을……돌아오니 : 송나라 때 한림학사 왕규가 중추(中秋)에 달이 뜬 밤에 인종(仁宗)의 명으로 주연(酒宴)에 참석하고서 취하여 돌아올 때 인종이 금련촉(金蓮燭)을 주고 내시에게 부축하여 한림원으로 돌아가게 한 고사가 있다. 《淵鑑類函 卷72》. 당(唐)나라 때의 영호도(令狐綯), 송나라 때의 소식(蘇軾) 등과 관련해서도 유사한 고사가 있다. 청쇄문은 한(漢)나라 때 궁궐문의 이름으로 궁궐을 뜻한다.

169 깁 이불의 고사 : 한나라 때 상서랑(尙書郞)이 대궐에서 숙직하면 푸른 깁 이불 〔靑綾被〕과 흰 깁 이불〔白綾被〕과 비단 이불〔錦被〕 등을 준 고사가 있다. 《漢官舊儀 卷上》

의 고문(顧問)을 부지런하고 정성스럽게 하니 한 줄기 얼음 관함(官銜)[171]을 모두가 추앙한다.

이에 내가 보위(寶位)에 새로 즉위한 때에 난파(鑾坡)[172]의 직임을 간택하여 주는 일을 신중히 해야 한다. 수놓은 안장을 얹은 명마(名馬)에 어찌 재주 없는 사람이 마구 타는 것을 용납하겠으며, 금대(金帶)와 습의(襲衣 웃옷)에 매양 상자에 잘 보관해두라는 성훈(聖訓)을 생각한다.[173] 조정의 수많은 인재들을 굽어보건대 누가 여러 사람들로부터 신망을 받는 자인가? 비록 문재(文才)가 훌륭한 사람이라 하더라도 반드시 실다운 학문이 내면에 온축되어 있지는 않다. 여태껏 주약(疇

---

170 여덟……내려옴 : 한림학사를 가리키는 말이다. 당(唐)나라 때 한림원의 앞 계단에 벽돌길이 있었는데, 겨울철이면 해 그림자가 다섯 번째 벽돌에 이르는 때가 학사들의 입직 시간이었다. 그런데 한림학사 이정(李程)은 항상 해 그림자가 여덟 번째 벽돌에 이르렀을 때야 느지막이 입직하였으므로 이정을 팔전학사(八甎學士)라고 불렀다. 《淵鑑類函 卷72》

171 한……관함(官銜) : 송나라 때 진팽년(陳彭年)이 한림원에 있으면서 겸직한 관직이 모두 문한(文翰)의 청요한 직책이었으므로, 당시 사람들이 그의 관함(官銜)을 일러 일조빙(一條氷)이라고 하였다. 《淵鑑類函 卷71》

172 난파(鑾坡) : 한림원을 지칭하는 말로, 당(唐)나라 덕종(唐德) 때 학사원(學士院)을 금란전(金鑾殿) 옆의 금란파(金鑾坡) 위로 옮긴 것에서 유래하였다.

173 금대(金帶)와……생각한다 : 덕이 있는 대신(大臣)에게 의상을 내리는 특별한 대우를 생각한다는 뜻으로, 사마광이 덕 있는 훌륭한 인물이므로 의상을 내린다는 말이다. 《서경》〈상서(尙書) 열명 중(說命中)〉에 부열(傅說)이 은 고종(殷高宗)에게 "의상을 상자에 잘 보관해두시라.〔惟衣裳在笥〕"라고 간언하였는데, 채침(蔡沈)의 전(傳)에 "의상은 덕이 있는 이에게 명하여 주는 것이니, 반드시 삼가서 상자에 두는 것은 가볍게 주는 바가 있음을 경계한 것이다.〔衣裳所以命有德, 必謹於在笥者, 戒其有所輕予.〕"라고 하였다.

若)의 명[174]을 늦춘 것은 오직 도임(圖任)[175]이 어렵기 때문이다.

치란(治亂)과 왕패(王覇)에 대한 드넓은 지식은 절로 한 부의《자치통감(資治通鑑)》이 있고, 음운학(音韻學)과 율력(律歷)에 관한 깊은 학식은 구류(九流)의 여러 서책들에까지 파급되어 있다.[176] 뭇 관원들을 두루 살펴보아도 누가 일개(一介)[177]와 같겠는가. 아아! 사륙문(四六文)은 제고(制誥)의 근본이 아니니 글재주가 남보다 못하다고 말하

---

174 주약(疇若)의 명 : 적임자를 찾는다는 뜻이다.《서경》〈우서(虞書) 순전(舜典)〉에, 순임금이 "누가 나의 백공(百工)의 일을 잘 다스리겠는가?〔疇若予工〕"라고 하자, 여러 사람이 "수(垂)입니다."라고 하였으며, 또 순임금이 "누가 나의 산택(山澤)의 초목과 조수를 잘 다스리겠는가?〔疇若予上下草木鳥獸〕"라고 하자, 여러 사람이 "익(益)입니다."라고 하였다.

175 도임(圖任) : 적임자를 가려 맡긴다는 뜻이다.《서경》〈상서(商書) 반경 상(盤庚上)〉에 "옛날 우리 선왕께서 또한 옛사람을 도모하여 맡겨서 정사를 함께하셨다.〔古我先王亦惟圖任舊人, 共政.〕"라고 하였다.

176 음운학(音韻學)과……있다 : 사마광이 정통 유가 학술뿐 아니라 제자백가(諸子百家)의 다양한 학문을 섭렵하였다는 뜻이다. 구류는 선진(先秦) 시대의 9개 학파로 유가(儒家), 도가(道家), 음양가(陰陽家), 법가(法家), 명가(名家), 묵가(墨家), 종횡가(縱橫家), 잡가(雜家), 농가(農家)를 말한다. 사마광은 대표 저작인《자치통감(資治通鑑)》외에도《절운지장도(切韻指掌圖)》,《집운(集韻)》,《유편(類編)》등 음운학에 관한 저서가 많으며《잠허(潛虛)》와 같이 술수학(術數學)에 관련된 저서도 남겼다.

177 일개(一介) : 한 사람의 훌륭한 신하를 뜻하는 말로 사마광을 가리킨다.《서경》〈주서(周書) 진서(秦誓)〉에 "내가 곰곰이 생각해보니, 만일 한 신하가 정성스럽고 한결같으며 딴 기예(技藝)가 없으나 그 마음이 곱고 고와 용납함이 있는 듯하여 남이 가지고 있는 기예를 자신이 소유한 것처럼 여기며, 남의 훌륭하고 성스러움을 마음속에 좋아하되 입에서 나오는 것보다도 더 좋아한다면 이는 남을 포용하는 것이다.〔昧昧我思之, 如有一介臣斷斷猗無他技, 其心休休焉, 其如有容, 人之有技, 若己有之, 人之彦聖, 其心好之, 不啻如自其口出, 是能容之.〕"라고 하였다.

지 말고,[178] 천재일우(千載一遇)로 아름답고 밝은 시기가 도래하였으니 직무에 있어 그 책임을 생각해야 할 것이다. 주의(朱衣)[179]가 앞에서 인도하니 두터이 예우하는 오랜 법도를 알기에 충분하고, 자리(紫履)를 특별히 내리니[180] 공경히 사은숙배하는 첫날을 기다려 남겨둔다. 너의 직무를 공경히 하여 짐의 말을 저버리지 말라. 특별히 한림학사를 제수하노라.

---

178 사륙문(四六文)은……말고 : 이 글의 【작품해제】 참조.

179 주의(朱衣) : 주의는 붉은 옷을 입은 하리(下吏)인 주의리(朱衣吏)를 말하는 것으로, 송나라 제도에서 학사(學士) 이상은 주의리 한 사람이 말을 끌었고, 중서성(中書省)과 추밀원(樞密院)의 관원은 주의리 두 사람이 말을 끌었다.

180 자리(紫履)를 특별히 내리니 : 한림원에 처음으로 들어온 사람에게는 청기능피(靑綺綾被), 청릉단파(靑綾單帊), 사사리(紫絲履), 백포수건(白布手巾) 등을 내려주었다. 《淵鑑類函 卷71》

우순(虞舜)이 다른 사람에게 자문하지 않은 계책은 쓰지 말 것을 명하는 고문(誥文)[181]
虞弗詢之謀勿庸誥

제(帝)는 이르노라. 오너라, 너 우(禹)야! 짐의 가르침을 밝게 들을 지어다. 사악(四岳)[182]이 천하의 논의를 다 수용하지 못하니 요(堯) 임금께서 구실(衢室)[183]에서 두루 물으셨고, 구관(九官)[184]도 조정의

---

181 【작품해제】이 작품은 《서경》〈우서(虞書) 대우모(大禹謨)〉에, 순(舜)임금이 우(禹)에게 선양(禪讓)하면서 "상고하지 않은 말은 듣지 말며, 다른 사람에게 자문하지 않은 계책은 쓰지 말라.〔無稽之言勿聽, 弗詢之謀勿庸.〕"라고 한 내용에 기반하여 지은 의작(擬作)이다.

《내각일력(內閣日曆)》정조 8년(1784) 6월 11일 기사에, 6월 초계문신(抄啓文臣) 친시(親試) 시제(詩題)로 '다른 사람에게 자문하지 않은 계책은 쓰지 말 것을 명하는 고문〔弗詢之謀勿庸誥〕'이 채택된 사실이 기록되어 있는데, 본 작품 역시 이 무렵 지어진 것으로 보인다.

182 사악(四岳) : 요(堯)임금 때 사방의 방백(方伯)이다.

183 구실(衢室) : 요임금이 백성들의 의견을 물을 때 거하였던 궁실의 명칭이다. 《관자(管子)》〈환공문(桓公問)〉에 "요임금이 구실에서 물은 것은, 아래로 사람들의 의견을 듣고자 함이었다.〔堯有衢室之問者, 下聽於人也.〕"라고 하였다.

184 구관(九官) : 순임금이 두었던 아홉 가지 관직으로, 모든 직무를 총괄하는 사공(司空), 농업을 관장하는 후직(后稷), 교육과 호적 및 토지대장을 관장하는 사도(司徒), 법과 형벌을 관장하는 사(士), 백직을 관장하는 공공(共工), 산림(山林)과 천택(川澤)을 관장하는 우(虞), 삼례(三禮)를 관장하는 질종(秩宗), 음악을 관장하는 전악(典樂), 왕명 출납을 담당하는 납언(納言) 등이다. 순임금이 우(禹)를 사공으로, 기(棄)를 후직으로, 설(契)을 사도로, 고요(皐陶)를 사로, 수(垂)를 공공으로, 익(益)을 우로, 백이(伯夷)를 질종으로, 기(夔)를 전악으로, 용(龍)을 납언으로 삼았다. 《書經

일만 볼 뿐이니 짐이 총장(總章)[185]에서 두루 자문하였다. 이는 정사(政事)를 세우고 기강을 펼칠 때 나의 독단을 버리고 남의 의견을 따르는 것만 함이 없음을 알아서이다.

생각건대 우리들 명철한 군주와 현량한 신하 간에 서로 전수해주고 전수받는 말은, '인심(人心)은 위태롭고 도심(道心)은 은미하다'는 비결[186]만이 아니다. 정(精)하게 하고 한결같이 하는 것은 중도(中道)를 잡는 요체이니 비록 만 가지 조화의 맑은 근원[187]을 우선시해야 하나, 우불(吁咈)은 바로 화충(和衷)의 기틀이니[188] 반드시 여론을 통해서 공적을 이루는 것을 귀하게 여겨야 한다. 한 개인의 총명함에도 한계가 있으니 만일 다스림의 공효가 삼재(三才)에 참여하고자 한다면[189] 팔방

虞書 舜典》

185 총장(總章) : 정령(政令)을 반포하고 거행하던 명당(明堂)의 순임금 때의 명칭으로,《문선(文選)》의 장형(張衡)의 〈동경부(東京賦)〉에 대한 설종(薛綜)의 주석에 순임금의 명당의 명칭을 총장이라 하였다.

186 인심(人心)은……비결 :《서경》〈우서 대우모〉에, 순임금이 우에게 선양하면서 "인심은 위태롭고 도심은 은미하니, 정(精)하게 하고 한결같이 해야 진실로 그 중도(中道)를 잡을 것이다.〔人心惟危, 道心惟微, 惟精惟一, 允執厥中.〕"라고 한 것을 가리킨다.

187 만……근원 : 마음을 가리킨다.

188 우불(吁咈)은……기틀이니 : 우불은 반대의 의미를 표시하는 감탄사이다.《서경》〈우서(虞書) 요전(堯典)〉에 사악(四岳)이 곤(鯀)을 추천하니, 요임금이 "아, 옳지 않다.〔吁, 咈哉.〕"라고 하였다. 찬성의 의미를 표시하는 도유(都兪)와 함께 쓰여서 임금과 신하들이 마음을 합쳐 정사를 토론하며 화합하는 것을 비유한다. 화충은 임금과 신하가 마음을 합하는 것을 가리키는 말로,《서경》〈우서 고요모(皐陶謨)〉에 "군신이 공경함을 함께하고 공손함을 합하여 충(衷)을 화(和)하게 하소서.〔同寅協恭, 和衷哉.〕"라고 하였다.

189 다스림의……한다면 : 삼재는 천지인(天地人)을 가리키는 말로, 지극한 다스림

(八方)의 정신이 서로 통한 뒤에라야 성교(聲敎)가 사해(四海)에 미치게 될 것이다. 땅을 경작하고 질그릇을 굽고 고기를 잡는 일도 오히려 다른 사람의 방법에서 취해야 하는데, 하물며 천하의 일을 경륜하고 조처하면서 어찌 백성들의 도를 상고하는 일을 소홀히 하겠는가. 삼례(三禮)의 책무를 백이(伯夷)에게 맡기면서 단지 깨끗이 하고 공경히 할 것을 말하였고,[190] 팔음(八音)의 조화를 기(夔)에게 명하면서 사나움과 오만함이 없도록 면려하였다.[191]

오직 이 백관을 총괄하는 직임은 실로 사린(四隣)의 직책을 공경히 하는 공효에 힘입어야 한다.[192] 풍동(風動)의 다스림이 한창 융성하니 "이것은 너의 아름다운 공이다."라는 칭찬을 거의 드리우고,[193] 천공(天

으로 천지인의 지극한 도를 다한다는 뜻이다.

190 삼례(三禮)의……말하였고 : 삼례는 천신(天神)과 인귀(人鬼)와 지기(地祇)에게 제사 지내는 예를 말한다. 《서경》〈우서(虞書) 순전(舜典)〉에 순임금이 백이에게 삼례를 맡기면서 "아! 백이야! 너를 질종으로 삼으니, 밤낮으로 공경하여 곧게 하여야 깨끗할 것이다.〔咨伯. 汝作秩宗, 夙夜惟寅, 直哉, 惟淸.〕"라고 하였다.

191 팔음(八音)의……면려하였다 : 팔음은 쇠, 돌, 실, 대나무, 박, 흙, 가죽, 나무 등 여덟 가지 종류의 재질로 된 악기를 가리킨다. 《서경》〈우서(虞書) 순전(舜典)〉에 순임금이 기에게 음악을 맡기면서 "기야! 너를 명하여 전악을 삼으니, 천자와 경대부들의 맏아들에게 음악을 가르치되, 곧으면서도 온화하며 너그러우면서도 엄하며 강하되 사나움이 없으며 간략하되 오만함이 없게 해야 할 것이다.〔夔. 命汝典樂, 敎胄子, 直而溫, 寬而栗, 剛而無虐, 簡而無傲.〕"라고 하였다.

192 사린(四隣)의……한다 : 임금은 자기의 잘못을 옆에서 직언해주는 신하의 도움을 받아야 한다는 뜻이다. 이는 신하를 임금의 이웃에 비유한 것으로, 《서경》〈우서(虞書) 익직(益稷)〉에 "내가 도리에 위배되는 행동을 할 때 네가 보필할 것이니, 너는 대면해서는 따르면서 물러가서는 뒷말을 하지 말아서 네 사린(四隣)의 직책을 공경하라.〔予違汝弼, 汝無面從, 退有後言, 欽四隣.〕"라고 하였다.

工)을 대신하는 일[194]을 크게 주니 "오직 너만이 합당하다."는 말[195]을 어찌 늦추겠는가.

다른 사람의 말이 만일 진유(辰猷)[196]에 이롭다면 어찌 먼 데서 온 것인지 가까운 데서 온 것인지를 따지겠는가. 교화하고 다스릴 때 모아서 받아들이는 것[197]보다 중요한 것은 없으니 저 혼자 결단하고 저 혼자 일을 맡아서는 안 된다. 이에 심법(心法)을 전수한 뒤에 다시 정사(政

193 풍동(風動)의……드리우고 : 《서경》〈우서(虞書) 대우모(大禹謨)〉에 순임금이 고요(皐陶)에게 "형벌을 쓰되 형벌이 없는 경지에 이를 것을 기약하여 백성들이 중도에 맞는 것, 이것은 너의 공이니, 힘쓸지어다.〔刑期于無刑, 民協于中, 時乃功, 懋哉.〕"라고 하였고, 또한 "나로 하여금 바라는 대로 다스려져서 사방이 풍동하게 하니, 이는 바로 너의 아름다운 공이다.〔從欲以治, 四方風動, 惟乃之休.〕"라고 하였다.

194 천공(天工)을 대신하는 일 : 천공은 하늘을 뜻하며, 하늘을 대신한다는 것은 임금 및 백관의 정무를 가리킨다. 《서경》〈우서(虞書) 고요모(皐陶謨)〉에 고요가 우임금에게 "모든 관직을 폐하지 마소서. 하늘의 일을 사람이 대신한 것입니다.〔無曠庶官. 天工人其代之.〕"라고 하였다.

195 오직……말 : 《서경》〈우서(虞書) 대우모(大禹謨)〉에 순임금의 선양을 우가 계속 사양하자 순임금이 "그러지 말라. 오직 너만이 이 자리에 합당하다.〔毋. 惟汝諧.〕"라고 하였다.

196 진유(辰猷) : 국가의 계책을 가리키는 말이다. 《시경》〈대아(大雅) 억(抑)〉에 "계책을 크게 하고, 명령을 살펴 정하며, 계획을 장구히 하고, 때에 따라 고한다.〔訏謨定命, 遠猶辰告〕"라고 하였는데, '猶'는 '猷'와 같은 뜻이다.

197 모아서 받아들이는 것 : 《서경》〈우서(虞書) 고요모(皐陶謨)〉에 고요가 우임금에게 "대부가 날마다 세 가지 덕을 밝힐진댄 밤낮으로 소유한 집을 다스려 밝힐 것이며, 제후가 날마다 두려워하여 여섯 가지 덕을 공경할진댄 소유한 나라의 일을 밝힐 것이니, 임금이 덕을 모아서 받아들이고 펴서 베풀면 아홉 가지 덕을 가진 사람들이 다 일하여 준재가 관직에 있게 됩니다.〔日宣三德, 夙夜浚明有家, 日嚴祗敬六德, 亮采有邦, 翕受敷施, 九德咸事, 俊乂在官.〕"라고 하였다.

事)를 훈계하는 가르침을 펴노라.[198] 좌우에서 옳다고 하니 어찌 단지
백관(百官)의 뜻이 다 같을 뿐이겠는가. 백성들이 따르니 절로 한 세상
의 공의(公議)가 있는 것이다.

　대개 다른 사람에게 자문하고 상의하는 때에 인심(人心)의 시비(是
非)를 충분히 알 수 있으니, 그러므로 여러 사람들이 좋아하거나 싫어
하는 것에 따라 정령(政令)의 득실을 징험할 수 있다. 아아! 한 조정에
서 기뻐하고 흥기하는 노래를 연주하니 진실로 팔다리와도 같은 신하
가 보좌해주어 다스림을 이룩하는 공효에 힘입은 것이고,[199] 사방에서
부납(敷納)[200]하는 말을 기다리니 귀와 눈과 같은 신하[201]가 임금의 덕

198　심법(心法)을……펴노라 : 《서경》〈우서(虞書) 대우모(大禹謨)〉에서, 순임금
이 우에게 "정(精)하게 하고 한결같이 해야 그 중도(中道)를 잡을 것이다."라는 심법을
전한 뒤에 다른 사람에게 자문하지 않은 계책을 쓰지 말라는 말이 이어진다.

199　한……것이고 : 기뻐하고 흥기하는 노래는 군주와 신하가 서로 권면하는 갱재가
(賡載歌)를 뜻한다. 《서경》〈우서(虞書) 익직(益稷)〉에 순임금이 고요(皋陶)에게 "팔
다리와 같은 신하가 기뻐하여 일하면 원수(元首)인 임금의 다스림이 흥기되어 백공이
기뻐할 것이다.〔股肱喜哉, 元首起哉, 百工熙哉.〕"라고 노래하였다. 원문의 '贊襄'은 보
좌하여 다스림의 치적을 이루게 해준다는 말로, 《서경》〈우서 고요모(皋陶謨)〉에 고요
가 "저는 아는 것이 없거니와 날로 돕고 도와 치세를 이룰 것을 생각합니다.〔予未有知,
思曰贊贊襄哉.〕"라고 하였다.

200　부납(敷納) : 신하가 아뢰고 임금이 받아들이는 것을 말한다. 《서경》〈우서(虞
書) 익직(益稷)〉에 "아랫사람이 펴서 아뢰거든 받아들이되 말로써 하며〔敷納以言〕"라
고 하였다.

201　귀와……신하 : 《서경》〈우서(虞書) 익직(益稷)〉에 순임금이 "신하는 짐의 팔다
리와 눈, 귀가 되어야 하니, 내가 백성들을 도우려고 하거든 네가 도와주며, 내가 사방에
힘을 펴려 하거든 네가 해주라.〔臣作朕股肱耳目, 予欲左右有民, 汝翼, 予欲宣力四方,
汝爲.〕"라고 하였다.

을 열어주고 넓혀주는 방도가 어찌 없겠는가. 진실로 묻고 살피기를 좋아하여 자기 생각이 옳다고 여기지 않는 방도를 다하고,[202] 마침내 반드시 상고하고 반드시 자문하여 거의 훌륭한 말이 숨어 있지 않게 하는 공효[203]를 이루라. 그러므로 이에 고문(誥文)을 내리니 잘 알았으리라 생각한다.

---

202 진실로……다하고 : 《서경》 〈상서(商書) 중훼지고(仲虺之誥)〉에 "묻기를 좋아하는 사람은 위대해지고, 스스로 옳다고 여기는 사람은 보잘것없어진다.〔好問則裕, 自用則小.〕"라고 하였다.

203 훌륭한……공효 : 《서경》 〈우서(虞書) 대우모(大禹謨)〉에 "진실로 이와 같이 하면 훌륭한 말이 숨어 있지 않게 될 것이며, 초야에 유능한 이가 남이 있지 않게 되어 만국이 모두 안정될 것이다.〔允若玆, 嘉言罔攸伏, 野無遺賢, 萬邦咸寧.〕"라고 하였다.

본조에서 직언과 극간을 구하는 하교문[204]
本朝求直言極諫敎文

왕은 이르노라. 아! 너희 공경대부들은 나의 목구멍과 혀와 귀와 눈과 같은 존재들이다. 언로(言路)는 바로 나라의 혈맥(血脈)이니 흥성과 침체의 원인이고, 치도(治道)는 임금이 잘 듣고 밝게 보는 데에 달려 있으니 열고 넓힘을 귀하게 여긴다. 진선정(進善旌)을 세우고 비방목(誹謗木)을 설치하였으니[205] 어찌 굳이 간관(諫官)이라는 명칭의 관직을 두랴마는, 여송(旅誦)을 듣고 어잠(御箴)을 받아들였으니[206] 이는 백공(百工)은 또한 각자 맡은 기예의 일을 잡음[207]을 안 것

---

204 【작품해제】《내각일력(內閣日曆)》정조 7년(1783) 7월 4일 기사에 "이번 칠월 초하루 초계문신 친시 어제는, 직언과 극간을 구하는 하교문 의작이니, 모레 진시까지가 기한이다.〔今七月朔抄啓文臣親試御題, 敎文擬求直言極諫, 限再明日辰時.〕"라는 기록이 있다. 이 작품은 이때 지어진 것으로 보인다.

205 진선정(進善旌)을……설치하였으니 : 진선정은 요(堯)임금이 다섯 갈래 길에다가 세운 깃발로, 선한 말을 하려고 하는 사람에게 그 깃발 아래 서서 말하게 하였다. 비방목은 순(舜)임금이 다리 위에 세워놓은 나무판자로, 백성들에게 판자에다 정치의 과오를 쓰게 하였다. 《淮南子 主術訓》

206 여송(旅誦)을……받아들였으니 : 여송은 여분(旅賁)과 송훈(誦訓)으로 모두 주(周)나라 때의 관직명이다. 여분은 창과 방패를 들고 임금의 수레를 호위하는 관직이었고, 송훈은 사방의 오래된 고사를 임금에게 말해주어 옛일을 알게 해주는 관직이었다. 어잠은 설어(褻御)의 경계라는 뜻으로, 설어는 임금의 측근에서 임금을 시종하는 사람을 가리킨다. 《국어(國語)》〈초어 상(楚語上)〉에 "수레에서는 여분의 규계(規戒)가 있고, 저위(宁位)에 있을 때는 관사의 법이 있고, 궤석에 기대어서는 송훈의 간언이 있고, 침전에 거할 때는 설어의 경계가 있다.〔在輿有旅賁之規, 位宁有官師之典, 倚几有

이다. 은(殷)나라 탕왕(湯王)이 상제(上帝)의 마음에 합당하던 날에 오히려 묻기를 좋아하는 방도를 돌아보았는데,[208] 더군다나 한(漢)나라 문제(文帝)가 재앙을 당한 날에 어찌 도움을 구하는 거조를 늦추겠는가.[209]

이에 나는 황천(皇天)이 맡겨주신 무거운 책임을 받아[210] 어렵고도

誦訓之諫, 居寢有藝御之箴.〕"라고 하였다.

207 백공(百工)은……잡음 : 백관들이 각자의 일을 가지고 임금에게 간언하는 것을 뜻한다. 《서경》〈하서(夏書) 윤정(胤征)〉에 "관사(官師)가 서로 바로잡고, 백공들이 각자 맡은 기예의 일을 잡고서 간하라. 혹시라도 공손히 하지 않으면 나라에 떳떳한 법이 있다.〔官師相規, 工執藝事以諫. 其或不恭, 邦有常刑.〕"라고 하였다.

208 은(殷)나라……돌아보았는데 : 상제의 마음에 합당하다는 것은 탕왕의 덕이 상제의 마음에 합당하여 천명을 받아 천하를 소유하게 되었다는 뜻이다. 《서경》〈상서(商書) 함유일덕(咸有一德)〉에 "나 이윤(伊尹)이 몸소 탕왕과 함께 모두 순일한 덕을 소유하여 능히 천심에 합당하여 하늘의 밝은 명을 받아서 구주(九州)의 무리를 소유하여 이에 하(夏)나라의 정삭(正朔)을 바꾸었습니다.〔惟尹躬暨湯咸有一德, 克享天心, 受天明命, 以有九有之師, 爰革夏正.〕"라고 하였다. 묻기를 좋아한다는 것은, 탕왕이 하(夏)나라를 정벌하였을 때 좌상(左相) 중훼(仲虺)가 한 말로, 《서경》〈상서(商書) 중훼지고(仲虺之誥)〉에 "묻기를 좋아하면 여유가 있고, 스스로 지혜를 쓰면 작아진다.〔好問則裕, 自用則小.〕"라고 하였다.

209 한(漢)나라……늦추겠는가 : 한나라 문제가 재앙을 만나면 조칙을 내려 스스로를 책망하고, 현량하고 방정하며 직간(直諫)을 할 수 있는 사람을 등용하여 자신의 잘못을 바로잡게 한 일이 많았는데, 대표적으로 즉위 2년 겨울 11월에 일식이 발생하였을 때 이와 같은 조치를 취한 바 있다. 《前漢書 卷4 文帝紀》

210 황천(皇天)이……받아 : 《서경》〈주서(周書) 강왕지고(康王之誥)〉에 "곰처럼 굳센 용사와 두 마음을 품지 않은 신하들이 왕실을 보존하고 다스려서 문왕(文王)과 무왕(武王)께서 상제(上帝)에게 바른 명을 받으시니, 황천이 그 도를 순히 하시어 사방을 맡겨주셨다.〔有熊羆之士不二心之臣保乂王家, 用端命于上帝, 皇天用訓厥道, 付畀四方.〕"라고 하였다.

중대한 조종(祖宗)의 기업을 돌보려 한다. 대낮 물시계 소리와 새벽 쇠북 소리에 감히 궁궐의 한가하고 편안함을 생각하겠는가.[211] 겨울 추위와 여름 더위에 매양 백성들의 원망과 탄식을 생각한다.[212] 다스림의 공효는 아직 삼대(三代)에 미치지 못하니 조정에 임하여 얼마나 탄식하였던가? 정사의 규모를 획일하게 정하지 못했으니 대개 보좌에 적임자가 없어서였다. 게다가 해마다 기근이 계속 이어져 마침내 비축해둔 항산(恒産)도 모두 소진되어버렸다. 비용을 줄이고 재용을 절약해서 내탕금(內帑金)을 내어 구휼하는 재물에 보태고, 세금을 적게 거두고 부역을 면제해서 서도(西道)의 곡식을 운반해 황정(荒政)에 운용하라. 그리하여 방기(邦畿) 천 리의 백성들로 하여금 끝내 한 사람도 굶어 죽지 않게 하기를 바라노라.

나의 마음이 이미 부지런하고 수고로웠으니 오히려 하늘이 굽어살펴보심이 여기에 있었다.[213] 그리하여 뜻밖에도 봄날 신령스러운 단비가 내려 비로소 보리와 밀의 수확을 점치게 되었더니 사방 들판의 동운(同雲)[214]이 끝내 곡식들[215]을 적셔주는 일에 인색하였다. 규벽(圭璧)

---

211 대낮……생각하겠는가 : 주야(晝夜) 할 것 없이 한가하게 지내지 않고 정사를 돌보기에 여념이 없다는 뜻이다.

212 겨울……생각한다 : 《서경》〈주서(周書) 군아(君牙)〉에 "여름에 무덥고 비가 내리면 백성들이 원망하고 탄식하며, 겨울에 크게 추우면 백성들이 또한 원망하고 탄식하니, 어려운 것이다. 그 어려움을 생각하여 쉽게 해줄 것을 도모하면 백성들이 이에 편안해질 것이다.〔夏暑雨, 小民惟曰怨咨, 冬祁寒, 小民亦惟曰怨咨, 厥惟艱哉. 思其艱, 以圖其易, 民乃寧.〕"라고 하였다.

213 하늘이……있었다 : 《시경》〈주송(周頌) 경지(敬之)〉에 "높고 높아 저 위에 있다고 말하지 말라. 그 일에 오르내리어 날로 살펴보심이 이에 계시니라.〔無曰高高在上. 陟降厥士, 日監在玆.〕"라고 하였다.

을 이미 여러 제사에 다 올렸으니²¹⁶ 비록 빗줄기가 우북한 기장싹을 적셔주는 은혜를 입었으나,²¹⁷ 아름다운 향기가 하늘에 알려지지 못하였으니²¹⁸ 해가 쨍쨍하게 뜰까 오히려 두려워한다.²¹⁹ 수라상의 음식 가짓수를 줄이는 규례를 서둘러 시행하니 허물이 실로 나 한 사람에게 있고, 스스로를 책망하는 윤음을 크게 선포하니 죄를 어찌 만백성에게 전가하겠는가.²²⁰ 그러나 조정에 간언이 없은 지가 오래되었으니 어찌

---

214 동운(同雲) : 눈이 내리기 전에 하늘의 구름들이 먹구름 일색인 상태를 가리킨다. 《시경》〈소아(小雅) 신남산(信南山)〉에 "하늘이 일색으로 먹구름 끼어 함박눈 펄펄 내리거늘, 보슬비까지 더하여 내리니 이미 넉넉하고 충분하며, 이미 젖고 흡족하여 우리 백곡을 자라게 하도다.〔上天同雲, 雨雪雰雰, 益之以霢霂, 旣優旣渥, 旣霑旣足, 生我百穀.〕"라고 하였다.

215 곡식들 : 원문의 '重穋'에서 '重'은 일찍 파종하여 늦게 익는 곡식을 가리키고, '穋'은 늦게 파종하여 일찍 익는 곡식을 가리킨다. 《呂氏春秋 任地》

216 규벽(圭璧)을……올렸으니 : 규벽은 흉년이 들었을 때 신들에게 제사를 지내면서 예로 바치는 옥이다. 《시경》〈대아(大雅) 운한(雲漢)〉에 "하늘이 환란을 내려 기근이 거듭 이르기에, 신에게 제사를 거행하지 않음이 없으며 이 희생을 아끼지 아니하여, 규벽을 이미 모두 올렸는데도 어찌하여 내 말을 들어주지 않으십니까?〔天降喪亂, 饑饉薦臻, 靡神不擧, 靡愛斯牲, 圭璧旣卒, 寧莫我聽?〕"라고 하였다.

217 빗줄기가……입었으나 : 《시경》〈소아(小雅) 서묘(黍苗)〉에 "우북한 기장싹을 빗줄기가 적셔주도다.〔芃芃黍苗, 陰雨膏之.〕"라고 하였다.

218 아름다운……못하였으니 : 훌륭한 정치가 펼쳐져 그 덕의 향기가 신명에게 알려져야 하는데 거기에까지는 이르지 못하였다는 말이다. 《서경》〈주서(周書) 군진(君陳)〉에 "지극한 정치는 향기로워 신명을 감동시키니, 서직이 향기로운 것이 아니라 오직 밝은 덕이 향기롭다.〔至治馨香, 感于神明, 黍稷非馨, 明德惟馨.〕"라고 하였다.

219 해가……두려워한다 : 《시경》〈위풍(衛風) 백혜(伯兮)〉에 "비 오려나 비 오려나 했더니, 쨍쨍 해만 뜨는구나.〔其雨其雨, 杲杲出日.〕"라고 하였다.

220 허물이……전가하겠는가 : 《서경》〈상서(商書) 탕고(湯誥)〉에 "너희 만방이 죄

하늘의 경계하심을 불러들인 점이 없겠는가. 신하들이 공사(公事)를
봉행(奉行)하는 충성이 모두 태만하니 잎을 끌어안은 매미[221]가 되는
것을 달게 여기고, 제 한 몸 위해 도모하는 지혜는 더욱 뛰어나니[222]
의장(儀仗)을 차린 말[223]이 된 듯 입을 닫고 있다. 염치가 손상되었는데

가 있음은 책임이 나 한 사람에게 있고, 나 한 사람이 죄가 있음은 너희 만방 때문이
아니다.[其爾萬方有罪, 在予一人, 予一人有罪, 無以爾萬方.]"라고 하였고, 《논어》〈요
왈(堯曰)〉에 탕(湯)임금이 "내 몸에 죄가 있음은 만방 때문이 아니며, 만방에 죄가
있음은 그 책임이 내 몸에 있습니다.[朕躬有罪, 無以萬方, 萬方有罪, 罪在朕躬.]"라고
하였다.

221 잎을 끌어안은 매미 : 가을 매미[寒蟬]를 뜻한다. 두보(杜甫)의 〈진주잡시(秦州
雜詩) 20수〉에 "잎을 끌어안은 가을 매미 고요하고[抱葉寒蟬靜]"라고 하였다. 이때
가을 매미는 울지 못하여 아무 일도 할 수 없는 것을 가리키는 말이다. 《후한서(後漢
書)》 권97 〈두밀전(杜密傳)〉에 "유승(劉勝)은 지위가 대부(大夫)에 이르러 예(禮)로
써 빈객(賓客)을 맞으면서, 선(善)한 것을 알면서도 천거하지 않고 악(惡)한 것을 듣고
서도 말하지 않아 실정을 숨기고 자신만을 아꼈으니, 마치 울지 않는 가을 매미[寒蟬]와
같았다."라고 하였다.

222 제……뛰어나니 : 원문의 '謀身之智慮彌長'은 소순(蘇洵)의 〈심적(審敵)〉에 "조
조(鼂錯)가 자기 한 몸을 위해 도모함에 있어서는 어리석었다고 하겠지만, 천하를 위해
도모한 점에 있어서는 지혜로웠다고 하겠다.[錯爲一身謀則愚, 而爲天下謀則智.]"라는
표현을 떠올리게 한다.

223 의장(儀仗)을 차린 말 : 아무것도 하는 일 없이 시위소찬(尸位素餐)하는 관원을
가리키는 말이다. 당(唐)나라 때 간신 이임보(李林甫)가 19년 동안이나 재상 자리에
있으면서 천자의 총명(聰明)을 가리고 권력을 제멋대로 부리는 바람에 간관(諫官)들이
모두 관록이나 지키고 있을 뿐 감히 바른말을 하는 자가 없었으므로, 보궐(補闕) 두진
(杜進)이 동료들에게 말하기를 "그대들은 의장을 차린 말들을 보지 못했는가? 종일토록
아무 소리 없이 서 있으면 삼품의 꼴과 콩을 실컷 먹지만, 한 번 울었다 하면 바로
쫓겨나나니, 뒤에는 비록 울지 않으려 한들 되겠는가.[君等獨不見立仗馬乎? 終日無聲,
而飫三品芻豆, 一鳴則黜之矣, 後雖欲不鳴得乎?]"라고 하였다. 《唐書 卷223 李林甫傳》

도 웃기만 하며 귀를 막은 듯하니[224] 시비(是非)는 변모(弁髦)[225]가 되어버렸고, 기강이 무너지는데도 오히려 주머니를 졸라매니[226] 풍격과 절조는 높은 다락에 묶어서 넣어버렸다.[227] 청요직을 모두 힘들이지 않고 얻으려 하니 나라를 위한 계책과 백성에 대한 근심을 누가 홀로 원망을 들어가며 담당하려 하겠는가. 임금을 보필할 훌륭한 규계(規戒)가 너무나도 적막하니 내 비록 언로를 확충할 계책이 부족함이 부끄러우나, 옷을 잡아 찢는 걸출한 자취[228]가 들리지 않으니 신하들은 어찌

224 웃기만……듯하니 : 상황을 모른 체 외면한다는 뜻이다. 《시경》〈패풍(邶風) 모구(旄丘)〉에 "숙이여 백이여, 웃으면서 귀를 막은 듯하구나.〔叔兮伯兮, 褎如充耳.〕"라고 하였다. 웃는 것에 대해 주희(朱熹)의 《시경집전(詩經集傳)》에 "귀가 먹은 사람은 웃음이 많다."라고 풀이하였다.

225 변모(弁髦) : 변(弁)은 치포관(緇布冠)으로 관례(冠禮)를 행하기 전에 잠시 쓰는 갓이고, 모(髦)는 총각의 더벅머리이다. 관례가 끝나면 모두 소용이 없기 때문에 무용지물(無用之物)의 비유로 쓴다. 《春秋左傳 昭公9年 註》

226 주머니를 졸라매니 : 아무 행위도 하지 않고 수수방관한다는 뜻이다. 《주역》〈곤괘(坤卦)〉 육사(六四)에 "주머니 끈을 졸라 묶듯 하면 허물도 없고 칭찬도 없을 것이다.〔括囊, 无咎无譽.〕"라고 하였다.

227 높은……넣어버렸다 : 쓸모없이 방치해둔다는 뜻이다. 진(晉)나라 때 유익(庚翼)이 당대의 명사였던 두예(杜乂)와 은호(殷浩)를 평하기를 "이들은 높은 다락에 묶어 넣어두었다가 천하가 태평해진 뒤에야 그들에게 맡길 직임을 논의해야 한다."라고 평가절하하였다. 《晉書 卷73 庚翼列傳》

228 옷을……자취 : 송(宋)나라 휘종(徽宗) 때 동관(童貫)과 황경신(黃經臣)이 정권을 농단하니 우정언(右正言) 진화(陳禾)가 직언하여 이들을 탄핵하였는데, 휘종이 듣지 않고 일어나려 하자 진화가 휘종의 옷을 잡아당겨 옷자락이 찢어졌다. 휘종이 "정언이 짐의 옷을 찢었다.〔碎衣〕"라고 하자, 진화가 "폐하께서 옷이 찢어지는 것을 아까워하지 않으신다면 신이 어찌 머리가 부서지는 것을 아까워하겠습니까."라고 하였다. 내시가 옷을 갈아입기를 청하자 휘종은 "그냥 두어라. 이로써 직신(直臣)을 정표(旌表)하겠

관사(官師)의 경계[229]가 없는가? 여러 신하들은 모두 대대로 나라로부터 국록을 받아온 집안의 후예들이니 나라와 함께 기쁨과 슬픔을 같이 하기를 생각해야 하고, 창언(昌言)[230]은 바로 치란(治亂)의 기틀이니 어찌 나라의 안위를 좌시해서야 되겠는가. 이에 열 줄의 간곡한 윤음[231]으로 한 조정에서 우불(吁咈)의 논의[232]가 들리기를 바라노라.

아아! 간언은 인사(人事)의 득실과 상관되니 진실로 급히 분발하고 힘써야 하고, 천명(天命)을 돌리는 것이 여기에 달렸으니 하늘의 감통(感通)에는 간극이 없음을 알겠다. 임금은 간언을 따르고 나무는 먹줄을 따르니[233] 신하들은 각기 헌가체부(獻可替否)[234]에 힘쓰고, 말을 다 펴지 않으면 도가 드러나지 못하니[235] 나는 합하여 받아들여 펼쳐서

다.”라고 하였다. 《宋史 卷363 陳禾列傳》

229 관사(官師)의 경계 : 관사는 백관의 우두머리를 가리킨다. 95쪽 주207 참조.

230 창언(昌言) : 도움이 되는 훌륭한 말을 가리킨다. 우(禹)임금은 창언을 들으면 절하였다. 《書經 虞書 皐陶謨》

231 열……윤음 : 열 줄은 임금의 하교를 나타낼 때 쓰는 말이다. 후한(後漢)의 광무제(光武帝)가 각 지방에 내리는 조서를 모두 한 장에 열 줄로 세서(細書)한 고사(故事)에서 유래하였다. 《後漢書 卷76 循吏列傳 序》

232 우불(吁咈)의 논의 : 89쪽 주188 참조.

233 임금은……따르니 : 《서경》〈상서(商書) 열명 상(說命上)〉에 “나무는 먹줄을 따르면 바르고, 임금은 간언을 따르면 성스러워지니, 임금께서 성스러우시면 임금이 명령하지 않아도 신하들이 받들거늘 누가 감히 왕의 아름다운 명령에 공경히 순종하지 않겠습니까.〔惟木從繩則正, 后從諫則聖, 后克聖, 臣不命其承, 疇敢不祗若王之休命?〕”라고 하였다.

234 헌가체부(獻可替否) : 옳은 일을 진언하고 옳지 못한 일을 막는 것이다. 《春秋左氏傳 昭公20年》

235 말을……못하니 : 《맹자》〈등문공 상(滕文公上)〉에, 묵가(墨家)의 학자 이지

쓰겠다.[236] 그러므로 이에 하교하니, 잘 알았으리라 생각한다.

(夷之)가 맹자를 만나기를 원하자, 맹자가 "내 오늘은 그를 만나볼 수 있다. 다만 의견을 다 펴지 않으면 도가 드러나지 못하니, 내 우선 내 의견을 모두 펴서 곧이곧대로 말하겠다.〔吾今則可以見矣. 不直則道不見, 我且直之.〕"라고 하였다.

236 합하여……쓰겠다 :《서경》〈우서(虞書) 고요모(皐陶謨)〉에 "합하여 받아들여 펼쳐서 쓰면 아홉 가지 덕을 가진 인재가 모두 일에 종사하여 준걸들이 지위에 있게 된다.〔翕受敷施, 九德咸事, 俊乂在位.〕"라고 하였다.

인정전의 화재로 자신을 책망하면서 구언하는 하교문[237]
仁政殿災 責躬求言教文

왕은 이르노라. 아! 너희 모든 벼슬에 있는 자들과 우리 팔방의 대중들은 나 한 사람의 고유(誥諭)를 밝게 들을지어다. 보잘것없는 어린 내가 조종(祖宗)의 기업을 계승하니, 밤낮으로 공경하고 두려워하기를 마치 큰 시내를 건너는 듯하였다. 그러나 오히려 천지가 은택을 내려주고 조종의 영령들이 강림하시고 경사대부(卿士大夫)들이 좌우에서 보필하고 백성들이 임금으로 추대하기를 원한 데 힘입어, 장차 어지러운 세상을 돌이켜 아득히 화락하고 태평한 세상을 이루려 하였다.

그런데 근자 치상(治象)[238]을 기다리지도 않고 재해가 거듭하여 닥쳤다. 지금은 내가 새로 즉위한 다음 해인데 사관이 재이(災異)를 기록한 것이 두세 쪽일 뿐만이 아니다. 함흥(咸興)은 우리 왕가(王家)의 풍패(豐沛)[239]인데 화재가 발생했고, 평양(平壤)은 기자(箕子)가 교화

---

237 【작품해제】이 작품은《승정원일기》순조 3년(1803) 12월 16일 기사에도 전재되어 있다. 당시 저자는 행도승지(行都承旨)로 이 글을 제진(製進)하였다.

238 치상(治象) : 고대에 정월 초하루에 궁문에 걸었던 정교(政敎)를 기재한 법령을 가리킨다.《周禮 天官 太宰》. 여기서는 다스림이 이루어져 그 효과를 드러낸다는 의미로 쓰였다.

239 풍패(豐沛) : 패군(沛郡) 풍읍(豐邑)을 가리키는데, 그곳이 한 고조(漢高祖)의 고향이었던 데서 전하여 제왕의 고향이라는 뜻으로 쓰인다. 여기서는 태조 이성계의 고향인 함흥을 풍패에 비유한 것이다.

를 펼쳤던 땅인데 화재가 발생했고, 사직(社稷)은 왕자(王者)의 토지신이 머무는 곳인데 응종(應鍾)의 노래와 〈함지(咸池)〉의 춤[240]에 사용할 악기가 불에 타서 예를 거행할 수 없게 되었다. 섣달이 되어서는, 창덕궁(昌德宮)의 인정전은 수백 년 동안 임금이 남면(南面)하여 정사를 보던 정전(正殿)인데, 또 화재를 경계하지 않아 하룻저녁에 소실되어 잿더미가 되어버렸다. 필부(匹夫)도 선인(先人)의 집이 불에 타면 예에 3일 동안 곡하는 것을 허락하였는데,[241] 하물며 임금에 있어서이겠는가. 이는 이변(異變)이니 어찌 평범한 재앙에 견주어 논하겠는가. 자전(慈殿)과 자궁(慈宮)을 놀라게 하고 우리 신민(臣民)들을 분주하게 하였으니, 여러 날이 지나도록 나의 마음이 근심스러워 안정되지 못하고 있다.

어린 내가 하늘과 땅에 무슨 죄를 얻었기에 화재의 이변이 거듭 나타나 마치 귀를 잡아당겨 알려주고 대면하여 가르쳐주는 듯이[242] 하는지 나는 감히 알지 못하겠다. 정(鄭)나라 사람들이 법률을 가볍게 보고

---

240 응종(應鍾)……춤 : 응종은 십이율(十二律) 가운데 음려(陰呂)에 속한 음이고, 〈함지〉는 요(堯)임금의 악곡이다. 《주례(周禮)》〈춘관(春官) 대사악(大司樂)〉에 "태주로 연주하고 응종으로 노래하며 〈함지〉로 춤추어 지신(地神)에게 제사한다.〔奏大簇, 歌應鍾, 舞咸池, 以祭地示.〕"라고 하였다.

241 선인(先人)의……허락하였는데 :《예기(禮記)》〈단궁 하(檀弓下)〉에 "선인의 집이 불에 타버렸으면 3일 동안 곡한다.〔有焚其先人之室, 則三日哭.〕"라고 하였다. 선인의 집은 사당을 뜻한다.

242 귀를……듯이 :《시경》〈대아(大雅) 억(抑)〉에 "아, 소자여, 좋고 나쁨을 알지 못하는가? 손으로 잡아줄 뿐만 아니라 일로 보여주며, 대면하여 가르쳐줄 뿐만 아니라 그 귀를 잡고 말해주노라.〔於乎小子, 未知臧否? 匪手攜之, 言示之事, 匪面命之, 言提其耳.〕"라고 하였다.

폐기하자 불이 났으니,[243] 지금의 법률이 혹 선왕(先王)의 옛 법을 준수하지 않아서인가? 노(魯)나라 사람들이 과도하게 사치를 부리자 불이 났으니,[244] 지금의 사치스러움이 혹 선왕의 유훈을 따르지 않아서인가? 인재를 기른다는 명분만 있고 현인(賢人)을 거두는 실제가 없으니 한조(漢朝)가 명철하지 못하여 받은 징벌[245]이 그 징조인가? 시정(時政)에 폐정(弊政)이 많고 쇠퇴의 징조가 날로 나타나니 진(晉)나라의 당시 실정에 감응한 조짐[246]이 그 본보기인가?

이에 어린 나는 길이 군왕의 자리가 어려움을 생각하노니, 어떤 일은 어떤 것에 대한 감응이라는 말은 본디 유향(劉向)과 동중서(董仲舒)가

243 정(鄭)나라……났으니 : 소공(昭公) 6년 3월에 정나라 사람들이 형서(刑書)를 솥에 새겨 주조하였는데, 이에 대해 숙향(叔向)이 자산(子産)에게 편지를 보내 덕으로 백성들을 다스리려 하지 않고 법률을 복잡하고 어지럽게 만들어 내니 나라가 망할 것이라고 경고하였고, 사문백(士文伯)은 화성(火星)이 나오기도 전에 불을 사용하여 형기(刑器)를 주조하였으니 화성이 나타나면 화재가 발생할 것이라고 예언하였다. 이후 6월에 과연 정나라에서 화재가 발생하였다. 《春秋左氏傳 昭公6年》

244 노(魯)나라……났으니 : 미상이다.

245 한조(漢朝)가……징벌 : 동진(東晉) 효무제(孝武帝) 태원(太元) 10년(385) 정월에 국자감(國子監) 학생들이 바람으로 인해 실화하여 백여 칸의 방이 불탔다. 이후로 조정에서 고과(考課)나 상벌이 제대로 시행되지 못하였다. 이에 대해 인재를 기른다는 명분만 있고 현인을 거두는 실제가 없었으니 국자감에 불이 난 것은 명철하지 못하여 받는 징벌의 앞선 징조라고 하였다. 《晉書 卷27 五行志》. 여기에서의 한조는 한나라 조정이 아니라 뒤에 연이어 나오는 고사도 진나라의 고사이므로 중복되는 표현을 피하기 위하여 중국의 조정이라는 범칭으로 사용된 듯하다.

246 진(晉)나라의……조짐 : 동진(東晉) 효무제(孝武帝) 태원(太元) 13년(388) 12월에 여러 궁실 및 관사에 화재가 발생하고 메뚜기 떼가 발생하였다. 이에 대해 당시 조정에 폐정이 많고 쇠퇴하는 조짐이 날로 나타났으니, 명철하지 못하여 받는 징벌에 모두 상응하는 조짐이 있는 것이라고 하였다. 《晉書 卷27 五行志》

견강부회(牽强附會)한 말이다. 대저 임금은 한 나라의 주인이니, 기강과 풍속이 그 한 몸에 매여 있고 정령(政令)과 인재를 쓰고 버리는 일이 그 한 몸으로부터 나온다. 임금이 혹 학문에 힘을 씀이 독실하지 못하거나 일을 처리함이 근실하지 못하여 백관들이 나태해지고 뭇 일들이 어지러워지게 만든다면, 나쁜 징조가 어딘들 있지 않겠으며 또한 무슨 재앙인들 두루 발생하지 않겠는가. 큰 근심은 성덕(聖德)을 계발(啓發)하고 많은 어려움은 나라를 흥성시킨다는 말은 옛날부터 있어 온 격언이다. 그러므로 나무가 뜰에 자라지 않았더라면 태무(太戊)가 반드시 현명해지지는 못했을 것이고,[247] 새가 솥에서 울지 않았더라면 무정(武丁)이 반드시 종주(宗主)가 되지는 못했을 것이니,[248] 내 어찌 감히 하늘이 나에게 내리신 경계에 주의하지 않겠는가. 일념(一念)으로 상천(上天)을 대하여 밝게 섬겨 욕됨이 없어야 하리니, 지난날을 반성하는 일에 항상 마음을 두고 부족한 점을 보충하는 일에 부지런히

---

247 나무가……것이고 : 태무는 은(殷)나라의 중종(中宗)이다. 은나라의 수도인 박읍(亳邑)에 뽕나무와 닥나무가 함께 붙어서 돋아나 하루아침에 크게 자라자 태무가 이 변괴에 두려움을 품고 재상 이척(伊陟)에게 물으니, 이척이 "요망한 것은 덕을 이기지 못하는 법이니, 아마도 군주의 정사에 잘못이 있어서 이러한 변괴가 나타났나 봅니다. 임금께서는 더욱 덕을 닦으소서."라고 하였다. 태무가 그의 말대로 덕을 닦고 훌륭한 정사를 펴니, 그 나무는 곧 말라 죽었으며 은나라는 다시 부흥하였다. 《史記 卷3 殷本紀》

248 새가……것이니 : 무정(武丁)은 은(殷)나라의 고종(高宗)이다. 무정이 성탕(成湯)에게 제사를 지낸 다음 날 꿩이 솥귀 위에 날아올라가 울자 무정이 불길하게 여기고 두려워하였는데, 조기(祖己)의 권유에 따라 정사(政事)를 닦고 덕을 행하니 천하가 모두 기뻐하여 은나라가 부흥하였다. 《史記 卷3 殷本紀》. 종주는 무정이 은나라를 부흥시켜 고종으로 받들어진 것을 말한다.

힘쓸 것이다.

지난번 구언(求言)하였을 때 국사를 논의하고 간쟁하는 신하가 경계가 되는 훌륭한 말을 나에게 고해주었다. 그 충정을 실로 내 마음속에 간직하였으나, 나는 오히려 내가 구언을 받아들이는 자세가 넓지 못하다고 생각한다. 구언을 위해 아이에게도 찾아가고 스승이 될 만한 사람에게 자문하면서 깊은 못을 건너는 것도 피하지 않고, 계책을 묻고 선한 일을 자문하면서 나무꾼의 말이라도 가리지 않아서, 성대한 덕업을 사책에 빛내고 아름다운 명성을 금석(金石)에 남긴 사람[249]은 어떤 사람인가?

임금은 원수(元首)가 되고 팔다리와 같은 신하는 보필이 되고 백성들은 발이 되어 한 몸으로 서로 의지하고 같은 덕[250]으로 서로 구하나니, 나를 소홀히 하고 저버릴 수 있겠는가. 더구나 지금 나의 신하와 백성들은 모두 우리 선대왕(先大王)의 친현낙리(親賢樂利)[251]의 은택에 젖어 종신토록 선대왕을 잊지 못하는 그리운 마음을 사람들마다 지니고 있으니, 선대왕을 사모하는 마음으로 나 과인(寡人)을 권면하

---

249 아이에게도……사람 : 진(晉)나라 때의 이표(李彪)가 비서승(秘書丞)이 되어 황제에게 표문을 올리면서 옛날의 철왕(哲王)들의 구언하는 자세를 가리켜 한 말이다. 《魏書 卷62 李彪列傳》

250 같은 덕 : 같은 목표를 추구하며 일심으로 함께한다는 뜻이다. 《서경》〈주서(周書) 태서(泰誓)〉에 "나는 나라를 잘 다스리는 신하 열 명이 있는데 그들과 나는 마음이 같고 덕이 같다.〔予有亂臣十人, 同心同德.〕"라고 하였다.

251 친현낙리(親賢樂利) : 선왕의 은택을 가리키는 말로, 《대학장구(大學章句)》에 "군자는 선왕의 어짊을 어질게 여기고 선왕이 친히 한 이를 친애하며, 하민(下民)들은 선왕이 즐겁게 해줌을 즐겁게 여기고 선왕이 이롭게 해줌을 이롭게 여긴다.〔君子賢其賢而親其親, 小人樂其樂而利其利.〕"라고 한 데서 온 말이다.

지 않을 수 있겠는가. 너희들의 계책을 다 꺼내어 소장(疏章)에 모두 적되, 위로는 임금의 과실에서부터 아래로는 잘못된 정사에 이르기까지 돌려 말하거나 속이지 말고 숨김없이 직언하여, 자리를 비워놓고[252] 도움을 구하는 나의 뜻에 부응하기를 바라노라. 말이 비록 합당하지 않더라도 내가 너희를 죄주지 않을 것이다. 아아! 어린 내가 어찌 사람을 속이겠는가.

---

252 자리를 비워놓고 : 어진 이를 존대하기 위해 상석(上席)을 비워놓고 옆자리에 앉는 것을 가리킨다.

대고를 내린 뒤에 사례 올리는 전문[253]

大誥後陳謝箋文

대신(大臣)과 재상들을 인견하는 날에 다음과 같이 하유한 데 대해 본조의 군신들이 사례하다. "무릇 지금 조정에 있는 신하들은 바로 그대들의 조부와 부친의 아들과 손자이니, 서로 길이 다르고 취향이 다르지만 본디 뿌리는 같다. 동인(東人)이니 서인(西人)이니 남인(南人)이니 북인(北人)이니 하지만 내 입장에서 보면 똑같이 나의 세신(世臣)들이다. '온전하게 보전하고 조정하여 화해시킨다.〔全保調停〕'는 이 네 글자는 우리 선왕께서 50년 동안 나라를 다스리는 법칙으로 세우신 뜻과 일이자 또 나 한 사람에게 내려주신 유훈이니, 나의 한결같은 고심(苦心)이 또한 오직 여기에 있다. 그러나 사사로이 편당(偏黨) 짓고 공사(公事)를 혜살 놓으면서 동인협공(同寅協恭)[254]의 아름다움은 볼 수가 없고, 구차하게 용납하고 편안히 여기면서 신고(辰告)[255]하는 계책은 들을 수 없는 실정이다. 세도(世道)는 마치 물

---

253 【작품해제】《내각일력(內閣日曆)》정조 8년(1784) 윤3월 24일 기사에 초계문신(抄啓文臣)의 삭과시(朔課試) 시제(試題)로 본문 처음에 제시된 문제가 제출되었다. 이에 근거할 때 이 작품 역시 이때 지어진 것으로 보인다.

254 동인협공(同寅協恭) : 함께 조심하고 공경하여 협력해서 정사를 잘 도모한다는 뜻이다. 《서경》〈우서(虞書) 고요모(皐陶謨)〉에 "다 같이 경건하고 함께 공손하여 마음을 합하십시오.〔同寅協恭, 和衷哉.〕"라고 하였다.

255 신고(辰告) : 알맞은 진언을 가리킨다. 《시경》〈대아(大雅) 억(抑)〉에 "계책을 크게 하고, 명령을 살펴 정하며, 계획을 장구히 하고, 때에 따라 고한다.〔訏謨定命, 遠猶辰告.〕"라고 하였다.

이 더욱 흘러내려가 수많은 하천이 범람하는 것과 같은 지경이니 누가 맡아서 막아내려는가? 습속(習俗)은 마치 병이 점점 고질이 되어 온몸에 해괴한 병증이 나타나는 것과 같은 지경이니 누가 맡아서 치료하려는가? 여독(餘毒)이 미치는 바에 조정에서 그 해로움을 오롯이 받을 것이니, 고요히 그 허물을 생각해보면 누가 그것을 주장하는가? 나의 이 한 고심은 견고하여 깨뜨릴 수 없으니, 지금 이후로 경들은 나의 호오(好惡)가 여기에 있고 다른 데 있지 않음을 알아서 함께 대도(大道)를 이루고 나와 태평성세를 함께하여 자손 만대토록 다함이 없게 할지어다."256

습속은 경박한 풍조를 다투어 사사로이 붕당 짓고 아첨을 일삼았는데257 성인께서는 보듬어 길러주는 천지의 교화를 도와 조정에 임하여 윤음을 내리셨습니다. 진실로 세 가지를 받드신258 성상의 마음을 본받

---

256 이상은 정조가 내린 시제(試題)이다.

257 사사로이……일삼았는데 : 《서경》〈주서(周書) 홍범(洪範)〉에 "무릇 서민들이 사사로이 붕당을 짓는 일이 없고 지위에 있는 사람들이 아첨함이 없는 것은 임금이 표준이 되기 때문이다.〔凡厥庶民無有淫朋, 人無有比德, 惟皇作極.〕"라고 하였다.

258 세 가지를 받드신 : 임금이 사사로움이 없이 공정한 자세로 임한다는 뜻이다. 공자의 제자인 자하(子夏)가 공자에게 묻기를, "삼왕(三王)의 덕이 천지(天地)에 참여한다고 하는데, 어떻게 하여야 천지에 참여한다고 말할 수 있습니까?"라고 하니, 공자가 말하기를, "세 가지 사사로움이 없음을 받들어〔奉三無私〕 천하 사람을 위로하며 따라오게 하는 것이다."라고 하였다. 자하가 묻기를, "무엇을 세 가지 사사로움이 없는 것이라고 합니까?"라고 하니, 공자가 "하늘은 사사로이 덮어주는 것이 없고, 땅은 사사로이 실어주는 것이 없으며, 일월은 사사로이 비침이 없으니, 이 세 가지를 받들어 천하 사람을 따라오게 하는 것을 세 가지 사사로움이 없다고 한다."라고 하였다.《禮記 孔子閒居》

는다면, 한마음으로 협력하는 아름다운 모습을 이룩하는 것이 무에 어렵겠습니까. 삼가 생각건대 당동벌이(黨同伐異)[259]의 폐단은 오랫동안 나라를 병들고 해롭게 하는 근원이 되어왔습니다. 우이(牛李)의 파벌[260]이 처음 갈렸을 때 어찌 참으로 경위(涇渭)의 갈래를 구별할 수 있었겠습니까.[261] 낙촉(洛蜀)에서 각자 표방하는 주장을 가지고 서로 다툴 때[262] 또한 향기 나는 풀과 악취 나는 풀의 냄새가 구분되지 않았습니다. 평지에 당쟁의 파도가 범람하니 얼마나 많은 세가대족(世家大族)이 휩쓸려 빠졌습니까. 허공은 고요하게 멈춘 물과 같거늘 허심탄회하게 자신을 비우는 모습은 볼 수 없는 지경입니다. 본조의 다스림이 격려하고 선양함을 숭상함에 이르러서는 조정의 논의가 각자의 지향점이 있게 되었습니다. 처음에는 가타부타 하면서 두 논의가 창과

---

259 당동벌이(黨同伐異) : 시비곡직(是非曲直)을 불문하고 자기편의 사람은 무조건 돕고 반대편의 사람은 무조건 공격한다는 뜻이다.

260 우이(牛李)의 파벌 : 당(唐)나라 목종(穆宗)에서 무종(武宗) 때까지 우승유(牛僧孺)와 이덕유(李德裕)가 서로 뜻이 맞지 않아 알력이 심했는데, 그로 인해 결국 우승유·이종민(李宗閔)을 우두머리로 하는 당과 이길보(李吉甫)·이덕유 부자(父子)를 우두머리로 하는 당으로 갈라져서 40년간 대립하였다. 당시 이를 일러 '우이의 당[牛李之黨]'이라 불렀다. 《新唐書 卷180 李德裕列傳》《通鑑節要 卷47 穆宗紀》

261 경위(涇渭)의……있었겠습니까 : 붕당이 처음 갈렸을 때에는 양자의 시비(是非)를 구분하기 어려웠을 것이라는 말이다. 중국 장안(長安) 부근에 경수(涇水)와 위수(渭水)가 있는데 경수는 탁하고 위수는 맑으므로 청탁을 경위라고 쓰기도 한다.

262 낙촉(洛蜀)에서……때 : 낙촉은 송(宋)나라 철종(哲宗) 무렵의 당파로, 촉당(蜀黨)은 소식(蘇軾), 여도(呂陶) 등이 주축을 이루고, 낙당(洛黨)은 정이(程頤), 주광정(朱光庭) 등이 주축을 이루었다. 처음에는 촉당과 낙당 모두 왕안석(王安石)의 신법(新法)에 반대하여 견해가 다르지 않으나 나중에는 구체적인 방식에 있어 정견이 달라져 극심하게 대립하였다. 《小學紺珠 名臣類下》

방패처럼 대립하는 정도에 불과하였는데, 마침내는 옳은 것을 말미암고 그른 것을 말미암아[263] 드디어 한 조정 안에서 창을 찾으며 서로 공격하게 되었습니다.

국운의 흥성함이 100년이라는 긴 시간 동안 이어지니 점차 비주(比周)[264]가 서로 드러나고, 성인의 공효가 구주(九疇)[265]의 다스림을 빛나게 이룩하니 어찌 보고서 감화되는 실효가 없겠습니까. 이에 우리 성상의 계지술사(繼志述事)[266] 하시는 덕으로 선왕의 탕평(蕩平)의 가르침을 따르셨습니다. 깊고 밝으신 성상께서는 매양 포용해주기를 생각하시어 반드시 산과 숲이 독충을 끌어안는 것[267]과 같이 하려 하셨건만, 시론(時論)은 날로 어그러지고 격렬해지기만 하여 만촉(蠻觸)이 각축을 벌이는 것[268]과 같은 실정을 어이한단 말입니까?

---

263 옳은……말미암아 : 《장자(莊子)》〈제물론(齊物論)〉에 나오는 말로, 시비를 따지면서 피차간의 상대적인 차이가 대립한다는 뜻이다.

264 비주(比周) : '비'는 편당을 짓는 것이고, '주'는 두루 원만한 것이다. 《논어》〈위정(爲政)〉에 "군자는 두루 원만하고 편당 짓지 않으며, 소인은 편당 짓고 두루 원만하지 못하다.〔君子周而不比, 小人比而不周.〕"라고 하였다.

265 구주(九疇) : 홍범구주(洪範九疇)로 천하를 다스리는 아홉 가지 대법인 오행(五行), 오사(五事), 팔정(八政), 오기(五紀), 황극(皇極), 삼덕(三德), 계의(稽疑), 서징(庶徵), 복극(福極)을 가리킨다.

266 계지술사(繼志述事) : 선인(先人)의 뜻과 사업을 계승해 발전시키는 것을 말한다.

267 산과……것 : 더러운 것도 포용한다는 뜻으로, 잘못을 용서해주는 임금의 은혜를 표현하는 말이다. 《춘추좌씨전(春秋左氏傳)》 선공(宣公) 15년 조에 "내와 못은 오물을 받아들이고, 산과 숲은 독충을 끌어안으며, 훌륭한 옥도 하자를 품고 있다. 마찬가지로 나라의 임금이 더러운 것을 포용하는 것은 하늘의 도이다.〔川澤納汚, 山藪藏疾, 瑾瑜匿瑕, 國君含垢, 天之道也.〕"라고 하였다.

268 만촉(蠻觸)이……것 : 작은 이익이나 대단치 않은 일을 크게 여겨 서로 싸우는

생각건대 과거 색목(色目)끼리의 분쟁은 본디 정해진 선을 지켰으나, 요즘 호오(好惡)가 뒤바뀌는 양상은 또 향리 이웃들끼리도 함께 다투는 실정입니다. 펼쳐 여신 빛나는 교화를 도울 것을 생각해야 하니 같은 조정에서 서로 경계함이 무슨 해가 되겠습니까만, 동인협공의 아름다운 풍도가 아직 까마득하니 인심을 화평하게 하기 어려움이 다만 한스럽습니다. 필경에는 돌을 던져 내리는 계책[269]이 점점 진행하여 불이 들판을 태우는 형세[270]를 이룰 것입니다. 우연히 별것 아닌 원한 때문에 비록 묵은 유감을 반드시 갚으려고 급급하였으나, 모두가 교목세신(喬木世臣)들이니 어찌 나라의 명맥에 해가 됨을 생각하지 않겠습니까.

전각을 내려와 화기(和氣)를 잃지 않았던 일에[271] 저희들이 부끄럽

것을 말한다. 《장자(莊子)》〈칙양(則陽)〉에 "달팽이의 왼쪽 뿔 위에 있는 나라를 촉씨(觸氏)라 하고, 오른쪽 뿔 위에 있는 나라를 만씨(蠻氏)라 한다. 때때로 서로 영토를 다투어 전쟁을 하는데, 쓰러진 시신이 수만 명이었다."라고 하였다.

269 돌을……계책 : 위급한 상황에 놓인 사람을 보고 구해주기는커녕 더욱 곤경에 빠뜨린다는 뜻이다. 당(唐)나라 한유(韓愈)가 지은 〈유자후묘지명(柳子厚墓志銘)〉에 "사람들이 작은 이해에 걸리면 그것이 아무리 하찮은 것일지라도 안면을 몰수하는 경우가 있고, 함정에 빠졌을 경우에 손을 내밀어 구제해주는 것이 아니라 더욱 밀어 넣고 돌을 던져 내린다."라고 하였다.

270 불이……형세 : 일이 걷잡을 수 없이 커진 형국을 가리킨다. 《서경》〈상서(商書) 반경 상(盤庚上)〉에 "너희들은 어찌 나에게 고하지 않고, 서로 뜬소문으로 선동하여 사람들을 두려워 떨게 하는가. 마치 불이 들판에 타올라 향하여 가까이할 수 없으나 오히려 박멸할 수 있음과 같으니, 너희들이 스스로 안정하지 않음을 만드는 것이요, 내가 잘못이 있는 것이 아니다.〔汝曷弗告朕, 而胥動以浮言, 恐沈于衆? 若火之燎于原, 不可嚮邇, 其猶可撲滅, 則惟爾衆自作弗靖, 非予有咎.〕"라고 하였다.

271 전각을……일에 : 송(宋)나라 때 재상이었던 범중엄(范仲淹)과 부필(富弼)이 황제 앞에서 정사에 대해 다투고 의론이 각각 달라도 전각을 내려서면 마치 다툰 적이

지 않을 수 있겠습니까. 수레를 끌고 피하여 사사로운 원수를 따지지 않은[272] 저 사람은 어떤 사람입니까? 빈연(賓筵)에서 알현하는 때에 밝은 조정에서 모두를 훈계하는 윤음을 내리실 줄 생각이나 했겠습니까. 고치기 어려운 질병 같다고 하셨으나 누가 증상에 맞는 약이 없다고 말할 것이며, 물이 더욱 아래로 흘러내린다고 비유하셨으나 절로 물결을 되돌릴 방책이 있습니다. 대저 백이(伯夷)의 청렴함으로 오히려 남이 과거에 저지른 잘못을 생각하지 않았고,[273] 또한 문정(文正)의 엄격함으로 작은 혐의를 잊지 않는 것을 부끄럽게 생각하였습니다.[274] 진실로 저 울타리를 걷어치울 수 있다면 다시는 서로 배척하는 짓을 일삼음이 없을 것이요, 마음과 힘을 하나로 합하게 된다면[275] 보합(保

없었던 것처럼 화기(和氣)를 잃지 않았다는 고사가 있다. 《宋名臣言行錄 後集 卷1》

272 수레를……않은 : 전국(戰國) 시대 때 조(趙)나라의 명장인 염파(廉頗)와 재상인 인상여(藺相如)의 사이가 좋지 않아, 염파가 인상여를 만나면 모욕을 주려 하였다. 이에 인상여가 길에서 염파를 만나자 수레를 끌어서 피하니, 인상여의 마부가 이를 불평하였다. 그러자 인상여가 "진(秦)나라에서 조나라를 치지 못하는 것은 나와 염장군이 있기 때문이다. 이제 조나라의 두 인물이 서로 싸우면 나라의 일은 누가 감당하겠느냐. 내가 염파를 피하는 것은 사사로운 원수를 뒤로 돌리고 국가의 위급함을 우선시하기 때문이다."라고 하였다. 염파가 이 말을 듣고는 인상여를 찾아가서 사죄한 다음 문경지교(刎頸之交)를 맺었다. 《史記 卷81 廉頗藺相如列傳》

273 백이(伯夷)의……않았고 : 《논어》〈공야장(公冶長)〉에 "백이와 숙제는 남이 과거에 저지른 잘못을 생각하지 않았다. 이 때문에 원망하는 사람이 드물었다.〔伯夷叔齊不念舊惡, 怨是用希.〕"라고 하였다.

274 또한……생각하였습니다 : 미상이다.

275 마음과……된다면 : 《서경》〈우서(虞書) 대우모(大禹謨)〉에 "너희들은 부디 마음과 힘을 한결같이 하여야 능히 공을 세울 수 있을 것이다.〔爾尙一乃心力, 其克有勳.〕"라고 하였다.

합)²⁷⁶의 새로운 공효를 길이 누릴 것입니다.

당국자가 혼미하여 어찌 이런 것을 처음에 생각이나 했겠습니까마는, 오직 성상께서 측은히 여기시어 은혜로운 하유(下諭)를 크게 선포하셨습니다. 대면하여 가르쳐주시고 귀를 잡아끌며 일러주시는 명을 이미 받들었으니, 감히 그림자가 따르고 메아리가 호응하듯이 명을 준행하지 않겠습니까. 생장하고 양육되니 하늘에서 내린 우로(雨露)에 적셔졌고, 자손들이 만세토록 풍운(風雲)을 경축할 것입니다.²⁷⁷ 스스로를 돌아보며 감읍하는 마음을 품고서 눈물을 훔치며 사례를 올립니다. 신 등은 절하고 머리를 조아리며 삼가 전문(箋文)을 받들어 다음과 같이 칭사(稱謝)합니다.

"궁전에서 신고(辰告)의 계책을 아뢰니 보필했다는 영예가 없음이 부끄럽고, 옥음으로 간곡한 가르침을 내리시니 외람되이 온전히 보전해주는 은혜를 입었습니다. 언제나 이것만을 생각하여 그 극에 모여 그 극에 돌아올 것입니다.²⁷⁸ 삼가 생각건대 신 등은 자질이 본래 보잘

---

276 보합(保合) : 안정시키고 화합하게 하는 것을 의미한다. 《주역》〈건괘(乾卦) 단사(彖辭)〉에 "하늘의 도가 변화함에 각각 성명을 바르게 하여 큰 화기를 보전케 해준다.〔乾道變化, 各正性命, 保合大和.〕"라고 하였다.

277 생장하고……것입니다 : 우로(雨露)에 적셔졌다는 것은 임금의 은택이 온 천지에 젖어들어 그 은택을 입었다는 말이고, 풍운(風雲)은 어진 신하와 성명한 군주가 만나는 것을 이르는 말로 《주역》〈건괘(乾卦) 구오(九五)〉에 "나는 용이 하늘에 있으니, 대인을 만나봄이 이롭다.〔飛龍在天, 利見大人.〕"라고 하였는데, 문언전(文言傳)에 이것을 인용하고, "구름은 용을 따르고 바람은 범을 따른다.〔雲從龍, 風從虎.〕"라고 하였다.

278 그 극에 모여……것입니다 : 제왕이 제정한 바른 기준으로 귀의한다는 뜻이다. 《서경》〈주서(周書) 홍범(洪範)〉에 "편벽됨이 없고 편당함이 없으면 왕의 도가 탕탕하

것없는데 아름답고 밝은 성세(盛世)를 만났습니다. 그리하여 관원의
행렬을 따라 외람되이 원로(鵷鷺)의 반열[279]에 끼었고, 청색과 자줏빛
인끈을 늘어뜨리고서 봉황지(鳳凰池)[280]에서 함께 목욕하게 되었습니
다. 다행히 성군께서 일시동인(一視同仁)[281]의 다스림을 펴는 때를 만
났으나, 평소 공정(共貞)[282]의 공적이 모자람이 부끄럽습니다. 성상께
서 무편무당(無偏無黨)의 교화[283]를 체행하시니 진실로 선대왕의 50년
신령스러운 공적에 부합되고, 저희들이 내조내부(乃祖乃父)의 충성[284]

며, 편당함이 없고 편벽됨이 없으면 왕의 도가 평평하며, 상도(常道)에 위배됨이 없고
기욺이 없으면 왕의 도가 정직할 것이니, 그 극에 모여 그 극에 돌아올 것이다.〔無偏無
黨, 王道蕩蕩, 無黨無偏, 王道平平, 無反無側, 王道正直, 會其有極, 歸其有極.〕"라고
하였다.

279 원로(鵷鷺)의 반열 : 원추새와 백로의 반열이라는 뜻으로 조관(朝官)의 반열을
뜻한다. 이 새들은 질서가 엄격하여 서 있을 때나 날아갈 때에 순서를 가지런히 정렬하
는 특징이 있으므로, 조정의 반열에 관직의 차서가 엄격한 것을 비유하여 쓴다.

280 봉황지(鳳凰池) : 고관이 되었음을 말한다. 당(唐)나라 때 중서성(中書省)에 봉
황지가 있었던 데서 연유하였다.

281 일시동인(一視同仁) : 한유(韓愈)의 〈원인(原人)〉에 나오는 말로, 모두를 평등
하게 대하고 똑같이 사랑한다는 뜻이다.

282 공정(共貞) : 함께 마땅하고 바르게 한다는 뜻으로 임금과 신하가 함께 태평하게
다스린다는 뜻이다. 《서경》〈주서(周書) 낙고(洛誥)〉에 성왕(成王)이 주공(周公)에
게 "공께서 이미 집터를 정하시고 사자를 보내와 나에게 점의 조짐이 좋아서 항상 길함
을 보여주시니, 우리 두 사람이 함께 마땅하리로다.〔公旣定宅, 伻來, 來視予卜休恒吉,
我二人共貞.〕"라고 하였다.

283 무편무당(無偏無黨)의 교화 : 앞의 주278 참조.

284 내조내부(乃祖乃父)의 충성 : 조상들의 충성을 가리킨다. 《서경》〈상서(商書)
반경 상(盤庚上)〉에 "옛날에 우리 선왕께서 너희들의 조부와 더불어 서로 편안함과
수고로움을 함께 하셨으니, 내 감히 잘못된 형벌을 너희들에게 사용하겠는가. 대대로

을 이으니 감히 덕을 같이하는 신하[285] 한둘은 있다고 말씀드릴 수 있습니다. 세가(世家)에서 높은 벼슬을 이어가니 비로소 기쁨과 슬픔을 나라와 함께한다고 말할 수 있었는데, 말세의 행태가 편을 가르니 불화가 갈수록 심해질 줄 어찌 생각이나 했겠습니까.

이제 궁궐의 섬돌 앞에 신하들이 다 모인 날에 풍속이 어그러진 데 대한 탄식만이 절절합니다. 옷에 찬 패옥 소리 울리며 함께 조정에 오르지만 유우(有虞)의 신하들이 화충(和衷)[286]하던 아름다움은 어디에 있습니까. 생각건대 둥근 구멍과 네모진 기둥은 합치되기 어려우니 은(殷)나라 탕왕(湯王)이 중도(中道)를 세운 아름다운 일[287]만을 기다립니다. 치도(治道)를 빛낸 선왕의 규범을 뒤따르시니 선왕의 가르침을 빛내신 성상의 공열을 우러르고, 오늘날 폐단을 혁파하는 방도로 말하자면 감히 석여극(錫汝極)의 은택을 기약하겠습니까.[288] 신들의

너희들의 공로를 뽑아 기록하고 있으니, 나는 너희들의 선함을 덮어두지 않을 것이다. 〔古我先王曁乃祖乃父胥及逸勤, 予敢動用非罰? 世選爾勞, 予不掩爾善.〕라고 하였다.

285 덕을 같이하는 신하 : 106쪽 주250 참조.

286 화충(和衷) : 마음을 하나로 합하는 것을 가리킨다. 《서경》〈우서(虞書) 고요모(皐陶謨)〉에 "군신이 공경함을 함께하고 공손함을 합하여 충(衷)을 화(和)하게 하소서.〔同寅協恭, 和衷哉.〕"라고 하였다.

287 은(殷)나라……일 : 《서경》〈상서(商書) 중훼지고(仲虺之誥)〉에 "왕은 힘써 큰 덕을 밝혀 백성에게 중도(中道)를 세우소서.〔王懋昭大德, 建中于民.〕"라고 하였다.

288 오늘날……기약하겠습니까 : 석여극은 임금이 자신이 세운 표준을 백성들에게 펼쳐 복을 내린다는 뜻이다. 《서경》〈주서(周書) 홍범(洪範)〉에 "다섯 번째 황극은 임금이 극을 세움이니, 이 오복을 거두어서 여러 백성들에게 복을 펴서 주면 이 여러 백성들이 너의 극을 잘 받들고 따라서 너에게 극을 보존하게 해줄 것이다.〔五皇極, 皇建其有極, 斂是五福, 用敷錫厥庶民, 惟時厥庶民于汝極, 錫汝保極.〕"라고 하였다. 이

처지를 생각하시는 마음으로 갑작스레 이렇게 대고(大誥)를 내려 깨우쳐주시는 은총을 받게 될 줄 어찌 생각이나 했겠습니까. 똑같이 나의 신하라고 하시니 어찌 취향을 달리하고 길을 달리 하겠으며, 너의 조상을 생각하라[289] 하시니 당쟁의 유행을 막고 병폐를 구원할 약을 투약해야 할 것입니다.

성조(聖朝)에서 표준을 세우는 다스림은 반드시 한쪽으로 치우치지 않음을 귀하게 여기니, 그러므로 오늘 신하들에게 하유하신 윤음에 남인이니 북인이니 하는 여러 당파까지 언급하셨습니다. 이것을 일러 군자는 편당(偏黨)하지 않는다고 하니, 왕자(王者)에게 사사로움이 없음을 모두가 우러릅니다. 나라 안의 한 백성들의 자취에 마음과 취향이 서로 어그러짐이 없어야 하는데, 하물며 조정에서 어깨를 나란히 하는 때에 어찌 피차간에 서로 다툴 수 있겠습니까. 편파적인 습속을 징계한다면 어찌 당(唐)나라 때 붕당을 제거하기 어렵다는 탄식[290]이 있겠으며, 도용(陶鎔)의 교화[291]가 균등히 입혀진다면 실로 주(周)나라 때

러한 은택을 기약할 수 있겠느냐는 것은, 당쟁의 폐단을 혁파하게 되면 신하 된 입장에서 임금이 복을 내리고 보존해주는 은혜만 바랄 수는 없다는 뜻이다.

289 너의 조상을 생각하라 : 조상의 덕을 생각하여 자신도 덕을 닦는다는 의미이다. 《시경》〈대아(大雅) 문왕(文王)〉에 "너의 조상을 생각하지 않느냐, 그 덕을 닦을지어다. 길이 천명에 짝하는 것이, 스스로 많은 복을 구하는 길이 되느니라.〔無念爾祖? 聿修厥德. 永言配命, 自求多福.〕"라고 하였다.

290 당(唐)나라……탄식 : 당 문종(唐文宗)이 당시 이종민(李宗閔)과 이덕유(李德裕)로 대표되던 두 분당(分黨) 간의 당쟁을 그치게 할 수 없자, 주위의 신하를 돌아보며 "하북의 역적을 제거하기는 쉬워도, 이 붕당을 제거하기는 어렵다.〔去河北賊非難, 去此朋黨實難.〕"라고 한탄하였다. 《舊唐書 卷176 李宗閔列傳》. 110쪽 주260 참조.

291 도용(陶鎔)의 교화 : 뜨거운 가마에서 도자기를 굽고 용광로에서 쇠를 녹이듯이

아름다움을 함께하는 은택[292]에 감격할 것입니다. 성상의 명을 듣는 날에 머리를 조아릴 따름입니다.

　이는 대개 주상 전하께서 사람을 얻어 다스리시고, 자신의 마음을 미루어 신하들을 대우하시며, 만수일본(萬殊一本)의 공력을 다하여[293] 항상 화목하게 할 방책을 생각하시고, 이 경계와 저 경계의 구별 없이[294] 보호하고 감싸주시는 인자함을 더욱 힘쓰시어, 마침내 조정의 신료들이 함께 왕의 대도(大道)를 따르게 하신 때를 만난 것입니다. 신 등이 감히 일편단심의 충정을 다하여 성상의 마음에 부응하지 않겠습니까. 임금을 충성으로 섬김에 어찌하면 무진(撫辰)[295]의 교화를 돕겠습니까? 관직을 맡아 직무를 다함에 동인협공의 정성을 다할 것입니다.

융합하는 교화를 편다는 뜻이다.

292　주(周)나라……은택 : 《시경》〈대아(大雅) 문왕(文王)〉에 "문왕의 자손들이 본손(本孫)과 지손(支孫) 모두 백세를 전할 것이며, 모든 주나라의 선비들도 드러나지 않을까 또한 대대로 하리로다.〔文王孫子, 本支百世, 凡周之士不顯亦世.〕"라고 하였는데, 《시경집전(詩經集傳)》의 주석에 "주나라의 선비들이 대대로 덕을 닦아 주나라와 함께 아름다움을 짝하게〔與周匹休〕 한 것이다."라고 하였다.

293　만수일본(萬殊一本)의 공력을 다하여 : 만수일본은 이치는 하나이지만 그 이치가 발현되는 현상은 수만 가지로 다양하다는 뜻이다. 거꾸로 이야기하면 수만 가지 다른 현상의 이면에는 하나의 이치가 있다는 뜻이 된다. 여기서는 임금이 이러한 도리를 깨닫고 만기(萬機)에 대응했다는 말이다.

294　이 경계와……없이 : 《시경》〈주송(周頌) 사문(思文)〉에 "이 경계와 저 경계 할 것 없이, 중국에 떳떳한 도를 펼치셨도다.〔無此疆爾界, 陳常于時夏.〕"라고 하였다.

295　무진(撫辰) : 제때에 모든 일이 잘 이루어지게 한다는 뜻이다. 《서경》〈우서(虞書) 고요모(皋陶謨)〉에 "사계절에 따라 할 일을 모두 제대로 함으로써 모든 일이 바람직하게 이루어질 것이다.〔撫于五辰, 庶績其凝.〕"라고 하였다.

영종을 세실로 높이고 원자의 명호를 정한 일을 하례하는 전문[296] 대작(代作)

英宗世室元子定號陳賀箋文 代

선왕의 아름다움을 선양하여 세실(世室)로 높이시니 은덕에 성대하게 보답하는 의전(儀典)을 이미 이루었고, 국본(國本)을 정하여 인심이 매이게 하시니 나라를 견고하게 할 기업을 다시 정하게 되었습니다. 온갖 복록이 성대하게 이르고 팔방(八方)의 신민(臣民)이 모두 기뻐합니다. 삼가 생각건대 주상 전하께서는 덕이 무궁한 하늘에 합치되시고[297] 경사가 넘쳐흐르십니다. 청명한 시대의 전에 없던 전례(典禮)가 다 갖추어지니 예악의 새로워짐이 찬란하고, 열성조(列聖祖)의 보배로운 가르침을 완성하시니 성상의 계지술사(繼志述事)[298]

---

296 【작품해제】세실(世室)은 제사를 지낼 대수(代數)가 지나도 신주를 종묘에서 옮기지 않고, 불천위(不遷位)로 대대로 제향을 올리는 것을 말한다. 영조(英祖)의 신주를 세실로 승격한 것은 정조 6년(1782) 11월 27일의 일인데, 마침 이날 원자의 명호를 정하였다. 《正祖實錄 6年 11月 27日》. 이때의 원자가 5세의 나이로 요절하는 정조의 장남 문효세자(文孝世子)이다. 이상에 근거할 때 이 작품 역시 이 무렵에 지어진 것으로 판단된다. 그리고 이 작품이 대작(代作)으로 지은 것이고 본문 가운데 '서번(西藩)'이라는 말이 등장하는 것으로 볼 때, 저자의 친형인 서호수(徐浩修)를 대신하여 지은 것으로 보인다. 《승정원일기》정조 6년 2월 6일의 기사에 서호수를 평안도 관찰사로 임명하는 교서(敎書)가 있다.

297 덕이……합치되시고 : 《주역》〈곤괘(坤卦) 단전(彖傳)〉에 "곤이 두터워 만물을 싣는 것은 그 덕이 무궁한 하늘과 합한다.〔坤厚載物, 德合无疆.〕"라고 하였다.

298 계지술사(繼志述事) : 111쪽 주266 참조.

하심이 훌륭하십니다.

이에 갱장(羹墻)²⁹⁹의 효성을 미루시어 마침내 종묘에서 선왕의 공업을 편안하게 하고³⁰⁰ 빛내는 예를 거행하셨습니다. 60년 동안 남기신 선왕의 은택이 사라지지 않았으니 어찌 단지 칠묘(七廟)에서만 덕을 살피겠습니까?³⁰¹ 백세토록 정결한 제사가 끊이지 않을 것이니 아홉 번 술잔을 올리면서 당 위에 올라 노래를 부르는 모습³⁰²을 길이 볼 것입니다.

더구나 원자의 명호를 바로 함에 돌아보고 명하심이 도타움을 더욱 점침에 있어서이겠습니까.³⁰³ 숭호(嵩呼)³⁰⁴하는 날에 원자의 위호(位

---

299 갱장(羹墻) : 선인(先人)을 간절히 추모하는 것을 말한다. 요(堯)임금이 죽은 뒤에 순(舜)임금이 지극히 사모한 나머지, "자리에 앉으면 담장에 요임금의 모습이 나타나는 듯하고, 밥을 먹으면 국그릇 속에 요임금의 모습이 비치는 듯하였다.〔坐則見堯於墻, 食則覩堯於羹.〕"는 고사에서 온 것이다. 《後漢書 卷63 李固列傳》

300 선왕의……하고 : 원문의 '敉'는 편안하게 한다는 뜻으로, 영조를 불천위의 세실로 승격하여 영조의 공덕에 걸맞게 한다는 말이다. 《서경》〈주서(周書) 낙고(洛誥)〉에 "사방이 개척되어 다스려졌으나 아직 공적이 높은 이에게 맞는 예를 정하지 못하였다. 그리하여 또한 공의 공적을 편안히 하지 못하는 것이다.〔四方迪亂, 未定于宗禮, 亦未克敉公功.〕"라고 하였다.

301 칠묘(七廟)에서만 덕을 살피겠습니까 : 《서경》〈상서(商書) 함유일덕(咸有一德)〉에 "일곱 대의 묘에서 그 나라의 덕을 볼 수 있다.〔七世之廟, 可以觀德.〕"라고 하였다. 천자의 나라는 삼소(三昭)·삼목(三穆)과 태조의 묘를 합하여 종묘가 칠묘이다. 칠묘의 대수가 다하면 반드시 옮기게 되어 있는데, 덕이 있는 임금은 옮기지 않기 때문에 일곱 대의 묘를 통해서 덕을 볼 수 있다고 한 것이다.

302 아홉……모습 : 모두 종묘의 제례에 올리는 예이다.

303 더구나……있어서이겠습니까 : 돌아가신 선왕이 원자를 도탑게 돌아보고 명해준다는 뜻이다. 《정조실록》6년 11월 27일 기사에 영의정 서명선(徐命善) 등이 "원자께서 탄생하신 경사가 이미 선대왕께서 탄생하신 달과 맞아떨어졌고, 명호를 정하는 거조가

號)를 세우니 신민들의 환호성이 우레와 같고, 태산(泰山)의 반석(盤石)처럼 안정된 기틀에 나라의 형세를 올려두니 큰 복록이 하늘에서 내려올 것입니다. 바야흐로 연하(燕賀)를 다시 올리는 날[305]에 성대한 상서(祥瑞)가 거듭 이르는 것을 다투어봅니다.

삼가 생각건대 신의 발걸음이 서번(西藩)에 묶여 있으나 마음은 임금 계신 곳에 매여 있습니다. 3년을 변방에 있을 것이니 성상을 그리워하는 마음으로 얼마나 애타겠으며, 오색구름이 봉래궁(蓬萊宮)에 떠 있으니[306] 춤추며 경축하는 대열에 참석하지 못함이 한스럽습니다.

또 선대왕을 세실에 모시는 날에 있게 되었으니, 복록이 장구하고 돌아보고 명하심이 도탑다는 것을 여기에서 점칠 수 있습니다."라고 하였다.

304 숭호(嵩呼) : 숭산(嵩山)의 만세 소리라는 뜻으로, 신민들이 원자의 명호가 정해지는 것을 경축하고 복록과 장수를 기원한다는 말이다. 한(漢)나라 무제(武帝)가 숭산에 오를 때 이졸(吏卒)들이 모두 만세 삼창을 소리 높여 지르는 소리가 사당에서 흘러나오는 것을 들었다는 고사가 있다. 《漢書 卷6 武帝紀》

305 연하(燕賀)를……날 : 기존에 영조의 신주를 종묘의 재실(齋室)에 안치할 때 하례를 올리고 이제 다시 세실(世室)로 승격하고서 재차 하례를 올린다는 뜻이다. 연하는 《회남자(淮南子)》〈설림훈(說林訓)〉에 "큰 집이 완성되면 제비와 참새들이 서로 축하한다.〔大廈成, 而燕雀相賀.〕"라고 한 데서 온 말로, 본디 제비와 참새가 사람의 집을 자기들의 깃들 곳으로 삼아 서로 축하한다는 뜻에서, 흔히 남이 새로 집을 지은 것을 축하하는 말로 쓰이며, 또는 일반적인 축하의 뜻으로도 쓰인다.

306 오색구름이……있으니 : 궁궐을 형용한 말이다. 봉래궁은 당(唐)나라 때의 궁전 이름이다. 두보(杜甫)의 〈선정전에서 조회하고 물러나와 좌액문을 나서며〔宣正殿退朝晚出左掖〕〉 시에 "구름이 봉래궁에 가까우니 항상 오색이로다.〔雲近蓬萊常五色〕"라고 하였는데, 현재 창덕궁(昌德宮) 연경당(演慶堂)의 주련에도 이 구절이 걸려 있다.

임인년(1782, 정조6) 동지에 하례 올리는 전문[307] 대작(代作)

壬寅冬至陳賀箋文 代

양(陽)이 자반(子半)에 처음 움직이니[308] 율(律)이 황종(黃鍾)에 응하고,[309] 하늘이 바야흐로 성대하게 아름다운 징조를 나타내니 경사가 궁중에 넘쳐납니다. 이달의 베틀은 선을 더하고[310] 구름은 광채를 발합니다.[311] 삼가 생각건대 주상 전하께서는 만물을 생성하시는 천지자연에 도에 부합되시고 천지가 제자리에 자리 잡고 만물이 생육되는 중화(中和)의 공에 참여하셨습니다.[312] 소의간식(宵衣旰食)[313]하

---

307 【작품해제】이 작품 역시 앞의 작품과 마찬가지로 대작(代作)한 것인데, 본문에서 '서쪽 변경에 발걸음이 묶여 있다'는 표현이 있는 것으로 볼 때, 앞의 작품과 마찬가지로 친형인 서호수(徐浩修)를 대신하여 지은 것이다. 《승정원일기》 정조 6년 2월 6일의 기사에 서호수를 평안도 관찰사로 임명하는 교서(敎書)가 있다.

308 양(陽)이……움직이니 : 65쪽 주105 참조.

309 율(律)이 황종(黃鍾)에 응하고 : 65쪽 주107 참조.

310 이달의……더하고 : 동지가 되어 낮이 길어진 것을 의미한다. 중국 진(晉)·위(魏) 때에 궁중에서 해 그림자를 재면서 동지가 지난 뒤에는 매일 여공(女工)들이 짜는 베의 실을 조금씩 늘려갔다. 《古今事文類聚》

311 구름은 광채를 발합니다 : 옛날에는 춘분·추분·하지·동지 등의 각 절기에 구름의 기색(氣色)을 살펴서 길흉(吉凶)과 풍흉(豐凶) 등을 점치고 그것을 기록하였다. 《春秋左氏傳 僖公5年》《周禮 春官 保章氏》

312 천지가……참여하셨습니다 : 《중용장구(中庸章句)》 제1장에 "중화를 지극히 하면 천지가 자리 잡히고 만물이 생육된다.〔致中和, 天地位焉, 萬物育焉.〕"라고 하였는데, 이 역시 천지의 큰 공용(功用)을 돕는다는 뜻이다.

313 소의간식(宵衣旰食) : 날이 새기 전에 일어나 옷을 입고 해가 진 뒤에야 늦게

며 약보(若保)[314]하는 일념에 부지런하시니 팔방(八方)의 신민들이 서로 기뻐하고, 옷을 드리우고 팔짱을 끼고서[315] 무대(茂對)[316]의 다스림을 행하시니 서징(庶徵)이 이에 절서(節敍)에 맞습니다.[317] 이에 좋은 절기가 내복(來復)의 시기[318]에 때맞추어 찾아오니 성인의 덕화

저녁을 먹는다는 뜻으로, 군왕이 정사에 부지런함을 나타내는 말이다.

314 약보(若保) : 《서경》〈주서(周書) 강고(康誥)〉에 "갓난아이 보호하듯 하면 백성이 편안하리라.〔若保赤子, 惟民其康乂.〕"라고 한 말을 가리킨다.

315 옷을……끼고서 : 임금의 무위지치(無爲之治)를 가리키는 말이다. 《서경》〈주서(周書) 무성(武成)〉에 "옷을 드리우고 팔짱을 끼고도 천하가 다스려졌다.〔垂拱而天下治〕"라고 하였다.

316 무대(茂對) : 때에 맞추어 만물을 품는 다스림을 말한다. 《주역》〈무망괘(无妄卦) 상전(象傳)〉에 "하늘 아래 우레가 가서 만물이 이에 무망하니, 선왕이 이를 보고서 성대하게 시절에 맞추어 만물을 발육한다.〔天下雷行, 物與无妄, 先王以, 茂對時, 育萬物.〕"라고 하였다.

317 서징(庶徵)이……맞습니다 : 서징은 《서경》〈주서(周書) 홍범(洪範)〉에 나오는 천하를 다스리는 아홉 가지 큰 요체 가운데 여덟 번째 항목으로, 하늘이 여러 가지 자연 현상을 통해 징조를 보이는 것이다. "여덟 번째, 서징(庶徵)은 비 옴과 볕 남과 더움과 추움과 바람과 때로 함이니, 다섯 가지가 와서 갖춰지되 각기 그 절서에 맞으면 여러 풀들도 번성할 것이다.〔八庶徵, 曰雨曰暘曰燠曰寒曰風曰時, 五者來備, 各以其敍, 庶草蕃廡.〕"라고 하였다.

318 내복(來復)의 시기 : 동지를 가리킨다. 《주역》〈복괘(復卦)〉의 괘사(卦辭)에 "그 도를 반복하여 7일 만에 와서 회복하니, 가는 곳을 두는 것이 이롭다.〔反復其道, 七日來復, 利有攸往.〕"라고 하였다. 이는 곧 음력 4월에는 순양(純陽)인 건괘(乾卦)가 되었다가 5월 하지(夏至)가 되면 음(陰) 하나가 처음 생겨 양(陽)이 사라지게 되는 구괘(姤卦)가 되며, 6월에는 이음(二陰)의 돈괘(遯卦), 7월에는 삼음(三陰)의 비괘(否卦), 8월에는 사음(四陰)의 관괘(觀卦), 9월에는 오음(五陰)의 박괘(剝卦), 10월에는 순음(純陰)의 곤괘(坤卦)가 되었다가 11월 동지(冬至)가 되면 다시 양 하나가 처음 생겨 복괘가 되는 것을 말한 것으로, 7일 만에 와서 회복한다는 것은 4월부터 11월에

(德化)가 막 떠오르는 해에서 더욱 징험됩니다.[319]

삼가 생각건대 신은 발걸음이 서쪽 변경에 묶여 있으나 마음은 성상이 계신 곳에 매여 있습니다. 변경의 밤 꿈속에서 성상을 그리워하는 마음으로 얼마나 애타겠습니까. 대궐문에서 새벽에 하례하며 문안 여쭙는 반열에 참석하지 못하는 것이 한스럽습니다.

이르기까지 일곱 번 변화하여 복괘를 이룬다는 의미이다.

319 성인의……징험됩니다 : 임금이 정사를 잘 돌보고 백성을 잘 다스려 동지가 되어 순리에 맞게 양의 기운이 자라난다는 뜻이다. 원문의 '方升'은 '如日方升'이라고도 하며 《시경》〈소아(小雅) 천보(天保)〉에 "변함없는 달과 같고 떠오르는 해와 같다.〔如月之恒, 如日之升.〕"라고 한 데서 온 표현이다.

계묘년(1783, 정조7) 정월 초하루에 하례 올리는 전문[320]
대작(代作)

癸卯正朝陳賀箋文 代

팔방(八方)이 다 같이 봄을 맞으니 백성들 모두 정오에 모여들고,[321] 삼원(三元)의 절기[322]를 맞으니 경사가 건인(建寅)의 때[323]에 더욱 왕성합니다. 은택은 화번(花幡)[324]에 젖어들고 축송(祝頌)은 초주(椒酒)[325]에 넘쳐납니다. 삼가 생각건대 주상 전하께서는 선기옥형(璿璣

---

320 【작품해제】이 작품 역시 앞의 작품들과 마찬가지로 대작(代作)한 것인데, 본문에서 '서쪽에 있는 몸'이라는 표현이 있는 것으로 볼 때, 앞의 작품들과 마찬가지로 친형인 서호수(徐浩修)를 대신하여 지은 것이다. 《승정원일기》정조 6년 2월 6일의 기사에 서호수를 평안도 관찰사로 임명하는 교서(敎書)가 있으며, 정조 7년의 기사들에서도 서호수는 평안도 관찰사의 직함으로 기록되고 있다.

321 백성들……모여들고 : 원문의 '亭午'는 '正午'와 같은 말이다. 정오가 되어 신년 하례를 위해 신민들이 모여들었다는 뜻으로, 실제로 1783년(정조7) 정월 초하루 하례식은 오시(午時)에 인정전(仁政殿)에서 거행되었다. 《承政院日記 正祖 7年 1月 1日》

322 삼원(三元)의 절기 : 연(年), 월(月), 일(日)이 새로 시작되는 정월 초하루를 가리킨다.

323 건인(建寅)의 때 : 고대의 역법(曆法)에서 북두성(北斗星)의 두병(斗柄)이 십이진(十二辰) 가운데 인방(寅方)을 가리키는 때를 말한다. 하(夏)나라의 역법에서는 이때를 정월로 삼았으므로 후대에는 정월의 뜻으로 쓰이게 되었다.

324 화번(花幡) : 금(金), 은(銀), 나(羅), 채(綵) 등으로 만들어 장식한 조화(造花)를 이르는데, 옛날 입춘일이면 재신(宰臣) 이하 여러 관원들이 이것을 복두(幞頭) 위에 달고 입조(入朝)하여 하례를 올렸다고 한다.

325 초주(椒酒) : 산초를 넣고 빚은 술로, 신년 초하루에 어른에게 장수와 경축의 의미로 올리던 것이다.

玉衡)으로 칠정(七政)을 고르게 하시고,[326] 규장각(奎章閣)을 세워 문치(文治)를 숭상하셨습니다. 조정에 임하셔서는 때에 맞는 다스림[327]에 힘쓰시니 양기가 새로운 은택을 베풀고, 정월 초하루에 권농(勸農)의 윤음을 내리시니 농사가 자주 풍년을 점칩니다.[328] 이에 헌발(獻發)[329]의 때를 당하여 마침내 복록을 거듭 내려주는 돌봄[330]을 받았습니다. 삼가 생각건대 신의 직책이 변방을 맡고 있으나 마음은 성상이 계신 곳에 매여 있습니다. 숭호(嵩呼)[331]하는 원반(鵷班)[332]에는 비록 멀리 서쪽에 있는 몸이라 참여하지 못하지만, 화(華) 땅 봉인(封人)이 올렸던 축원[333]을 멀리서 북극성을 옹위하는 정성[334]으로

---

326 선기옥형(璿璣玉衡)으로……하시고 : 임금이 역상(曆象)을 살펴 때에 맞는 정사를 펴고 농사철의 시기를 잘 알려주었다는 뜻이다. 《서경》〈우서(虞書) 순전(舜典)〉에 "선기와 옥형으로 살펴 칠정을 고르게 하셨다.〔在璿璣玉衡, 以齊七政.〕"라고 하였는데, 선기와 옥형은 천체를 관측하는 기구인 혼천의(渾天儀)이며, 칠정은 일월(日月)과 오성(五星)을 가리킨다.

327 때에 맞는 다스림 : 123쪽 주316 참조.

328 정월……점칩니다 : 정조는 즉위한 이래로 매년 정월에 권농 윤음을 내렸는데, 1783년(정조7)의 윤음은 《홍재전서(弘齋全書)》 권33 〈세수권농교(歲首勸農教)〉이다.

329 헌발(獻發) : 새해가 오고 봄기운이 발양하는 것을 말한다. 《초사(楚辭)》〈초혼(招魂)〉에 "해가 새로이 이르고 봄기운이 발양하건만, 나만 혼자 쫓겨나서 남으로 가네.〔獻歲發春兮, 汩吾南征.〕"라고 한 데서 온 말이다.

330 복록을……돌봄 : 선왕이 하늘에서 돌보아주어 복록을 계속하여 받게 되었다는 뜻이다. 《시경》〈상송(商頌) 열조(烈祖)〉에 "아아! 열조께서 떳떳한 이 복록을 두시어 거듭 무궁히 내려주셨으므로 왕이 있는 이곳에까지 미쳤도다.〔嗟嗟烈祖, 有秩斯祜, 申錫無疆, 及爾斯所.〕"라고 하였다.

331 숭호(嵩呼) : 121쪽 주304 참조.

332 원반(鵷班) : 115쪽 주279 참조.

다합니다.

333 화(華)……축원 : 화(華) 땅의 봉인(封人)이 수(壽), 부(富), 다남자(多男子) 세 가지로 요(堯)임금을 축원했던 고사가 있다. 성어(成語)로는 화봉삼축(華封三祝)이라 한다. 《莊子 天地》

334 북극성을 옹위하는 정성 : 뭇별이 북극성을 옹위하는 것처럼 신하가 임금을 모시는 것을 말한다. 《논어》〈위정(爲政)〉에 "북극성이 가만히 제자리를 지키고 있어도 뭇별이 옹위하는 것과 같다.〔譬如北辰居其所, 而衆星共之.〕"라고 하였다.

잡저 雜著 127

병진년(1796, 정조20) 천추절에 하례 올리는 전문[335]
丙辰千秋節陳賀箋文

잘 다스려지는 조정에서 풍동(風動)의 교화가 징험되니 물물마다 삶을 즐거워하고, 이날은 바로 홍류(虹流)[336]의 날이니 해마다 경사를 기록합니다. 오만(於萬)의 축원[337]은 온 백성이 같은 마음입니다. 삼가 생각건대 주상 전하께서는 남극성(南極星)[338]의 찬란한 빛을 받으시고 황극(皇極)의 복[339]을 받으셨습니다. 태평성세에 아무런 현상이

---

335 【작품해제】천추절(千秋節)은 임금의 생일을 가리키는 말로, 당(唐)나라 때 현종(玄宗)이 자신의 생일을 천추절이라고 한 데서 연유하였다. 정조의 생일은 음력 9월 22일이다. 따라서 이 글 역시 그 무렵 지어진 것이다. 그리고 1796년(정조20) 7월에 저자는 광주 목사(光州牧使)가 되었다. 본문에 "외방에 몸을 두고 있습니다."라는 표현은 이것을 가리킨 것이다. 이에 앞서 저자는 1791년(정조15) 성천 부사(成川府使)가 되었을 때 사적인 혐의로 좌의정 채제공(蔡濟恭)에게 부임 인사를 하지 않았다가 탄핵을 받고 파직되었다. 본문에 "다시 설 수 있도록 해주신 성상의 깊은 은혜"는 바로 이 사건으로 근신하던 저자를 광주 목사에 발탁한 정조의 조처를 가리키는 말이다.

336 홍류(虹流) : 임금의 생일을 비유하는 말이다. 옛날 소호씨(少昊氏)의 모친인 여절(女節)이 무지개처럼 큰 별이 흘러내리는 꿈을 꾸고서 소호씨를 낳았다는 데서 온 표현이다. 《宋書 卷27 符瑞志上》

337 오만(於萬)의 축원 : 선왕의 발자취를 이어 복을 받으라는 뜻이다. 《시경》〈대아(大雅) 하무(下武)〉의 "밝은지라, 내세에서 그 선조의 발자취를 계승한다면 아, 만년토록 하늘의 복을 받으리라.〔昭玆來許, 繩其祖武, 於萬斯年, 受天之祜.〕"에서 온 말로, 이는 무왕(武王)의 밝은 도를 후세에서 계승한다면 하늘의 복을 장구하게 받게 될 것이라는 뜻이다.

338 남극성(南極星) : 인간의 수명을 관장하는 별이다.

339 황극(皇極)의 복 : 황극은 임금이 천하를 다스리면서 훌륭한 일을 행하여 표준을

없다고 누가 말하였습니까?[340] 성상께서 문채 나고 밝으시니[341] 방승(方升)의 노래[342]에 합당하십니다. 성대하게 어질다는 명성이 사람들에게 들어가니[343] 하늘이 이에 맞추어 보이는 징조로 자주 풍년이 드

세우는 것을 말한다. 《서경》〈주서(周書) 홍범(洪範)〉에 "다섯 번째 황극은 임금이 극을 세움이니, 이 오복을 거두어서 여러 백성들에게 복을 펴서 주면 이 여러 백성들이 너의 극을 잘 받들고 따라서 너에게 극을 보존하게 해줄 것이다.〔五皇極, 皇建其有極, 斂是五福, 用敷錫厥庶民, 惟時厥庶民于汝極, 錫汝保極.〕"라고 하였다. 이에 대해 《서집전(書集傳)》에서는 "극(極)은 복(福)의 근본이며, 복은 극의 효험이니, 극을 세우는 것은 복이 모이는 것이다. 인군(人君)이 위에서 복을 모음은 자기 몸을 후하게 할 뿐만 아니라 그 복을 펴서 서민들에게 주어 사람마다 보고 감동하여 화하게 하는 것이다."라고 하였다.

340 태평성세에……말하였습니까 : 아무런 현상이 없다는 것은 태평한 때에는 오히려 아무런 일이 일어나지 않는다는 뜻이다. 당(唐)나라 문종(文宗)이 연영전(延英殿)에서 재상들에게 "천하가 어느 때 태평한 것인가?"라고 물으니, 우승유(牛僧孺)가 "태평한 세상은 현상이 없습니다. 지금 사방의 오랑캐가 쳐들어오지 않고 백성들이 이산(離散)하지 않으니, 비록 지극한 다스림은 아니지만 조금 편안한 세상이라 할 만합니다."라고 하였다. 《資治通鑑綱目 卷244 唐文宗 太和6年》. 본문의 뜻은 태평한 세상에 아무 현상이 없다는 기왕의 말과는 달리 백성들이 임금의 덕을 칭송하고 풍년이 드는 등의 상서가 일어나난다는 말이다.

341 문채 나고 밝으시니 : 《서경》〈우서(虞書) 순전(舜典)〉에서 순임금의 덕을 칭송한 말이다.

342 방승(方升)의 노래 : '方升'은 '如日方升'이라고도 하며 임금의 덕이 성대함을 표현한 말로, 《시경》〈소아(小雅) 천보(天保)〉에 "변함없는 달과 같고 떠오르는 해와 같다.〔如月之恒, 如日之升.〕"라고 한 데서 온 표현이다. 이 시는 아랫사람이 윗사람에게 아름다움을 돌리는 시이다.

343 어질다는……들어가니 : 임금에게 어진 실상이 있어서 백성에게 칭송을 받는 것을 말한다. 《맹자》〈진심 상(盡心上)〉에 "백성에게 어진 말을 해주는 것이, 어질다는 명성이 사람들에게 깊이 들어가는 것만 못하다.〔仁言不如仁聲之入人深也〕"라고 하였다.

는 상서가 생겼습니다. 이제 천추절을 맞이하여 수많은 복록을 하늘이 거듭 내려주심[344]을 더욱 흠앙합니다. 삼가 생각건대 신은 다시 설수 있도록 해주신 성상의 깊은 은혜로 외방에 몸을 두고 있습니다. 개나 말처럼 충성을 바치고자 하는 신의 마음은 간절히 궁궐에 계신성상을 그리워하고 있으니 궁궐 섬돌 앞뜰에 항상 마음이 가 있고, 대궐문에서 하례 올리기 시작하는 관원들의 반열에 참여하지 못하니 오색구름 자욱한 궁궐 쪽을 발돋움하고서 얼마나 바라보겠습니까.

---

344 수많은……내려주심 : 《시경》〈대아(大雅) 가락(假樂)〉에 "아름답고 즐거운 군자여! 훌륭한 덕이 분명하게 드러났도다. 백성에게 마땅하고 벼슬아치에게 마땅한지라, 하늘로부터 복록을 받도다. 하늘이 보우하여 명하시고서 거듭 돌보아주시도다.〔假樂君子, 顯顯令德. 宜民宜人, 受祿于天. 保右命之, 自天申之.〕"라고 하였다.

병진년(1796, 정조20) 동지에 하례 올리는 전문[345]
丙辰冬至陳賀箋文

옥촉(玉燭)이 무진(撫辰)의 교화를 여니 뭇별들이 북극성을 둘러싸고,[346] 북두성 자루가 자방(子方)으로 돌아가니 해가 남쪽에 이릅니다.[347] 일양(一陽)이 처음으로 움직이니[348] 수많은 복록이 약속한 듯 모여듭니다. 삼가 생각건대 주상 전하께서는 항시 민첩하여 자신을 수양하시니[349] 하늘이 이 세상에 내려보내시어 성인이 되게끔 하신

---

345 【작품해제】1796년(정조20) 7월에 저자는 광주 목사(光州牧使)가 되었다. 이 작품은 당시에 지은 것이다.

346 옥촉(玉燭)이……둘러싸고 : 옥촉은 사시의 기운이 화창한 것을 표현하는 말로 태평성세를 뜻한다. 《이아(爾雅)》〈석천(釋天)〉에 "사시의 기운이 화창한 것을 옥촉이라 한다."라고 하였다. 무진은 제때에 모든 일이 잘 이루어지게 한다는 뜻이다. 《서경》〈우서(虞書) 고요모(皐陶謨)〉에 "사계절에 따라 할 일을 모두 제대로 함으로써 모든 일이 바람직하게 이루어질 것이다.〔撫于五辰, 庶績其凝.〕"라고 하였다. 뭇별들이 북극성을 둘러싼다는 것은 온 신민들이 임금의 덕화에 귀의한다는 뜻이다. 《논어》〈위정(爲政)〉에 "정치를 덕으로 하는 것은, 비유하자면 북극성이 제자리에 있고 뭇별들이 그 둘레를 싸고 있는 것과 같다.〔爲政以德, 譬如北辰居其所, 而衆星共之.〕"라고 하였다. 즉 이상의 말은 임금의 덕화가 잘 펼쳐져 사시가 조화롭고 정사가 잘 다스려지고 있다는 뜻이다.

347 북두성……이릅니다 : 모두 동지를 형용하는 말이다. 북두성 자루가 자방을 가리키는 달을 건자월(建子月)이라 하며 이는 음력 11월에 해당된다. 또한 동지가 되면 태양의 궤도가 북쪽에서 남쪽으로 옮겨지므로 동지를 일남지(日南至)라고도 불렀다.

348 일양(一陽)이 처음으로 움직이니 : 65쪽 주105 참조.

349 항시……수양하시니 : 항상 미치지 못할 듯이 학문에 힘을 쓴다는 뜻이다. 《서경》〈상서(商書) 열명 하(說命下)〉에 "배움은 뜻을 겸손하게 해야 하니, 힘써서 항시

분입니다.³⁵⁰ 표준을 펴는 다스림³⁵¹의 효과가 감응하니 보불(黼黻)과 생용(笙鏞)을 조정을 올려놓고,³⁵² 문치(文治)를 숭상하는 가르침을 생각함이 끝없으시니³⁵³ 관면(冠冕)과 옥패(玉珮)³⁵⁴를 유술(儒術)로 인도하셨습니다. 이에 이장(履長)³⁵⁵의 절기에 성대하게 생긴 아름다운 징조를 더욱 맞이합니다.

삼가 생각건대 신은 규화(葵花)³⁵⁶가 해를 향하여 기우는 것과 같은

민첩하게 하면 그 수양됨이 올 것이니, 독실하게 믿어 이것을 생각하면 도가 그 몸에 쌓일 것입니다.〔惟學遜志, 務時敏, 厥修乃來, 允懷于玆, 道積于厥躬.〕라고 하였다.

350 하늘이……분입니다 : 원래는 공자를 표현한 말이다. 《논어》〈자한(子罕)〉에서 자공(子貢)이 "우리 선생님은 실로 하늘이 이 세상에 내려보내시어 성인이 되게끔 하신 분이다.〔固天縱之將聖〕"라고 하였다.

351 표준을 펴는 다스림 : 128쪽 주339 참조.

352 보불(黼黻)과……올려놓고 : 보불에서 '보'는 흰색과 검은색으로 자루 없는 도끼 모양을, '불'은 검은색과 푸른색으로 '아(亞)' 자 모양을 수놓는 것으로 예복에 사용되던 화려한 문양이다. 전하여 신하들이 힘을 다해 국왕을 보필한다는 뜻으로도 쓰인다. 생용은 생황과 대종(大鐘)으로 이 역시 훌륭한 인재가 조정을 빛내는 뜻으로 쓰였다. 즉 임금의 표준을 세워 펴는 다스림으로 인해 훌륭한 신하들이 조정에 모여 조정을 빛내는 상황을 만들었다는 뜻이다.

353 문치(文治)를……끝없으시니 : 임금이 백성을 교화하려는 생각이 끝이 없다는 표현으로, 《주역》〈임괘(臨卦)〉상전(象傳)〉에 "못 위에 땅이 있는 것이 임괘이니, 군자가 보고서 가르치려는 생각이 다함이 없으며 백성을 용납하여 보존함이 끝이 없다.〔澤上有地臨, 君子以, 敎思无窮, 容保民无疆.〕"라고 하였다.

354 관면(冠冕)과 옥패(玉珮) : 관면은 고관이 쓰는 예관(禮冠)이고, 옥패는 관원들이 차는 옥 장식품을 말한다. 즉 조정 백관을 표현한 말이다.

355 이장(履長) : 동짓날의 별칭이다. 동지에는 해 그림자가 가장 길고 십이율(十二律) 중 동짓달에 해당하는 황종(黃鐘)의 율관(律管)이 가장 길기 때문에 긴 것을 밟는다는 뜻으로 이장이라 하였다. 《玉燭寶典》

간절한 정성을 지니고 목사(牧使)의 직임을 외람되이 맡고 있습니다. 승명려(承明廬)[357]에서의 옛꿈을 자주 꾸니 대궐 그리워하는 이 마음을 어찌 참으며, 봉래궁(蓬萊宮)의 아름다운 기운[358] 멀리서 바라보며 모자라나마 축강(祝崗)[359] 올리는 정성을 펼쳐봅니다.

---

356 규화(葵花) : 51쪽 주64 참조.

357 승명려(承明廬) : 한(漢)나라 때 천자가 기거하던 전각인 승명전(承明殿) 곁에 시신(侍臣)들이 숙직하던 방이다.

358 봉래궁(蓬萊宮)의 아름다운 기운 : 121쪽 주306 참조.

359 축강(祝崗) : 임금의 복록이 성대하기를 축원하는 것이다. 《시경》〈소아(小雅) 천보(天保)〉에 "하늘이 왕을 보호하고 안정시켜 흥하게 하지 않음이 없는지라. 산 같으며 언덕 같으며 산등성이 같으며 구릉 같으며, 냇물이 한창 불어남과 같이 증가되지 않음이 없도다.〔天保定爾, 以莫不興, 如山如阜, 如岡如陵, 如川之方至, 以莫不增.〕"라고 하였다.

정사년(1797, 정조21) 정월 초하루에 하례 올리는 전문[360]
丁巳正朝陳賀箋文

온화한 양기(陽氣)가 만물의 마음을 북돋우니 성상의 교화가 고르게 적셔지고, 아름다운 상서(祥瑞)가 한 해 첫머리에 있으니 천시(天時)를 점칠 수 있습니다.[361] 초화송(椒花頌)[362]을 처음 올리니 화축(華祝)[363]이 진실로 부합됩니다. 삼가 생각건대 주상 전하께서는 기자(箕子) 홍범(洪範)의 오복(五福)을 거두시고[364] 순(舜)임금의 선기옥형(璿璣玉衡)으로 칠정(七政)을 가지런히 하셨습니다.[365] 노(魯)나라 궁실에서 난로(難老)의 술잔을 바치니 미수(眉壽)를 축원하는 효성

---

360 【작품해제】저자는 이 글을 지은 1797년 정월에 앞서 1796년(정조20) 7월에 광주 목사(光州牧使)가 되었다. 본문에 "반년 동안 남쪽 고을에 있으면서 항상 성상을 그리워하였습니다."라는 말은 이것을 가리키는 말이다.

361 천시(天時)를……있습니다 : 하늘의 기후가 좋아 풍년을 기약할 수 있을 것이라는 뜻이다.

362 초화송(椒花頌) : 신년에 올리는 축송(祝頌)을 가리킨다. 옛날에는 정월 초하루에 산초를 담가 빚은 술인 초주(椒酒)를 어른에게 올리는 풍습이 있었는데, 진(晉)나라 때 유진(劉臻)의 아내 진씨(陳氏)가 정월 초하루에 임금의 만수무강을 기원하는 내용의 초화송을 지어 바친 일이 있다. 《晉書 卷96 列女傳 劉臻妻陳氏》

363 화축(華祝) : 127쪽 주333 참조.

364 기자(箕子)……거두시고 : 은(殷)나라의 기자(箕子)가 주(周)나라의 무왕(武王)에게 남긴 통치의 요체가 《서경》〈홍범(洪範)〉인데, 거기에 "오복을 거두어 모아 백성들에게 펴서 나누어준다.〔斂時五福, 用敷錫厥庶民.〕"라고 하였다. 오복은 수(壽), 부(富), 환난이 없음〔康寧〕, 덕을 좋아함〔攸好德〕, 편안히 바른 명을 받음〔考終命〕이다.

365 순(舜)임금의……하셨습니다 : 126쪽 주326 참조.

스러운 마음 다함이 없고,[366] 주(周)나라 왕실에서 약간 척의 옷을 입은 분이 자라시니 목을 빼고서 기다리는 뭇사람들의 마음이 바야흐로 기대에 차 있습니다.[367] 이에 북두성의 자루가 인방(寅方)을 가리키는 때[368]에 거듭 명하는 돌봄[369]을 더욱 맞이하게 되었습니다.

삼가 생각건대 신은 반년 동안 남쪽 고을에 있으면서 항상 성상을 그리워하였습니다. 조정 신하들이 성상의 은택에 함께 젖었으나 어찌 제가 특별히 남다르게 받은 것과 같겠습니까. 가절(佳節)에 저만이 성상을 뵙지 못하니 성상께 쏠리는 이 간절한 마음 배나 됩니다.

---

366 노(魯)나라⋯⋯없고 : 난로는 늙지 않는다는 말로 장수(長壽)의 뜻이다. 《시경》〈노송(魯頌) 반수(泮水)〉에 노후(魯侯)를 송축하면서 노래하기를 "이미 좋은 술을 드셨으니, 길이 불로(不老)를 주리로다.〔旣飮旨酒, 永錫難老.〕"라고 하였다. 원문의 '介眉'는 《시경》〈빈풍(豳風) 칠월(七月)〉에 "봄 술을 만들어서 미수를 축원하네.〔爲此春酒, 以介眉壽.〕'고 한 것을 축약한 것이다. 전후 문맥상 이 구절은 정조가 왕실의 어른에게 축수하는 모습을 표현한 것이다.

367 주(周)나라⋯⋯있습니다 : 《예기(禮記)》〈곡례(曲禮)〉에 "누가 천자(天子)의 나이를 물으면, 대답하기를 '들으니 비로소 약간 척의 옷을 입는다.〔聞之, 始服衣若干尺矣.〕'고 한다."라고 하였다. 보통 왕자나 임금의 나이가 어릴 때 이 표현을 사용하는데, 당시 상황을 고려하면 이때 일곱 살의 어린 나이였던 순조(純祖)를 가리키는 것이다. 전후 문맥상 이 구절은 정조의 후사(後嗣)에 대한 기대를 표현한 것이다.

368 북두성의⋯⋯때 : 음력 정월을 가리킨다. 하(夏)나라는 인월(寅月)을 정월로 삼았는데, 당시 음력은 하나라의 역법을 따른 것이었다.

369 거듭 명하는 돌봄 : 군신(君臣)들이 도리를 잘 지켜 천명(天命)을 받아 복록을 누리게 된다는 뜻이다. 《서경》〈익직(益稷)〉에 "상제께 밝게 받으시면 하늘이 거듭 명하여 아름답게 할 것입니다.〔以昭受上帝, 天其申命用休.〕"라고 하였다.

정사년(1797, 정조21) 천추절에 하례 올리는 전문[370]

丁巳千秋節陳賀箋文

옥촉(玉燭)에 원기(元氣)를 조화하니[371] 하청(河淸)[372]의 운수를 만났고, 금감(金鑑)[373]에 축송(祝頌)을 올리니 홍류(虹流)[374]의 경사가 넘쳐납니다. 천 년의 세월이요 중양(重陽)의 달입니다.[375] 삼가 생각건대 주상 전하께서는 백성들을 인수(仁壽)의 영역으로 인도하시고[376]

---

370 【작품해제】천추절은 임금의 생일을 가리키는 말로, 당(唐)나라 때 현종(玄宗)이 자신의 생일을 천추절이라고 한 데서 연유하였다. 정조의 생일은 음력 9월 22일이다. 따라서 이 글 역시 그 무렵 지어진 것이다. 그리고 1796년(정조20) 7월에 저자는 광주 목사(光州牧使)가 되었다. 본문에 "두 해에 걸쳐 목사(牧使)로 있는 중에"라는 표현은 이것을 가리킨 것이다.

371 옥촉(玉燭)에 원기(元氣)를 조화하니 : 옥촉은 131쪽 주346 참조. 원기를 조화한다는 것은 음양(陰陽)의 원기를 조화롭게 한다는 것으로 나라의 큰 정사를 운용하는 것을 비유하는 말이다.

372 하청(河淸) : 성인이 다스리는 태평성대가 도래하였음을 뜻하는 말이다. 황하는 천 년에 한 번 맑아진다고 하는데, 남당(南唐)의 이강(李康)이 지은 〈운명론(運命論)〉에 "대저 황하가 맑아지면 성인이 태어나고, 이사가 울면 성인이 나온다.〔夫黃河淸而聖人生, 里社鳴而聖人出.〕"라고 하였다. 《文選 卷27》

373 금감(金鑑) : 임금의 생일날에 신하가 올리는 축하의 글을 말한다. 당(唐)나라 현종(玄宗)의 생일에 재상 장구령(張九齡)이 역대 정치의 득실을 적어 거울로 삼도록 한 《천추금감록(千秋金鑑錄)》을 지어 바친 고사가 있다. 《舊唐書 卷99 張九齡列傳》

374 홍류(虹流) : 128쪽 주336 참조.

375 천……달입니다 : 천 년의 세월이라는 것은 천추절을 풀이한 말로 천 년토록 복록을 누리기를 기원하는 의미이고, 중양의 달이라는 것은 정조의 생일이 9월 22일로 이 달에 중양절(重陽節)이 있기 때문에 이렇게 부른 것이다.

풍속을 화락한 경지에 올리셨습니다. 일념으로 부옥(蔀屋)의 어려움[377]을 돌아보시니 가엾게 여기시는 윤음(綸音)을 날마다 내리셨고, 삼주(三晝)에 구실(衢室)에서 묻기를 부지런히 하시니[378] 백성들의 부담을 덜어주고 구휼하시는 혜택을 두루 적셔주셨습니다. 이에 하늘이 거듭하여 아름답게 해주심[379]을 목도하니 탄미(誕彌)의 절일(節日)[380]을 더욱 맞이하였습니다.

삼가 생각건대 신은 두 해에 걸쳐 목사(牧使)로 있는 중에 제 마음은 규화(葵花)[381]가 해를 향해 기울 듯 성상을 향해 있습니다. 해마다 북궐(北闕)에 계신 성상의 기거(起居)를 꿈을 꾸는 듯 상상하였고, 밤마다 남두(南斗)[382]에 축원하기를 성상께서 만수무강하시라 절하며 올렸습니다.

---

376 백성들을⋯⋯인도하시고 : 인수는 《논어》〈옹야(雍也)〉의 "인자는 장수한다.〔仁者壽〕"라는 말에서 나온 것으로, 여기서는 누구나 천수를 누리며 편안하게 살 수 있는 세상을 가리킨다. 《한서(漢書)》권22〈예악지(禮樂志)〉에 "한 세상의 백성들을 인도하여 인수의 영역으로 오르게 한다면, 풍속이 어찌 성왕(成王)과 강왕(康王) 때처럼 되지 않을 것이며, 수명이 어찌 고종 때처럼 되지 않겠는가.〔驅一世之民, 濟之仁壽之域, 則俗何以不若成康? 壽何以不若高宗?〕"라고 하였다.

377 부옥(蔀屋)의 어려움 : 백성들의 어려움이라는 뜻이다. 부옥은 풀로 이어 만든 초가로 그 안에서 사는 서민들을 가리킨다.

378 삼주(三晝)에⋯⋯하시니 : 삼주는 임금이 신하를 자주 접견하는 것을 말한다. 《주역》〈진괘(晉卦)〉에 "낮 동안에 세 번 접견한다.〔晝日三接〕"라고 한 데서 온 말이다. 구실은 88쪽 주183 참조.

379 하늘이⋯⋯해주심 : 135쪽 주369 참조.

380 탄미(誕彌)의 절일(節日) : 생일을 가리킨다. 《시경》〈대아(大雅) 생민(生民)〉에 "산달인 열 달 다 채워서 첫아기를 낳되 염소처럼 쉽게 낳았도다.〔誕彌厥月, 先生如達.〕"라고 하였다.

381 규화(葵花) : 51쪽 주64 참조.

382 남두(南斗) : 남쪽에 있는 별로 형상이 북두성(北斗星)과 같기 때문에 남두라 한 것이다. 《성경(星經)》에 "남두는 여섯 개의 별인데 천자(天子)의 수명(壽命)을 맡았다."라고 하였다.

정사년(1797, 정조21) 동지에 하례 올리는 전문[383]

丁巳冬至陳賀箋文

후대(候臺)에서 일신(日新)의 공효를 징험하니[384] 온 나라 사람들이 몹시 기뻐하고, 환구(圜邱)에서 운화산(雲和山)의 재목으로 만든 금슬(琴瑟)로 악곡을 연주하니 일양(一陽)의 절기가 이르렀습니다.[385] 책력(冊曆)을 반포하여 농사지을 시기를 알려주고 버선을 바쳐 복을 맞아들입니다.[386] 삼가 생각건대 주상 전하께서는 태평성세를 이룰 기상이 있으시니 예악(禮樂)이 흥기될 것입니다. 백성의 고통을 구휼하고 인재를 구하시니 깊은 인애(仁愛)와 두터운 은택을 널리 입히고, 천덕(天德)으로 왕도(王道)를 행하시니 문무(文武)의 공렬을 후손들에게 남겼습니다. 이에 동짓날을 맞이하여 거듭 이르는 경사를 성대히 받습니다. 삼가 생각건대 신은 두 해를 남쪽 고을에 있으면서 항상 성상을 사모하고 있습니다. 그러나 임금 계신 궁궐은 천 리 멀

---

383 【작품해제】이 전문을 지은 1797년에 저자는 광주 목사(光州牧使)로 재임 중이었다. 본문 가운데 '남쪽 고을'은 바로 광주를 가리킨다.

384 후대(候臺)에서……징험하니 : 후대는 천문과 기후를 관측하는 관서로, 조선 시대에는 관상감(觀象監)이 여기에 해당된다. 일신의 공효라는 것은 동지가 되어 해가 길어지면서 양의 기운이 다시 회복되는 것을 말한다.

385 환구(圜邱)에서……이르렀습니다 : 65쪽 【작품해제】및 주105 참조.

386 버선을……맞아들입니다 : 동짓날에 웃어른에게 신과 버선을 바치면서 복을 누리기를 기원했던 풍습이 있었다. 조식(曹植)의 〈동지헌말리송표(冬至獻襪履頌表)〉에 "삼가 옛 의례를 보건대, 나라에서 동짓날 신과 버선을 바치는 것은 복을 맞아들이고 장수를 누리라는 것입니다.〔伏見舊儀, 國家冬至獻履貢襪, 所以迎福踐長.〕"라고 하였다.

리 떨어져 있으니 밤낮으로 사무치는 그리움을 어찌 억누르겠습니까. 짧은 전문에 삼호(三呼)의 축원[387]을 담으니 춤추고 기뻐하며 하례 올리는 정성을 조금이나마 폅니다.

---

387 삼호(三呼)의 축원 : 121쪽 주304 참조.

무등산 불명암 중수 모연문[388]
無等山佛明庵重修募緣文

광주(光州)의 무등산은 바로 호남 쉰셋 고을의 중악(中嶽)이다. 산에
제단이 있으니 호남 한 도에서 홍수와 가뭄과 역병이 일어났을 때 기
도 올리는 장소이고, 제단 오른쪽에 불명암이 있으니 헌관(獻官)과
집사(執事)들이 제사 올리기에 앞서 정결하게 재계하는 장소이다.
규봉(圭峯)[389]이 우뚝 솟아 있으니 손을 놓아버릴 벼랑[390]을 푸른 노
을이 감싸고 있고, 구슬 같은 물방울을 튀기는 폭포가 내달려 흐르니
고개 끄덕인 흔적[391]이 흰 돌에 남아 있다. 한 굽이 찰해(刹海)[392]에

---

388 【작품해제】이 글은 광주의 무등산 불명암에 대한 것이므로, 저자가 광주 목사(光
州牧使)로 재임 중이던 1796년(정조20) ~ 1798년(정조22) 사이에 지었을 것으로 추측
된다. 불명암은 《광주읍지(光州邑誌)》에 따르면 징심사(澄心寺) 동쪽에 있던 암자이
다. 징심사는 현재의 무등산 증심사(證心寺)이고, 불명암은 현존하지 않는다. 《광주읍
지》에는 무등산에 소재한 제단으로 무등산신단(無等山神壇)과 천제단(天祭壇)을 들고
있는데, 본문 속에 언급된 제단이 어떤 것인지는 명확하지 않다. 불교 사우의 중수를
위한 모연문이므로 불가의 문자를 사용하여 보시를 권하고 있으나, 저자는 유가적인
입장에서 재난이 일어났을 때 제사를 지내는 장소로서의 불명암을 거듭 언급하고 있다.
389 규봉(圭峯): 무등산은 용암이 식으면서 수축되어 암석의 단면이 오각형이나 육
각형의 기둥 모양을 띠는 주상절리대가 발달되어 있는데, 서석대(瑞石臺), 입석대(立
石臺)와 함께 규봉이 무등산의 3대 주상절리대이다.
390 손을 놓아버릴 벼랑: 가파르고 높게 우뚝 솟아 있는 규봉의 절경을 불교적 표현을
빌려 묘사한 것이다. 불가에 현애살수(懸崖撒手)라는 말이 있는데, 이는 벼랑에 매달려
서 손을 놓아버린다는 뜻으로 도를 구하기 위해 모든 것을 던져버리고 앞으로 나아간다
는 용맹정진의 결기를 나타낸다. 백척간두진일보(百尺竿頭進一步)와 유사한 표현이다.

장엄한 불상을 다투어보고, 천 길 조도(鳥道)에 장중한 범종 소리 서
로 화답한다. 허깨비 같은 속세의 일이 정토(淨土)에서 다 잊히니 사
람과 법이 둘 다 공(空)하고,[393] 은하수가 선방 창문으로 쏟아지려 하
니 마음과 경계가 둘 다 공적(空寂)하다. 청정함이 여기에서부터 나
오니 허망한 지각과 인연이 감히 싹트지 못하고, 공덕이 두루 젖어드
니 극비(極備)와 극무(極無)[394]가 반드시 응함이 있다.

 그러나 세월이 오래 지나 쇠락한 것이 중수되지 못함을 어이하랴.
게다가 산골짜기와 암석 가운데 깊이 자리 잡고 있어 퇴락함이 더욱
배가 되었다. 승려들[395]도 점점 흩어져버려 법당에는 온통 잡초가 무성

---

391 고개 끄덕인 흔적 : 폭포 주변의 돌들을 불교적 표현을 빌려 묘사한 것이다. 불가
에 완석점두(頑石點頭)라는 말이 있는데, 이는 아무것도 모르는 돌조차도 뛰어난 설법
을 듣고 고개를 끄덕인다는 뜻이다. 동진(東晉) 때의 고승인 축도생(竺道生)이 호구산
(虎丘山)에서 돌들을 모아놓고 《열반경(涅槃經)》의 구절을 강론하자 돌들이 모두 고개
를 끄덕였다는 고사가 있다. 《佛祖統記 卷26》

392 한 굽이 찰해(刹海) : 우주와 세계를 나타내는 불교 용어이다. '찰'은 범어 kṣetra
의 번역어로 찰토(刹土), 국토(國土)의 뜻이며 '해'는 대해(大海)의 뜻이다. 여기서는
무등산을 가리키는 말로 쓰였다.

393 사람과……공(空)하고 : 사람은 오온(五蘊)의 일시적인 화합에 지나지 않으므로
거기에 불변하는 실체가 없다는 것이 사람이 공한 인공(人空)이고, 모든 현상은 여러
인연의 일시적인 화합에 지나지 않으므로 거기에 불변하는 실체가 없다는 것이 법이
공한 법공(法空)이다. 이를 가리켜 불가에서는 인법이공(人法二空)이라 한다.

394 극비(極備)와 극무(極無) : 극비는 너무 많은 것이고 극무는 너무 없는 것으로,
《서경》〈주서(周書) 홍범(洪範)〉에 "한 가지가 지극히 구비되어도 흉하고, 한 가지가
지극히 없어도 흉하다.〔一極備, 凶, 一極無, 凶.〕"라고 하였으며, 《서집전(書集傳)》의
주석에 "비가 많으면 장마가 지고 비가 적으면 가물다."라고 하였다.

395 승려들 : 원문의 '군지(軍持)'는 승려들이 행각할 때 차고 다니는 물병을 가리키는
말이며, '녹낭(漉囊)'은 녹수낭(漉水囊)으로 승려가 물을 떠서 마실 때 물속에 사는

하고 독경 소리, 범패(梵唄) 소리 점점 들리지 않으니 방장실에는 우담바라가 오랫동안 갇혀 있다. 지금 동천복지(洞天福地)[396]는 아득히 산 높고 물 맑은 곳에 자리하고 있으니, 장차 옥을 잡고 향을 사르며 제사 지낼 제관들이 끝내는 풍찬노숙(風餐露宿)하게 생겼다. 사람들은 대부분 승가(僧家)를 위해 한숨을 내쉬지만, 나는 홀로 이 제단을 바라보며 탄식하노라.

아아! 호해(湖海) 수천 리 강산은 국가의 억만년 근본이다. 백성들이 번성하고 물산이 풍족함은 모두 토지의 비옥함 덕분이요, 비가 알맞게 내리고 바람이 조화롭게 부는 것은 어느 것 하나 망제(望祭)를 올린 산천의 신이 보우해준 것 아님이 없다. 진실로 아름다운 집에 서까래 한 자 올릴 비용을 희사(喜捨)할 수 있나니 사람마다 보시할 것이요, 성대한 잔치에 소반 하나 갖출 비용을 낼 수 있나니 고을마다 서로 낼 것이다. 이로써 피안(彼岸)에 회향(回向)하고[397] 작은 암자를 중수한다면 흙을 쌓아 기단을 만들고 모래를 모아 탑을 세울 수 있을 것이다.

삼가 바라건대 거공대인(巨公大人)들과 선남자(善男子) 선여인(善

벌레나 티끌을 거를 때 쓰는 천주머니이다.

396 동천복지(洞天福地) : 신선이 사는 곳에 있다는 36동천과 72복지로 보통 천하의 절경을 비유할 때 쓰이는 표현이다. 여기서는 불명암이 자리하고 있는 무등산의 절경을 가리키고 있다.

397 피안(彼岸)에 회향(回向)하고 : 피안은 이승의 사바세계를 뜻하는 차안(此岸)과 대비되는 말로 번뇌망상을 벗어난 깨달음의 세계를 뜻한다. 회향은 불교에서 자신이 닦은 공덕을 다른 사람이나 자신의 수행 결과로 돌려 그 이익을 함께하고 열반을 얻는 것을 말한다. 피안에 회향한다는 것은 이승에서 불명암을 중수하기 위해 보시한 공덕을 깨달음의 세계로 회향하여 열반을 추구한다는 뜻이다.

女人)들은 서원(誓願)을 널리 세우고 깨끗한 재물을 크게 보시하여 100년의 고찰이 중수되어 새로워져서 명산에 활기가 돌게 하고 사방의 승려들이 다투어 모여 신령한 제단에 위엄이 있게 할지어다. 금승(金繩)을 기다린다면[398] 이 모연(募緣)의 목탁 소리를 따를지어다.

398 금승(金繩)을 기다린다면 : 석가모니가 제자인 사리불(舍利佛)에게 수기(授記)하여 미래세에 사리불이 성불해서 화광여래(華光如來)라는 이름으로 중생을 제도하는데, 그 국토의 이름은 이구국(離垢國)으로 땅은 유리로 되어 있으며 칠보(七寶)로 장식된 보석나무가 있고 황금줄로 경계를 나누는 곳이라 하였다. 《法華經 譬喩品》. 금승은 바로 미래세의 불국정토를 가리키는 것으로, 이것을 기다린다는 것은 공덕을 쌓아 미래세에 불국정토에 태어나고자 한다는 뜻이다.

책문策問

소리에 대한 질문
聲問

묻는다.

　소리〔聲〕는 형기(形氣 현상 세계의 모든 존재)가 서로 부딪쳐 생기는
것이다. 형기가 서로 부딪치면 반드시 소리가 나게 되는데, 과연 무슨
이치인가?

　성교(聲敎)가 사해(四海)에 이르고 성명(聲名)이 중국(中國)에 넘치
는 것은 성인(聖人)의 치국평천하(治國平天下)의 공이고, 부자(夫子)
를 목탁(木鐸)으로 삼고 부자를 금성(金聲)에 비유한 것은 후현(後賢)
이 탄미(歎美)한 말이다.[1] 이 또한 형기가 서로 부딪쳐 생긴 것인가?

1　부자(夫子)를……말이다 : 《논어》〈팔일(八佾)〉에, 의(儀) 땅을 지키는 국경 관리
인이 공자를 만나보기를 요청하면서 "이곳에 오는 군자들을 내가 만나보지 않은 적이
없다." 하여 공자의 제자들이 만나게 해주었다. 그 사람이 공자를 만나보고 나와서
제자들에게 "당신들은 선생이 지위를 잃은 것을 근심할 필요 없겠소. 천하가 무도한
지 오래이니, 하늘이 아마도 부자를 목탁으로 삼으시려나 보오.〔儀封人請見曰 : 君子
之至於斯也, 吾未嘗不得見也. 從者見之, 出曰 : 二三子何患於喪乎? 天下之無道也久
矣, 天將以夫子爲木鐸.〕" 하였고, 《맹자》〈만장(萬章)〉에, "공자를 집대성(集大成)했
다고 하니, 집대성이란 종으로 소리를 내서 경쇠로 수렴하는 것이다. 종으로 소리 내는

《시경》에 "크게 명성이 있으시도다〔遹駿有聲〕" 하고 "소리도 없고
냄새도 없다〔無聲無臭〕"[2] 한 것은 문왕(文王)의 덕(德)이고, 《예기》에
"반드시 그 탄식하는 소리를 들음이 있다.〔必有聞乎其嘆息之聲〕" 하고
"소리가 없는 데에서 듣는다.〔聽於無聲〕"[3] 한 것은 효자(孝子)의 사모
이다. 이미 소리가 있다〔有聲〕 해놓고 또 소리가 없다〔無聲〕 했으니,
어쩌면 그리도 그 말이 앞뒤가 모순되는가? 이 또한 형기가 서로 부딪
치는 것을 가지고 말한 것인가?

천뢰(天籟)와 지뢰(地籟)가 다르니 천지의 소리가 같지 않고,[4] 진성
(秦聲)과 월성(越聲)이 다르니 천하의 소리가 같지 않다. 서로 다른
형기가 소리에 발로되어 그러한 것인가?

초목은 본래 소리가 없는 것인데 바람이 흔들어서 소리가 나고, 금석
(金石)은 본래 소리가 없는 것인데 사람이 두드려서 소리가 나니,[5] 이

것은 조리를 시작하는 것이고, 경쇠로 수렴하는 것은 조리를 끝마치는 것이다. 조리를
시작하는 것은 지혜의 일이고, 조리를 끝마치는 것은 성인의 일이다.〔孔子之謂集大成,
集大成也者, 金聲而玉振之也. 金聲也者, 始條理也; 玉振之也者, 終條理也. 始條理者,
智之事也; 終條理者, 聖之事也.〕" 하였다.
2 크게……없다 : 휼준유성(遹駿有聲)은 《시경》〈문왕유성(文王有聲)〉에 나오고,
무성무취(無聲無臭)는 《시경》〈문왕(文王)〉에 나오는 말로, 모두 문왕을 찬양한 내용
이다.
3 반드시……듣는다 : "반드시 그 탄식하는 소리를 들음이 있다〔必有聞乎其嘆息之
聲〕"는 말은 《예기》〈제의(祭義)〉에 나오고, "소리가 없는 데에서 듣는다.〔聽於無聲〕"
는 말은 《예기》〈곡례 상(曲禮上)〉에 나온다.
4 천뢰(天籟)와……않고 : 천뢰는 하늘의 소리를 말하고, 지뢰는 바람 소리, 새소리,
물소리 등 자연의 소리를 말한다. 《장자(莊子)》〈제물론(齊物論)〉에 "그대는 인뢰를
들었으나 지뢰를 듣지 못하고, 그대는 지뢰를 들었으나 천뢰를 듣지 못했구나!〔女聞人
籟而未聞地籟, 女聞地籟而未聞天籟夫!〕" 하였다.

들 사이에 형기가 서로 부딪치기 때문이다.

그런데 부를 지어 땅에 던지면 금석의 소리가 울린다고 한 것도 있고, 아름다운 누대에서 시를 지으면 허공을 걸어가는 소리가 난다고 한 것도 있다. 볼 수 있는 형기(形氣)가 없는데 소리가 있다고 한 것은 어째서인가?

바람이 기수(淇水) 위에 불 때 쓸쓸한 소리를 듣고서 성인(聖人)은 고기 맛을 알지 못하였고,[6] 밤에 독서할 때 서걱거리는 소리를 듣고서 문사(文士)는 추성(秋聲)인 줄 알았다.[7] 이것도 형기가 서로 감응해서 그러한 것인가?

소리가 없는 음악은 날로 사방에 알려진다고 하니, 이처럼 소리 없는 것이 소리 있는 것보다 나은가? 그렇다면 줄이 없는 거문고[8]와 소리 없는 시도 모두 소리의 근본을 얻었다고 할 수 있겠는가?

소리를 듣고 도를 깨우쳐 성문(聲聞)이라 자호한 이는 누구인가?[9]

---

5 초목은……나니 :《고문진보후집》권3 〈송맹동야서(送孟東野序)〉에 나오는 말이다.

6 바람이……못하였고 :《논어》〈술이(述而)〉에 "공자가 제나라에 계실 때 소 음악을 들으시고는 석 달간 고기 맛도 잊은 채 몰두하여, '음악이 이런 수준에 올랐을 줄 생각지도 못했다.'〔子在齊聞韶, 三月不知肉味曰: 不圖爲樂之至於斯也.〕"라고 감탄하였다.

7 밤에……알았다. :《고문진보후집》권6 〈추성부(秋聲賦)〉에 나오는 말이다.

8 줄이 없는 거문고 : 도잠(陶潛)의 거문고를 말한다. 도잠이 음성(音聲)은 알지 못하면서 소금(素琴) 한 장(張)을 가지고 있었는데 줄이 없었다. 매양 술과 쾌적한 일이 있으면 문득 어루만져 희롱하여 그 뜻을 담았다고 한다. 《晉書 陶潛傳》

9 소리를……누구인가 : 원문에는 성문(聲問)으로 되어 있으나, 문맥과 《운부군옥(韻府群玉)》의 내용을 감안하여 성문(聲聞)으로 번역하였다. 《운부군옥》권7에 "조사(祖師)가 글을 짓지 않고 다만 사람의 마음을 가리켜 곧 부처라고 하였다. 소리를 듣고 도를 깨우쳤으므로 호를 성문(聲聞)이라 하였다.〔祖師不立文字, 直指人心是佛若也.

술로써 소리를 비유하여 성론(聲論)을 지은 자는 누구인가?

수레를 멈추는 소리를 듣고 대부가 지나가는 것을 안 고사에 대해 그 얘기를 자세히 설명할 수 있겠는가? 신발을 끄는 소리를 듣고 상서(尙書)가 오는 줄을 알았으니 그 까닭은 무엇인가?

성음(聲音)의 도는 정치와 통하니, 성음의 삿되고 바름에 풍속의 훌륭함과 저속함이 달려 있다. 따라서 세상의 소리가 온화하면 천지의 소리가 호응하여 바람이 불고 우레가 치는 것이 모두 만물을 이롭게 하는 은택이 되고, 조수(鳥獸)가 오르내리며 우는 것이 모두 상서로운 세상을 드러내는 소리가 된다.

이로써 팔풍(八風)의 기운을 베풀고 이로써 천하의 마음을 통일시키며, 담담하되 싫증 나지 않고 즐겁되 지나치지 않게 되어 공효의 극치가 광대하게 천지의 조화와 나란하여 화육(化育)을 돕게 된다.

그런데 어쩌다가 세도(世道)가 쇠퇴한 뒤로는 치도(治道)가 예스럽지 못해서, 천시(天時)가 맞지 않아 날씨를 원망하는 소리가 나오고 인사(人事)가 미진하여 거리에 화락한 소리가 부족하게 되었는가? 천지의 기운이 점점 혼탁해져 성음의 작용이 절로 그렇게 되고 만 것인가?

지금 밝으신 성상께서 즉위하신 뒤로 새로운 교화가 잘 펼쳐지고 있으니, 예악(禮樂)이 흥기할 희망이 있다. 어떻게 하면 팔방(八方)의 소리가 모두 풍아(風雅)의 바름을 얻게 할 수 있겠는가?

제생(諸生)은 《시》·《서》를 익혀 필시 들을 만한 설이 있을 터이니, 각자 일제히 대답하라.

聞聲悟道, 故號聲聞.]"라고 하였다.

체와 용에 대한 질문

體用問

묻는다.

성인(聖人)의 도(道)는 체(體)와 용(用)이 있으니, 체·용 두 글자는 배우는 자들이 연구해 밝혀야 한다. 하늘을 체로 삼고 땅을 용으로 삼는 것은 선후(先後)를 논한 말이고, 땅을 체로 삼고 하늘을 용으로 삼는 것은 작용 양상의 동정(動靜)을 논한 말이다. 체와 용은 과연 일정한 기준이 없는가?

천지(天地)를 체로 삼고 사람과 사물을 용으로 삼는 것은 크게 구분한 것이고, 사람을 체로 삼고 사물을 용으로 삼는 것은 작게 구분한 것이다. 체와 용에도 과연 대·소의 구별이 있는가?

해[日]·달[月]·별[星辰]은 하늘의 체이고, 추위[寒]·더위[暑]·낮[晝]·밤[夜]은 체의 유행으로 인해 나타나는 용이다. 그 유행(流行)의 오묘함을 들어볼 수 있겠는가?

물[水]·불[火]·흙[土]·돌[石]은 땅의 체이고, 바람[風]·우레[雷]·비[雨]·이슬[露]은 체의 유행으로 인해 나타나는 변화이다. 그 변화의 까닭을 상세히 말할 수 있겠는가?

마음은 인(仁)·의(義)·예(禮)·지(智)를 체로 삼고, 측은(惻隱)·수오(羞惡)·사양(辭讓)·시비(是非)를 용으로 삼는다. 네 가지 외에는 더 이상 마음의 체와 용이 없는가?

몸은 귀[耳]·눈[目]·손[手]·발[足] 네 가지를 체로 삼고, 귀 밝음[聰]·눈 밝음[明]·잡음[持]·다님[行] 네 가지를 용으로 삼는다.

네 가지의 용이 과연 몸이 저절로 움직이는 용인가?

불씨(佛氏)의 도(道)는 체는 있으나 용이 없고, 형명(刑名 법가(法家))의 도는 용은 있으나 체가 없다. 이는 체로 말미암아 용에 도달하는 우리 유가(儒家)의 학문과는 같지 않지만, 이 둘 중에서도 무엇이 낫고 무엇이 못하다고 말할 수 있는가?

노자(老子)는 《역(易)》의 체를 터득하였고 맹자(孟子)는 《역》의 용을 터득하였다는 말은 모두 소강절(邵康節)이 먼저 제기한 주장이다. 그런데 선유(先儒)가 또 노자는 노자대로 체와 용이 있고, 맹자는 맹자대로 체와 용이 있다고 한 것은 어째서인가?

주자(朱子)가 "현재가 체이고 미래가 용이다.〔見在爲體 後來爲用〕" 하였으니 이를 근거로 말한다면 체와 용은 동일한 것이 아니고, 또 "체에 나아가면 용이 그 속에 있다.〔卽體而用在其中〕"[10] 하였으니 이를 근거로 말한다면 체와 용은 한가지이다. 어쩌면 이리도 앞의 말과 뒤의 말이 모순되는가?

자사(子思)가 "중(中)은 천하의 대본(大本)이고 화(和)는 천하의 달도(達道)이다." 하였으니[11] 이는 중을 체로, 화를 용으로 말한 것이고, 또 "군자의 도(道)는 넓으면서도 은미하다.〔費而隱〕"[12] 하였으니 이는 비를 체로, 은을 용으로 말한 것이다. 어쩌면 이리도 뜻이 분명하게 지적한 바가 없단 말인가?

선유(先儒)가 《주역》의 건(乾)·곤(坤)·감(坎)·이(離)에 대해

---

10 체에……있다 : 《회암집(晦庵集)》 권30 〈답왕상서(答汪尚書)〉에 나오는 구절이다.

11 자사(子思)가……하였으니 : 《중용장구》 제1장에 나온다.

12 군자의……은미하다 : 《중용장구》 제12장에 나온다.

서는 체를 먼저하고 용을 뒤로 했다 하고, 진(震)·간(艮)·손(巽)·태(兌)에 대해서는 용을 먼저 하고 체를 뒤로 했다 하였다. 경우에 따라 먼저 하고 뒤에 한 뜻을 모두 상세히 토론할 수 있겠는가?

선유가 우(虞)·하(夏)·상(商)·주(周)를 《서경》의 체라 하고 인·의·예·지를 《서경》의 용이라 하였고, 문왕(文王)·무왕(武王)·주공(周公)·소공(召公)을 《시경》의 체라 하고 성(性)·정(情)·형(形)·체(體)를 《시경》의 용이라 하였고, 진(秦)·진(晉)·제(齊)·초(楚)를 《춘추》의 체라 하고 성(聖)·현(賢)·재(才)·술(術)을 《춘추》의 용이라 하였다. 체와 용으로 나누어 말한 의미를 또한 낱낱이 말할 수 있겠는가?

《논어》에 "예(禮)를 쓸 때는 화(和)가 중요하다."[13] 하였으니, 그렇다면 예(禮)는 용이 없고 악(樂)은 체가 없는가?

《역학계몽(易學啓蒙)》에 "〈하도(河圖)〉는 상수(常數)의 체가 나타난 것이고, 〈낙서(洛書)〉는 변수(變數)의 용이 나타난 것이다." 하였으니, 그렇다면 〈하도〉에는 용이 없고 〈낙서〉에는 체가 없는 것인가?

천지의 체의 숫자는 십이고 천지의 용의 숫자는 구이다. 십이 체가 되고 구가 용이 되는 이유는 무엇인가?

충(忠)은 체이니 천도(天道)이고, 서(恕)는 용이니 인도(人道)이다. 체는 천도에 속하고 용은 인도에 속하는 이유는 무엇인가?

용은 볼 수 있으나 체는 볼 수 없는 것이 있고, 체는 볼 수 있으나 용은 볼 수 없는 것이 있다고 하니, 무엇을 지적하여 말한 것인가?

체는 있으나 용이 없는 것이 있고, 용은 있으나 심(心)이 없는 것이

---

13 예(禮)를……중요하다 : 《논어》〈학이(學而)〉에 나온다.

있다고 하니, 무엇을 지적하여 말한 것인가?

물(物)이 있으면 체가 있고 체가 있으면 용이 있으니, 체와 용의 구분으로 만물(萬物)의 정상을 알 수 있다. 그러나 학문에서 공력을 쏟아야 할 곳은 반드시 용에 있지 체에 있지 않다. 그러므로 학문의 시작 단계인 격물(格物)과 치지(致知)에 있어서는 물(物)과 지(知)가 체이고 격(格)과 치(致)가 용이며, 학문의 중간 단계인 성의(誠意)와 정심(正心)에 있어서는 의(意)와 심(心)이 체이고 성(誠)과 정(正)이 용이며, 학문의 마지막 단계인 치국(治國)과 평천하(平天下)에 있어서는 국(國)과 천하(天下)가 체이고 치(治)와 평(平)이 용이다.

그러나 계신(戒愼)과 공구(恐懼)를 체의 공부로 삼고 신독(愼獨)을 용의 공부로 삼는다면 또 체와 용에 각각의 공부가 있는 듯하다. 체에 공력을 들이는 것이 어지럽고 혼매한 병폐를 야기하여 순일(純一)한 체에 도리어 해가 되지 않겠는가?

"이연평(李延平)이 정좌(靜坐)하여 미발(未發)의 기상을 본다〔李延平靜坐 看未發氣像〕"라고 하였으니, 이것이 바로 이른바 체에 대한 공부이다. 그러나 '본다'라고 하는 순간 이미 미발의 경계(境界)가 아니다. 그렇다면 체에 공력을 들인다는 말은 끝내 시행할 수 없는 말인가?

정자(程子)와 주자(朱子) 이후로 도학(道學)이 제대로 전수되지 않은 지 오래되었다. 한 번 변질되어 육상산(陸象山)이 강학을 폐지하는 데에 이르렀고 재차 변질되어 왕양명(王陽明)이 '양지를 지극히 하는〔致良知〕' 데에 이르렀다.[14] 지금에 와서는 강서(江西) 일파가 돈오(頓

---

14 왕양명(王陽明)이……이르렀다 : 원문의 여요(餘姚)는 절강성(浙江省) 여요(餘姚) 출신으로 양명학(陽明學)의 시조인 왕수인(王守仁, 1472~1528)을 가리킨다. 자

悟)의 설에 빠지고서도 제 딴엔 '크게 거경을 한다〔大居敬〕'고 여기게 되었는데, 모두 마른나무와 식은 재로 귀결됨을 면치 못하여 생기발랄한 모양이라고는 보이지 않으니, 이는 불행히도 주자의 이른바 "모습은 시체이고 입은 벙어리이고 눈은 맹인이고 귀는 귀머거리이고 생각은 꽉 막혔다.〔貌曰僵 言曰啞 視曰盲 聽曰聾 思曰塞〕"[15]는 것에 가깝다. 그러나 주자가 만년에 장흠부(張欽夫)에게 준 편지에서는 체와 용의 공부를 모두 설파하였다. 그렇다면 배우는 자가 장차 무엇을 따라야 하는가?

지금 밝으신 성상께서 즉위하시어 정치와 교화가 밝아졌다. 평소 홀로 계실 때 학문에 잠심(潛心)하시어 만화(萬化)의 체(體)를 확립하고 맑은 조정에 근엄히 임하시어 성군의 덕을 펴시니, 이는 곧 학술을 바로잡고 도(道)를 밝힐 일대 기회이다. 어떻게 하면 지금의 학자들이 체·용의 뜻을 강명하되 재주가 뛰어난 자들은 용(用)이 없는 이단으로 흐르지 않고, 재주가 없는 자들은 체(體)를 빠트리는 공리(功利)로 떨어지지 않게 할 수 있겠는가?

제생(諸生)은 평소 체험하여 틀림없이 실용의 학문[16]에 대해 깨우친 견해가 있을 터이니, 각자 대책문에 모두 쓰도록 하라.

는 백안(伯安), 호는 양명(陽明), 시호는 문성(文成)이다. 저술에 《왕문성공전서(王文成公全書)》가 있다.

15 모습은……막혔다 : 《회암집(晦庵集)》 권48 〈답여자약(答呂子約)〉에 나오는 구절이다.

16 실용의 학문 : 내면의 본성을 함양하는 데 도움을 주는 학문을 말한다.

소리가 없는 음악에 대한 질문

無聲之樂問

묻는다.

《예기》에 "소리가 없는 음악은 날로 사방에 퍼진다.〔無聲之樂 日聞四方〕"는 말이 있다.[17] 어떠하여야 소리가 없는 음악이라고 할 수 있는가?

음양이 서로 부딪치고 천지가 서로 뒤섞여 우레로써 고동(鼓動)하고 풍우로써 일으키는 것은 천지의 음악인데, 천지 또한 소리가 없을 수 없다. 그렇다면 큰 천지에 대해서도 사람들은 오히려 유감스러워하는 것이 있다는 말이 이것인가?

황제(黃帝)는 운문(雲門)의 음악이 있고, 요(堯)임금은 함지(咸池)의 음악이 있고, 순(舜)임금은 소소(簫韶)의 음악이 있고, 우(禹)임금

---

[17] 예기에……있다 : 《예기》〈공자한거(孔子閒居)〉에 "소리가 없는 음악은 기운과 뜻이 위배되지 않고, 형체가 없는 예는 위의가 여유롭고, 상복이 없는 상(喪)은 안에 인자하여 매우 슬프다. 소리가 없는 음악은 기운과 뜻이 이미 얻어지고, 형체가 없는 예는 위의가 정돈되고 엄숙하고, 상복이 없는 상은 뻗쳐서 사방의 나라에 미친다. 소리가 없는 음악은 기운과 뜻이 이미 따르고, 형체가 없는 예는 상하가 화합하고 함께하며, 상복이 없는 상은 만방(萬邦)을 길러준다. 소리가 없는 음악은 날로 사방에 알려지고, 형체가 없는 예는 날로 나아가고 달로 자라나고, 상복이 없는 상은 순일(純一)한 덕이 매우 밝다. 소리가 없는 음악은 기운과 뜻이 이미 일어나고, 형체가 없는 예는 뻗쳐서 사해(四海)에 미치고, 상복이 없는 상은 자손에게까지 뻗쳐간다.〔無聲之樂, 氣志不違: 無體之禮, 威儀遲遲: 無服之喪, 內恕孔悲. 無聲之樂, 氣志旣得: 無體之禮, 威儀翼翼: 無服之喪, 施及四國. 無聲之樂, 氣志旣從: 無體之禮, 上下和同: 無服之喪, 以畜萬邦. 無聲之樂, 日聞四方: 無體之禮, 日就月將: 無服之喪, 純德孔明. 無聲之樂, 氣志旣起: 無體之禮, 施及四海: 無服之喪, 施于孫子.〕" 하였다.

은 대하(大夏)의 음악이 있었으니, 이는 성왕(聖王)의 음악인데도 소리가 없을 수 없었다. 그렇다면 네 성인의 덕으로도 미진한 점이 있는가?

《시경》에 "하늘의 일은 소리도 없고 냄새도 없다.[上天之載 無聲無臭]"[18] 하였으니, 성인이 하늘을 본받음에 있어 소리가 없는 것을 지극한 경지로 여겼다. 그렇다면 이것을 소리가 없는 음악이라고 할 수 있는가?

공자(孔子)께서 "음악 음악 하지만 종을 치고 북을 두드리는 행위를 말함이겠는가?"[19] 하였으니, 음악이 종을 치고 북을 두드리는 행위에 달린 것이 아니다. 그렇다면 이것이 과연 소리가 없는 음악을 지칭한 것인가?

종소리를 듣고 무신(武臣)을 생각하고, 경쇠 소리를 듣고 국경을 지키는 신하를 생각하고, 금슬의 소리를 듣고 충성스럽고 의로운 신하를 생각하고, 북소리를 듣고 장신(將臣)을 생각하였으니[20] 소리가 사람을 감동시키는 것이 이러하다. 그런데 소리가 없는 음악이 어떻게 사람을 감동시키는 공효가 있겠는가?

애절한 마음에 감응한 자는 그 소리가 급하고, 즐거운 마음에 감응한 자는 그 소리가 느긋하고, 노여운 마음에 감응한 자는 그 소리가 거칠고, 사랑하는 마음에 감응한 자는 그 소리가 조화로우니[21] 소리가 마음에서 발현되는 것이 이러하다. 그런데 소리가 없는 음악이 어떻게 마음

---

18 하늘의……없다 : 《시경》 〈문왕(文王)〉에 나온다.

19 음악……말함이겠는가 : 《논어》 〈양화(陽貨)〉에 나온다.

20 종소리를……생각하였으니 : 《예기》 〈악기(樂記)〉에 나온다.

21 애절한……조화로우니 : 《예기》 〈악기〉에 나온다.

으로부터 나오는 오묘함이 있겠는가?

공자의 금성옥진(金聲玉振)[22]은 음악이 아니면서 소리가 있는 것이고, 성교(聲敎)가 사해에 미치는 것은 소리가 있어서 날로 퍼지는 것이다. 이는 소리가 없는 음악에 끼기에 부족한가?

주 선왕(周宣王)의 북은 북은 있으나 소리가 없었고[23] 초 장왕(楚莊王)의 종은 종은 있으나 소리가 없었다.[24] 이는 모두 소리가 없는 음악에 부합하는 것인가?

'소리가 없는 데에서 듣는다'는 말은 소리가 없는 음악을 말한 것인가? '개연(愾然)히 날로 들린다'는 말은 또한 날로 들린다는 뜻을 붙인 것인가?

소리가 없는 시를 소리가 없는 음악으로 연주할 수 있는가? 줄이 없는 거문고도 날로 들리는 실제가 있는 것인가?

소리가 없는 음악은 음악의 근원이다. 처음에 기운과 뜻이 어긋나지 않는다고 말한 것은 윗사람의 기운과 뜻을 아랫사람이 어기지 않는다

---

22 금성옥진(金聲玉振) : 종으로 소리를 내서 경쇠로 수렴한다는 말로, 《맹자》 〈만장(萬章)〉에, "공자를 집대성(集大成)했다고 하니, 집대성이란 종으로 소리를 내서 경쇠로 수렴하는 것이다. 종으로 소리 내는 것은 조리를 시작하는 것이고, 경쇠로 수렴하는 것은 조리를 끝마치는 것이다. 조리를 시작하는 것은 지혜의 일이고, 조리를 끝마치는 것은 성인의 일이다.〔孔子之謂集大成, 集大成也者, 金聲而玉振之也. 金聲也者, 始條理也; 玉振之也者, 終條理也. 始條理者, 智之事也; 終條理者, 聖之事也.〕" 하였다.

23 주 선왕(周宣王)의……없었고 : 주 선왕 때 사주(史籒)가 송(頌)을 지어 북 모양의 돌에 새긴 일이 있는데, 아마도 이 돌북〔石鼓〕을 가리키는 듯하다.

24 초 장왕(楚莊王)의……없었다 : 춘추 시대 초 장왕이 3년 동안 정사를 다스리지 않고 음악만 즐기자 소종(蘇從)이 들어가 간하였는데, 이에 감동한 장왕이 손수 종과 북의 끈을 끊고 정사에 전념하여 부국강병을 이루었다고 한다. 《史略 卷1 春秋 楚》

는 말이고, 중간에 기운과 뜻을 이미 얻었다고 말한 것은 윗사람의 기운과 뜻을 아랫사람이 얻었다는 말이고, 끝에 기운과 뜻을 이미 따른다고 말한 것은 윗사람의 기운과 뜻을 아랫사람이 따른다는 말이다.

말미에 그 이룬 것이 사방에 날로 퍼지는 성대함을 지극히 말하기에 이르렀으니, 이는 '기명이 크고 치밀해지는[基命宥密]'[25] 근본이 되고 '청명이 몸에 있는[淸明在躬]'[26] 체가 확립되고 '혈맥이 뛰고 정신이 유통하는[動盪流神]' 용이 행해져서, 태화(太和)가 끝이 없고 만물이 모두 성품을 얻은 것이다. 어찌 모두 기지(氣志)를 잘 미룬 바가 아니겠는가?

그러나 성인(聖人)과 범인(凡人)의 기운은 청탁(淸濁)이 같지 않고 현인(賢人)과 우인(愚人)의 뜻은 크기가 같지 않다. 그런데 군주의 기운과 뜻을 가지고 반드시 백성들이 위반하지 않기를 바라서 상하를 감동시키고 사방에 퍼지게 하고자 한다면 너무 어렵지 않겠는가.

생각건대 우리나라는 성스러운 임금이 이어져서 그 덕을 표현한 음악과 공렬을 찬양한 문장이 금석 악기를 번갈아 연주하듯 아름다운 것이 없지 않다. 그러나 생용(笙鏞)의 교화와 부고(柎鼓)의 정치로

---

25 기명이 크고 치밀해지는 : 《시경》 주송(周頌) 〈호천유성명(昊天有成命)〉에, "하늘이 이룬 명이 있으시니, 두 임금께서 받으셨도다. 성왕께서 감히 편안히 계시지 못하여, 밤낮으로 명을 다지기를 크게 하고 치밀히 하여, 아 이어 밝혀, 그 마음을 다하시니, 이리하여 천하를 안정시키셨다.[昊天有成命, 二后受之. 成王不敢康, 夙夜基命宥密, 於緝熙, 單厥心, 肆其靖之.]" 하였다.

26 청명이 몸에 있는 : 《예기》 〈공자한거(孔子閒居)〉에, "청명함이 몸에 있어서 기운과 뜻이 신명과 같다. 자기가 바라는 일이 되려 할 때 반드시 먼저 조짐을 열어 보여주니, 하늘이 단비를 내리려 할 때 산천에 구름을 나타나게 하는 것과 같다.[淸明在躬, 氣志如神. 耆欲將至, 有開必先, 天降時雨, 山川出雲.]" 하였다.

말하자면 본래 성음 밖에서 전해지는 것이 있으니, 소리가 없는 음악이 날로 사방에 퍼져 나갈 것이다.

따라서 바람이 불면 풀이 눕듯이 소리와 정치가 서로 통하여 화목한 기운이 온 나라에 함께 감돌고 아름다운 명성이 문장에 크게 드러나서, 저 기수(器數)와 성용(聲容)의 말단에 이르기까지 각각 그 풍아(風雅)의 올바름을 얻어야 마땅하다.

그런데 인심이 예스럽지 않고 습속이 점차 비루해져서 크게 변화를 기대하시는 성념(聖念)은[27] 한갓 정무에만 부지런하고 호응하는 성과는 아직까지 새로 일어나지 않아서 조정에서는 넉넉하고 평화롭고 중정한 덕을 보지 못하고 민가(民家)에서는 혹 날씨를 원망하는 소리가 많으니, 어째서인가. 변천하는 세운(世運)을 만회할 수 없는 것은 천리인가? 아니면 늦고 빠른 것은 때가 있어서 면려할 바의 것은 사람인가?

만일 고무(鼓舞)시키는 기틀이 말 없는 가운데 주선하여 소리가 없는 음악을 크게 꾸미며 성덕(聖德)이 날로 퍼지는 아름다움을 점차 이루고자 한다면 그 방도는 무엇이겠는가?

그대 제생(諸生)은 평소 독서하면서 반드시 남이 듣지 못한 것을 날마다 들었을 터이니, 각자 대책문에 모두 쓰도록 하라.

---

27 크게……성념(聖念)은 : 원문의 오(於)는 감탄사이고, 변(變)은 악을 변하여 선하게 만들었다는 것이다. 《서경》 요전(堯典)에 "백성들의 마음을 균평하게 밝혀가니 백성들이 밝아지며, 만방을 화합시키니 백성들이 아! 변화하여 이에 화목해졌다.〔平章百姓, 百姓昭明, 協和萬邦, 黎民於變時雍.〕"는 말에서 나왔다.

경학에 대한 질문
經學問

묻는다.

경학(經學)이 쇠퇴한 지 오래되었다. 경학보다 큰 학문이 없는데, 익히는 자는 쇠털처럼 많지만 정밀하게 하는 자는 기린의 뿔처럼 적다. 이러한 폐단이 과연 어디로부터 왔는가?

선유(先儒)가 "진(秦)나라 사람이 경서를 불태웠으나 경학이 남았고, 한(漢)나라 유자(儒子)가 경서에 전주(箋註)를 달았으나 경학이 망하였다." 하였으니,[28] 경학이 쇠퇴한 것은 전주 때문이 아니겠는가?

아홉 스승[29]이 나오자 《역(易)》의 도(道)가 어두워졌고, 삼전(三傳 좌전(左傳)·공양전(公羊傳)·곡량전(穀梁傳))이 나오자 《춘추(春秋)》의 뜻이 어지러워졌고, 《제시(齊詩)》·《노시(魯詩)》·《한시(韓詩)》·《모시(毛詩)》가 나오자 《시(詩)》의 원의가 희미해졌고, 《대대례기(大戴禮記)》·《소대례기(小戴禮記)》가 나오자 《예(禮)》의 본류가 종식되었다. 경학이 쇠퇴한 것은 혹 여러 갈래로 나누어졌기 때문인가?

오경(五經)·육경(六經)·구경(九經)·십삼경(十三經)으로 더 보충된 것은 어느 시대인지 낱낱이 말할 수 있겠는가?

---

28 선유(先儒)가……하였으니 : 정협제(鄭夾漈 정초)의 말로, 명(明)나라의 황종희(黃宗羲)가 지은 《명문해(明文海)》에 인용되었다.

29 아홉 스승 : 한(漢)의 회남왕(淮南王) 유안(劉安)이 《주역》에 밝은 9명의 스승을 초빙하여 도덕에 관한 계훈(誡訓) 20편을 짓게 하고 그것을 《구사역(九師易)》이라 불렀다. 《文中子 中說 註》

가규(賈逵)의 석경(石經)과 자공(子貢)의 시전(詩傳)과 신배(申培)의 시설(詩說)은 어느 사람의 위작인지 낱낱이 지적할 수 있겠는가?

　광형(匡衡)이 남들을 감탄하게 하였으나 실용 면에서 보탬이 없었고,[30] 유흠(劉歆)이 경전에 통달했으나 행실 면에서 도리어 부끄러웠다.[31] 경학에도 진짜와 가짜가 있는가?

　고요(皐陶)와 기(夔)는 후대에 전해지는 책이 없지만 순(舜)임금의 치세를 잘 보좌하였고,[32] 형공(荊公)은 평소 《예기》를 강론했지만 희녕(熙寧)의 화를 빚어냈다.[33] 경학에도 중시할 만한 가치가 없는 것도 있는가?

　《중용》과 《대학》을 중시하여 드러낸 것은 실로 송 인종(宋仁宗)때부터인데 주자는 두 정자(程子)가 한 일이라고 말씀하였고,[34] 경서

30　광형(匡衡)이……없었고 : 한(漢)나라 광형은 《시경》에 대한 풀이를 잘하였다. 당시 사람들이 이를 두고 "《시경》을 말하지 마라. 광형이 오고 있다. 광형이 《시경》을 풀이하면 사람들이 감탄한다.〔無說詩, 匡鼎來, 匡說詩, 解人頤.〕"하였다. 《漢書 卷81 匡張孔馬傳》

31　유흠(劉歆)이……부끄러웠다 : 유흠은 한나라의 경학가로, 한나라를 찬탈하여 신(新)나라를 세운 왕망(王莽) 휘하에서 벼슬하였으므로 이와 같이 말하였다.

32　고요(皐陶)와……보좌하였고 : 고요와 기는 순임금의 신하로, 고요는 법률을 담당하였고 기는 음악을 관장하였다.

33　형공(荊公)은……빚어냈다 : 형공은 형국공(荊國公)에 봉해진 송(宋)나라의 왕안석(王安石)을 말한다. 희녕은 송나라 신종(神宗)의 연호로 1068년에서 1077년까지인데, 이 시기에 왕안석이 신법(新法)을 시행하였다. 나중에 사마광(司馬光)은 희녕 연간의 신법이 백성에게는 혜택을 주지 않고 국가에만 혜택을 주었고, 그 뒤 철종(哲宗) 소성(紹聖) 연간에 다시 추진된 신법은 간신들에게만 혜택을 주었다고 비판하였다.

34　중용과……말씀하였고 : 주자가 《대학장구》와 《중용장구》의 서문을 지으면서 두 정자(程子)가 표장(表章)하였다고 한 것을 말한다.

(經序)의 원류에 대해서는 정자의 가르침이 분명히 있는데 주자는 한 (漢)나라의 유자가 한 일이라고 말씀하였다. 주자의 독특한 견해는 무엇을 근거로 한 것인가?

명물(名物)과 도수(度數)에 대해서는 한(漢)나라 경학이 상세하고 송(宋)나라 경학이 치밀하지 못하였으며, 천인(天人)과 성명(性命)에 대해서는 송나라 경학이 상세하고 한나라 경학이 치밀하지 못하였다. 이는 고금의 학풍이 저마다 중점을 둔 것이 달라서인가?

《서경》의 삼강(三江)과 갈석(碣石)은 천고의 의안(疑案)으로 아직 도 남아 있고,[35] 《시경》〈백주(栢舟)〉편과 〈자금(子衿)〉편에 대해서 는 양서(兩書)의 정론(定論)이 서로 어긋난다.[36] 배우는 자가 장차 무 엇을 따라야 하겠는가?

《서경》〈무성(武成)〉편의 두세 쪽을 믿겠다는 말은 아성(亞聖 맹자) 에게서 나왔고,[37] 《중용》의 "늙어서 천명을 받았다.〔末受命〕"는 구절[38]

---

35 삼강(三江)과⋯⋯있고 : 삼강은 《서경》〈우공 채전(禹貢蔡傳)〉에는 누강(婁 江)·동강(東江)·송강(松江)을 삼강으로 보았고, 송(宋)의 소식(蘇軾)은 민산강(岷 山江)·파총강(嶓冢江)·예장강(豫章江)을 삼강으로 보았다. 이 밖에도 여러 설이 있 다. 갈석은 왕응린(王應麟)의 《지리통석(地理通釋)》에 수성현(遂城縣)에 있는 산을 좌갈석(左碣石), 평주부(平州府)에 있는 산을 우갈석(右碣石)이라 하였으나 확실하지 않다.

36 시경⋯⋯어긋난다 : 《맹자집주》에서는 〈백주(柏舟)〉 시를 '어진 사람의 불우함을 읊은 것'이라고 하였고, 《시경》〈백주〉 편에서는 '부인의 시'라고 하였다. 또 〈백록동부 (白鹿洞賦)〉에서는 〈자금(子衿)〉 편을 '청금(靑衿)의 의문'이라고 하였고, 《시경》〈자 금〉 편에서는 '음분시(淫奔詩)'라고 하였다. 그 학설은 다 같이 주자에게서 나온 것인데 이처럼 모순적이다.

37 서경⋯⋯나왔고 : 《맹자》〈진심 하(盡心下)〉에, 맹자가 《서경》을 비평하여 "《서

은 《서경》〈금등(金縢)〉편과 어긋난다. 경서도 모두 믿을 수 없는
것인가?

아호(鵝湖)의 강설은 사람으로 하여금 눈물을 떨구게 하였으나 죽은
뒤에는 고자(告子)와 같다는 비난을 면치 못하였고,[39] 강화학파(江華
學派)의 양명학은 당시에는 유학의 종주로 추앙받았으나 지금은 이단
으로 지목받는다.[40] 경학이 이처럼 어려운 것인가?

경》 내용을 다 믿을 바에야 차라리 《서경》이 없는 게 나을 것이다. 나는 《서경》〈무성
(武成)〉편에서 두세 단락만을 믿을 뿐이다. 어진 사람은 천하에 맞설 자가 없다. 지극
히 어진 분이 지극히 어질지 못한 자를 정벌했는데, 어찌 유혈이 낭자하여 방패가 떠다
닐 이치가 있겠는가?〔盡信書, 則不如無書. 吾於武成, 取二三策而已矣. 仁人無敵於天
下, 以至仁伐至不仁, 而何其血之流杵也?〕"하였다.

38 중용의……구절 : 《중용장구》제18장에, "무왕(武王)이 말년에 천명(天命)을 받
자, 주공(周公)이 문왕과 무왕의 덕을 이루어 태왕(太王)과 왕계(王季)를 추존하여
왕으로 높이시고 위로 선공(先公)을 천자의 예로써 제사하시니, 이 예가 제후와 대부
및 사·서인에게까지 통하였다. 그리하여 아버지가 대부이고 아들이 사이면 장례는
대부의 예로써 하고 제사는 사의 예로써 하며, 아버지가 사이고 아들이 대부이면 장례는
사의 예로써 하고 제사는 대부의 예로써 하며, 기년상(期年喪)은 대부에까지 이르고
삼년상은 천자에게까지 이르렀으니, 부모의 상은 귀천에 관계없이 똑같았다.〔武王未受
命, 周公成文武之德, 追王大王王季, 上祀先公以天子之禮, 斯禮也, 達乎諸侯. 大夫及士
庶人, 父爲大夫, 子爲士, 葬以大夫, 祭以士 : 父爲士, 子爲大夫, 葬以士, 祭以大夫. 期之
喪, 達乎大夫 : 三年之喪, 達乎天子, 父母之喪, 無貴賤一也.〕"하였다.

39 아호(鵝湖)의……못하였고 : 송(宋)나라 순희(淳熙) 2년(1175)에 주희와 육상산
(육구연)이 여조겸(呂祖謙)의 주선으로 신주(信州)의 아호사(鵝湖寺)에서 사흘 동안
철학 논쟁을 벌인 것을 말한다. 그러나 양자 사이에 합치점을 찾지 못한 채, 주희는
상산의 학설이 너무 간단하고 엉성하여 선학(禪學)에 가깝다고 비판하고, 상산은 주희
의 학설이 너무도 지리(支離)할 뿐이라고 반박하였다.

40 강화학파(江華學派)의……지목받는다 : 하곡(霞谷) 정제두(鄭齊斗, 1649~1736)
를 시조로 하여 강화도 지역을 중심으로 전개된 학파를 말한다. 양명학(陽明學)을 계통

성인이 지은 것은 경(經)이고 현인이 기술한 것은 전(傳)인데, 그것을 배우는 이유는 성인이 되고 현인이 되기 위해서이다. 군주가 덕을 배양하여 왕도정치를 구현하는 것이 이 경서로부터 확립되고, 옛날 성인의 도를 이어받아 후대의 학자들을 개도하는 것이 이 경서에 힘입어 이루어진다. 이것을 등지면 노장과 불가(佛家)이고, 여기에 어두우면 어리석은 자와 불초한 자이다.

박학을 능력으로 여기고 사장(詞章)을 재주로 여기는 저 사람들은 참으로 비루하여 본디 말할 것도 못 되거니와, 고상함을 표방하여 자신을 내세워 진유(眞儒)로 자부하는 자들일지라도 어찌하여 장구(章句)의 동이(同異)와 자의(字義)의 훈고(訓詁)에 몰두하여 상자에 가득하고 시렁에 쌓인 새 책들이 토원부자(兎園夫子 사마상여(司馬相如))처럼 상투적인 진부한 말이 아니면 요컨대 모두 이지(李贄)와 모기령(毛奇齡)처럼 선현들을 비방하고 자신들의 억측을 견강부회한 말인가?

이에 학문은 빈말이 되어버리고 풍속은 과장과 거짓을 좋아하여 말뜻에 대해 물어보면 정밀하게 신묘한 경지로 들어가지만 실제 행실을 살펴보면 쇄소응대(灑掃應對)도 하지 못하니, 경학이 쇠퇴한 것이 하루아침에 일어난 일이 아니다.

그러나 천도(天道)의 흥성과 쇠퇴는 때가 있어서 도통(道統)이 이어지지 않은 지가 지금 500년을 넘었는데, 다행히 밝으신 성상께서 위에 계시어 문교(文敎)가 성대하게 일어났다. 성상께서 평소 거처하시는 가운데 깊이 연구한 것과 정무를 보는 중에 체행하시는 것들이 육경(六經)의 찬란한 정신과 사업이다. 그렇다면 이 세상에 태어나서 바람에

으로 한다.

풀이 눕는 듯 교화에 무젖으면서도 끝내 육경(六經)의 문호(門戶)를 엿보지도 못하는 선비라면 일반 백성에도 끼지 못할 터인데, 하물며 호걸이라 할 수 있겠는가?

우리나라로 말하면 더욱 남다르다. 멀리 기성(箕聖 기자(箕子))의 팔조(八條)의 가르침[41]이 있고, 가까이 한두 거유(巨儒)가 인도해준 공이 있어서 아득히 실추된 도통을 그나마 찾을 만하다. 그러나 내가 직임을 맡은 뒤로 세속이 숭상하는 것을 대략 생각해보니, 영리한 자들은 전주가(箋註家)들의 설에 늙도록 정력을 소모하여 자자구구(字字句句) 대조하는 것을 더없이 훌륭한 일이라 여기고,[42] 어리석은 자들은 벼슬의 득실과 자잘한 이해를 다투니, 비루한 것을 말할 게 뭐가 있겠는가?

이러한 까닭으로 민가에는 글 읽는 소리가 들리지 않고 글방에는 강론하는 자리가 오래도록 열리지 않으니, 얼마나 애석한 일인가.

오늘은 바로 선성(先聖 공자)께 석채례를 올리고 선현(先賢)을 배향하는 날이어서 유생들이 다 모이고 황내(黃嬭)[43]가 가득하니, 고치

---

41 기성(箕聖)의 팔조(八條)의 가르침 : 기성은 기자(箕子)를 말한다. 은(殷)나라가 멸망하자, 기자가 조선으로 옮겨와 8조목의 법률을 바탕으로 교화를 베풀었다고 전해온다. 이 중 3조목만 전하고 나머지는 전하지 않는다. ① 살인자는 사형에 처하고, ② 남을 상하게 한 자는 곡물(穀物)로써 보상(報償)하며, ③ 남의 물건을 도둑질하면 그 주인의 노예가 되는 것이 원칙이나, 속죄(贖罪)하고자 하면 매인(每人)당 50만 전을 내놓아야 한다는 것 등이다.

42 자자구구(字字句句)……여기고 : 원문의 변화투엽(騈花鬪葉)은 변화려엽(騈花儷葉), 투초려엽(鬪草儷葉) 등으로 쓰이기도 하는데, 모두 자질구레한 것을 나란히 놓고 대조하는 것을 말한다.

43 황내(黃嬭) : 서책을 말한다. 양(梁)나라 때의 명사(名士) 금루자(金樓子)가 처음 서권(書卷)을 황내라고 불렀는데, 대체로 정신을 아름답게 하고 성정(性情)을 길러

고 바로잡을 방법에 대해 그대 제생(諸生)과 강론할 참으로 적당한 때이다.

어떻게 하면 집집마다 경서를 존중하고 사람마다 학문을 알게 하여 입으로만 외지 않고 반드시 마음으로 이해하며 표절과 답습만 하지 않고 반드시 실제로 체득하게 하여, 각 고을의 신실한 선비들로 하여금 훈고는 공안국(孔安國)과 정현(鄭玄)의 학통을 계승하고 의리는 정자와 주자의 학통을 잇게 할 수 있겠는가? 선비들이 모인 이 기회에 일신(一新)할 대책을 듣기를 원하노라.

주는 것이 마치 어머니와 같다고 해서 한 말이다.

명교에 대한 질문

名教問

묻는다.

명교(名教 유교)는 인심(人心)을 단속하여 도덕(道德)과 풍속을 통일시키는 것이다. 범희문(范希文 범중엄(范仲淹))이 "명교를 숭상하지 않으면 임금은 요(堯)·순(舜)을 본받을 게 못 되고 걸(桀)·주(紂)를 두려워할 게 못 된다고 여기고, 신하는 팔원(八元)을 숭상할 게 못 되고 사흉(四凶)을 부끄러워할 게 못 된다고 여긴다. 그러니 천하에 어찌 다시 선인(善人)이 있겠는가."[44] 하였으니, 참으로 생각이 깊은 말이다. 사람이 이름을 아끼지 않으면 성인(聖人)의 권위가 사라지니, 명교가 국가에 이처럼 긴요하다.

옛날 주(周)나라의 전성기에 여사(閭師)를 두고 향교(鄉校)를 설립하여, 주리(州里)에 명교를 보존하여 형벌(刑罰)의 부족한 점을 도와서, 교수(郊遂)에 옮긴 것이 예경(禮經)에 실려 있고 정강(井疆)을 달리한 것이 〈필명(畢命)〉에 드러나 있다. 주나라의 상세한 제도를 지금 낱낱이 지적할 수 있겠는가?

한(漢)나라 때는 효무제(孝武帝)가 육경(六經)을 중시하여 드러낸 뒤로 대유(大儒)가 많아지고 대의(大義)가 밝아졌다. 또 광무제(光武帝)가 절의를 존숭하고 명행(名行)을 권면하여 등용할 때 반드시 경전

---

44 명교를……있겠는가 : 《범문정집(范文正集)》 권8 〈상자정안시랑서(上資政晏侍郎書)〉에 나온다.

에 밝고 행실이 수양된 사람을 앞세우자 습속이 일신(一新)되었다.

광무제 말기에 정교(政敎)가 낮아지기는 했으나 당고(黨錮)의 사류(士類)[45]와 독행(獨行)의 무리가 인(仁)에 의지하고 의(義)를 실천하여 목숨을 버리면서도 변치 않아서 송백(松柏)이 추운 겨울에도 푸르고 닭 울음소리가 비바람에 그치지 않는 듯했으니, 정교가 쇠미해진 주(周)나라 말기에 비해 훨씬 훌륭하였다. 이것이 어찌 한나라가 주나라의 폐단을 보고서 명교를 보호하고 유지하기를 주나라보다 더욱 철저히 하여 그러한 것이 아니겠는가?

정시(正始)[46] 이후로 사풍(士風)이 온통 경전을 버리고 노장(老莊)을 숭상하며 예법을 무시하고 얽매이지 않는 것을 높이 쳐서, 점차 육조(六朝)의 청담(淸談)과 삼당(三唐 초당(初唐)·중당(中唐)·만당(晚唐))의 부화(浮華)와 오계(五季)의 혼란으로 흘러가서 명교(名敎)를 버려 두다시피 하게 되었다.

그러나 이러한 때에도 도연명(陶淵明)은 허리를 굽히지 않았고[47] 서

---

45 당고(黨錮)의 사류(士類) : 후한(後漢) 말엽 환제(桓帝)·영제(靈帝) 때 환관(宦官)이 득세하여 정권(政權)을 전담하자, 이에 분개하여 진번(陳蕃)·이응(李膺) 등 청절(淸節)한 학자들이 공박하였다가 환관의 미움을 받아 종신 금고형(禁錮刑)에 처해졌는데, 이들 부류를 말한다.

46 정시(正始) : 위 제왕(魏齊王)의 연호로, 240년~248년간이다.

47 도연명(陶淵明)은……않았고 : 연명(淵明)은 팽택 영(彭澤令)을 지낸 도잠(陶潛)의 자로, 그가 팽택 영으로 있을 때 마침 군(郡)의 독우(督郵)가 현(縣)을 순시하게 되어, 아전이 도잠에게 의관을 갖추고 독우를 뵈어야 한다고 하자, 도잠이 탄식하며 말하기를 "나는 오두미(五斗米)의 하찮은 녹봉 때문에 허리를 굽혀서 향리의 소인을 섬길 수 없다." 하고, 마침내 팽택 영이 된 지 겨우 80여 일 만에 현령의 인끈을 풀어 던지고 전원으로 돌아가버렸던 데서 온 말이다. 《晉書 卷94 陶潛列傳》

막(徐邈)은 본래 시속에 휩쓸리지 않았으며,[48] 심곤(沈閫)은 상관을 맞이하고 보내지 않았고[49] 이예(李乂)는 청탁하러 찾아오는 사람이 없었다.[50] 그렇다면 이들은 모두 천성(天性)에서 나와서 교화를 받지 않고도 명절(名節)을 행한 것인가?

논자(論者)들은 송(宋)나라의 명교(名敎)는 예조(藝祖)가 처음으로 한통(韓通)과 위융(衛融)을 포상한 일에서 시작되었다[51]고 하고,

48 서막(徐邈)은……않았으며 : 서막은 삼국 시대 위(魏)나라 사람이다. 당시의 권력자인 모개(毛玠)와 최염(崔琰)이 청렴한 선비를 좋아하자 사람들이 모두 수레와 의복을 검소한 것으로 바꾸어 청렴하다는 명성을 얻으려고 하였으나 서막은 원래의 것을 바꾸지 않았다. 얼마 후 세상 사람들이 사치하는 풍조가 일어나자 사람들이 다시 이 풍조를 따라갔으나 서막은 평소 그대로의 생활 방식을 유지하였다. 이러한 그를 두고 진(晉)나라 노흠(盧欽)이 평하기를 "세상 사람들은 늘 변하는데 서공만은 변함이 없다.〔世人之無常, 而徐公之有常也.〕"라고 하였다. 《三國志 卷27 魏書 徐邈傳》

49 심곤(沈閫)은……않았고 : 미상이다.

50 이예(李乂)는……없었다 : 권력자에게 청탁하지 않았음을 비유한 말이다. 당(唐)나라 때 이애(李乂)가 이부 시랑(吏部侍郎)이 되어 인재 전형의 일을 맡았을 적에 청알(請謁)이 행해지지 않았으므로, 당시 사람들이 '복숭아와 오얏나무는 말이 없으나 그 밑에 절로 길이 난다.〔桃李不言 下自成蹊〕'는 고사에 견주어 말하기를 "오얏나무 아래에 좁은 길이 없다.〔李下無蹊徑〕"라고 한 데서 온 말인데, 오얏〔李〕은 곧 이애(李乂)의 이씨를 비유한 것이다.

51 예조(藝祖)가……시작되었다 : 예조는 '문덕(文德)을 소유한 시조(始祖)'라는 뜻으로 《서경》〈순전(舜典)〉에 나오는데, 보통은 송(宋)나라 태조를 가리키는 말로 쓰인다. 한통(韓通)은 오대(五代) 때 주(周)나라의 무신으로 용력(勇力)이 있었는데, 송 태조가 황제가 되는 것에 협조하지 않다가 왕언승(王彦昇)에게 살해되었다. 태조는 그의 죽음을 애석히 여겨 상을 내리고 왕언승을 벌하려고 하였으나 개국 초였으므로 차마 벌하지는 못하고, 대신 생사여탈권을 부여하는 절월(節鉞)은 내리지 않았다. 《宋史 卷484 韓通傳》

명(明)나라의 명교는 신명정(申明亭)에 크게 써서 경계한 명령에서 근본했다[52]고 하였다. 하나의 일과 한 번의 명령으로 수백 년간의 풍속을 흠뻑 무젖게 하여 목숨을 걸고 지키며 변치 않게 할 수 있는 이치가 있는가?

엄팽조(嚴彭祖)는 권귀(權貴)를 섬기지 않은 것으로, 허경(許敬)은 소신을 굽힌 바 없다는 것으로 저마다 명예가 높았으나 기타 행적이 드러난 바가 없고, 가을 국화 같은 지조를 가진 한위공(韓魏公 한기(韓琦))과 겨울 소나무 같은 절개를 가진 호강후(胡康侯 호안국(胡安國))는 평소의 지조를 잘 지켰으나 가혹한 비평을 면치 못하였다. 천하의 의리는 다 궁구할 수 없는 것인가?

진수(陳壽)는 거상(居喪) 중에 병을 앓아 여종에게 환약을 짓게 했다가 향당(鄕黨)에서 비난하여 여러 해를 벼슬에 나가지 못했고,[53] 엄

---

52 신명정(申明亭)에……근본했다 : 신명정은 명 태조(明太祖) 주원장(朱元璋)이 1372년(홍무5)에 창건한 것으로, 법조문을 전파하고 이치를 밝히며, 권선징악을 권하고 쟁송(爭訟)을 판결하고 형치(刑治)를 보필하는 장소이다. 신명정을 세운 곳에는 반드시 정선정(旌善亭)을 설치하였고, 정선정 위에는 선인(善人)의 훌륭한 일과 악인의 잘못한 일을 써 붙여 권선징악의 뜻을 드러내었다.

53 진수(陳壽)는……못했고 : 진(晉)나라의 진수가 부친상을 치르는 중에 병을 얻자 여종에게 환약을 만들게 하였다. 마침 어떤 사람이 그 일을 보고 소문을 내서 향당 사람들이 비난하지 않는 이가 없었다. 부모의 상을 당해서는 자신의 몸을 돌보지 않는 것이 도리였기 때문이다. 이 일로 인해 여러 해를 불우하게 보냈다. 평소 진수의 재주를 아끼던 사공(司空) 장화(張華)는 진수가 혐의를 사는 일을 저지르기는 했지만 정상을 참작해보면 일생 불우하게 살아야 할 만큼 중대한 문제는 아니라고 하고는 효렴(孝廉)으로 발탁하여 저작랑(著作郞)을 제수하였다. 이어서 중서랑(中書郞)에 임명하려고 하자, 장화와 불화 관계에 있던 순욱(荀勗)이 이부(吏部)에 압력을 넣어 진수를 장광태수(長廣太守)에 제수하도록 하였다. 이에 진수는 연로한 모친을 핑계로 벼슬에서

동대설에 여관에서 아욱국을 먹었다가 청론(淸論)이 옳지 않게 여겨 30년 동안 버려져 있었다.[54] 권면과 징계가 이처럼 엄했거늘 그 당시의 명교에 대해 교화가 시행되고 풍속이 아름다웠다는 말을 듣지 못하였으니 어째서인가?

"이미 벼슬 제수를 논의했으니 가벼이 떠나지 말라."는 집정(執政)의 말이 후덕했건만 "갑자기 이 말이 어찌 나에게 이르렀는가." 하였고, "자네처럼 영민한 사람을 얻고 싶다."는 형공(荊公)의 말이 간절했건만 웃으면서 "저 같은 사람은 조례사(條例司)를 맡으려 하지 않습니다." 하였다.[55] 이는 모두 명교에 지나치게 엄하여 너무 드러낸 게 아니겠는가?

두 번 재상의 집을 찾아간 장사덕(張師德)[56]과 정부(政府)에 있을

물러났다. 《冊府元龜 卷324 宰輔部》

54 엄동대설에……있었다 : 미상이다.

55 자네처럼……하였다 : 소식(蘇軾)의 친구 손입절(孫立節)에 관한 이야기이다. 《동파전집(東坡全集)》권94〈강설(剛說)〉에 "손개보(孫介夫) 휘 입절(立節) 같은 이는 참으로 내면이 굳센 사람이라 할 수 있다. 일찍이 내 아우 자유(子由)가 조례사(條例司)의 속관(屬官)이 되었다가 의견이 맞지 않아 직책을 버렸다. 왕형공(王荊公 왕안석)이 손입절 군에게 '나의 조례사는 자네같이 영민한 사람을 얻어야겠네.' 하자, 손 군이 웃으며 '공의 생각이 잘못되었습니다. 저보다 나은 자를 구해야 할 것입니다. 만일 저희 같은 사람이라면 조례사를 맡는 것을 달가워하지 않을 것입니다.' 하였다. 그러자 공이 대답 없이 대번 일어나 들어가버렸고 군도 서둘러 나왔다." 하였다.

56 두……장사덕(張師德) : 왕단(王旦)이 정승이 되었을 때, 장사덕이 여러 번 천진(遷進)할 차례를 당하였으나 단이 천진시키는 것을 달가워하지 않았다. 어떤 사람이 그 까닭을 물으니, 단이 말하기를 "장사덕은 장원으로 급제하였으니 영달할 것은 이미 작정되었거늘, 뜻밖에 내 집 문전에 두 번이나 이르렀으므로 내 그를 부족히 여기노라." 하였다.

때 편지를 보낸 일이 없었던 유원성(劉元城)[57]은 어찌하여 여항의 노래
가 전파되는 지경에 이르렀으며, 지붕에 던져둔 황금을 가지지 않았던
뇌중공(雷仲公)[58]과 솜옷을 거절하고 얼어 죽은 진사도(陳師道)[59]는 아
마도 본심을 속여 명예를 구한 것은 아닌가?

사곤(謝鯤)은 처신이 더러운 듯하였으나 행동이 고상한 데에 누가 되
지 않았다.[60] 명교의 낙지(樂地)에도 방법과 재주가 있는 것인가?

증적(曾覿)을 만나는 것을 부끄럽게 여겨 담장을 넘어 달아났으니,
연소한 이들 가운데 하나의 구기(口氣)를 발로한 것이 아니겠는가?

명절(名節)이 아울러 드러나 세상 사람들이 초나라의 두 공씨〔楚兩

---

57 정부(政府)에······유원성(劉元城) : 유원성은 유안세(劉安世)를 말한다. 사마광
(司馬光)이 유원성에게 "내가 한가하게 있을 때에는 자네가 문후를 끊지 않더니, 내가
정부(政府)에 있자 자네가 유독 편지조차 없으니, 이 때문에 추천한다." 하였다.

58 지붕에······뇌중공(雷仲公) : 뇌중공은 뇌의(雷義)를 말한다. 일찍이 죽을죄를 지
은 사람을 구제해줬는데, 그가 목숨을 살려준 대가로 황금 2근을 주며 사례하자 뇌의가
받지 않았다. 이에 그 사람이 뇌의가 집에 없는 틈을 타 몰래 지붕 밑 먼지받이에다
황금을 던져두고 달아났다. 뇌의가 지붕을 수리하다가 그 황금을 발견하였는데, 그
사람이 이미 죽은 뒤여서 돌려줄 수가 없었다. 이에 뇌의는 황금을 관아에다 보내버렸
다. 《淵鑑類函 卷280 節操》

59 솜옷을······진사도(陳師道) : 진사도는 평소 조정지(趙挺之)와 사이가 나빴다. 어
느 날 교외에 나가 제사를 지내고 돌아오는데, 날씨가 몹시 추웠으나 솜옷이 없었다.
진사도의 아내가 조정지의 집에 찾아가 옷을 빌렸는데, 조정지의 집에서 빌려온 것을
알고는 버려버리고 입지 않았다. 결국 그 때문에 한질(寒疾)에 걸려 죽었다. 《淵鑑類函
卷280 節操》

60 사곤(謝鯤)은······않았다 : 사곤은 공명(功名)을 숭상하지 않았고 가다듬은 행실
이 없었으며, 늘 이래도 되고 저래도 된다고 하며 처신하였다. 비록 스스로의 처신이
더러운 듯하였으나 행동이 고상함에 누가 되지 않았다. 《晉書 卷49 謝鯤列傳》

龔]라고 일컬은 이는 누구이며,[61] 몸가짐을 옥과 같이 하여 과두빙(裹頭氷)이라 불린 이는 누구인가?[62]

공조(公朝)에서 작위를 받고 사실(私室)에서 사은한 일[63]은 대리시(大理寺)가 이현(李賢)에게 답한 것이고, 남들의 사표(師表)가 되어 사사로이 중귀(中貴)를 알현한 일은 좨주(祭酒)가 주침(周忱)을 질책한 것이니,[64] 이는 본래 명교의 떳떳한 도이다. 그런데 이문정(李文正)이 선한 사람들을 보전하고[65] 섭문충(葉文忠)이 세도(世道)를 조정(調停)한 것과 같은 일[66]도 이를테면 때에 맞게 잘 변용한 것이어서 꼭

61 초나라의……누구이며 : 초나라의 두 공씨〔兩龔〕는 공승(龔勝)과 공사(龔舍)를 말한다. 두 사람이 명절(名節)로 유명하였으므로 당시에 초양공(楚兩龔)이라 불렀다고 한다. 《淵鑑類函 卷252 交友》

62 몸가짐을……누구인가 : 송(宋)나라의 부축천황(簿祝天貺)이 몸가짐을 얼음과 옥처럼 맑게 하여 백성들이 과두빙(裹頭冰)이라 하였다고 한다. 《淵鑑類函 卷280 節操》

63 공조(公朝)에서……일 : 양호(羊祜)의 일화이다. 양호는 자가 숙자(叔子)이다. 매번 천거한 사람을 알고 지낸 적이 없었는데, 그 논리에 "조정에서 벼슬을 받아 절해놓고, 개인 집에 찾아와 사은(謝恩)한다면 어찌 신하의 절조가 있겠는가." 하였다. 《淵鑑類函 卷141 至公擧》

64 남들의……것이니 : 선덕(宣德) 연간에 경종(敬宗)이 남경 좨주(南京祭酒)가 되었다가 임기가 차서 경사(京師)에 들어왔다. 이때 왕진(王振)이 불러보고자 하였으나 뜻대로 되지 않자, 주침(周忱)과 친하게 지낸다는 것을 알고 주침더러 의사를 전달하게 하였다. 경종이 이에 "내가 제생의 사표가 되는데 사사로이 중귀(中貴)를 찾아간다면 무슨 면목으로 제생을 대하겠는가." 하였다. 주침이 물러가 왕진에게 "경종은 기질이 우뚝하여 세력으로 부를 수 있는 사람이 아닙니다." 하였다. 《淵鑑類函 卷279 節操》

65 이문정(李文正)이……보전하고 : 이문정은 명(明)나라의 이동양(李東陽)을 말한다. 《명사(明史)》 권181 〈이동양전(李東陽傳)〉에, 그를 평하기를 "아무도 모르게 선한 사람들을 보호하여 천하 사람이 암암리에 그의 비호를 받았으나, 기절(氣節)이 강한 선비들은 그를 비난하는 이가 많았다." 하였다.

명교에 누가 되지는 않는가?

선비족(鮮卑族) 말을 하고 비파를 연주하여 공경(公卿)에 오르려고
한 것을 난세에 벼슬하는 자도 부끄러워할 줄 알았고,[67] 부친상 중에
있으면서 시 10수를 읊어 이 때문에 출세의 길이 막혔으니[68] 인재를
구하기에 급한 자도 힘을 쓰기 어려웠다. 명교의 엄정함이 이러하였는
데도 고금에 명교를 등지는 자들이 쇠털처럼 많고 따르는 자들이 기린
의 뿔처럼 드물다고 한 것은 무슨 말인가?

천하의 선비가 머리 묶고 독서하고부터는 가족이 기대하는 바와 벗
들이 권면하는 바가 많은 녹봉과 황금 인장(印章)을 얻는 데서 벗어나

---

66 섭문충(葉文忠)이……일 : 섭문충은 섭향고(葉向高)를 말한다. 자는 진경(進卿),
호는 대산(臺山)이다. 만력(萬曆) 연간에 재상으로 있으면서 정치의 잘잘못에 대하여
자주 진달하였으나 신종 황제(神宗皇帝)가 이를 받아들이지 않았다. 천계(天啓) 연간
에 이르러 시사(時事)를 돌이키지 못할 것을 알고 벼슬에서 물러났다. 《東林列傳·葉向
高傳》

67 선비족(鮮卑族)……알았고 : 안지추(顔之推)의 고사이다. 그가 지은 《안씨가훈
(顔氏家訓)》권상 〈교자편(敎子篇)〉에, "제(齊)나라에 어떤 사대부가 일찍이 나에게
'저에게 17세 된 아이 하나가 있는데 글을 상당히 압니다. 선비족 말과 비파 타는 법을
가르쳐 조금 익숙하게 하여 이로써 공경을 섬기게 한다면 누구나 총애할 것이니, 중요한
일입니다.' 하였다. 내가 당시 고개만 숙이고 대답하지 않았다. 이 사람이 자식을 가르치
는 방법이 참 괴이하다. 만일 이를 통해 스스로 경상의 지위에 오른다 하더라도 너희들
이 하는 것을 바라지 않는다." 하였다. 당시 선비족이 세운 북위(北魏) 시대였으므로
선비족의 말과 선비족의 악기인 비파를 연주하는 법을 익혀 출세하고자 하는 풍조가
일었는데, 이를 비난한 것이다.

68 부친상……막혔으니 : 남북조 시대 송(宋)나라 사혜련(謝惠連)의 고사이다. 사혜
련이 일찍이 회계군리(會稽郡吏) 두덕령(杜德靈)을 사랑하였으므로 부친상 중에 오언
시 10여 수를 지어 그에게 보냈는데, 그 시가 세상에 돌아다니자 어버이 상중에 인륜을
저버렸다고 하여 벼슬길이 막히게 되었다. 《宋書 卷53 謝方明傳》

지 않는다. 어느 날 관직에 오르게 되면 대뜸 물질적인 욕구를 채우려 하여 군신과 상하가 이익을 염두에 두고 만나니, 풍속이 온통 이 모양이 되어 더 이상 통제할 수 없게 된다. 이에 비루한 풍속을 통제하고 행실을 갈고닦게 하기 위하여 이름으로 교화하지 않을 수 없기에 명교의 항목이 서게 되었다.

명예가 있는 사람을 위에서 쓰니 신실하고 청렴한 사람이 세상에 드러나게 되고, 명예가 없는 사람을 위에서 버리니 사치하고 탐욕스러운 사람이 집안에 금고 당하게 된다. 그 사이에 한두 거짓된 무리가 공손한 몸가짐과 순종하는 말로 꾸미기를 잘하여 거짓 명성을 사는 경우가 없지 않지만, 방자하게 이익을 추구하고 내키는 대로 행동하는 것보다는 차라리 낫다. 그렇다면 이것이 비록 순수한 왕도정치의 유풍은 아니더라도 더러움에 찌든 풍속을 구원할 수 있다.

따라서 삼대(三代) 이후로는 오직 이름을 좋아하지 않을까봐 걱정하여 이른바 명절(名節)·명행(名行)·명검(名檢)·공명(功名)을 강조하였는데, 이것들이 반드시 순수하게 의리를 이롭게 여기는 데서 나온 말은 아니지만, 요컨대 명예를 이롭게 여기고 이익 자체를 이롭게 여기지 않게 하는 데에는 충분하다. 그 기풍이 사방을 진동하고 사람들의 마음을 격려한 점이 어찌 자잘한 율령과 형법에 비할 수 있겠는가.

그러나 세도(世道)가 나날이 실추되어 사람들은 모두 훔친다. 탐하는 자는 재물을 훔치고 약은 사람은 명예를 훔친다. 남몰래 부끄러운 짓과 불선한 짓을 하는 사람을 지레 속인다고 억측하여 믿지 않아서도 안 되지만, 이러한 사람과 이러한 이치가 없다고 할 수도 없으니, 이로 인해 교화를 한다면 어떻게 천하의 참된 인재를 찾아 실용(實用)에 도움을 얻을 수 있겠는가?

생각건대 우리나라는 성스러운 임금이 계속 이어져서 신라와 고려의 누추한 유풍을 일신하고 문명(文明)의 치세를 크게 열었다. 그리하여 명분과 의리를 세우고 교화를 깊이 내려 벼슬에 오른 관리들의 범절이 사론(士論)에 흠이 없고 벼슬길에서 행실이 더러운 자를 물리친 지 지금 400여 년이 되었다. 사대부들이 예로 나아가고 의리로 물러나서 스스로 명예를 아끼고 중시하여, 평소에는 대대로 이어져온 명예가 퍼져 나가고 위태로운 때에는 일신을 돌보지 않고 지조를 바치니,[69] 모두가 역대 임금들께서 인재를 배양(培養)해온 은택 덕분이다.

더구나 우리 선왕께서 2기(紀)를 통치하면서[70] 일념으로 다스리셔서 전교에서 보이신 뜻과 명성과 위엄으로 드러내신 것이 모두 법도를 바로잡고 명교를 세우는 것을 급선무로 삼았다. 그리하여 조정에서 농담하는 풍조를 엄중히 금지하고 의리를 내세우는 신하들에 대해서는 항상 관대하였다. 사람마다 마음껏 역량을 펼치고 사물마다 다 성세의 은택을 누렸으니, 비유하면 사람들이 황하의 물을 들이마실 때 저마다 양껏 배를 채우더라도 황하가 줄어들지 않는 것과 같다. 참으로 훌륭하도다.

성인(聖人)이 은택을 크게 베풀었으니 바람이 불면 풀이 눕듯이 오래 인도하여 교화가 이루어져서 문무반의 관원 중에 검속(檢束)하지 않는 선비가 한 명도 없고 재야의 선비들 가운데는 아직도 주제 없는

---

69 일신을……바치니 : 원문 비궁(匪躬)의 지조는 신하가 국사를 돌봄에 있어서 자신의 안위는 생각하지 않고 오직 국사에만 힘을 다하는 것을 말한다. 《周易 蹇》

70 2기(紀)를 통치하면서 : 1기(紀)는 10년, 12년, 30년 등의 의미로 사용된다. 영조가 52년을 재위하였으니, 여기서는 30년의 의미로 쓰였다.

짓을 부끄러워하는 풍속이 남아 있어서, 넓은 호수에 출렁이는 물결[71]과 소나무 아래에 부는 바람을 전대의 한 사람이 독차지하게 놓아두지 않아야 옳다.

그런데 위에서 교화를 하는데도 백성의 행실이 좋아지지 않고 아래에서 명분을 지키는데도 민간에 전파되지 못하여, 고관대작[72]들이 한두 가문에서 나오는 것이 아니건만 나라에 충성하고 집안에 효도하며 처녀처럼 몸가짐을 조심하는 사람을 보지 못하고, 재물이 그득한 부호가 한둘이 아니건만 예(禮)를 배우고 시(詩)를 익혀 고인(古人)처럼 되리라 표방하는 사람을 들어보지 못하니, 어째서인가?

습속이 나날이 경박하고 방종한 길로 들어가고 명맥과 정신이 모두 기회를 엿보아 명리를 훔치는 지경으로 전락하였다. 쥐꼬리만 한 이익에도 솔깃해하지 않는 이가 없고 조변모개(朝變暮改)의 행태를 전혀 부끄러워하는 기색이 없으니, 사무(事務)가 구태의연하고 언로(言路)가 제 역할을 못하고 기강(紀綱)이 무너지고 학술이 황폐해진 것이 모두 이 때문이다.

그리하여 심지어 온갖 난역(亂逆)이 발생하고 연이어 사옥(邪獄)이 일어나 세도(世道)가 완전히 사라지고 인심이 진정될 길이 없으니,

---

71 넓은……물결 : 후한(後漢)의 황헌(黃憲)에 관한 고사이다. 그는 어렸을 때부터 덕망과 학식으로 사람들의 존숭을 받으며 안자(顏子)에 비유되기까지 하였는데, 고사(高士)인 곽태(郭泰)가 그에 대해서 "숙도(叔度)의 그릇은 천 경(頃)의 저수지 물처럼 넓고 깊어서 사람들이 맑게 할 수도 없고 흐리게 할 수도 없으니 어떻게 측량할 수가 없다." 하였다. 숙도는 황헌의 자이다. 《後漢書 卷68 郭泰列傳》

72 고관대작 : 원문의 은황(銀黃)은 은인(銀印)과 금인(金印)으로, 모두 고관들이 차는 것이다.

얼마나 한탄스러운 일인가.

설경헌(薛敬軒)이 "명교를 아끼는 마음이 부귀를 추구하는 생각을 이기게 한다면, 삼대(三代)의 치세를 회복하지 못할 게 없다. 이는 실로 사람에게 달린 것이지 하늘에 달린 것이 아니다." 하였으니,[73] 이 말이 참으로 훌륭하다.

어떻게 하면 처음 정치하는 이때를 당하여 팔도의 풍속을 크게 변모시켜서 사람들이 모두 부귀의 득실이 한때의 향배에 달렸고 신명의 시비가 천고(千古)의 영욕에 관계됨을 알게 할 수 있겠는가. 그리하여 법도 안에서 행동하고 예법에 맞게 처신하여 반드시 성심으로 명예를 구하고 가르침을 따르는 척만 하지 말아서, 지성으로 이끌어주신 우리 선왕의 마음에 호응하여[74] 뒤를 이어 공업을 세우신 위대한 교화[75]를 빛나게 하여 모두 대도(大道)에 이르게 할 수 있겠는가?

제 군자(諸君子)는 오래도록 인재 양성의 교화를 입고 다들 과장(科場)에 나왔으니,[76] 저마다 고금(古今)의 사실에 근거하고 뱃속의 지식

---

73 설경헌(薛敬軒)이……하였으니 : 설경헌은 명(明)나라 초기 학자 설선(薛瑄)으로, 호가 경헌이다. 이 말은 《설경헌독서록(薛敬軒讀書錄)》에 나온다.

74 우리……호응하여 : 원문의 혜응(傒應)은 호응한다는 말이다. 우(禹)임금이 순(舜)임금에게 "당신의 마음이 그치는 바에 편안히 하여 기미를 생각하고 편안히 할 것을 생각하시며 보필하는 신하가 곧으면, 행동하는 대로 크게 응하여 뜻을 기다릴 것입니다.[安汝止, 惟幾惟康, 其弼直, 惟動, 丕應傒志.]"라고 하였다. 《書經 益稷》

75 뒤를……교화 : 《춘추좌전》 선공(宣公) 12년 조에 말하기를 "무왕이 무악(武樂)을 지었는데 그 졸장(卒章)에 '당신의 공을 이루어 정하셨도다.[耆定爾功]' 하였다.

76 과장(科場)에 나왔으니 : 원문의 빈흥(賓興)은 주(周)나라 때 인재를 선발하던 법으로, 향대부(鄕大夫)가 그 고을의 소학(小學)에서 어질고 유능한 인재를 천거하여 국학(國學)에 들어가게 하였는데, 이들을 전송할 때에 빈객(賓客)으로 예우한 데서

을 끌어내어[77] 실제로 쓸 만한 것을 글 속에 다 드러내어 짓도록 하라. 단, 글자를 놓는 것은 대우(大禹)가 솥을 주조할 때처럼 하고, 글귀를 다듬는 것은 후직(后稷)과 기(夔)가 음악을 만든 것처럼 하고, 문장을 완성하는 것은 주공(周公)이 태평 세상을 이룩한 것처럼 하여, 거칠거나 장황하게 하지 말아서 담당자가 경건히 읽어보고 뽑아 쓰게 하라.

유래한 말이다. 《周禮 地官 司徒》

77 뱃속의 지식을 끌어내어 : 원문의 복사(腹笥)는 후한(後漢) 변소(邊韶)의 고사이다. 변소는 자가 효선(孝先)이다. 그가 일찍이 수백 인의 문도(門徒)를 교수(教授)할 적에 한번은 낮잠을 자는데 한 제자가 선생을 조롱하기를 "변효선은 배가 똥똥하여 글 읽기는 싫어하고 잠만 자려고 한다.〔邊孝先, 便便腹, 懶讀書, 但欲眠.〕"라고 하자, 변소가 그 말을 듣고 즉시 대구(對句)하기를 "똥똥한 내 배는 오경의 상자이고, 잠만 자려고 하는 것은 경을 생각하기 위함이다.〔腹便便, 五經笥, 但欲眠, 思經事.〕"라고 했던 데서 온 말이다. 《後漢書 卷80上 文苑列傳 邊韶》. 전하여 흔히 경학(經學)에 밝음을 의미한다.

대책對策

《대학연의보》에 대한 대답[78]
大學衍義補對

왕께서 다음과 같이 말씀하였다.

《대학연의보(大學衍義補)》는 《대학연의(大學衍義)》[79]에서 빠뜨린 치국(治國)·평천하(平天下)의 내용을 보충하여 《대학》의 체(體)와 용(用)을 온전히 갖춘 책이니, 그 내용은 임금이 치세를 이룩하는 요체이다. 《대학연의》를 지은 이유는 그 당시 임금에게 충성하기를 원했기 때문인데, 유독 두 조항이 빠졌다. 구준(丘濬)[80]의 학문은 진덕수(眞德

---

78 【작품해제】창작 시기는 미상이다. 《대학연의보(大學衍義補)》는 구준(丘濬)이 명 효종(明孝宗)에게 올린 책으로, 모두 160권이다. 진덕수(眞德秀)의 《대학연의(大學衍義)》에 빠진 치국(治國)·평천하(平天下) 두 조목을 보충하였다.

79 《대학연의(大學衍義)》: 송(宋)나라의 진덕수(眞德秀)가 《대학》을 부연한 책으로, 원제목은 《진서산독서기을집상대학연의(眞西山讀書記乙集上大學衍義)》이며, 모두 43권이다.

80 구준(丘濬): 1421~1495. 자는 중심(仲深), 호는 경산(瓊山)·심암(深庵)·옥봉(玉峰) 등이다. 이학(理學)을 추숭한 학자로, 명 효종(明孝宗) 때 예부 상서(禮部尚書), 문연각 대학사(文淵閣大學士) 등을 역임하였다. 저서로 《세사정강(世史正綱)》·《가례의절(家禮儀節)》·《오륜전비충효기(伍倫全備忠孝記)》·《주자학적(朱子學

秀)만 못했는데도 보충하여 전질(全帙)을 완성한 것은 어째서인가? 보충하지 않더라도 부족하지 않고 보충하더라도 군더더기가 되지 않는 것인가?

《대학연의》에서 부연한 것은 4분의 3인데도 권질(卷帙)이 많지 않고, 《대학연의보》에서 보충한 것은 치국·평천하 두 조목만 거론했지만 권질이 몇 배를 넘는다. 어찌하여 그리도 번다하고 간략함이 같지 않은가?

두 책을 합하여 말한다면 어느 것이 체이고 어느 것이 용이며, 어느 것이 이치이고 어느 것이 실무인가? 그리고 두 책 중에 과연 어느 것이 낫고 어느 것이 못한가?

'기미를 살핀다[審幾微]'는 조목은 격심(格心)의 빠진 부분을 보충한 것이고, '공화를 이룬다[成功化]'는 조목은 치국·평천하의 공효를 담은 것이다. 그렇다면 《대학연의보》 자체에서도 말할 만한 수기(修己)·치인(治人)이 있는가?

큰 항목이 열두 개이고 세세한 조목이 100여 개이다. 자세한 차례와 범례에 대해 모두 낱낱이 말할 수 있겠는가?

문장은 어찌하여 순수하게 단아하지 않고 혹 세속 투에 가까우며, 사업은 어찌하여 유자의 일에 부합하지 않고 관리(官吏)의 일에 가까운가?

치도(治道)는 혈구(絜矩)보다 중요한 것이 없는데 그 의미를 부연한 것이 없고, 《대학》의 전문(傳文)에서는 군대의 일을 언급하지 않았는데, 여기에서 가장 상세하게 설명한 것은 어째서인가?

的)》·《구문장집(丘文莊集)》 등이 있다. 시호는 문장(文莊)이다.

도적을 미연에 막는 방법을 자세히 논한 것은 광적(礦賊)을 미리 알아차린 것인가? 환관이 날뛴 화를 완전히 숨긴 것은 노노(老奴)에 대한 두려움이 쌓였기 때문인가?

강장(綱張)과 실구(室具)의 비유는 자랑에 가깝지 않은가? 소서(素書)와 금궤(金櫃)에 대한 비유는 적절하다 할 수 있는가?

여러 조목을 나열한 것은 진실로 부자가 돈을 흩는 것과 같은가? 팔조목을 하나로 꿴 것은 하나로 아우르기에는 부족하다는 비판을 면할 수 있는가?

고황제(高皇帝)[81]가 글씨를 전각의 벽에 걸어놓은 것은 한낱 천고에 탄식을 자아내게 하고, 명 효종(明孝宗)이 경연에 진강(進講)하게 한 것은 한 시대의 은혜와 영광을 입은 것이니, 선비는 본래 행·불행이 있어서 그러한 것인가?

《대학》한 책은 삼강령(三綱領)에서 팔조목(八條目)이 되고 경(經) 1장에서 전(傳) 10장이 되었으니, 공자께서 증자(曾子)에게 전해줄 당시에도 이미 조금씩 부연하여 점차 갖추어졌다.

진덕수의 《대학연의》로 말하면 네 가지 요점만을 논하였지만, 구준의 《대학연의보》에서 《대학연의》의 궐략을 나중에 보충하였으니, 치국·평천하 두 조목에 붙일 만한 역대 경전(經傳)과 제자서(諸子書)와 사서(史書)의 모든 내용을 모조리 수록하였다. 후대에 정치하는 자가 인재를 등용하고 재화를 다스리고 백성을 안정시키고 외적을 막는 정

81　고황제(高皇帝) : 중국 명나라의 초대 황제 주원장(朱元璋, 1328~1398)이다. 묘호(廟號)는 태조(太祖), 초명(初名)은 흥종(興宗)이다. 재위 연호에 따라 '홍무제(洪武帝)'라고도 한다. 고황제는 시호이다.

책에 있어 상황에 따라 유형을 선택해야 할 경우, 이 책을 펼치면 옛날의 제도와 당대의 방안이 모두 일목요연하게 드러난다. 세심히 선택하여 시행하는 데에 달렸을 뿐이니, 그 공로가 어찌 크지 않은가.

그러나 이 책이 지어진 지 수백 년이 되었으나, 예나 지금이나 세상에는 훌륭한 정치가 없다. 어찌 손사막(孫思邈)의 《천금방(千金方)》[82]이 질병을 치료할 수 없어서 그러한 것이겠는가? 질병에 걸린 사람이 따르지 않기 때문일 뿐이다.

내가 이 책을 좋아해서 여가에 깊이 연구하여 명덕(明德)은 체(體)이고 신민(新民)은 용(用)이라는 설과 고금에 알맞게 변통하는 일에 대해 마음으로 깨닫고 힘써 실천하여 정령(政令)의 기준으로 삼으려고 하였다. 그런데 책은 책대로 나는 나대로 따로 놀아 다스림이 뜻대로 되지 않아서 정령을 돌이켜보면 모두가 후회스러우니 어째서인가? 지금 선유(先儒)가 고심한 것이 아무 도움 없는 빈말로 돌아가지 않게 하려면 어떻게 해야 하겠는가?

아, 그대 대부(大夫)들은 틀림없이 과인을 인도하여 과인의 기대에 부응할 계책이 있을 터이니, 저마다 뜻을 다하여 아뢰도록 하라. 내가 직접 볼 것이다.

신은 대답합니다.

---

82 손사막(孫思邈)의 천금방(千金方) : 손사막은 당(唐)나라 초기 사람으로, 당나라 이전의 의학 자료를 모아 정리하고, 자신의 수십 년 동안의 임상 경험을 결합하여 《천금방》을 만들었다. 《천금방》의 본 명칭은 《천금익방(千金翼方)》으로, 사람의 목숨을 살리는 것이 천금보다 값어치가 있다는 의미를 반영한 것이다.

천하의 학문이 치도(治道)에 뜻을 두지 않은 지가 오래되었습니다. 정치를 말하는 자는 이치를 빠트리고 학문을 말하는 자는 실무에 소홀하여 뻔히 보면서도 상관하지 않기를 월(越)나라 사람이 장보(章甫)를 보듯 합니다.[83] 신은 모르겠습니다만 이러한 정치는 구차스럽지 않겠으며,[84] 이러한 학문은 빈말이 되지 않겠습니까? 그렇다면《대학연의보》가 학문에 가깝고 오직 성인이라야 현실에 적용할 수 있음을 알 수 있습니다.

신은 일찍이 경서(經書)와 사서(史書) 자체를 가지고 정치와 학문의 분기점을 살펴 천고의 일들을 변석해보았습니다. 삼대(三代) 이전에는 경(經)이 곧 사(史)이고 사가 곧 경이었습니다. 이 때문에 "인심은 위태롭고 도심은 은미하니, 정밀히 하고 전일하게 하여 그 중심을 잡으라."는 가르침이 〈대우모(大禹謨)〉에 환하게 드러나 있고[85] 자기를 수양하고 남을 다스리는 것이 〈입정(立政)〉에 찬란하게 보입니다. 〈열명

---

83 월(越)나라……합니다 : 자신에게 소용없는 것을 보듯 한다는 말이다. 장보는 은 (殷)나라 때 쓰던 모자로, 흔히 선비들이 쓰는 관을 일컫는다.《장자(莊子)》〈소요유 (逍遙遊)〉에 "송(宋)나라 사람 중에 장보관을 사 가지고 월(越)나라로 팔러 간 사람이 있었는데, 월나라 사람들은 모두 단발(斷髮)을 하고 문신(文身)을 새겼으므로 소용이 없었다."라고 하였다.

84 이러한……않겠으며 : 왕도(王道)에 패도(霸道)를 뒤섞어서 국가를 다스리는 것을 말한다. 한(漢)나라 선제(宣帝)가 "우리 한나라의 제도는 본래 패도와 왕도를 합친 것이니, 어떻게 덕의 교화에만 완전히 맡겨서 주나라의 정사처럼 하겠는가.〔漢家自有 制度, 本以霸王道雜之, 奈何純任德教用周政乎?〕"라고 말한 데에서 기인한 것이다.《漢 書 卷9 元帝紀》. 여기에서는 구차스럽다는 뜻으로 썼다.

85 인심은……있고 :《서경》〈대우모(大禹謨)〉에 나오는 이 말은, 성리학에서 도통 을 말할 때 흔히 인용하는 구절이다.

〈說命(說命)〉은 학문을 논한 글이지만 치도(治道)가 그 속에 들어있고 〈홍범(洪範)〉은 치도의 도구이지만 학문이 그 속에 들어 있습니다. 어찌 교학(敎學)을 논하는 글이 법령(法令)과 무관하게 쓰인 적이 있었습니까.

후대로 내려오자 경과 사가 나누어졌습니다. 학문하는 선비는 법령서(法令書)를 가리켜 말단적인 일이라 하고, 정치하는 선비는 유가(儒家)를 가리켜 오활하다고 합니다. 그 저술도 모두 저마다 좋아하는 바를 따르니, 망전서(忘筌書)[86]와 명도집(鳴道集)[87]이 종종 체는 있으나 용이 없고, 삼통(三通)과 예악지(禮樂志)가 종종 근본을 버리고 말단을 좇아갑니다. 정치와 학문의 길이 갈라져서 이제 하나로 합쳐질 수 없는 지경이 되었는데, 이 《대학연의보》만은 학문의 조목을 기본으로 하여 정치의 방법을 서술하여 하학(下學)으로부터 성군(聖君)에 이르고 군주의 일신(一身)을 닦아 천하를 다스리는 일에 이릅니다. 광대한 규모와 자세한 절목으로 볼 때 이 책이 곧 경이며 사라고 해도 지나치지 않을 것입니다.

다만 이 책이 후대에 나와 중시하여 드러낸 사람이 없었기 때문에 목록가(目錄家)들은 대부분 유가류(儒家類)의 끝에다 두어 도리어 안무유(顏茂猷)의 찬요(纂要)[88]·장백행(張伯行)의 정집(訂集)[89]과 동

---

86 망전서(忘筌書) : 이치를 설파한 책을 말한다. 망전(忘筌)은 뜻을 일단 이룬 뒤에는 더 이상 과거의 일에 집착하지 않는다는 뜻이다. 《장자(莊子)》〈외물(外物)〉의 "통발은 물고기를 잡기 위한 것이니 일단 잡으면 필요가 없고, 올가미는 토끼를 잡기 위한 것이니 일단 잡으면 더 이상 생각할 필요가 없다.[筌者所以在魚, 得魚而忘筌; 蹄者所以在兔, 得兔而忘蹄.]"는 말에서 나온 것이다.

87 명도집(鳴道集) : 도리(道理)를 설파하는 내용이 주를 이루는 문집을 말한다.

88 안무유(顏茂猷)의 찬요(纂要) : 안무유는 명(明)나라 숭정(崇禎) 갑술년(1634)

류로 취급하였습니다. 신은 삼가 이에 대해 탄식하여 예문고(藝文考)를 만들어 이 책을 경류(經類)에다 편입시켜서 학문으로 시작하여 정치로 완성하는 것을 갖춘 책이 삼대 이후로 오직 이 책뿐이라는 사실을 밝히려고 하였습니다. 그러나 지식이 넓지 못하여 주제넘은 짓을 한다는 비난을 받을까 두렵습니다.

지금 우리 주상 전하께서는 하늘이 내린 자품을 가지고 일신(日新)하는 학문에 힘쓰시어 경연에서 내시는 문제가 번번이 역대 임금들 가운데 으뜸입니다. 또 《대학연의보》가 정치에 공로가 있다고 여기시어 윤음을 크게 내려 신하들의 견해를 널리 채집하였습니다. 만일 구준이 이 사실을 안다면 틀림없이 지금 전하께서 알아주신 것을 다행으로 여겨 그 당시에 쓰이지 못한 것을 한스러워하지 않을 것입니다. 신이 이에 삼가 격앙되는 심정과 감개무량한 마음을 이기지 못하겠습니다. 다시 별지로써 품은 생각을 다 드러내겠습니다.

신은 삼가 책문에서 '《대학연의보》는[大學衍義補]'부터 '치세를 이룩하는 요체이다[致治之要]'까지 읽고 두 손 들어 백번 절하오니, 치세를 추구하는 우리 전하의 성스러운 마음을 알 수 있었습니다.

신은 아룁니다. 《대학》의 팔조목은 본래 체와 용이 있는데, 《대학연

에 진사가 된 인물로 자는 장기(壯其), 앙자(仰子) 등이며, 평호(平湖) 사람이다. 각종 서적에서 인과 관계의 일을 발췌해 모은 《적길록(迪吉錄)》을 남겼다. 《四庫全書總目 卷132》. 찬요(纂要)는 미상이다.

89 장백행(張伯行)의 정집(訂集) : 장백행은 청(淸)나라 학자로 자는 효선(孝先)이며, 의봉(儀封) 사람이다. 강희(康熙) 을축년(1685)에 진사가 되고 예부 상서(禮部尚書)를 지냈다. 시호는 청각(淸恪)이다. 《도남원위(道南源委)》·《이락연원속록(伊洛淵源續錄)》 등을 지었다. 《四庫全書總目 卷63》. 정집(訂集)은 미상이다.

의》는 수신(修身)과 제가(齊家)에서 그쳤습니다. 이것이 《대학연의
보》가 만들어진 이유입니다. 격물(格物)·치지(致知)·성의(誠意)·
정심(正心)은 마음으로 터득하는 공부를 극진히 하여 자신을 완성하는
공효를 거두려는 것이고, 수신(修身)·제가(齊家)·치국(治國)·평
천하(平天下)는 몸소 실천한 나머지를 가지고 남을 이루어주는 인(仁)
을 널리 펼치려는 것입니다. 자신을 완성하지 않으면 체를 세울 수
없고 남을 이루어주지 않으면 용을 달성할 수 없습니다. 성기(成己)와
성물(成物)은 이처럼 어느 하나 소홀히 할 수 없습니다.

이 때문에 증자(曾子)가 쓴 전(傳)에 삼강령·팔조목을 부연한 것이
소략하므로 진덕수가 《대학연의》에서 여기저기서 모아 미루어 넓혔
고, 《대학연의》에 여전히 누락된 것이 있었으므로 구준이 《대학연의
보》에서 체제를 계승하여 채운 것입니다. 근본을 바로잡아 정치를 펼
치는 근원은 《대학연의》에 도움을 받고 태평성대를 이루는 공은 《대학
연의보》에 도움을 받을 수 있습니다. 본말을 갖추고 내외를 겸하였으
니, 천고의 군주가 태평을 이룩하는 훌륭한 보감이 되었습니다.

그러나 알기가 어려운 것이 아니라 행하기가 어려운 것이니, 이 책이
치도(治道)에 공이 있는 줄 알더라도 다 시행해보지 못한다고 탄식한
다면, 선유가 고생하며 부지런히 모아 엮어 후인을 기다렸던 것이 종이
위의 진부한 말로 전락하고 말 것입니다. 부디 전하께서 힘쓰시기 바랍
니다.

드디어 성상의 질문을 따라 글을 올리니, 성상께서 가늠하여 채택하
소서. 진덕수의 《대학연의》는 진실로 임금에게 충성하고 나라를 근심
하는 뜻에서 나왔으니, 두 조목이 미처 나열되지 못한 것이 어찌 진덕
수의 지혜가 미치지 못했기 때문이겠습니까. 진실로 성현(聖賢)의 학

문과 제왕의 정치가 애당초 두 갈래가 아니어서 학문의 공을 지극히 이루면 정치의 방법은 다만 이것을 가져다 저기에 적용하는 것에 불과하므로 일일이 거론할 필요가 없었기 때문입니다.

구준의 《대학연의보》는 학문에서 시작하여 실행에서 완성하는 뜻에서 나왔으니, 팔조목이 환하게 갖추어져 있는 것이 어찌 그의 학문이 서산(西山 진덕수)보다 더 뛰어났기 때문이겠습니까. 진실로 각자의 주안점에 따라 상세하고 간략함이 다르고 책의 체제는 반드시 증보를 거쳐 완비되기 때문입니다. 《대학연의》가 간략하면서도 부족하지 않았던 것은 체를 말하면 용이 그 가운데 있기 때문이고, 《대학연의보》가 확장하는 데 힘썼지만 군더더기가 되지 않은 이유는 체와 용이 본래 하나가 아니기 때문입니다.

《대학연의》는 여섯 조목에 대해 부연하였으니 글의 분량이 많아야 할 터인데도 권질이 많지 않고, 《대학연의보》는 두 조목만 보충하였으니 권질이 적어야 할 터인데도 매우 많습니다. 존양(存養)·성찰(省察)하는 성학(聖學)의 공부가 많기는 하지만 정밀한 뜻은 신묘한 경지에 들어가 한 이치로 관통되고, 제도·문물 같은 치도(治道)의 조목은 광범위하여 유형별로 보충하여 빠짐이 없어야 모든 사물이 다스려지니, 권질의 많고 적음이 이토록 다른 이유는 형세상 그렇지 않을 수 없기 때문입니다.

두 책을 합하여 체와 용을 논한다면 명덕(明德)이 체이고 신민(新民)이 용이며, 두 책을 합하여 이치와 일을 나눈다면 수기(修己)가 이치이고 치인(治人)이 일입니다. 두 책이 어느 것이 낫고 어느 것이 못하며 어느 쪽이 정교하고 어느 쪽이 엉성한지는 신이 감히 단정하지 못하겠습니다. 그러나 그 당시 칭찬한 말 중에 진씨(眞氏)의 《대학연의》의 부족한 점을 보충하여 완전한 책이 되어 《대학》의 우익(羽翼)이 되었다[90]고 한 구절이 있으니, 아마도 뒤에 나온 《대학연의보》를 낮게 여긴 듯합니다.

수권(首卷)의 '기미를 살핀다[審幾微]'는 《대학연의》의 성의와 정심의 요체를 보충한 것이고, 권말의 '공화를 이룬다[成功化]'는 《대학연의보》의 치국·평천하의 공을 마무리한 것입니다. 그러나 '기미를 살핀다'는 한 조목은 《대학연의》의 '경외를 숭상한다[崇敬畏]', '치달리는 욕구를 경계한다[戒逸欲]'는 뜻에 불과하니, 이것을 성시(成始)의 공부로 여겨 공화(功化)와 상대적인 것으로 본다면 견강부회에 가깝지 않겠습니까.

큰 항목 열두 개는 '조정을 바로잡는[正朝廷]' 것에서부터 '공화를 이루는[成功化]' 것까지이고, 세부적인 조목 100여 개는 '기강(紀綱)'에서 시작하여 '성신(聖神)'에서 끝납니다. 구사한 말이 순수하게 단아하지 않은 것은 그 말이 행해질 수 있기를 바랐기 때문이고, 인용한 일이 관리(官吏)의 일에 가까운 것은 사람들이 알기 쉽도록 하기 위해서입니다. 혈구(絜矩)에 대해 부연하지 않은 것은 말을 하지 않아도 말한 효과가 있기 때문이고, 군대의 일을 상세히 말한 것은 당시 상황에 맞게 조처하려는 의도에서 비롯된 것입니다.

도적을 막는 기틀에 대해 거듭 말한 것이 광적(礦賊)의 역모를 미리 알아차린 것인지는 모르겠으나 지혜를 따져보면 세밀한 면모를 볼 수 있고, 환관이 날뛴 재앙에 대해 침묵한 것이 노노(老奴)에 대한 오랜

---

90 진씨(眞氏)의……되었다 : 이 말은 명 신종(明神宗)이 1605년에 지은 〈대학연의보서(大學衍義補序)〉에 나온다.

두려움에서 나온 듯하나 조목을 살펴보면 증거가 되는 사례가 없으니, 신이 이에 대해 감히 단정하여 칭찬하거나 비난하지는 못하겠습니다.

그물눈 하나만 풀려도 그물을 쓰지 못하게 되고 서까래 하나만 무너져도 집이 온전하지 않게 된다는 말은 팔조목이 서로 상보적인 관계에 있는 오묘함을 논한 것일 뿐이니, 비록 자랑에 가깝다 할지라도 책을 만든 이가 자임할 만하고, 《대학연의》를 황제(黃帝)의 《소문(素問)》에 비유하고 《대학연의보》를 장씨(張氏)의 《금궤(金樻)》에 비유한 것은 부연하고 보충해 모은 공을 취한 것뿐이니, 비록 우리 유가는 아니지만 비유할 때에는 인용할 수 있습니다.

여러 조목에 대해 일에 따라 논한 것은 부자가 돈을 흩은 것과 같고, 팔조목을 총괄하여 유형별로 나눈 것은 일목요연함이 한 끈으로 꿴 것과 같습니다. 이는 풀어놓으면 천지에 가득하고 거두어들이면 은밀하게 간직되는 예이니, 글의 체제를 잘 갖추었다 할 만합니다.

고황제(高皇帝)가 글씨를 전각의 벽에 걸어놓은 것이 비록 천고의 아득한 감회를 불러일으키지만 옛것을 인하여 새롭게 증보한 효과를 따지면 구준의 《대학연의보》만 못하고, 명 효종(明孝宗)이 경연에 진강하게 한 것이 비록 당시의 은혜와 영광이었지만 진정 깨닫고 실천한 교화가 당시 구준의 충성스러운 마음에 부응하지는 못하였습니다. 이것을 가지고 알아주는 임금을 만났다고 여긴다면, 신은 꼭 그렇게 생각하지 않습니다.

신은 삼가 책문에서 '《대학》 한 책은[大抵大學一部]'부터 '어떻게 해야 하겠는가[其道何由]'까지 읽고 두 손 들어 백번 절하면서, 우리 전하께서 도(道)를 추구하는 진심을 우러러보았습니다.

신은 생각건대 《대학》은 성학의 길잡이이며 왕도(王道)의 큰 원칙입니다. 삼강령으로 큰 것을 들었고 팔조목으로 작은 것을 다하였습니다. 경문(經文) 1장으로 그 뜻을 총괄하였고 전문(傳文) 10장으로 그 의미를 설명하였습니다. 현인이 성인의 말씀을 부연하고 제자가 스승의 말씀을 연역하여 한 책의 내용이 넓으면서도 빠짐없이 갖추어졌습니다.

진덕수에 이르러 네 가지 중요한 조목을 게시하여 《대학》의 취지를 포괄해서 《대학연의》를 지어 당시 임금에게 바쳤고, 구준에 이르러 또 《대학연의》에 빠져 있던 치국·평천하 두 조목에 붙일 만한 경전·제자서·사서의 글을 찾아 모아 《대학연의보》를 만들어 전대의 유자가 미처 하지 못한 사업을 마무리 지었습니다. 그리하여 《대학》이 세세하게 분석되고 유형별로 확장되어 한 이치도 드러나지 않는 것이 없고 한 글자도 분명하지 않은 것이 없게 되었습니다.

만일 그 뒤에 정치를 하는 자가 조금의 게으름도 부리지 않고 부지런히 순서대로 점차 나아가고 조목을 살펴 힘써 행했다면, 인재를 등용하고 재화를 다스리고 백성을 안정시키고 외적을 막는 모든 방법이 상황에 따라 명쾌하지 않은 것이 없고 유형별로 원칙에 딱 들어맞았을 것입니다. 따라서 책 속에 담긴 일목요연한 내용을 현실에 적용했다면 그 공이 아름답고 광범위했을 것입니다.

그러나 이 책이 만들어진 지가 언제인데 어찌하여 대대로 훌륭한 정치는 들림이 없고 오히려 공리(功利)를 좇는 누습을 답습하여 천덕(天德)을 실천했다는 말이 들리지 않는단 말입니까. 손사막(孫思邈)의 《천금방(千金方)》이 증세를 따라 질병을 치료할 수 없는 것이어서 그렇겠습니까? 다만 병에 걸린 사람이 내용을 몰라 쓰지 않았기 때문입니다.

우리 성상께서는 요(堯)임금 같은 큰 덕을 가지고 주(周)나라처럼 찬란한 문치를 펼치시어, 낮에는 경연에 나가 부지런히 서적의 내용을 토론하시고 밤에는 홀로 연구하여 책 속의 심오한 뜻을 크게 밝히셨습니다. 또 《대학연의보》에 대해 거듭 읽고 누차 마음을 쏟아 명덕과 신민의 체용, 고금의 변통에 대해 묵묵히 체득하고 시행하고자 하였으니, 참으로 아름답습니다. 삼대의 훌륭한 교화를 오늘에 다시 보게 될 것이니, 선유가 정성을 다해 저술하여 한번 시행해보기를 기대했던 것이 유감이 없게 될 것입니다.

그러나 신은 정치는 많은 말에 달려 있지 않고 힘써 행하기를 어떻게 하느냐에 달려 있다고 들었습니다. 이는 송(宋)나라 유자가 임금에게 고한 말입니다.[91]

마음의 체(體)를 거두어 모든 교화의 근본을 세우고 마음의 용(用)을 미루어 모든 교화의 공을 이루는 일을 어찌 언어와 문자로만 할 수 있겠습니까. 반드시 외부에서 전적을 탐구하여 학문의 해박함을 추구하고 내면의 마음에서 체험하여 학문의 정밀함을 추구해야 합니다. 천리(天理)에서 발로된 생각은 확충하여 천하에 파급시키고 인욕(人欲)에서 발로된 생각은 막아서 마음속에 머물지 않게 하여 오직 《대학연의》의 가르침에 혹시라도 어긋날까 두려워해야 합니다. 이러한 마음으로 행하면 결국 모든 행동이 예에 맞지 않는 것이 없을 것이고, 이러한 마음으로 일하면 무슨 일이든 바르지 않는 것이 없을 것입니다.

---

91 이는……말입니다 : 원래 이것은 한(漢)나라 유학자 신배(申培)가 무제(武帝)에게 올린 말이다.

오직 《대학연의보》의 가르침에 혹시라도 어긋날까 두려워하여 말단
적인 예(禮)·악(樂), 병(兵)·농(農), 조교(條敎), 전헌(典憲)에 이
르기까지 모두 반드시 이 책에 비추어 살피고 마음에서 징험하여, 일마
다 조심하여 한순간도 중단하지 말고 어디서든 두려워하여 한순간이라
도 생각을 게을리하지 않아야 합니다. 그리하신다면 큰 법과 훌륭한
공적이 삼대(三代)를 뛰어넘고, 성스럽고 신묘한 덕과 공업이 만세에
전해질 수 있을 것입니다. 이것이 지금 우리 전하께 바라는 점으로
다 아뢰지 않을 수 없는 것입니다.

삼가 바라건대, 전하께서는 공업이 완성되었다고 여기지 말아서 더
욱 그 정밀함을 이루시고 치도(治道)가 이루어졌다고 여기지 말아서
더욱 그 지극함을 추구하여, 이 《대학연의》와 《대학연의보》의 조목과
절목의 요체를 파악하여 사리에 맞게 적용하소서. 그리하신다면 책을
엮은 노고와 정성이 수백 년 뒤에도 도움이 될 것입니다. 부디 유념하
소서.

신은 삼가 책문에서 '아, 그대 대부들은〔咨爾子大夫〕'부터 '내가 직접
볼 것이다〔予將親覽焉〕'까지 읽고 두 손 들어 백번 절하고서, 도움을
구하시는 우리 전하의 마음을 우러러보았습니다.

신이 삼가 생각건대, 책을 강할 때는 본디 힘써 행하는 것을 위주로
하고, 힘써 행할 때는 특히 먼저 성의(誠意)를 세워야 합니다. 만일
내 마음의 성의를 먼저 세워 시행과 조처의 근본을 삼지 않는다면, 계속
하여 덕을 밝히고 마음을 다하더라도 나태해지지 않게 할 수 없을 것입니
다. 이는 또 힘써 행하는 기초로서 힘쓸 줄 몰라서는 안 되는 것이니,
밝으신 성상께서 유념하소서. 신은 삼가 대책문을 올립니다.

사치에 대한 대답
奢侈對

왕께서 다음과 같이 말씀하였다.

사치의 폐단이 참으로 크다. 원인을 따져보면, 개인의 사욕에서 비롯된 것인가, 온 세상의 습속에서 비롯된 것인가? 사치를 미워하고 검소를 좋아하는 것은 성왕(聖王)들의 공통점이었다. 그런데 초가지붕과 흙계단이 변하여 명당(明堂)과 영대(靈臺)가 되었고, 웅덩이를 술동이로 삼고 두 손으로 움켜 마시던 것이 변하여 운뢰(雲罍)와 시굉(兕觥)이 되었으며, 해(醢)·혜(醯)가 백 항아리나 되고 비단에 수를 놓아 구장(九章)을 갖추었으니, 허름한 옷을 입고 거친 음식을 먹던 상고 시대의 덕이 다소 쇠퇴하였다. 이렇게 된 까닭은 무엇인가?

한 문제(漢文帝)가 몸소 검소한 덕을 행하였으나 담장에 수를 놓는 풍속을 바꾸지 못하였고, 모개(毛玠)가 한번 이부 상서(吏部尚書)가 되자 감히 호의호식하는 사람이 없었다. 그렇다면 군주가 인도하는 것이 조정 신료가 면려하는 것만 못한 것인가?

옛날에 지극히 사치스럽다고 일컬어진 자들은 거북을 귀중하게 여겨 받쳐두는 받침대가 있었고 말을 보호하는 장막이 있었으며, 한 끼의 비용으로 2만 금(金)을 쓰기도 하고 연회 때마다 작은 사해(四海)의 진미를 갖추기도 하였다. 이 모두에 대해 어떤 시대 어떤 사람의 일이었는지 말할 수 있겠는가?

오늘의 폐단을 논한다면, 안영(晏嬰)처럼 해진 갖옷을 입는다는 말은 들리지 않고[92] 대부분 경계(慶季)처럼 아름답게 수레를 꾸민다.[93] 잘 달리는 말을 타고 화려한 복장을 입은 것은 진씨(陳氏)의 자제들만이 아니며, 숯으로 밥 짓는 것이 어찌 건부(乾符)[94]의 존귀한 집안뿐이겠는가.

관청의 일을 내팽개치고 재상들은 황금과 주옥을 계권(契券)으로 삼고, 문방(文房)을 핑계로 선비는 붓과 벼루를 다투어 화려하게 꾸민다. 교외와 강가의 경치 좋은 장소에는 모두 정자와 누대가 들어섰고 종로 거리의 술집에는 풍악 소리가 그칠 때를 보지 못하였다. 다리[髢髢]의 값이 천금에 가깝기도 하고 음식의 비용이 열 집의 재산을 넘기도 한다.

온돌방은 늙고 병든 이를 편히 머물게 하기 위한 것인데 젊고 건장한 자들이 모두 따뜻한 방에 지내며, 가마는 귀한 신분을 나타내기 위한 것인데 여염에서도 모두 주제넘게 탄다. 심지어 채찍을 잡는 군졸이 모두 초서관(貂鼠冠)을 쓰고 있으며, 농사꾼과 장사치의 자식들이 도포와 가죽신이 없는 것을 부끄러워한다. 이는 모두 100년 전에는 없었던 일인데, 근래 들어 더욱 고질이 되었다. 그 원인이 과연 어디에 있는가?

아, 가난한 사람들은 간장과 나물을 먹고 부유한 사람들은 쌀밥과 고기를 먹으며, 가난한 사람들은 베옷을 입고 부유한 사람들은 비단옷을 입는다. 천하의 모든 나라 중에 우리나라처럼 가난한 나라는 없으니, 우리나라에서는 비록 식사 때 고기반찬이 있고 의복이 두어 벌만

---

92 안영(晏嬰)처럼……않고 : 안영은 제 경공(齊景公) 때의 재상이다. 여우 갖옷 한 벌을 30년 동안 입었을 만큼 검소했다고 한다. 《史記 卷62 管晏列傳》

93 경계(慶季)처럼……꾸민다 : 경계는 제(齊)나라 대부 경봉(慶封)으로 계는 자(字)이다. 경봉이 노(魯)나라에 빙문을 왔을 때 타고 온 수레가 화려했다고 한다. 《春秋左氏傳 魯襄公 27年》

94 건부(乾符) : 당 희종(唐僖宗)의 연호이다.

있어도 이는 사치이지 검소가 아니다. 하물며 분수에 넘치는 습속 중에 이상 몇 조항의 큰 것만 들었을 뿐임에랴.

아, 소박함을 숭상하고 화려함을 멀리하는 것은 곧 우리 선대왕(先大王 영조(英祖))의 유지(遺志)로서, 과인이 밤낮으로 염두에 두고 있는 일이다. 평소 입는 옷은 항상 자주 빨도록 하였고 평소 거처하는 방은 겨우 몸을 누일 만한 공간으로 하였으며, 주방에서 아침저녁으로 올리는 음식의 가짓수를 줄이도록 하였고 좌우에 늘어섰던 여령(女伶)[95]을 없앴다.

이처럼 재화를 절약하고 비용을 검소하게 하는 모든 일에 조금도 소홀함이 없었다. 그러나 의지는 강한데 효과는 나지 않아서, 국가의 경상 비용은 한 해의 지출을 충당하지 못하고 내수사의 재정은 몇 달의 수요도 지탱하지 못하니, 어째서인가?

매번 물품을 사들인 장부를 살펴보면 지출한 경비가 해마다 증가하고 달마다 늘어나며, 어쩌다 건물을 짓거나 수리하려 하면 한갓 어려운 시기에 일을 벌인다는 탄식만 나올 뿐이다. 주방 하인이 진 푸줏간의 빚을 갚지 못하였고 궁녀의 상자에는 옷이 차지 않고 있다. 이는 다만 과인의 실행 방법이 요령을 얻지 못하였기 때문이다.

아, 그대 대부〔子大夫〕는 젊은 나이에 관직에 올라 초계문신에 들었으니, 모두가 단아하고 정직한 선비들이다. 바로잡을 대책을 올리도록 하되, 평소 마음속에 강구해온 것 중에 사치를 없애려는 과인의 정치에 보탬이 될 만한 것이 있으면, 정문(程文)의 격식에 구애받지 말고 성심

---

95 여령(女伶) : 진연(進宴) 때에 모시는 기생이나 또는 의장(儀仗)을 드는 여자 종을 말한다.

으로 낱낱이 대답하여 단의잠(丹扆箴)[96]의 깨우침을 대신하도록 하라. 과인이 과장(科場)에 나와 기다리노라.

신은 대답합니다.

신이 매번 천고(千古)의 역사를 따져보니, 극심한 사치가 주(周)나라보다 더한 적이 없었고 진(秦)나라·한(漢)나라 이후로는 그에 비하면 모두 구차할 따름이었습니다.

저 의장과 호위의 제도와 노부(鹵簿 임금 거둥 때의 의장)의 기록을 보면 계절마다 총장(總章)·주명(朱明) 등으로 거처를 달리했고[97] 용기(龍旂)와 보정(寶鼎)으로 방법을 달리했습니다. 신을 제사 지낼 때면 보불과 면류관을 지극히 아름답게 꾸몄고 조정에 임할 때면 부절(符節)로 상서로운 기운을 펼쳤습니다. 남금(南金)과 대패(大貝)는 상보(尚寶)가 맡았고 취부(翠釜)[98]와 황파(黃帕)[99]는 상식(尚食)이 관장하였습니다. 사해의 진귀한 물건을 다 구하여 군주 한 사람의 몸을 봉양

---

96 단의잠(丹扆箴) : 단의는 천자가 조회할 때 쓰는 붉은 병풍을 말하는데, 바로 천자를 가리키기도 한다. 단의육잠은 당(唐)나라 경종(敬宗) 때 절강 관찰사 이덕유(李德裕)가 경종이 소인배를 가까이하여 외유를 자주 하므로 지어 올린 여섯 조목의 잠(箴)이다. 《舊唐書 卷174 李德裕列傳》

97 계절마다……달리했고 : 천자가 봄과 가을에 정사하는 두 궁 이름이다. 봄 정월에는 청양 좌개(靑陽左介)에서, 2월에는 청양 대묘(大廟)에서, 3월에는 청양 우개(右介)에서 거처하였고, 또 가을 7월에는 총장 좌개(總章左介)에서, 8월에는 총장 우개에서 거처하였다. 주명(朱明)은 여름철을 말한다. 《예기》월령(月令)에 "입하일(立夏日)에 남교(南郊)에서 여름 기운을 맞이하며 주명가(朱明歌)를 불렀다."고 하였다.

98 취부(翠釜) : 정교하게 잘 만든 취사도구이다.

99 황파(黃帕) : 누런 보자기이다.

하기를 이처럼 사치스럽게 하였으니, 진·한 이후로 복식의 아름다움과 전장(典章)의 찬란함이 성대했던 주나라에 미칠 수 있겠습니까.

이 때문에 한 문제(漢文帝)가 명주옷을 입었으니[100] 검소하긴 하였지만 임금 노릇 하는 원칙을 알지 못하였고, 당 태종(唐太宗)이 남에게 채갱(採坑)을 맡겼으니 검약하긴 하였지만 정치하는 방법을 알지 못했다고 말합니다. 후대에 검약의 논의를 주장하는 자들은 모두 손수 밥을 지어 먹으며 다스려야 한다는 허행(許行)의 논리를 내세우니,[101] 더불어 말할 가치가 없습니다.

그러나 사치라는 말은 교만하고 주제넘는다는 뜻이니, 신이 앞서 말한 사치는 단지 유사한 명칭을 가지고 그 실제가 사치와는 다른 것을 말한 것일 뿐입니다. 만일 사치의 실상을 논한다면 계씨가 팔일무(八佾舞)를 추고[102] 관씨(管氏)가 병풍으로 문을 가린 것[103]이 여기에 해당합

---

100 한 문제(漢文帝)가 명주옷을 입었으니 : 원문의 익제(弋綈)는 두터운 명주인데, 《한서》한 문제 찬에 "몸에 두터운 명주를 걸쳤다.〔身衣弋綈〕"고 하여 한 문제가 익제로 옷을 만들어 입은 것이 나온다.

101 허행(許行)의 논리를 내세우니 : 전국 시대 초(楚)나라의 유학자인 진량(陳良)의 제자 진상(陳相)이 신농씨(神農氏)의 학설(學說)을 행한다는 허행에게 도취되어 허행의 말을 맹자(孟子)에게 전해 말하기를 "어진 이는 백성과 함께 농사를 짓고 손수 밥을 지어 먹으면서 나라를 다스리는 것인데, 지금 등나라에는 창름과 부고가 있으니 이것은 곧 백성을 괴롭혀서 자신만을 봉양하는 행위인데, 어찌 어질다 할 수 있겠는가.〔賢者與民幷耕而食, 饔飱而治, 今也滕有倉廩府庫, 則是厲民而以自養也, 惡得賢?〕" 하자, 맹자가 윗사람의 할 일과 백성의 할 일이 따로 있고, 마음을 쓰는 사람과 힘을 쓰는 사람이 따로 있어, 마음을 쓰는 사람은 남을 다스리는 것이고, 힘을 쓰는 사람은 남에게서 다스림을 받는 것이므로, 천하(天下)를 다스리는 사람은 결코 농사까지 손수 지을 수는 없다고 잘라 말했던 데서 온 말이다. 《孟子 滕文公上》

102 계씨가 팔일무(八佾舞)를 추고 : 노(魯)나라 대부 계손씨(季孫氏)가 자기 집 뜰

니다. 어찌 예법상 당연히 해야 하는 것과 분수상 당연히 누릴 수 있는 것을 가지고 사치라고 할 수 있겠습니까. 그렇다면 주(周)나라 관부의 법도는 모두 예법에 맞는 형식이니, 이보다 더 검소한 것이 없다 하더라도 좋을 것입니다.

비단옷의 아름다움은 좋은 명성만 못하고 고량진미의 맛은 인의(仁義)만 못합니다.[104] 도(道)가 충만하고 몸이 편안하여 금옥(金玉)을 티끌처럼 보는 이도 있었고, 오직 어진 이를 보배로 여겨 진귀한 구슬[105]

에서 천자만이 할 수 있는 팔일무를 멋대로 사용한 것을 말한다. 《論語 八佾》

103 관씨(管氏)가……것 : 관씨는 관중(管仲)을 말한다. 《논어》〈팔일(八佾)〉에, 공자가 "관중(管仲)의 그릇이 작도다." 하자, 어떤 이가 "관중은 검소했습니까?" 하고 물었다. 이에 공자가 "관중은 삼귀(三歸)가 있었고, 관청 일을 겸임시키지 않았으니, 어찌 검소하겠는가." 하였다. 어떤 이가 또 "그렇다면 관중은 예를 안 것입니까?" 하고 물었다. 이에 공자가 "임금이 문에 병풍을 설치하는 법인데 관중도 문에 병풍을 설치하였고, 두 나라 임금 간에 우호를 다질 때에 반점(反坫)을 설치하는데 관중도 반점을 설치했으니, 관중이 예를 알았다고 한다면 어느 누가 예를 모른다고 하랴." 하였다.〔管仲之器小哉! 或曰: 管仲儉乎? 曰: 管氏有三歸, 官事不攝, 焉得儉? 然則管仲知禮乎? 曰: 邦君樹塞門, 管氏亦樹塞門, 邦君爲兩君之好, 有反坫, 管氏亦有反坫, 管氏而知禮, 孰不知禮?〕

104 비단옷의……못합니다 : 《맹자》〈고자 상(告子上)〉에 "《시경》에 '이미 술로 취하고 덕으로 배부르다.' 하였으니, 이는 인의(仁義)에 배부르기 때문에 남들이 즐기는 고량진미를 원하지 않고, 아름답고 넓은 명예가 몸에 베풀어져 있기 때문에 남들이 입는 비단옷을 원하지 않는다는 말이다.〔詩曰: 旣醉以酒, 旣飽以德, 言飽乎仁義也, 所以不願人之膏粱之味也, 令聞廣譽施於身, 所以不願人之文繡也.〕" 하였다.

105 진귀한 구슬 : 원문의 '경촌(徑寸)의 구슬'은 크고 진귀한 구슬을 말한다. 《자치통감(自治通鑑)》에 "제(齊)나라 위왕(威王)과 위(魏)나라 혜왕(惠王)이 교현(郊縣)에서 함께 사냥할 때, 혜왕이 '제나라에도 보물이 있는가?' 하니 위왕이 '없다.' 하자, 혜왕이 '과인은 나라가 비록 작으나 수레 앞뒤로 각각 열두 대씩 비칠 수 있는 경촌(徑

을 하찮게 여기는 이도 있었습니다. 군자는 내면의 것과 외면의 것 중에 무엇을 중시하고 무엇을 경시해야 하는 줄 알아야 할 따름입니다.

만일 무엇이 중요하고 무엇이 하찮은 줄 안다면 뒤따르는 수레가 수십 승(乘)이고 시종(侍從)하는 사람이 수백 명일지라도 현인(賢人)이라 하기에 무방하고, 무엇이 중요하고 무엇이 하찮은 줄 알지 못한다면 첩이 비단옷을 입지 않고 말이 곡식을 먹지 않더라도 소인(小人)을 면치 못합니다. 아, 사치는 이처럼 덕으로 판단해야지 외형으로 판단해서는 안 됩니다.

지금 우리 주상 전하께서 핵심을 고수하는 증자(曾子)의 마음가짐으로[106] 매우 검소한 우(禹)임금의 정치[107]를 펼쳐서, 경연에서 계책을

寸)의 구슬이 열 개나 있는데 어찌 제나라는 대국으로서 보물이 없겠는가?' 했다."라고 하였다.

106 핵심을……마음가짐으로 : 《맹자》〈공손추 상(公孫丑上)〉에, 공손추가 맹자(孟子)에게 부동심(不動心)을 하는 방법에 대해 묻자, 맹자가 "방법이 있다. 북궁유(北宮黝)가 용기를 기르는 방법은 살을 찔러도 피부가 떨지 않고 눈을 찔러도 눈동자가 피하지 않았다. 조금이라도 남에게 꺾임을 당하는 것을 저잣거리에서 매를 맞는 것처럼 수치스럽게 생각하여 천한 사람에게도 모욕을 받지 않았지만 만승의 제후에게도 모욕을 받지 않았다. 그리하여 만승의 제후를 천한 사람처럼 여겨서 제후를 두려워하지 않아 자신에 대한 나쁜 소리가 들리면 반드시 그 사람에게 보복하였다. 맹시사(孟施舍)가 용기를 기르는 방법은 다음과 같았다. 그는 '이기지 못할 이를 이길 수 있다고 여긴다. 적을 헤아린 뒤에 전진하고 이길 확신이 선 뒤에 맞서 싸우는 것은 삼군(三軍)을 두려워하는 자이다. 내가 어찌 반드시 이긴다는 보장이 있겠는가. 두려워하지 않을 뿐이다.' 하였다. 맹시사는 증자(曾子)와 유사하고, 북궁유는 자하(子夏)와 유사하다. 이 두 사람 중에 누가 더 용맹한지는 모르겠지만, 맹시사의 마음 지킴이 요약되었다. 옛날에 증자가 자양(子襄)에게 '자네는 용맹을 좋아하는가? 내가 부자(夫子)께 진정한 용기에 대해 들은 적이 있네. 스스로 돌아보아 부끄럽다면 비록 천한 사람이라도 두렵지 않겠는가? 스스로 돌아보아 당당하다면 비록 수많은 적이 있더라도 나는 갈 것이다.' 하였다.

수렴하여[108] 반드시 사치스러운 풍조를 일신(一新)하기를 생각하시고 밤낮으로 부지런히 정무를 보시면서[109] 항상 재용이 고갈될까 염려하셨습니다. 그리하여 마침내 널리 자문하는 거조가 관료들에게까지 미치어 책문에서 간곡히 말씀하시니, 참으로 훌륭합니다. 신이 이미 사치라는 말을 가지고 앞에서 질문에 답했으니, 또 이어서 폐단의 근원을 낱낱이 논해보고자 하는데, 괜찮겠는지요?

신이 삼가 성상이 내리신 책문 중에 '사치의 폐단이[奢侈之弊]'부터 '그 당세를 논하라[論其世歟]'까지 읽고, 절하며 대답합니다. 신이 삼가 생각건대, 나라를 다스리는 군주의 폐단으로는 사치가 가장 큰 듯합니다. 천지가 낳는 물건은 본래 한도가 있는데 그 물건을 쓰는 사람들이 한도를 넘는다면, 처음에는 개인의 사욕에서 비롯되는 것이어서 그리 두려워할 게 없는 듯하지만 끝내는 모든 백성들이 추구하는 습속

맹시사가 지키는 것은 기(氣)이니, 증자의 지킴이 요약된 것만 못하다."라고 하여, 핵심을 고수하는 증자를 제일로 거론한 일이 있다.

107 매우……정치 : 《논어》〈태백(泰伯)〉에, 공자가 우(禹)임금을 찬양하여 "우임금은 내가 트집 잡을 것이 없도다. 음식을 소박하게 드셨으나 귀신에게 효를 지극히 하였고, 의복을 허름하게 입었으나 보불과 면류관을 지극히 아름답게 꾸미셨고, 집을 소박하게 꾸몄으나 구혁(溝洫)에는 힘을 다하셨으니, 우임금은 내가 트집 잡을 것이 없도다.[禹, 吾無間然矣. 菲飮食而致孝乎鬼神, 惡衣服而致美乎黻冕, 卑宮室而盡力乎溝洫, 禹, 吾無間然矣.]" 하였다.

108 경연에서 계책을 수렴하여 : 원문의 하전(廈氈)은 넓은 집과 촘촘한 털방석을 말하는 것으로, 임금이 강학하는 경연(經筵)을 가리킨다.

109 밤낮으로……보시면서 : 원문의 소간(宵旰)은 소의간식(宵衣旰食)을 줄인 말이다. 새벽에 일어나 옷을 입고 밤늦게 밥을 먹는다는 뜻으로, 임금이 정치에 부지런한 것을 말한다.

이 되어 우르르 따라 구제할 수 없게 됩니다. 작게는 본분을 망각하고 습속을 따랐다는 비난을 받게 되고 크게는 재물을 손상하고 백성을 병들게 하는 폐해를 낳게 되니, 사람에게 사치란 참으로 위험한 것입니다.

그러므로 옛날의 성왕(聖王)은 이러한 이치에 밝아서 마음에서 은미하게 싹트는 순간에 삼가고 정령(政令)을 시행하는 사이에서 살폈습니다. 항상 백성들이 본받을까 걱정하여 푸짐한 음식을 달게 여기지 않고, 다투어 좇는 풍속이 일어날까 염려하여 으리으리한 저택[110]을 편안히 여기지 않았습니다. 천하로 자신의 몸을 봉양하지 않고 자신의 몸으로 천하를 봉양하였으니, 이것이 부귀하면서도 빈천한 듯이 처신하고 몸소 고생하고 사양하면서도 항상 편안함을 경계한 이유입니다.

그러나 사치를 힘써 제거하기를 한낱 말로만 해서는 안 되니, 반드시 욕심을 적게 가지고 마음을 맑게 해야 합니다. 그런 뒤에야 마음이 유혹당하지 않아서 외물에 빼앗기지 않습니다. 삼가 바라건대, 밝으신 성상께서 유념하소서.

삼가 앞의 책문을 살펴 조목조목 질문하신 것에 우러러 대답합니다.

"사치를 미워하고 검소를 좋아하는 것은 성왕(聖王)들의 공통점이

---

110 푸짐한……저택 : 원문의 '방장(方丈)의 음식'과 '삼척(三尺)의 서까래'는 모두 사치스러움을 상징한다. 《맹자》〈진심 하(盡心下)〉에, 맹자(孟子)가 "지체 높은 사람에게 유세할 때에는 대수롭지 않게 여기고 그 사람의 성대한 배경을 의식하지 말아야 한다. 몇 길 되는 높이의 집과 몇 척 길이가 되는 서까래로 지은 집을 나는 뜻을 얻더라도 누리지 않을 것이고, 음식을 사방 한 장 되는 상에 차려놓고 수백 명의 시첩을 거느리는 짓을 나는 뜻을 얻더라도 하지 않을 것이고, 풍악을 울리고 술을 마시며 말을 몰고 사냥하며 수레 천 승을 거느리고 다니는 짓을 나는 뜻을 얻더라도 하지 않을 것이다. 저 지체 높은 사람이 가진 것은 모두 내가 원하지 않는 것이고, 내가 가지고 있는 것은 모두가 옛날의 법제이다. 내가 저들을 왜 두려워하겠는가?" 하였다.

었다. 그런데 요(堯)임금의 초가지붕과 흙계단이 변하여 문왕(文王)의 명당(明堂)과 영대(靈臺)가 되었고, 상고에 웅덩이를 술동이로 삼고 두 손으로 움켜 마시던 것이 변하여 운뢰(雲罍)와 시굉(兕觥)이 되었으며, 젓갈과 식혜를 백 항아리나 갖추고 비단에 수를 놓아 구장(九章)을 갖추는 데에까지 이르렀다. 허름한 옷을 입고 거친 음식을 먹는 풍조가 후성(後聖)에 와서 전성(前聖)보다 다소 쇠퇴한 듯하다. 어째서인가?"

태고(太古)에는 기물이 만들어지지 않았으니 그렇게 한 것이 당연했고, 성대(盛代)에는 인문(人文)이 점차 열렸으니 화려하게 한 것이 당연합니다. 어찌 명당과 운뢰만이 그러할 뿐이겠습니까. 현주(玄酒)가 예제(醴齊)[111]가 되고 날고기를 올리다가 장만해서 변두(籩豆)에 담게 된 것도 모두 이러한 이치입니다.

"한 효문제(漢孝文帝)가 몸소 검소한 덕을 실천하였지만 부유한 사람은 담장에 수를 놓았고, 모개(毛玠)가 한번 이부 상서가 되자 당시 사람들이 감히 호의호식하지 못하였다. 어찌하여 군주가 인도한 공이 도리어 조정 신료가 면려한 것만 못한가?"

신은 효문제의 시대에는 필시 소박한 자가 많고 꾸미는 자가 적었으며, 모개의 시대에는 필시 검소한 자가 적고 화려한 자가 많았으리라 생각합니다. 교화의 깊이와 크기는 근본적으로 속일 수 없습니다.

예로부터 지극한 사치로는 양어용(梁魚容)이 거북을 보물로 여겨

---

111 예제(醴齊) : 술의 다섯 가지 종류 중의 하나로, 하룻밤을 숙성시킨 술을 말한다. 첫째는 범제(泛齊), 둘째는 예제(醴齊), 셋째는 앙제(盎齊), 넷째는 제제(緹齊), 다섯째는 침제(沈齊)이다. 제(齊)는 술의 농담(濃淡)을 뜻한다. 《周禮 天官 酒正》

받쳐두는 받침대가 있었고, 주근(朱瑾)이 말을 보호하는 장막이 있었으며, 하소(何邵)가 한 끼 식사에 2만 금을 쓰기도 했고, 손승우(孫承佑)가 연회 때마다 작은 사해(四海)를 갖추기도 했습니다. 이상은 모두 특별히 드러난 자들로서 전해오는 이야기가 구체적이어서 사실을 고찰할 수 있으니, 신이 중언부언할 필요가 무어 있겠습니까.

신은 삼가 책문에서 '오늘의 폐단을 논한다면〔若論今日之弊〕'부터 '아직 그 충심을 얻지 못했다〔未得其衷耳〕'까지 읽고 절하며 답변을 올립니다. 신은 삼가 이렇게 생각합니다. 우리 조선이 건국되어 대대로 잘 다스려져, 정치가 아름답고 풍속이 문아하여 소중화(小中華)로 불리는 데 부끄러울 게 없었습니다.

그러나 지금에 와서는 사치의 폐단이 점점 불어나 조정에는 그 풍조를 따라 안자(晏子)처럼 낡은 갖옷을 입는 이가 보이지 않고, 길 가운데 내달리는 수레는 모두 경씨(慶氏)의 수레처럼 아름답습니다. 진씨(陳氏) 자제들처럼 잘 달리는 말을 타고 화려한 의복을 입고, 부귀한 가문에서 숯으로 밥을 짓는다는 것은, 옛날에 그런 말을 들었는데 지금은 그러한 사람을 보게 되었습니다. 그리하여 모든 관료가 본받아 사치스러움을 다툽니다.

재상들은 관청의 일을 내버려두고 황금과 주옥으로 계권(契券)을 삼으며, 선비는 붓과 벼루를 문방구라는 핑계로 다투어 화려하게 장식합니다. 교외와 강가의 경치 좋은 장소에는 모두 정자와 누대가 들어섰고 찻집과 술집에는 늘 풍악을 울리는 풍조가 남았습니다. 심지어 다리〔高髻〕를 하는 풍습으로 천금을 치르고 진수성찬을 올려 열 집이 먹고 살 만한 재산을 소비하기도 합니다.

온돌방은 늙고 병든 이를 위한 것인데 젊고 건장한 이들이 다들 편안히 머물고, 가마는 귀한 신분을 나타내기 위한 것인데 여염에서도 모두 주제넘게 탑니다. 종들이 거리낌 없이 초서관(貂鼠冠)을 쓰고 농사꾼과 장사치도 도포와 가죽신이 없는 것을 부끄러워합니다. 이 모두가 중엽에는 없었던 일로, 근래에 고질적인 병폐가 되어 바로잡을 수 없게 되었습니다.

아, 가난한 사람들의 의식주도 곤궁하고 부유한 사람들의 생계도 어렵습니다. 그렇다면 천하의 빈국(貧國)을 말할 때 우리나라보다 더한 나라는 없으니, 여러 가지 반찬을 먹고 옷을 갖추어 입기만 해도 사치스럽다는 비난을 면치 못합니다. 하물며 이처럼 분수에 넘치는 짓을 하면서 풍속을 아름답게 할 수 있겠습니까.

우리 전하께서는 선조(先朝) 50년간 검소함을 숭상했던 덕행을 본받으셔서 즉위하신 뒤 한결같은 마음으로 이어받아 평상복을 매번 깨끗이 빨게 하시고 평소 머무는 집을 여염집과 다름없게 만드셨습니다. 정해진 여섯 가지 반찬의 숫자를 줄이셨고 여령(女伶)도 두 부대를 없앴습니다. 재용의 절약과 관련된 모든 일을 마음을 다해 강구하셨으니, 참으로 훌륭합니다.

그런데 위에서는 풍조를 일신할 뜻이 있건만 아래에서는 호응하는 효과가 없어서 호조(戶曹)의 경비는 갈수록 부족해지고 내수사(內需司)의 비용은 해마다 줄어드니 어찌한단 말입니까. 장부를 살펴보면 사들인 것이 잇따르고 건물을 짓거나 고치려 하면 재용이 부족하다고 합니다. 주방 하인이 진 푸줏간의 빚도 아직 갚지 못하였고 궁녀의 상자에는 옷이 차지 않았습니다. 모두가 똑같아서 오히려 달라진 모습을 볼 수 없으니, 인심을 순박한 데로 되돌릴 수 없어서입니까? 아니면 천운(天運)의 기수(氣數)를 끝내 변화시킬 수 없어서입니까?

아, 기수가 변하는 것은 반드시 인력에 달려 있지 않다고 할 수 없고 인심을 순박한 데로 되돌리는 것도 임금이 어떻게 인도하느냐에 달렸습니다. 그렇다면 사치로 쏠리는 습속을 어찌 푯대가 바르면 그림자가 곧아지는 경지로 돌리지 않고 한갓 흘러가는 데로 내버려둘 수 있겠습니까.

비록 눈앞의 시폐(時弊)로 말하면 검소함을 숭상하는 성상의 덕이 지극하지 않은 것은 아니지만 기강이 서지 않아서 조처하더라도 실효가 나지 않고, 사치를 금지하는 엄한 가르침이 부지런하지 않은 것은 아니지만 안일에 젖은 지가 오래되어 지극한 교화가 개혁으로 나타나지 못합니다. 연석(筵席)에서 올린 신하의 말은 겉치레로 끝나고 임금께서 반포하신 윤음은 한낱 문자로만 머뭅니다. 그리하여 곡식은 나날이 줄어들고 재화는 나날이 고갈되니, 성세의 기상은 논할 것도 없거니와 위태롭게 될 조짐이 많이 나타납니다.

사치의 폐단은 반드시 좋은 말을 타고 사냥을 하며 성색(聲色)을 즐기고 기이한 물건을 좋아하는 데에서 시작됩니다. 그러나 지금 전하께서 이 몇 가지를 좋아하지 않는다는 것을 신민(臣民)들이 모두 알고 있습니다. 이러한데도 사치의 풍조를 없애지 못하고 소박한 정치를 이룩하지 못하는 까닭에 대해 전하께서 한번 그 이유를 궁구해보셨습니까?

어리석은 신이 죽을죄를 무릅쓰고 감히 아뢰오니, 전하께서 용기〔勇〕에다 마음을 쓰지 않으면 안 될 듯합니다. 신은 용기에 관한 설을 가지고 부연하여 욕심을 줄이라는 가르침을 언급하고자 합니다.

아, 천하의 학문이 모두 용기에서 시작되고 용기에서 끝이 나니, 욕심을 줄이는 방법에는 실로 용기보다 앞서는 게 없습니다. 욕심은 사람 마음속에 없을 수는 없지만, 만일 뻗어가서 돌아올 줄 모른다면 점점 자라나서 막을 수 없게 됩니다. 그러므로 예로부터 학문에 뜻을 둔 선비는 반드시 용감하게 실천하고 용감하게 버리는 것을 욕심을 줄이는 방법으로 삼았습니다.

신이 일찍이 욕심을 경계한 송(宋)나라 유자(儒者)의 글을 읽어보니, "검약은 공손한 덕이고 사치는 그릇된 행실이다. 검약하면 욕심이 적어지고 욕심이 적어지면 외물에 부림을 받지 않으며, 사치하면 욕심이 많아지고 욕심이 많아지면 외물을 탐하게 된다. 그러므로 오직 용감해야 욕심을 억제할 수 있고 사심을 극복할 수 있다."[112] 하였습니다. 이 또한 번다하지 않은 요약된 말이라 할 수 있습니다.

삼가 바라건대, 전하께서 욕심을 줄이는 것을 가지고 사치를 제거하는 요체로 삼고 또 용기를 가지고 욕심을 줄이는 요체로 삼아서, 늘 전전긍긍 이것을 생각하여 한가한 일상에서 시작해 사방에 기준을 세운다면, 질박한 풍속이 삼대(三代)보다 높아질 것입니다. 어찌 성대하지 않겠으며 어찌 아름답지 않겠습니까.

신이 삼가 책문에서 '그대 대부〔子大夫〕는'부터 '과장에 나와 기다리노라〔臨軒而竢之〕'까지 읽고 절하며 답변합니다. 신이 삼가 생각건대, 용기는 진실로 폐단을 구제하는 방책이 되는데, 용기를 기르는 방법은 또한 늘 이치를 궁구하는 데에 달려 있는 듯합니다. 만일 이치를 궁구하는 것을 근본으로 삼지 않는다면 그 용기가 혈기에 근본하는지 의리에 근본하는지를 잘 판단하여, 혈기에 근거한 용기를 버리고 의리에 근거한 용기를 취할 방법이 없게 됩니다. 바라건대 이 또한 밝으신 성상께서 가납(嘉納)해주소서. 신은 삼가 대답합니다.

---

112 검약은……있다 : 송나라 어손(御孫)의 말이다.

《악기경》에 대한 대답[113]

握奇經對

왕께서 다음과 같이 말씀하였다.

《서경》에 "문무를 겸비했다[乃文乃武]" 하였고,[114] 《시경》에 "문무 겸비한 길보여, 만방이 본받는다[文武吉甫 萬邦爲憲]" 하였으니,[115] 이를 통해 문(文)이 무(武)를 통하지 않으면 문이라 하기에 부족함을 알 수 있다. 그런데 무는 또 진(陣)을 운용하는 것을 중시해야 하고 진을 운용하는 것은 또 풍후(風后)의 《악기경(握奇經)》을 근본으로 삼아야 한다. 이 때문에 범려(范蠡)와 악의(樂毅)는 《악기경》의 대전 (大傳)을 지었으니 《악기경》을 전수받은 자는 범려와 악의이며, 장량 (張良)과 한신(韓信)은 《악기경》의 소전(小傳)을 지었으니 《악기경》 을 터득한 자는 장량과 한신이다.

한 무제(漢武帝)가 곽광(霍光)에게 백호관(白虎觀)에서 《악기경》 을 가르치게 하였으니, 《악기경》을 독실하게 신봉한 자는 또한 한 무제 와 그 신하들이다. 제갈 무후(諸葛武侯 제갈량)로 말하면 이들보다 더욱

---

113 【작품해제】 창작 시기는 미상이다. 《악기경(握奇經)》은 고대의 병법서로, 황제 (黃帝)의 신하인 풍후(風后)가 지었다고 전해지며, 모두 380여 자로 씌어져 있다.

114 《서경》에……하였고 : 《서경》〈대우모(大禹謨)〉에 나오는 구절이다. 익(益)이 "맞습니다. 황제의 덕이 더없이 넓고 한결같아서 성스럽고 신묘하며 문무를 겸비하셨는 데, 황천이 명을 돌봐주시어 사해를 다 소유하여 천하의 임금이 되셨습니다.〔都, 帝德廣 運, 乃聖乃神, 乃武乃文, 皇天眷命, 奄有四海, 爲天下君.〕" 하였다.

115 《시경》에……하였으니 : 《시경》〈유월(六月)〉에 나오는 구절이다.

위대하다. 어복포(魚腹浦)에 돌을 쌓아 무더기[聚]를 만들었는데, 이름은 〈팔진도(八陣圖)〉지만 실은 《악기경》의 병법을 담은 것이다. 그러므로 논자들은 〈팔진도〉가 바로 《악기경》의 그림이라 하고 《악기경》이 바로 〈팔진도〉의 경(經)이라고 한다. 그러나 지금에 와서 보면 〈팔진도〉의 용(龍)·호(虎)·조(鳥)·사(蛇)는 도리어 《악기경》의 천(天)·지(地)·충(衝)·형(衡)보다 낫고 〈팔진도〉의 24무더기는 또 《악기경》의 사면이루(四面二壘)보다 낫다. 그 경과 그 그림이 서로 발명한 점이 어디에 있다고 하겠는가?

주자(朱子)가 《악기경》의 경문(經文)을 자주 칭찬하여 "간명하고 정밀하니, 《주례(周禮)》〈주관(周官)〉의 '싸울 때의 진법과 같다'는 것이 또한 이 법이다." 하였다. 그리고 또 "채계통(蔡季通)이 지금 제갈무후의 64진(陣)의 도식(圖式)을 밝히고 있는데, 내가 비록 늙고 병들었지만 혹시라도 그것을 보게 된다면 어찌 천고의 통쾌한 일이 아니겠는가." 하였다.

그러나 지금 전해오는 채씨의 진도(陣圖)에서 말한 빈(牝)·모(牡)·충방(衝方)·부저(罘罝)·안항(鴈行) 등의 조목은 〈팔진도〉에도 보이지 않고 《악기경》에도 실리지 않았다. 채씨가 어디에서 이것을 얻었는가? 주자의 이른바 천고의 통쾌한 일이란 이것을 가리킨 것인가? 아, 그대들은 문필에 종사하는 여가에 틀림없이 마음속으로 강구한 것이 있을 터이니, 낱낱이 아뢰도록 하라.

신은 대답합니다.

천하의 일은 모두 마음속으로 경륜하는 것인데, 진법(陣法)이 더욱 그러합니다. 진은 전세(戰勢)를 봐서 세우고 유리함을 봐서 움직이며 대오를 합하고 나눔으로써 변화무쌍하게 하는 것입니다. 이 때문에 바람처럼 빠르고 숲처럼 느리며 불처럼 침략하고 산처럼 무거우며 천지처럼 무궁하고 강해(江海)처럼 마르지 않습니다.

온갖 형상을 총괄하면서도 운용의 이치는 마음속에 간직되어 있으니, 만일 내 마음의 신명(神明)함을 가지고 진을 주관하지 않으면 융통성이 없을 경우 문구(文句)에 얽매이게 되고 제멋대로 할 경우 의미를 잘못 파악하여, 끝내 오묘한 이치에 따라서 상황에 맞게 대응할 수 없습니다. 그렇다면 《악기경》을 한 말로 대변한다면 마음이라 할 수 있습니다. 말단적인 도상(圖象)과 숫자에 집착하는 저 사람들은 비루하니, 어찌 《악기경》을 알 수 있겠습니까.

중외(中外)의 경중(輕重)과 음양의 강유(剛柔), 피차의 허실(虛實)과 주객의 선후(先後)는 모두 마음이 판단하는 것입니다. 근본이 서면 방법이 생겨나고 근원이 멀면 흐름이 끝이 없습니다. 별의 운행, 바람과 구름의 변화, 〈하도(河圖)〉와 〈낙서(洛書)〉의 이치를 모두 흉중에 갖추고 마음으로 경영해야 도상과 숫자로 드러낼 수 있습니다.

신은 《악기경》이 만들어진 이후로 《악기경》의 본의를 터득한 사람이 제갈 무후 외에 과연 있었을까 싶습니다. 《악기경》을 안다고 자부하는 자들은 또한 방위(方位)의 분속(分屬)과 기정(奇正)의 정상(情狀)에만 집착하고, 모르는 자들은 탕(湯)임금과 무왕(武王)이 쓰지 않았다 하여 춘추(春秋) 이후 칠웅(七雄)의 시대에 나왔다고 하는 지경에 이르렀습니다. 아, 어쩌면 그리도 식견이 낮단 말입니까.[116]

---

116 어쩌면……말입니까 : 원문의 매하(每下)는 척하(最下)라는 의미로 쓰였다. 매(每)는 어류에서 최(最)의 뜻을 갖는다.

그러나 《악기경》의 핵심을 아는 데는 방법이 있으니, 도상과 숫자를 버리고서 구할 수는 없습니다. 진을 여덟 군데 만든 것은 위치를 정하기 위해서이고, 형(衡)이 바깥을 막고 축(軸)이 안에 펼쳐진 것은 물상을 갖추기 위해서이고, 호(虎)가 날개를 펼쳐 나아가고 사(蛇)가 적을 향해 똬리를 틀며 용과 새가 나는 듯이 하여 기세를 올렸다 내렸다 하는 것은 용(用)을 지극히 하기 위해서이고, 의병(疑兵 거짓 군사)으로 나머지 지역을 공고히 하고 유군(遊軍 유격병)으로 후열(後列)을 엄호하여, 풀었다 조였다 할 때는 두 진이 번갈아 나아가고 기각(掎角)을 이룰 때에는 네 기병(奇兵)이 모두 나오는 것은 그 변화를 지극히 하기 위해서입니다.

여기에 집착하여 《악기경》을 말하더라도 물론 안 되지만 이것을 버리고서 《악기경》을 말하더라도 안 됩니다. 신의 이른바 《악기경》의 핵심을 구한다는 것은 정신으로 밝히고 유형에 따라 확장하여 명물(名物)과 도수(度數)의 이면에서 찾는 것입니다. 신은 참으로 어리석어 성상의 질문에 답하기에 부족하지만 일찍이 강구했던 것을 밝으신 성상께 한번 아뢰고자 합니다.

신이 삼가 살펴보니, 책문에 문이 무를 통하지 않으면 문이 되기에 부족하고, 무는 진을 운용하는 것을 으뜸으로 삼는데 진을 운용하는 것은 또 《악기경》을 근본으로 삼아야 한다고 하셨습니다. 성상의 말씀이 참으로 지당합니다.

신은 들으니, 무(武)를 경략하는 일은 진을 운용하는 것보다 중요한 것이 없는데, 진을 운용하는 제도는 《악기경》에 처음 나온다고 하였습니다. 황제(黃帝)가 처음 천명(天命)을 받았을 때 살기(煞氣)를 따라 병법을 만들었습니다. 이 때문에 그 도상과 숫자가 일체 복희(伏羲)의 괘획(卦畫)에 근본을 두어 기(奇)와 우(耦)를 섞어 변화무쌍합니다. 상천(上天)의 적졸(積卒)의 상(象)을 체득하여 만세(萬世)의 용병(用兵)의 이로움을 열었습니다. 전(傳)에서 구정(丘井)의 법(法)을 세워서 인하여 군대 제도를 만들었다는 것이 이를 말한 것입니다.

《악기(握機)》를 《악기(握奇)》라고 한 것으로 말하면 마륭본(馬隆本)에 처음 보이지만 누가 바로잡았는지는 들어보지 못하였고, 〈속도(續圖)〉의 금음(金音)・혁음(革音)・기법(旗法)・휘법(麾法)・진퇴(進退)・추투(趨鬪)의 절목은 설사룡(薛士龍)의 설에 보이지만 역시 누가 보충한 것인지 모르겠습니다. 이는 《악기경》에 있어서 동이(同異)를 교감해야 할 부분이지만, 신은 우선 이것은 버려두고 그 실제를 논해보겠습니다.

신이 삼가 살펴보니, 책문에서 범려와 악의는 대전을 지었고 장량과 한신은 소전을 지었으며, 한 무제와 그 신하들이 독실하게 믿어 익혔고, 제갈 무후의 〈팔진도〉와 《악기경》이 서로 발명하였다고 하셨습니다. 성상의 식견이 깊고도 정밀하여 모르는 게 없으십니다.

신은 들으니, 풍후(風后)가 지은 《악기경》의 글이 매우 간단하면서도 심오하여 《시경》・《서경》과 엇비슷하다고 합니다. 이 때문에 범려와 악의가 대전(大傳)을 지어 그 가운데 32대(隊)가 양이고 32대가 음이라는 것과 여덟 번 겹쳐 나열하는 방법을 밝혔습니다. 그러나 범려의 대전은 대오(隊伍)의 숫자와 대오를 나누고 합하는 제도만 말하고 조종하고 운용하는 묘리를 말하지 않았습니다.

이 때문에 장량과 한신이 소전(小傳)을 지으면서 기병(奇兵)이 기각(掎角)하는 것과 중렬(重列)이 움직이지 않는 것과 형축(衡軸)과 좌우의 나눔을 밝혔습니다. 대전과 소전으로 말한 것은 후대 사람이 시대의 선후를 가지고 대소로 나누어놓은 것이니, 《시경》300편에 정현(鄭玄)의 전(箋)과 공영달(孔穎達)의 소(疏)가 있는 것과 같습니다.

《육도(六韜)》와 《삼략(三略)》, 《손자(孫子)》와 《오자(吳子)》 같은 고금의 병서(兵書)를 보면 용병(用兵)의 신비로운 술법만 상세히 기록하고 진법에 대해서는 조금도 보이지 않으니, 《악기경》과 그 전(傳)이 있어서 서로서로 신중히 비밀리에 전수하였기 때문입니다. 그러므로 병서를 만든 자들이 감히 별도로 덧붙이지 못한 것입니다.

그러나 한 무제 때가 되어서는 없어진 책을 널리 수집함으로 인해 《악기경》과 그 전의 진본을 얻어서 몹시 애지중지하여 육경(六經)과 함께 세상에 보급하기를 천지에 음양과 한서(寒暑)가 있는 것처럼 필수적으로 하고자 하였습니다. 이 때문에 승상 공손홍(公孫弘)에게 글자를 증보하여 드러내게 한 뒤에 또 대사마(大司馬) 곽광(霍光)에게 증보된 《악기경》과 그 전을 가지고 백호관에서 진법을 가르치게 하였습니다.

만일 한 무제가 성심으로 드러내지 않았다면 《악기경》은 필시 영원히 전해지지 않는 글이 되었을 터이니, 제갈 무후가 아무리 정대(正大)하고 밝은 흉금을 하늘에서 받고 전일하고 순수한 재주와 학식을 갖추었다 한들 어찌 이처럼 실추된 것을 우뚝하게 찾고 끊어진 것을 찬란하게 이을 수 있었겠습니까.

제갈 무후가 초야에 있을 때 이미 《악기경》을 연구하여 스스로 깨우쳐서, 소열제(昭烈帝 유비)의 초빙에 응하게 되자 군대를 운용하는 모든 방법이 다 《악기경》의 실마리를 미루어 부연한 것이었습니다. 그리고 또 후대에 진법을 전수받을 사람이 없을까 걱정하여 면양(沔陽)의 어복포(魚腹浦)에 돌을 쌓아 무더기를 만들었는데, 형상은 《악기경》

의 진에서 나왔고 제도는 한학(漢學) 석경비(石經碑)의 예와 같습니다. 지금 형천(荊川)의 〈무편(武編)〉에 실린 악기문(握奇文)이 또 제갈 무후가 《악기경》과 그 전(傳)을 부연한 글입니다.

그러나 경(經)과 전(傳), 문(文)과 도(圖)가 뒤섞여 맥락이 분명하지 않게 된 지가 이미 오래되었습니다. 그러므로 병가(兵家)에서 억지로 구별하여 《악기경》을 구군(九軍)의 진이라 하고 〈팔진도〉를 팔팔(八八)의 진이라 하였습니다. 이는 《악기경》과 〈팔진도〉가 모두 정전(井田)에서 나와 여덟 진으로 밖을 둘러싼 것으로 말하면 팔진도가 되고 가로세로 세 구역으로 나눈 것으로 말하면 구군(九軍)이 되기 때문인데, 실제로는 두 가지가 아닌 줄을 전혀 모르는 것입니다.

용(龍)·호(虎)·조(鳥)·사(蛇)로 말하면 방위(方位)에 따른 상징을 가지고 이름을 붙인 것이고, 천(天)·지(地)·충(衝)·형(衡)으로 말하면 동정(動靜)에 대한 향배(向背)를 가지고 이름을 붙인 것입니다. 만일 이름을 붙인 핵심을 터득한다면 《악기경》의 명칭이 적지 않고 팔진도의 명칭이 많지 않음을 증험할 수 있을 것입니다. 또 더구나 〈팔진도〉 뒤의 24무더기가 경문(經文)에 보이지 않고 '악기' 두 글자로만 24무더기를 삼은 것은 바로 〈선천사도(先天四圖)〉에 일(日) 자와 월(月) 자를 합한 역(易) 자를 가지고 이름을 세운 것과 같은 데이겠습니까.

신이 삼가 살펴보니, 책문에서 주자가 《악기경》의 경문을 자주 칭찬하였는데, 채씨(蔡氏)의 진도(陣圖)에서 말한 빈(牝)·모(牡)·충방(衝方)·부저(罘罝)·안항(鴈行) 등의 조목이 〈팔진도〉에 보이지 않고 《악기경》에 실리지 않은 이유에 대해 물으셨습니다. 마음을 비워 도움을 구하시는 성상의 뜻이 참으로 훌륭합니다.

신은 들으니, 삼대(三代) 이후로 학술이 점점 괴리되어 경서를 강론하는 문사(文士)들은 군사 훈련을 부차적인 일로 여기고 군복을 입은 무부(武夫)들은 명리(名理)를 진부하다고 여겨 《악기경》을 밝혀준 사람이 오래도록 없었습니다. 오직 주자의 학문이 본체를 밝혀 현실에 적용하는 것을 중시하여, 채계통(蔡季通)이 64진도(陣圖)를 유추하여 부연하려고 한 것을 주자가 혹시라도 보게 된다면 천고의 통쾌한 일일 것이라고 말씀하기까지 하였습니다.

그러나 채씨의 해석은 지금 전해지는 것이 없고 세상에 돌아다니는 채씨가 지었다고 하는 책은 도리어 당(唐)나라 때 배위(裴頠)가 말한 빈(牝)·모(牡)·충방(衝方)·부저(罘罝)·안항(鴈行) 등의 조목을 표절하여 어그러지고 견강부회하여 조리가 거의 없습니다. 전하께서 개연(慨然)히 탄식하시며 반드시 명확하게 변석(辨析)하는 말을 듣고자 하시는 것이 당연합니다.

그러나 신은 《악기경》은 심법(心法)에서 벗어나지 않는다고 생각합니다. 장자방(張子房 장량)은 유자(儒者)의 기상이 있어서 《악기경》의 지결(旨訣)을 터득하였고 제갈 무후는 정대하고 밝은 마음이 있어서 《악기경》의 깊은 뜻을 터득했으니, 이는 속일 수 없는 이치입니다.

생각건대, 우리 조선은 성스러운 임금께서 이어져서 세종조(世宗朝)에는 《교열의(敎閱儀)》가, 문종조(文宗朝)에는 《오위대열의(五衛大閱儀)》가, 세조조(世祖朝)에는 《병장도설(兵將圖說)》이 나왔습니다. 그리고 지금 우리 전하께서 우뚝 세 선왕의 심법의 체를 홀로 보시고 또 세 선왕의 심법의 용을 미루어 넓혀 드러내고자 하여 《예진총방(隸陣總方)》을 지으셨습니다. 구성과 체제가 《악기경》의 이치와 진법에 딱 맞으니, 참으로 훌륭합니다. 세 선왕의 심법의 체와 용이 이에 이르러 더욱 완전해졌으니, 주자 문하에서 뜻을 두고 마치지 못했던 일이 또한 이날을 기다렸다고 할 수 있습니다.

　신은 일찍이 채씨의 〈팔진도해(八陣圖解)〉는 진짜와 가짜가 섞여 있어서 주자의 이른바 '천고의 통쾌한 일'이 도리어 천고의 한이 되었다고 생각했습니다. 다행히 성상께서 다스리시는 때를 만나 《악기경》의 경문과 그 대전(大傳)·소전(小傳), 공손홍이 증보하여 드러낸 것, 제갈 무후가 부연한 뜻을 모아서 한 책을 만들고 절(節)마다 주해(註解)하여 그 근원과 내력을 밝히셨으니, 육예(六藝)의 학문에 도움을 준 것이 적지 않고 계승하는 측면에서도 빛이 납니다. 성상께서 유념해주시기 바랍니다. 신은 삼가 대답합니다.

책문에 대한 대답
策對

왕께서 다음과 같이 말씀하였다.

과장(科場)에 나가 책문을 내는 것은 서한(西漢)에서 시작되었는데, 일을 묻고 말을 고찰하는 데 불과했을 뿐 애당초 체제를 세우고 규칙을 정해놓은 것은 아니었다. 그러므로 예컨대 동중서(董仲舒)의 천인책(天人策), 공손홍(公孫弘)의 경술론(經術論), 조조(晁錯)의 형명학(刑名學)[117] 등이 비록 학술은 같지 않지만 요컨대 모두 실제로 체득한 것에 근본을 두어 사업에 시행할 만하였다. 어찌 오늘날의 대책처럼 본에 따라 박을 그리며[118] 표적에 따라 활시위를 당기는 비율을 달리하였겠는가.[119]

---

117 조조(晁錯)의 형명학(刑名學) : 조조(晁錯)는 한(漢)나라 문제(文帝)·경제(景帝) 때의 인물로 영천(潁川) 출신이다. 조착(晁錯)이라고도 한다. 지현(軹縣) 사람 장회(張恢)로부터 신상(申商)의 형명학을 배웠고, 태상장고(太常掌故)로 있을 당시 90여 세의 복생(伏生)에게 찾아가 《서경》을 배웠다. 뛰어난 재주로 문제·경제의 총애를 받았으나, 제후의 봉지(封地)를 몰수하여 왕권을 강화하는 정책을 펼쳤기 때문에 제후와 공신들의 반발을 불러일으켰다. 결국 기존의 법령(法令)을 30장(章)이나 바꾸었다가 오(吳)·초(楚) 등 7국(國)의 제후가 조조를 죽이는 것을 명분으로 반란을 일으키자, 경제가 그 무마책으로 조조를 참수하였다. 책문에서 정조가 사업에 시행할 만하다고 한 것은 조조가 정계에 있는 동안 줄기차게 제후를 억눌러 왕권을 강화하고 기존의 법령을 뜯어고쳐야 한다고 주장한 것을 근거로 말한 것이다. 《史記 卷101 晁錯列傳》

118 본에……그리며 : 원문의 호로는 박의 열매[匏實]이다. 송 태조(宋太祖)가 "한림학사(翰林學士)들은 본에 따라 박을 그린다.[依樣畫葫蘆]"고 말하였는데, 이는 내실 없이 투식(套式)에 따라 글을 짓는다는 뜻이다.

이른바 질문 뜻을 부연하는 허두(虛頭)는 진실로 군더더기이고, 말을 만드는 중두(中頭)는 한갓 정해진 규식을 따를 뿐이다. 문목(問目)에 따라 대략 의견을 개진하는 축조(逐條), 문제에 따라 똑같이 베껴오는 대저(大抵), 자신의 생각을 진언하는 구폐(救弊), 고사를 인용하여 미리 강구하는 편종(篇終)은 앞 단락의 끝부분을 이어받아 대답하기에 급급한지라 실용에는 전혀 도움이 안 된다.[120]

어찌 대답하는 자만 투식을 그대로 따를 뿐이랴. 질문하는 규정이 정해져 있기 때문이기도 하다. 아무리 훌륭한 문장을 짓는 솜씨를 가졌

---

119 표적에……달리하였겠는가 : 시험에 합격하기 위해 원칙 없이 당시 시험관의 기호에 맞춰 짓는다는 뜻이다.

120 이른바……안 된다 : 구체적인 책문규식(策文規式)은 다음과 같다. 1. 허두(虛頭)는 일반적인 얘기를 하거나 폐단을 구하는 것에 관한 얘기를 한다[或泛說 或以救弊之說]. 2. 중두(中頭)는 한 편의 대지를 요약하여 말한다[撮論或篇大旨]. 3. 기두(起頭)는 일반적인 얘기나 고어를 인용하여 말하되, 반드시 한 편의 주지를 드러내고 길게 쓸 필요는 없다[或泛說 或引古語 必用照管一篇主旨 不須多]. 4. 개자(蓋字)는 기두의 뜻을 부연하여 말하거나 한 편의 뜻을 풀이한다[伸說起頭之意 平解一篇之義]. 5. 시고(是故)는 시행하지 않으면 안 된다는 뜻을 거듭 말한다[伸言其不可不行之意]. 6. 수연(雖然)은 시행에 요령이 있음을 돌이켜 말하고 폐단을 구제하는 말을 제시한다[反說其行之有要也 指出救弊之說]. 7. 연즉(然則)은 폐단을 구제하는 항목을 단정 지어 말한다[斷說救弊之目]. 8. 축조(逐條)는 일체 문목을 따라서 대답한다[一隨問目而對]. 9. 당금(當今)은 관례적으로 인사에 대해 말하고 폐단을 구제하는 규정을 이끌어 들여 어찌해야 좋을지 반문한다[例有人事之說 引入救弊之規 是宜奈何扣語]. 10. 원폐(原弊)는 폐단을 야기하는 이유를 말한다[言其致弊之由]. 11. 구폐(救弊)는 먼저 폐단을 구제하는 장본을 말한 뒤, '진실로 한다면' 또는 '진실로 혹' 등의 말로 구제하는 방책을 단정 지어 말한다[先說救弊張本 然後以誠能苟或等語 斷說救之方]. 12. 편종(篇終)은 글 속의 요점을 다시 말하거나 마음속에 있는 하고 싶은 말을 한다[或更說題中要說 或說心中所欲言者].

다 하더라도 모범적인 대책문에 구애되어 있으니 어찌하랴. 배치하는 정식(程式)을 탈피하지 못하면 종횡무진한 예악(禮樂)을 글 속에 펼치기 어려울 것이다. 만일 고금을 참작하여 질문하는 규정을 정해서 현실에 적용할 수 있는 글을 얻고자 한다면, 어떻게 고쳐야 질문을 잘한 것이 되어서 대답하는 자의 생각을 이끌어낼 수 있겠는가?

신은 대답합니다.

정식(程式)에 따라 짓는 후대의 글은 모두 옛날의 근본 취지를 잃었는데, 책문은 더욱더 그러합니다. 비단으로 장식하고 생황을 연주하듯이 성조(聲調)를 가지고 꾸미는 것은 화려함을 다투는 사부(詞賦)인데 빼어난 사람이 노력하면 본뜰 수 있고, 사물을 나란히 배치하고 닮은 것끼리 이어놓아 공교한 솜씨를 훌륭하게 치는 것은 농염함을 숭상하는 변려문인데 영리한 사람이 노력하면 모방할 수 있습니다.

책문의 경우에는 반드시 정강성(鄭康成)의 명물(名物)[121], 육선공(陸宣公)의 필력[122], 주자양(朱紫陽 주희(朱熹))의 식견, 진동보(陳同甫)의 경륜[123]을 갖춘 뒤에야 글로 드러내고 실용에 시행할 수 있어서 과장에 나와 도움을 구하는 임금의 성대한 뜻을 저버리지 않게 됩니다. 이 네 분은 비록 당시에 한 가지씩만 가지고 있었는데도 불구하고 사람

---

121 정강성(鄭康成)의 명물(名物) : 정강성은 한(漢)나라 경학자 정현(鄭玄)을 말한다. 명물에 해박하여 훈고학의 대표로 꼽는다.

122 육선공(陸宣公)의 필력 : 육선공은 당(唐)나라의 육지(陸贄)를 말한다. 그의 문집인 《육선공주의(陸宣公奏議)》는 유려한 문장으로 상소문의 전범으로 꼽힌다.

123 진동보(陳同甫)의 경륜 : 진동보는 송(宋)나라의 진량(陳亮)을 말한다.

들이 모두 천지의 빼어난 기운을 받고 태어났다고 여겨 존경하고 신뢰하였습니다. 하물며 세도(世道)가 떨어진 지금에 와서 재주를 온전히 갖춘 자를 구하는 것은 바다에 낚싯대를 드리운 것에 가깝지 않겠습니까.[124]

이 때문에 당(唐)나라·송(宋)나라 이후로 인재를 시취(試取)하는 규정이 경의(經義)와 문사(文詞)로 양분되기는 했지만 결국에는 제술과에 응시하는 사람들의 저속함이 명경과에 응시하는 사람들이 달달 외는 것[125]과 다름없게 되었습니다. 송나라 사람의 이른바 "향을 사르고 진사를 뽑고, 눈을 부릅뜨고 명경을 대하네."라는 것입니다.[126] 신의 생각에는 당시 세상에서 숭상하는 것이 달랐을 뿐이지 진실로 실용의 재주가 전혀 달랐던 것은 아니라고 봅니다. 그러나 이 또한 과거 제도가 잘 정비되지 않아서이니, 인재가 점점 나오지 않는다고 탓만 해서는 안 됩니다.

의원과 무당, 점쟁이는 천한 기술을 쓰는 자들입니다. 그러나 그

---

124 바다에……않겠습니까 : 망망대해에서 물고기의 소재를 모른 채 낚싯대를 드리우면 물고기를 잡을 수 없듯이, 아무 일도 성사될 수 없다는 의미이다.

125 명경과에……것 : 원문의 첩괄(帖括)은 과거 시험 때 경서에서 일부 글자만 보여주며 암송하게 하자, 수험생들이 난해하면서도 출제 가능성이 특히 높은 구절들을 수합하여 외우기 쉽게 노래 형식으로 만들어 부른 것을 말한다. 《陔餘叢考 帖括第括》

126 송나라……것입니다 : 진사생을 중시하여 경건하게 대하고 명경생을 천시하여 푸대접한다는 말이다. 송나라 때 진사과 출신은 종종 장상(將相)이 되어 지극히 현달하였지만 명경과 출신은 학자가 될 뿐이었다. 당시 사람이 "향을 사르고 진사를 뽑고, 눈을 부릅뜨고 명경을 대하네.〔焚香取進士, 瞋目待明經.〕"라고 하였는데, 이는 진사과는 분향(焚香)하는 예를 두었으나 명경과의 경우 경전의 뜻을 전하여 알려줄까 싶어 가시울타리를 설치하여 감독하고 지켰기 때문이었다. 《山堂考索 後集 卷32 士門》

중에 좀 뛰어나다고 하는 자는 현재 이루어진 틀 속에 구차하게 얽매이려 하지 않고 스스로 하나의 문호를 세웁니다.

그런데 지금 천하의 대사(大事)를 위해 천하의 뛰어난 인재를 구하면서 도리어 틀에 박힌 진부한 과문(科文)으로 구속하여 몰아가니, 아무리 반듯한 식견과 훌륭한 문장을 가졌다 하더라도 감히 흉금을 쏟아놓는 자가 한 명도 없습니다. 식견 있는 사람이 본다면 어찌 손바닥을 비비며 길게 탄식하지 않겠습니까.

그러므로 왕통(王通)이 책문을 올린 것이 반드시 공명에 뜻을 둔 것은 아니었고,[127] 사마상여(司馬相如)에게 필찰을 상으로 내린 것이 반드시 격식에 맞아서가 아니었습니다.[128] 만일 옛날의 제도를 끌어다가 지금의 풍속을 좋게 만들고자 한다면 문체를 일신(一新)하여 도(道)에 맞게 하는 것만큼 좋은 방법이 없습니다.

신이 여기에 뜻을 두어 명(明)나라 유자가 엮은 《경세굉사(經世宏詞)》[129]를 구하여 내용의 우열을 거듭 살펴보았습니다. 그 가운데 당왕

---

127 왕통(王通)이……아니었고 : 왕통은 수(隋)나라 용문(龍門) 사람으로 자는 중엄(仲淹), 사시(私諡)는 문중자(文中子)이다. 그에게 당시의 권신(權臣)인 양소(楊素)가 벼슬을 권유하자, 그가 말하기를 "나에게는 선인이 남겨준 오두막이 있으니 비바람을 피하기에 충분하고, 땅뙈기가 조금 있으니 죽을 끓여 먹고 살기에 충분하고, 글을 읽고 도를 담론하니 스스로 즐기기에 충분하다.〔通有先人之敝廬, 足以庇風雨, 薄田足以供饘粥, 讀書談道, 足以自樂.〕"라고 사양하고는 하수(河水)와 분수(汾水) 사이에서 강학(講學)에 주력하였다고 한다. 《御批歷代通鑑輯覽 卷47 龍門王通獻策不報》

128 사마상여(司馬相如)에게……아니었습니다 : 사마상여가 일찍이 천자(天子)에게 〈상림부(上林賦)〉를 짓겠다고 청하자, 천자가 이를 허락하고 상서(尙書)로 하여금 필찰(筆札)을 내리게 한 데서 온 말로, 조정의 문사(文士)에 대한 임금의 특별한 예우(禮遇)를 의미한다.

(唐王) 진애(陳艾)의 작품이 그나마 대책의 근본 취지에 맞았고, 그 나머지는 모두 모범적인 대책문의 틀을 벗어나지 못했습니다. 이에 기존의 자취를 참작하여 시행할 만한 방법을 강구하여, 폐단을 구제하여 문치(文治)를 숭상하시는 우리 성상의 정치에 보탬이 될 만한 방법을 한 가지 얻었습니다.

신은 책문의 시작은 시무책(時務策)을 묻는 것일 뿐이었다고 들었으니, 시무책 이외에는 책문에서 물을 게 아닙니다. 질문하지 말아야 할 것을 질문하기 때문에 치도(治道)에 무익한 것을 답변하지 않을 수 없습니다. 이리저리 모아 엮고 내용을 이끌어내어 그저 한때 시험관의 눈을 기쁘게만 하니, 폐단의 원인을 논해본다면 어찌 선비만의 책임이겠습니까.

이 때문에 옛사람이 책문으로 내었던 예악(禮樂)·병형(兵刑)·전곡(錢穀)·갑병(甲兵) 같은 것을 요즘 세상의 선비에게 말해주면 월(越)나라 사람이 장보관(章甫冠)을 보듯[130] 자신과는 전혀 무관하게

---

129 《경세굉사(經世宏詞)》: 명(明)나라 진건(陳建, 1479~1567)이 지은 책으로 모두 15권이다. 진건은 자가 정조(廷肇), 호가 청란(淸瀾)이며, 동완(東莞) 출신이다. 가정(嘉靖) 연간에 공묘(孔廟)에 육구연(陸九淵)을 배향하자는 논의가 일어나자, 주희의 학문 사상에 대하여 선후의 차례를 밝히고 주희와 육구연의 학술의 차이점을 설명하여 왕수인(王守仁)이 지은 〈주자만년정론(朱子晚年定論)〉의 오류를 논파하였다. 저서에 《황명통기(皇明通紀)》 34권·《학부통변(學蔀通辨)》·《치안요의(治安要議)》 6권·《서애악부통고(西涯樂府通考)》 등이 있다. 이 가운데 《황명통기》가 청(淸)나라 건륭(乾隆) 연간에 금서(禁書)로 지정됨으로 인해 가경(嘉慶) 연간에 만들어진 《동완현지(東莞縣志)》에 그의 이름이 실리지 못하였다. 《廣東通志 卷279 列傳12》

130 월(越)나라……보듯 : 자신에게 아무 쓸모없는 것으로 여긴다는 말이다. 장보관은 은(殷)나라 때 쓰던 모자로, 흔히 선비들이 쓰는 관을 일컫는다. 《장자(莊子)》 〈소

여깁니다. 그리고 평소 부지런히 날마다 외우는 것이라곤 모두 긴요치 않고 쓸모없는 학문입니다.

평소 강론하고 익힌 것이 이와 같은데, 벼슬길에 오른 뒤에 갑자기 사무를 맡기고 문서를 던져주고는 일마다 막힘없고 합당하게 처리하게 하니, 매사에 허물만 야기하여 공무를 그르치는 게 무엇이 이상하겠습니까.

일찍이 삼가 중국의 옛 제도를 살펴보니, 글재주는 부족하지만 실무에 넉넉한 재능을 가진 태학생(太學生)이 있으면 육부(六部)의 관사(官司)에 나누어 보내고 이들을 '필첩식(筆帖式)'[131]이라 하여 해당 관사의 모든 문서와 장부를 주관하게 하였습니다. 그리고 성적을 고찰하여 승진시키면 주현(州縣)의 수령에 임명되었고 마침내는 이따금 경상(卿相)의 자리까지 오른 이도 있었습니다. 관리를 임용하는 데 실질에 힘쓴 것이 대개 이와 같았습니다.

지금 비록 일일이 그 제도를 본받을 수 없다 하더라도 책문을 낼 때 반드시 즉시 시행해야 할 시무책에 관해 내되, 근래의 과체(科體)를 따르지 말고 어떻게 하는 것이 좋을지 널리 물으시고, 뽑을 때에도 꼭 뛰어난 문장으로 하지 말고 오로지 얼마나 현실적인 논의인가를 살펴서, 이것을 법제화하여 당대 선비들의 추향을 바로잡고 오래도록 시행하여 성상께서 이룩한 아름다운 제도를 물려주소서. 그리하면 바

요유(逍遙遊)〉에 "송(宋)나라 사람 중에 장보관을 사 가지고 월(越)나라로 팔러 간 사람이 있었는데, 월나라 사람들은 모두 단발(斷髮)을 하고 문신(文身)을 새겼으므로 소용이 없었다."라고 하였다.

131 필첩식(筆帖式) : 원래 만주어(滿洲語)로 사자관(寫字官)을 뜻하는데, 청(淸)나라 이후에는 각 아문(衙門)에서 번역을 담당하였다.

람이 불면 풀이 눕듯이, 형체가 있으면 그림자가 생기고 북을 치면 소리가 울리듯이 신속하게 감화될 것입니다.

신은 오늘 붓을 든 선비들이 모두 식견은 반드시 실질을 힘쓰고 말은 반드시 법도가 있으며 읽는 책이 세상을 경륜하고 정치에 시행하는 큰 법도를 벗어나지 않아서, 벼슬에 나아갔을 때 재주의 정도에 따라 알맞은 일을 맡길 수 있으리라 생각합니다. 어찌 아름답지 않겠습니까. 어찌 훌륭하지 않겠습니까.

신은 삼가 우리 성상께서 치도(治道)가 아직 효험을 보지 못하는 것을 일념으로 근심하고 힘쓰시어, 매번 문풍을 진작하고 인재를 발굴하는 일에 대해 경연에서 면려하기도 하고 윤음으로 포고하기도 하는 것을 보고, 일찍이 흠모하고 감탄하여 어리석은 소견을 성상께 올리려고 하였지만 그 기회를 얻지 못했습니다. 지금 책문을 받자오니, 신의 마음이 절로 감격스럽습니다.

구양수(歐陽脩)는 일개 유사(有司)였는데도 문체를 개혁하여 옛날로 돌아가게 하였습니다.[132] 하물며 하늘이 낳으신 성인으로서 임금의 자리에 계신 분이겠습니까. 삼가 바라건대, 밝으신 성상께서 유념하여 가납(嘉納)하소서. 신은 삼가 대답합니다.

---

132 구양수(歐陽脩)는……하였습니다 : 1057년 지공거(知貢擧)에 임명되어 과거 시험에서 고문체(古文體)로 답안을 작성한 사람들을 합격시키고, 문학적인 수사를 많이 사용하는 태학체(太學體)로 답안을 작성한 사람들을 모두 불합격시킨 일을 말한다. 이때 합격한 사람들 중에는 당송팔대가(唐宋八大家)에 속하는 소식(蘇軾)·소철(蘇轍)·증공(曾鞏) 등이 있었다. 그러나 자신의 문학관을 전통적인 과거 시험에 적용했다는 것에 불만을 품은 사람들의 반발을 불러일으키기도 하였다.

서적에 대한 대답
載籍對

묻는다.

문자가 출현한 뒤로 서적이 차츰 늘어났다. 삼분(三墳)과 구구(九丘)[133]는 오래되었다. 제괴(帝魁)[134] 시대에 예악(禮樂)에 관한 서적 이외에도 3,200여 편의 책이 있었으니, 상고 시대의 서적이 풍부하다고 하지 않겠는가.

요(堯)·순(舜) 시대의 〈전(典)〉과 〈모(謨)〉, 주관(周官)의 문물(文物), 열국(列國)의 풍아(風雅)와 사승(史乘)을 한(漢)나라 초기의 학자들이 타고 남은 뒤에 주워 모았다. 난대(蘭臺)[135]와 동관(東觀)[136]의 장서(藏書) 중에 유흠(劉歆)의 《칠략(七略)》과 반고(班固)의 《한서(漢書)》〈예문지(藝文志)〉보다 풍부한 것이 없다. 그 주석의 상세하고 소략함과 분류의 잘된 부분과 잘못된 부분에 대해 두루 지적하여 분명하게 말할 수 있겠는가?

당(唐)나라는 경(經)·사(史)·자(子)·집(集)을 사부(四部)로 분

---

133 삼분(三墳)과 구구(九丘) : 고대의 서적을 일컫는 말이다. 삼분은 복희(伏羲)·신농(神農)·황제(黃帝) 등 삼황(三皇) 시대의 전적을 말하고, 구구는 구주(九州)의 지지(地誌)를 말한다. 《春秋左傳 昭公 12年 10月》

134 제괴(帝魁) : 환웅(桓雄)의 아들로 일컬어지는 전설 속의 인물이다.

135 난대(蘭臺) : 초(楚)나라 양왕(襄王)이 지은 난대궁(蘭臺宮)을 말한다. 양왕이 이곳에서 송옥(宋玉)과 노닐었다고 한다.

136 동관(東觀) : 한(漢)나라 때 장서(藏書)와 제술(製述)을 담당하던 기관이다.

류하여 개원(開元) 연간의 장서가 5만여 권에 달하였고, 송(宋)나라는 숭문각(崇文閣)과 비서각(秘書閣) 등을 사고(四庫)라고 하여 변도(汴都 개봉(開封))의 장서가 7만여 권이나 되었다. 시대가 내려오면서 문헌이 더욱 열려 문장을 짓고 이치를 담론하는 선비들이 옛날보다 더욱 많아져서 그러한 것인가? 아니면 실질이 무너지고 문식이 기승하여 자질구레한 말은 비록 많아졌지만 실용에 도움이 못 되는 것인가?

오경·육경·구경·십삼경이란 명칭은 어느 시대에 정립되었는가? 존폐와 변혁의 내력을 상세히 말할 수 있겠는가?

삼사(三史)·십칠사·십구사·이십일사의 명칭이 누구에게서 나왔는가? 기재가 잘되었는지의 실상을 명확하게 말할 수 있겠는가?

명(明)나라의 《영락대전(永樂大典)》은 《책부원귀(冊府元龜)》의 체제를 모방하였는데, 1부(部)가 수만 권인 적이 옛날에는 없었다. 그 범례가 어떠한지, 취사가 합당한지에 대해 모두 두루 말할 수 있겠는가?

천명(天命)과 인성(人性), 예악(禮樂)과 형정(刑政)은 서적에 담기는 내용이다. 두 가지는 수레의 두 바퀴와 같아서 어느 한쪽도 소홀히 할 수 없다. 그런데 이기(理氣)를 말하는 사람은 제도를 하찮게 여기고 제도를 말하는 사람은 이기를 빠트린다. 이것이 한나라와 송나라 이후의 서적이 삼대(三代)에 크게 미치지 못하는 까닭이다. 어떻게 하면 인재 양성이 올바른 방도를 얻고 저술(著述)이 법도가 있어서 옛날의 서적은 빈말이 되지 않고 앞으로의 서적은 모두 실용을 갖출 수 있게 하겠는가?

대답합니다.

서적에 대한 세상의 논설은 세 가지가 있습니다. 하나는 서적은 반드시 많이 있어야 한다는 것이고, 하나는 서적은 많이 있어서는 안 된다는 것이고, 하나는 서적은 많이 있어야 할 책과 많이 있어서는 안 될 책이 있다는 것입니다.

많이 있어야 할 책이 있고 많이 있어서는 안 될 책이 있다는 설은 "산에 있는 바위 속에 은(銀)이 섞여 있으면 푸른빛이 나고 철(鐵)이 섞여 있으면 붉은빛이 난다. 그러므로 군자(君子)는 반드시 학술을 가려야 한다. 괴이하고 허망하여 법도가 되지 못하는 저 양주(楊朱)와 묵적(墨翟)·도가와 불가의 책들은 있으면 도를 어지럽히기만 하니, 어찌 많을 필요가 있겠는가. 많이 있어야 할 책은 육경(六經)·사서(四書), 역사서 및 유학의 도를 보익하는 염(濂)·낙(洛)·관(關)·민(閩)의 책일 것이다." 합니다.

많이 있을 필요가 없다는 설은 "진(秦)나라 사람이 경전을 불태워서 경전이 남았고, 한(漢)나라 학자가 경전에 주석을 달아서 경전이 망하였다. 후대에 실학(實學)[137]이 없어진 것은 서적이 실학을 해쳤기 때문이다. 하물며 누방(樓昉)은 볼 만한 책이 없었고[138] 유서(劉恕)는 먼 길을 가서 남에게 빌렸지만[139] 한(漢)나라와 송(宋)나라의 명가(名家)

---

137 실학(實學) : 절실하게 유용한 학문을 말한다. 주희(朱熹)가《중용장구(中庸章句)》머리에서 정자(程子)의 말을 인용하여 "이 책이 처음에는 일리(一理)를 말하고 중간에는 만사(萬事)로 분산되었다가 마지막에 다시 일리(一理)로 합쳐진다. 놓으면 우주에 가득 차고 거두면 은밀하게 간직되어 그 맛이 무궁하니, 모두가 실학(實學)이다."라고 하였다. 주로 성리학에서 인격 수양에 초점을 맞춘 말로 쓰인다.

138 누방(樓昉)은……없었고 : 누방은 송(宋)나라 사람으로, 호가 우재(迂齋)이다. 누방이《동한조령(東漢詔令)》자서(自序)에서, "내가 어려서 읽을 책이 없어《사기(史記)》와《한서(漢書)》조차도 남에게 빌려 보았다."라고 하였다.《御定淵鑑類函 卷194 借書二》

가 되는 데에 지장이 없었음에랴. 진실로 도에 뜻을 둔 사람이라면 어찌 서적의 유무에 관계되겠는가." 합니다.

반드시 많이 있어야 한다는 설은 "다른 주장은 참으로 비루하구나. 자신이 서적을 소유하지 않고서 뜻을 세울 수 있는 이는 뛰어난 선비이다. 보통 사람으로 말하면 반드시 자계(滋溪)와 석경(石鏡)의 서고를 갖추어야만 늘 보면서 음미하고 곱씹을 수 있을 것이다. 정현(鄭玄)의 노비와 유정(劉政)의 부녀를 보지 못했는가?[140]

또 겉으로만 따르고 입으로만 수긍하는 학문의 폐단이 생긴 지가 오래되었다. 순유(醇儒)인 장횡거(張橫渠 장재(張載))도 처음에는 손자(孫子)와 오자(吳子)를 배우고 나중에는 불교와 노자에 관심을 갖다가[141] 이단(異端)의 학문이 우리 유학만 못하다는 것을 본 뒤에 과감하게 강석 자리를 걷고 일어나 일신하여 도(道)에 이르렀다. 요즘 학자들의 식견이 어찌 모두 장횡거보다 낫겠는가. 가령 이단에 물든 교활한 저 사람들이 어느 날 황당무계한 말로 나를 떠본다면 장차 어떻게 대응해야 할지를 모를 것이다. 이러한데도 백가(百家)의 서적들이 있어서

---

139 유서(劉恕)는……빌렸지만 :《송사(宋史)》〈유서전(劉恕傳)〉에 "송차도(宋次道)가 박주(亳州)의 수령으로 있을 때 집에 책이 많았다. 유서가 길을 가서 빌려 보니, 송차도가 날마다 음식을 장만하여 주인의 예를 갖추었다." 하였다.

140 정현(鄭玄)의……못했는가 : 한나라 학자 정현 집안의 노비들은 모두 글을 읽어 일상생활에서 경전 내용을 인용하여 대화를 하였다고 하며, 후한 때 박식하기로 유명한 유정도 집안 부녀자들이 모두 경전에 박식하였다고 한다. 《世說新語 文學》

141 처음에는……갖다가 : 주희가 〈육선생찬(六先生贊)〉에서, 장횡거에 대하여 "일찍이 손자와 오자를 좋아하였고, 나중에는 불교와 노자에 관심을 쏟았네.〔무열손오(무悅孫吳), 만도불로(晚逃佛老).〕"라고 하였다.

는 안 된다고 한다면, 백가를 배우는 자들이 또 배격하는 것을 잠자코 받아들이려 하겠는가." 합니다.

이 세 가지의 설이 저마다 주장하는 바가 있긴 하나, 저는 반드시 많이 있어야 한다는 설을 주견(主見)으로 삼겠습니다. 식량과 군대를 버리고 정치를 하는 경우는 있었지만[142] 서적을 버리고 정치를 하는 경우는 있지 않았습니다. 이 때문에 태평했던 시대를 두루 살펴보면 반드시 서적을 치도(治道)의 급선무로 여겨서 책을 구하러 다니는 관리를 두었고 책을 바치면 상을 내렸으며, 책을 소장하는 부서를 설치하였고 책을 교정하는 관리를 두었습니다.

그리하여 머리맡의 도가서(道家書)와 외국에 남아 있는 일사(逸史)를 돈과 비단을 주어 구매하기도 하고 관직을 내려 가져오도록 하여 책을 서고에 수장하고 목록을 작성하였습니다. 그리하여 그 책을 읽는 자만이 잠심·연구하여 깊은 뜻을 환하게 밝힐 수 있을 뿐만 아니라 목록을 본 사람이 제목만 음미하더라도 전모를 대강 알 수 있게 되었습니다. 마귀여(馬貴與)[143]가 "경적고(經籍考)는 사물에 해박해지고 견문을 넓히는 데 도움이 된다."라고 한 것이 어찌 소견 없이 한 말이겠습니까.

---

142 식량과……있었지만 : 《논어》〈안연(顏淵)〉에, 자공(子貢)이 정치에 대해 묻자, 공자가 "식량이 넉넉하고 군사가 넉넉하면 백성들이 신뢰할 것이다." 하였다. 자공이 "어쩔 수 없어서 포기해야 한다면 이 세 가지 중에 무엇을 먼저 포기해야 합니까?" 하고 물으니, 공자가 "군사를 포기해야지." 하였다. 자공이 또 "어쩔 수 없어서 포기해야 한다면 남은 두 가지 중에 무엇을 먼저 포기해야 합니까?" 하고 물으니, 공자가 "식량을 포기해야지. 예로부터 죽음은 누구에게나 있는 법. 백성이 신뢰하지 않으면 국가가 성립되지 못한다." 하였다.

143 마귀여(馬貴與) : 송말(宋末) 원초(元初)의 학자인 마단림(馬端臨)을 말한다. 귀여는 그의 자(字)이다. 《대학집전(大學集傳)》·《문헌통고(文獻通考)》 등을 지었다.

아, 세상에는 두 가지 설을 각각 주장하는 자가 많아서 일월(日月)과 천양(天壤), 양전(良田)과 익우(益友)의 비유를 깊이 체득해보지 않고 한갓 일시적인 개인의 견해로 서적의 공용(功用)을 단정 지어버리니, 반드시 많이 있어야 한다는 설을 가지고 아무리 입이 닳도록 말하여 풍속을 만회하려 한들 될 수 있겠습니까.

다만 지금 집사(執事)의 질문에 대해 삼가 느낀 점이 있기에 이와 같이 주장하였습니다. 집사께서 오활하다고 여기지 않으신다면 단서를 바꾸어 거듭 말씀드리고자 합니다.

다음과 같이 아룁니다. 이미 상고 시대부터 서적이 많았습니다. 삼분(三墳)의 분(墳)은 나눈다[分]는 뜻이니, 천·지·인 삼재(三才)가 비로소 갈라짐을 나누어 논한 것이고, 구구(九丘)의 구(丘)는 구별한다[區]는 뜻이니, 구주(九州)의 토기(土氣)와 교화(敎化)의 알맞은 바를 구별한다는 것입니다. 제괴(帝魁)의 시대 이후로 예악(禮樂)에 관한 서적 이외에도 3,240여 편이 있었다는 말이 또 《백호통(白虎通)》에 나옵니다. 그렇다면 그 설은 본래 근거가 있으니, 옛날에 책이 참으로 많았다고 하겠습니다.

이 때문에 하빈(河濱)의 상서로운 옥이 찬란히 조화를 밝혀 나란히 가고 금간(金簡)에 쓰인 옥자(玉字)가 예악을 담아서 일제히 내달려 천지조화를 돕는 당대의 공을 빛내고 만대의 아름답고 밝은 상을 열어주었으니, 그 글이 지금 남아 있는 것이 없지만 틀림없이 지극한 도가 담겨 있었음은 의심의 여지가 없습니다.

그러나 시대가 내려갈수록 서적은 더욱 많아져 각 유형에 따라 부연한 것이 몇천 명인지 모르니, 널리 모아 유익하게 활용하는 방법은 또한 규모를 세우는 데에 있습니다. 천하의 모든 일이 무엇인들 규모가 없겠습니까마는 서적에 있어서는 특히 그러하니, 이는 또 서적을 논하는 이들이 몰라서는 안 됩니다. 아래에는 질문을 따라 조목조목 답변하겠습니다.

《서경》은 공안국(孔安國)의 전(傳)이 있고, 《예기》는 정현(鄭玄)의 전이 있고, 《시경》은 모장(毛萇)의 전이 있고, 《춘추》는 공양고(公羊高)·곡량적(穀梁赤)·좌구명(左丘明)의 전이 있습니다. 그리고 유흠(劉歆)의 《칠략(七略)》은 육예(六藝)·제자(諸子)·시(詩)·부(賦)·서(書)·술수(術數)·방기(方技)를 집략해서 일곱 항목으로 분류하였습니다. 반고(班固)의 〈예문지(藝文志)〉로 말하면 《칠략》의 체제를 그대로 따랐고 간간이 유흠이 미처 싣지 못한 것을 보충하였습니다. 그러나 《태현경(太玄經)》과 《법언(法言)》을 같은 부류로 합해놓아 너무 조리가 없다고 비판을 받기도 하였으니, 반고가 유흠에 비해 이미 옛사람만 크게 못하다는 탄식이 있었습니다. 하물며 반고보다 더욱 못한 왕검(王儉)의 《칠지(七志)》와 완효서(阮孝緖)의 《칠록(七錄)》이겠습니까.

그 뒤에 순욱(荀勖)이 처음으로 사부(四部)의 항목을 만들었는데, 당나라가 그것을 따라 경(經)·사(史)·자(子)·집(集)을 갑·을·병·정으로 나누어 경은 백축(白軸)·황대(黃帶)·홍첨(紅籤)으로 장식하고, 사는 벽축(碧軸)·표대(縹帶)·녹첨(綠籤)으로 장식하고, 자는 자축(紫軸)·녹대(綠帶)·벽첨(碧籤)으로 장식하고, 집은 녹축(綠軸)·적대(赤帶)·백첨(白籤)으로 장식하였으니, 본래 정본(正本)과 부본(副本)이 있는 것입니다.

송나라는 문치를 숭상하여 제도가 더욱 정비되었습니다. 처음에는 숭문원(崇文院)의 동랑(東廊)을 소문서고(昭文書庫)라 하고 남랑(南

廊)을 집현서고(集賢書庫)라 하여 서랑(西廊)의 사관사고(史館四庫)와 함께 육각(六閣)이라 하였습니다. 그 뒤에 따로 비각(秘閣)을 세웠으니, 소문서고・집현서고・사관사고와 합하여 사고(四庫)가 되었습니다. 감사와 군수에게 조령을 내려 휘하의 사람들에게 모두 훈유하여 유서(遺書)를 찾게 하였는데, 매 권마다 비단 한 필을 주고 500권을 발굴하면 문자관(文資官)을 주었습니다. 이에 모은 책이 많아져 5만 권에 이르렀다고 하기도 하고 7만 권에 이르렀다고 하기도 하니, 홍유(鴻儒)와 석사(碩士)들이 줄줄이 나온 것이 이에 힘입지 않았다 할 수 없습니다.

어찌 궁중의 서고(書庫)만 그러했겠습니까. 송선헌(宋宣獻)・이한단(李邯鄲)・박주 기씨(亳州祁氏)・요주 오씨(饒州吳氏)・형주 전씨(荊州田氏) 등도 모은 책이 각각 4만여 권이나 되었고, 조공무(晁公武)와 진진손(陳振孫)이 집안의 장서 목록에 기록한 책도 몇천 권인지를 알 수 없습니다. 문교(文敎)가 널리 퍼진 것이 지금까지도 그만 못하니, 바람이 불면 풀이 눕는 교화의 효과가 참으로 그림자나 메아리보다 신속하게 나타났다고 하겠습니다.

만일 후대 사람이 지은 것이 대부분 자질구레하고 고적(古籍)을 부연한 것이 군더더기에 가깝다 할지라도 저것을 인용하여 이것을 증명할 때 어찌 조금이나마 자료를 취하는 효과가 없겠습니까. 중점은 널리 보고 널리 수렴하는 데에 있는 것입니다. 더구나 문적(文籍)이 많아진 것이 송나라에서 판각하는 제도가 시행되어 필사의 비용이 경감되었기 때문이고 새로운 서적이 점점 많아졌기 때문이 아니겠습니까.

한(漢)나라 이후로 유자(儒者)들이 경학을 전수하여 오경이라고도 하고 육경이라고도 하였으니, 오경은 《역》・《시》・《서》・삼례(三

禮)ㆍ《춘추》이고, 육경은《역》ㆍ《시》ㆍ《서》ㆍ《예(禮)》ㆍ《악(樂)》ㆍ
《춘추》입니다. 당(唐)나라에 와서 삼경(三經)ㆍ삼례(三禮)ㆍ삼전(三
傳)을 학관(學官)에 정식 과목으로 채택하여 구경으로 나누었습니다.
그것을 새겨 국자학(國子學)에 세운 것으로 말하면《효경》ㆍ《논어》ㆍ
《이아》까지 합쳐 십이경이었습니다. 송(宋)나라 선화(宣和) 연간에
석승헌(席升獻)이 새길 때《맹자》를 끼워 넣었으니, 그런 뒤에야 십삼
경이라는 명칭이 처음으로 성립되었습니다. 이것이 경서가 존폐하고
변화해온 대강입니다.

삼사(三史)는 곧 사마천(司馬遷)의 《사기(史記)》ㆍ반고(班固)의
《한서(漢書)》ㆍ유진(劉珍) 등이 편찬한 《동관한기(東觀漢記)》입니
다.[144] 그런데《사기》의 10표(表)를 반고가 비난하였고《한서》의 표절
을 후유(後儒)가 문제 삼았습니다. 이는 진실로 완벽을 요구하는 뜻에
서 나온 것이니, 또한 역사서를 저술하는 어려움을 볼 수 있습니다.

범엽(范曄)의《후한서(後漢書)》, 진수(陳壽)의《삼국지(三國志)》,
방현령(房玄齡) 등이 편찬한《진서(晉書)》, 심약(沈約)의《송서(宋
書)》, 소자현(蕭子顯)의《남제서(南齊書)》, 요사렴(姚思廉)의《양서
(梁書)》와《진서(陳書)》, 위수(魏收)의《후위서(後魏書)》, 이백약(李
百藥)의《북제서(北齊書)》, 영호덕분(令狐德棻)의《후주서(後周書)》,
이연수(李延壽)의《남사(南史)》와《북사(北史)》, 위징(魏徵) 등이 편
찬한《수서(隋書)》, 송기(宋祁) 등이 편찬한《신당서(新唐書)》, 구양
수(歐陽脩)의《오대사(五代史)》를《사기》ㆍ《한서》와 합쳐 십칠사라

---

144 삼사(三史)는……동관한기(東觀漢記)입니다 :《동관한기》는 실전(失傳)되어,
지금은《사기(史記)》ㆍ《한서(漢書)》ㆍ《후한서(後漢書)》를 삼사라고 한다.

고 하였습니다.

　그러나 《후한서》는 오리를 타고 오고 양으로 변신하는 이야기[145]를 실어 이미 역사서의 체제를 상실하였고, 《삼국지》는 쌀을 받고 가전(佳傳)을 지어주어 사람들의 비난을 면치 못했습니다. 《진서(晉書)》는 재주에 따라 일을 분담하여 다른 역사서보다는 훌륭하지만 세설(世說)과 어림(語林)의 글을 많이 취하여 괴이하고 허탄한 말이 없지 않습니다. 《송서》의 〈부서지(符瑞志)〉 한 편은 원칙이 되지 못하는 것을 어찌할 것이며, 《남제서》에서 호구(戶口)를 쓰지 않은 것은 너무 소략한 단점이 많습니다. 《양서》와 《진서(陳書)》는 사고(謝顧)의 구본을 종합하여 묶은 것에 지나지 않고, 《남사》와 《북사》는 산삭하고 보충한 것이 그나마 잘되었습니다. 《후위서》는 그 당시에 더러운 역사라고 말하였고, 《북제서》는 유례(類例)를 이루지 못하였고, 《후주서》는 오로지 청담(淸談)에만 힘썼다 하여 본래 전인(前人)들의 품평이 있었으니, 어리석은 제가 무엇 하러 굳이 중언부언하겠습니까.

　오직 《수서》는 선유(先儒)가 사마천과 반고만 못한 사람은 미칠 수

145　오리를……이야기 : 왕교(王喬)는 후한(後漢) 명제(明帝) 때의 하동(河東) 사람으로, 신술(神術)이 있어 섭(葉) 땅의 영(令)으로 있으면서 매월 삭망(朔望)마다 입궐하여 조회하므로 이를 이상히 여긴 황제가 엿보게 하였더니 "그가 이를 때면 오리 두 마리가 동남쪽으로부터 온다."는 말을 듣고, 오리가 올 때를 기다려 그들을 쳐서 잡게 했으나 오리는 간 곳 없고 신[舃] 한 짝만 걸렸으므로 오리를 타고 온다고 믿었다. 《後漢書 卷82上 方術列傳》

　좌자(左慈)는 후한 말 여강(廬江) 사람으로 자는 원방(元放)인데, 젊어서부터 신술이 있어 대야 물에서 송강(松江)의 농어[鱸魚]를 낚기도 하고, 한 되의 술과 한 근의 안주로 100여 인을 취하도록 하여, 이를 두려워한 조조(曹操)가 죽이려 하자 양이 되어 양의 무리 속에 들어가서 잡지 못했다고 한다. 《後漢書 卷82下 方術列傳》

없는 수준이라고 하였습니다. 《신당서》와 《오대사》는 비평하는 사람들이 또한 구양수의 춘추학이 여기에 담겨 있다고 칭찬하니, 매우 훌륭한 듯합니다. 그러나 《신당서(新唐書)》에 모순되어 어긋난 것은 이따금 도리어 《구당서(舊唐書)》의 기록을 취해서이니, 뭐가 옳고 뭐가 그른지 제가 감히 단정하지 못하겠습니다.

십칠사에 탈탈(脫脫)의 《송사(宋史)》와 송렴(宋濂)의 《원사(元史)》를 포함하면 십구사가 되고, 십구사에 또 탈탈의 《요사(遼史)》와 《금사(金史)》를 포함하면 이십일사가 됩니다. 그러나 온갖 자질구레한 것이 섞여 있는 《송사》·《요사》·《금사》와 문장이 거칠고 체제가 산만한 《원사》는 후학들의 비난을 유독 많이 받았습니다. 만일 훌륭한 역사가가 나온다면 산삭하는 작업이 없지 않을 것입니다.

명나라의 《영락대전(永樂大典)》으로 말하면 실로 《책부원귀(冊府元龜)》의 체제를 따른 것인데, 널리 갖추었으나 조리가 없고 번다하나 줄이지 않은 점에 대해서는 해진(解縉)과 김유자(金幼孜)의 무리가 어찌 책임을 피할 수 있겠습니까. 제가 여기에 대해 또한 자세히 말씀드리지는 않겠습니다.

천하의 학문이 지금까지 모두 세 차례 변했습니다. 한나라 유자들의 훈고학으로부터 일변하여 송나라 유자들의 이학(理學)이 되었고, 송나라 유자들의 이학으로부터 또 일변하여 명나라 유자들의 고증학이 되었습니다. 비유하자면 천도(天道)의 통색(通塞)이 반복되고 지덕(地德)의 강유(剛柔)가 반복되는 것과 같아서 그 형세가 그렇게 되지 않을 수 없는 것입니다. 이 때문에 송나라에서는 천명(天命)과 인성(人性)에 관한 책이 지어졌고, 명나라에서는 명물(名物)과 도수(度數)에 관한 서적이 나왔는데, 서로 도움이 되고 서로 신장시켜주니 어느 하나도 없어서는 안 됩니다. 서적이 옛날만 못하다는 이유로 저작이 나날이 많아지는 것을 도리어 싫어하는 저 사람들은 다만 뭐가 중요한지를 모른다는 사실을 드러내는 꼴입니다.

지금 밝으신 성상께서 문교(文敎)를 널리 펴시어 온갖 법도가 다 거행되고 삼물(三物)로써 현자를 발탁하니,[146] 이러한 시기에 관각(館閣)의 직책을 맡은 자로서 성상의 덕을 선양하여 당대를 가르치고 후대에 전하는 방도를 생각지 않을 수 있겠습니까.

《사서대전(四書大全)》이 수재(秀才)들을 몰아서 연구하게 할 때 근본이 되는 책인 줄 안다면 예씨(倪氏)의 《집석(輯釋)》을 교간해야 하고, 삼통(三通)[147]의 원집과 속집이 역대의 전장제도를 널리 고찰하는 공구서인 줄 안다면 중국의 선본(善本)을 번각해야 합니다. 기타 보기 드문 제자서(諸子書)와 역사서, 통행되는 여러 가지 시문(詩文) 등을 모두 널리 찾아 마주 놓고 보되 반드시 일부(一副)의 규모를 갖추고 범위를 만들어야 하니, 이른바 규모는 바로 서목(書目)을 편찬하는 것입니다.

송나라 초에 숭문원(崇文院)의 세 관부의 책을 정리하여 송기(宋祁) 등에게 명해 《숭문총목(崇文總目)》을 만들게 하였으니, 성세의 치적

---

146 삼물(三物)로써 현자를 발탁하니 : 삼물은 육덕(六德), 육행(六行), 육예(六藝)를 말한다. 육덕은 지(知), 인(仁), 성(聖), 의(義), 충(忠), 화(和)이고, 육행은 효(孝), 우(友), 목(睦), 인(婣), 임(任), 휼(恤)이고, 육예는 예(禮), 악(樂), 사(射), 어(御), 서(書), 수(數)를 말한다. 원문의 빈흥(賓興)은 주(周)나라 때 어진 인재를 지방에서 추천해 올리던 제도이다. 지방의 소학(小學)에서 덕행과 학예(學藝)가 뛰어난 학생을 뽑아서 대학(大學)으로 올려 보냈다. 《周禮 地官 大司徒》

147 삼통(三通) : 《통전(通典)》·《통지(通志)》·《문헌통고(文獻通考)》를 말한다.

으로 아직까지 전해집니다. 그런데 우리나라는 《문헌비고(文獻備考)》에 경적고(經籍考)가 없으니, 또한 전장(典章)의 엉성한 부분입니다. 지금 만일 규장각의 서목을 유형별로 모으고 간행하여 후대에 전함으로써 옛 문헌을 고찰하는 세상의 선비들에게 역대 서적의 범례와 문목(門目)을 들을 수 있게 한다면 생각을 열어주고 안목을 넓혀주는 효과가 어찌 적겠습니까.

부디 집사(執事)께서 뒤에 들어가 성상께 아뢰어 먼저 서목서(書目書)로써 서적의 규모를 세우고 교간(校刊)과 번각(翻刻) 등의 일을 차례로 거행하게 하소서. 그리하신다면 이것이 이른바 '작성(作成)'이며, 이것이 이른바 '실용(實用)'입니다.

마지막으로 또 아뢸 것이 있습니다. 서적을 보관할 때는 규모를 확립하는 것을 우선시해야 하지만, 정본을 전하기 위해서는 또 교감(校勘)을 필요로 합니다. 오탈자가 선본(善本)이라도 없을 수 없으니, 고정하고 교정하는 사이에 이해를 심화하고 식견을 넓히는 데 큰 도움을 받을 것입니다. 이 때문에 예로부터 당대의 석학들은 모두 궁중의 서고에 근무하면서 그 근본을 확립하였으니, 이 점도 유의하여 시행하시기 바랍니다. 그리하신다면 서적과 인재의 흥성을 일거에 모두 얻을 수 있을 것입니다. 삼가 대답합니다.

명고전집

제13권

제문
祭文

제문 祭文

박사장 상한에게 올린 제문[1]
祭朴士章相漢文

아, 박사장(朴士章)이 별세한 지 어느덧 반년이 흘렀습니다. 그 처남 서형수(徐瀅修)가 친분이 깊은 이를 영결한 것을 애통해하고 다시 돌아올 수 없는 것을 마음 아파하여, 정해년(1767, 영조43) 8월 10일 신미(辛未)일에 삼가 술과 과일을 갖추고 제문을 지어와서 곡하며 아룁니다.

자형께서 우리 가문으로 장가든 지	子入我門
십이 년이 지났는데	一紀于玆
서로 미워함 없이	兩無嫌猜
친형제처럼 지냈지요	如壎于篪
인품은 훌륭하고	德則不爽

---

1 【작품해제】박상한(朴相漢, 1742~1767)은 서형수의 자형(姊兄)으로, 본관은 반남(潘南)이고 자는 사장(士章)이다. 조부는 이조 판서를 지낸 박사수(朴師洙)이고, 부친은 생원 박만원(朴萬源)이다. 유복자였던 아들 박시수(朴蓍壽)는 1784년(정조8) 18세에 문과에 급제하였다.

얼굴빛은 온화했으며	其色也聞
일찍이 배우지 않고도	曾不追琢
스스로 문질을 이루었지요	自成質文
진실로 훌륭한 선비여	允矣吉士
우리 집안의 아름다운 빈객이었지요	寔我佳賓
이런 자형께서 병에 걸렸으니	斯有斯疾
운명이지 사람 탓이 아닙니다	命也匪人
명성은 강하보다 높았고[2]	名高江夏
풍채는 하양보다 뛰어났지요[3]	貌奪河陽

---

2 명성은 강하보다 높았고 : 강하(江夏)는 후한의 예형(禰衡)을 가리킨다. 재주를 믿고 오만방자하게 굴었으므로 사람들이 모두 미워하였으나, 오직 공융(孔融)에게 인정을 받고서 조정에 천거되었다. 조조(曹操)의 앞에서 발가벗는 등 무례한 태도를 많이 보이자 조조가 당장 죽이고 싶었으나 용납하지 못했다는 이름을 얻을까봐 형주(荊州)의 유표(劉表)에게 보냈는데, 유표 역시 조롱을 받고 더 참을 수 없게 되자 성질이 급한 강하 태수(江夏太守) 황조(黃祖)에게 보냈다. 황조가 처음에는 존중하며 예우하였으나 결국에는 분노가 폭발하여 죽이고 말았는데, 이때 예형의 나이 26세였다. 《後漢書 卷80下 文苑列傳 禰衡》. 강하는 송나라의 두감(杜淦)이 살았던 지역이기도 하다. 한음노인(漢陰老人)이라고 자호(自號)한 두감은 사수(泗水) 부근에 은거하면서 농사를 지어 15년 만에 부자가 되었는데, 그가 일찍이 사람들에게 이르기를 "수모를 견디고 벼슬하는 자들은 대부분 처자를 먹여 살리기 위해서이다. 그들은 수모를 견디고 나는 노력을 한다. 모두 먹여 살리기 위한 것이지만 그에 비하면 내가 낫지 않은가." 하였다. 《明一統志 卷59》

3 풍채는 하양보다 뛰어났지요 : 하양(河陽)은 하양 현령으로 있던 진(晉)나라 반악(潘岳)을 가리킨다. 하양은 중국 황하(黃河)의 북쪽 기슭으로, 오늘날 하남성(河南省) 맹현(孟縣)의 서쪽에 있던 고을 이름이다. 반악은 인물이 뛰어나서, 하양 현령으로 있을 때 온 고을에 복숭아와 오얏나무를 심어 봄이 오면 화사한 모습이 어우러져 장관을 이루었다고 한다. 《白氏六帖 縣令》

누가 알았으랴 꽃핀 나무가 　　孰謂芳植

가을도 안 되어 시들 줄이야 　　未秋凋傷

착한 사람 북돋아주고 악한 사람 망하게 하는 　　栽培傾覆

그 이치와 너무 어긋나네요 　　揆理太荒

아, 애통하여라 　　嗟嗟惻惻

자형의 죽음으로 집안이 망하였네요 　　家與人亡

죽음에 몹시 애통해하는 것은 　　死喪孔懷

형제간의 당연한 정이지요 　　兄弟之常

더구나 저 동상에서 　　矧伊東牀

누이가 곡을 하고 있습니다[4] 　　見此善哭

빈방에서 원통함 억누르니 　　空閨掩寃

구슬프구나 대낮의 촛불이여 　　永悲晝燭

돌아가신 분이 이것을 안다면 　　逝者有知

눈감기 어렵겠지요 　　應難瞑目

배 속에 있던 아이는 　　惟腹有兒

낳아보니 아들입니다 　　今也其男

끝없이 뻗어가는 오이 덩굴이[5] 　　綿綿瓜瓞

반남까지 늘어질 것입니다 　　可延潘南

지난날 추억해보니 　　尙記疇曩

---

4 더구나……있습니다 : 동상(東牀)은 사위를 말한다. 박상한이 서씨 집안의 사위였으므로 그가 떠난 빈자리를 표현하는 데 인용하였다.

5 끝없이……덩굴이 : 원문의 면면과질(綿綿瓜瓞)은 오이 덩굴이 끝없이 뻗어나가 주렁주렁 열리는 것처럼 자손이 번창하는 것을 뜻한다. 《詩經 大雅 綿》

저를 찾아와 머무실 때	於我來歇
강호에서 한자리에 누워	江湖一枕
흐르는 물과 차가운 달빛 마주했지요	逝水寒月
정자와 누대는 여전하고	亭臺如昨
경물도 변함없건만	景物依然
자형께선 뭐가 바쁘셔서	子有何忙
저 구천으로 가셨단 말입니까	率彼重泉
명정이 강을 거슬러 동쪽으로 가더니	旌翣東溯
가기만 할 뿐 돌아오지 않네요	有往無旋
자취는 묵어 사라지고	迹陳而泯
모습도 따라서 없어졌군요	影隨而絶
이 어린아이 어루만지노라니	撫玆喤喤
가슴이 막힙니다	心焉如噎
장지에 따라가지 못했던 것은	相紼願乖
제가 세상일에 얽매였기 때문이었고	祇緣自塵
이별의 술잔 때늦게 올리는 것은	別酹後時
미적거렸기 때문입니다	蓋亦因循
고요히 생각해보니	靜言思之
천지간에 부끄러움 많습니다	俯仰多怍
인생의 고락을	百年呑吐
이 한잔 술로 다하소서	罄此單酌
부디 흠향하시기 바랍니다	尙饗

누이에게 올린 제문[6]

祭姊氏文

우리 누님이 돌아가신 10일 뒤에 아우 아무개가 지관(地官)을 데리고 가 구운산(九雲山)에서 묏자리를 잡았고 일관(日官)에게 명하여 9월 9일로 장일(葬日)을 정하게 하였다. 그리하여 상여를 끌고 운구하여 묘를 썼으며, 5일 뒤 병신일에 몇 가지 제수를 갖추어 영전에 올리고 오래도록 우리 누님을 불렀다.

아! 부모가 자식에 대해서 사랑이 끝이 없지만 때로는 형제만 못하니 은혜를 친압해서는 안 되기 때문이고, 자식이 부모에 대해서 친애함이 끝이 없지만 때로는 형제만 못하니 공경하는 마음을 감히 느슨히 못하기 때문입니다. 따라서 천하에 형제간의 정보다 더한 것은 없다 하겠습니다. 누님과 저로 말하면 평소 서로 의지하여 잠시도 떨어질 수 없었지요.

동교(東郊)는 지척에 있는 곳입니다. 그런데도 보지 못했을 땐 그리워하고 본 뒤에는 기뻐하며 오직 날이 부족한 듯 여겼지요. 그렇다면 지금의 이별은 옛날의 이별과는 다르건만 누님이 이처럼 무심히 저를 잊어버리는 것은 어째서인지요? 누님이 저를 이별하려 하지 않고 저도 누님을 이별하려 하지 않지만 운명이 닥쳐서 어쩔 수 없는 것이 아니겠

---

6 【작품해제】 박상한(朴相漢)의 처에 대한 제문이다. 시명응(徐命膺)의 둘째 딸로 서형수의 누나이다.

습니까.

지난달 형제들이 모였을 때, 누님께서 어린 조카가 배우지 못할까봐 걱정하여 10월 초하루에 저더러 데려가게 하시면서 정성스럽게 부탁하고 간절히 당부하기를 거듭하셨지요. 누님께서 병을 얻어 자리에 계실 때 저도 누님을 위해 잠시 머무르고 훌쩍 떠나오지 않고서, 의원이 나갔다 돌아오면 제가 증세를 물었고, 약이 오기를 기다리시면 제가 잡숫기를 권했지요.

아파하시면 제가 낫게 하지 못하는 것을 자책하였고 적적하시면 제가 오래 앉아 있지 못한 것을 한스러워하였으며, 책을 읽으실 때에는 제가 곁에서 들어주기를 바라셨지요. 지금 생각해보니, 일생의 큰 이별이 눈앞에 닥쳐서 누님 스스로 영원히 이별하기 전에 그 이별을 애석해하지 않을 수 없었나 봅니다. 만일 제가 이렇게 이별할 줄 알았더라면 의약을 굳이 묻지 않고 의원과의 응대를 굳이 번거롭게 하지 않고, 누님과 다 나누지 못했던 이야기나 밤낮으로 조용히 나누면서 이별을 원치 않던 마음을 저버리지나 말 것을. 아, 후회한들 무슨 소용이겠습니까.

그러나 천하의 지극한 사랑은 부모가 자식을 사랑하는 것이고, 천하의 지극한 친애는 자녀가 부모를 친애하는 것입니다. 누님이 돌아가신 뒤로 부모는 사랑하는 이를 잃고 자녀는 친애하는 이를 잃었으니, 위로는 부모를 위로할 말이 없고 아래로는 자녀의 울음을 달랠 길이 없습니다.

부모도 이별할 수 있고 자녀도 이별할 수 있는데, 형제간에는 어떻겠습니까. 한 기운으로 서로 통하여 유명(幽明)을 달리해도 변함없으니, 지난날 밤에 초연(愀然)히 미간을 찌푸리며 말없이 궤(几)에 기대어 있었던 것은 이 때문인가 봅니다.

누님께서 저에게 미처 못 한 말씀을 저는 실로 묵묵히 짐작합니다. 세상사의 부침과 번복은 비록 기약할 수 없지만 가슴에 간직하고 가신 바람이야 어찌 감히 잊겠습니까.

마음 아픈 대로 붓이 가고 붓 가는 대로 눈물이 떨어지니, 영결을 고하는 몇 줄의 제문으로는 슬픈 심정을 만의 하나도 드러낼 수 없습니다. 누님의 혼령이 있다면 제가 자세히 말하지 않더라도 제가 슬퍼서 글을 짓지 못한 것을 이해해주시겠지요. 아!

누이에게 올린 두 번째 제문

再祭姊氏文

누님을 염할 때	姊氏于斂
제가 빈소를 지켰지요	我守殯比
딸은 울고	有泣其女
여종은 곡하였지요	有哭其婢
와서는 위로하고 떠나면서 탄식하는	來慰去歎
조문객을 나날이 맞았지요	我客日以
제가 당시에 가슴이 막혔으니	我時心塞
무엇을 생각할 수 있었겠습니까	何慮何思
안팎으로 분주히 돌아다니며	奔走外內
오직 상을 치렀을 뿐입니다	惟喪之治
누님을 입관할 때	姊氏于木
저는 다른 곳에 있었지요	我則他徙
추운데 옷을 입지 않으니	寒有不衣
누님께서 저를 감싸주실 듯하였고	將姊我庇
주린데 먹지 않고 있으니	飢有不食
누님께서 저를 먹여주실 듯했지요	將姊我餼
제가 당시에 망령되어	我時心妄
누님께서 죽지 않았다고 여겨	謂姊無死
어렴풋한 자취 따라	依俙蹤迹

곳곳마다 누님을 불렀지요	在在呼起
누님을 장사 지낼 때	姊氏于土
제가 묏자리를 잡았지요	我相其地
저 선경을 돌아보니	睠彼赤城
물 건너 가까운 지역인데	近隔一水
팔월에 함께 구경하자던	八月同賞
그 말씀 귀에 남아 있네요	言猶在耳
제가 당시 마음이 아파	我時心痛
저물녘까지 배회했지요	薄暮逶迤
흐르는 물도 오열하고	咽咽川流
솟은 산도 침울했지요	鬱鬱山峙
제가 함께 따라가지 못하니	吾行不與
아, 누님이여	嗚呼姊氏
자품은 단아하고 어질었고	端良之稟
행동은 화기가 가득했지요	愷悌之履
시작하지도 못하고 끝이 났으니	無始則終
하늘의 이치에 따져보건대	質諸天理
누님의 팔자는	凡姊所遭
어찌 이리도 기구한지요	一何極否
사위 맞을 날 잡고	迎婿有期
며느리 들일 논의 하여	擇婦是議
늘그막의 경사 누릴	晩途餘慶

조짐이 나타났건만	已卜兆示
일찍이 잠시도	曾不須臾
그 복을 누리지 못하셨습니다	用享厥美
사람들이 말하기를	人亦有言
측백나무가 호리에 보인다고 합니다	柏見蒿里

기억해보니 지난겨울	尙記前冬
제가 남쪽 고을에 부임하던 날[7]	我稅南轡
누님은 병들어 자리에 계시면서	姊病在床
취한 듯이 몹시 기뻐했지요	喜極如醉
화로 곁에서 꿩고기 구워 먹으며	圍爐炙雉
밤늦도록 잠들지 못했지요	分夜不寐
저는 문장을 외고	我誦文字
누님은 뜻을 말씀했지요	姊講旨意
지금 이 영전에 올리는 음식은	今奠于筵
옛날 그 꿩고기건만	猶昔之雉
지금 이 자리에서 외는 글은	今誦于筵
문장이 아니라 제문이군요	非文也誄
형님은 북쪽으로 오지 못하고	吾兄不北
제 글은 문채가 없으니	吾詞不委
누님께서 듣고 싶어하시는 것을	姊所欲聞
어느 누가 또 종이에 쓰겠습니까	誰復伸紙

7　제가……날 : 광주 목사(光州牧使)로 부임한 1796년(정조20)을 말한다.

병월   月在于丙

계일에   日在于癸

제 마음 다하여   且竭吾情

영원히 결별합니다   永訣千祀

외고 숙인 윤씨에게 올린 제문[8]

祭外姑淑人尹氏文

용모 시원하고 기상 꼿꼿하니 장수하셔야 옳거늘 강건한 쉰 살에 돌아가시니 무슨 이치가 이리도 어긋나며, 재주가 뛰어나고 덕이 있으니 큰 복을 후하게 누려야 하거늘 아들을 두지 못했으니 무슨 팔자가 이리도 기구합니까. 집은 빈한하다 할 수 없었으나 숙인(淑人)은 몽매간에도 괴로워하면서 세상을 마치셨고, 시집보낸 딸은 몸소 돌볼 필요가 없었으나 숙인은 혹처럼 달고 사셨지요. 이제 가난에서 벗어나게 되었건만, 앙앙 우는 저 유자(孺子)를 오히려 시샘하는 기운이 있었던 것입니까.

그러나 장수와 요절은 하늘에 달린 운명이고 곤궁과 영달은 시대가 그러해서입니다. 천하에 숙인만 못한 이도 참으로 많습니다. 어찌 유독 숙인을 위해 슬퍼하겠습니까? 그러나 말씀드리지 않을 수 없는 것은 감정이 사무치기 때문입니다. 아, 숙인은 여사(女士)라고 하는 저의 말을 부정하는 이가 없을 것입니다.

---

8 【작품해제】 서형수의 장모에 대한 제문이다. 윤씨는 현령(縣令)을 지낸 양주 조씨(楊州趙氏) 조정규(趙亭逵)의 처이다.

중모를 천장할 때 올린 제문[9]

祭仲母遷葬文

우리 중모(仲母) 증 정경부인(贈貞敬夫人) 강릉 김씨(江陵金氏)의 널을 금릉(金陵)의 옛 무덤에서 꺼내어, 8월 정축일에 발인하여 통제원(通濟院) 간좌(艮坐)의 언덕으로 향하려 합니다. 종자(從子) 형수(瀅修)가 삼가 보름에 제사 올리는 기회를 인해 제문을 지어 영전에 곡하며 영결합니다.

아침 이슬은 오래 머물기 어렵고	朝露難淹
부싯돌의 불꽃은 꺼지기 쉽지요	石火易翻
돌아가신 계미년은 지금으로부터	癸未于今
십칠 년 전이었지요	十七寒暄
오늘을 돌아보고 옛일을 슬퍼하며	撫新悲舊
말하려다가 먼저 목이 멥니다	欲語先哽
인사는 변하지만	人事之變
덕망은 더욱 전해지니	名德愈夐
하늘이 보답을 게을리하는 것이 아니라	天報匪怠
때를 기다리기 때문입니다	時則以俟
존귀하지 못했지만 존귀해졌고	未貴亦貴

---

9 【작품해제】숙부 서명선(徐命善)의 처에 대한 제문이다. 강릉 김씨(江陵金氏)는 1763년에 사망하였다.

아들이 없었지만 아들이 있게 되었지요[10]	無子有子
유독 저를 사랑하여	偏我恩愛
친아들처럼 대하시니	罔間顧腹
자모께서 살아 계실 때	慈母在堂
침식조차 잊었었지요	或忘寢食
살아 계실 때는 어미처럼 못 모시고	不以視視
돌아가셔서는 유명을 저버렸네요	負負幽明
아, 한 번의 통곡으로	嗚呼一慟
어찌 정을 폈다 하겠습니까	豈曰伸情
부디 흠향하시기 바랍니다	尙饗

---

10 존귀하지……되었지요 : 사후에 추증되어 정경부인(貞敬夫人)에 오른 것과, 딸 하나만 두고 죽은 뒤에 서노수(徐潞修)를 양자로 들인 것을 말한다.

고모에게 올린 제문[11]

祭姑母文

우리 고모 정부인(貞夫人) 달성 서씨(達城徐氏)의 발인일이 잡혔다는 것을 듣고, 조카 형수(瀅修)가 깨끗하고 정갈하게[12] 제수를 장만하고 눈물을 쏟으며 제문을 지어 영전에서 흠향하기를 기원합니다.

부인(夫人)께서는 우리 부친과 동기간이고 모친과 동갑이며, 우리 형제에게는 방중(房中)의 내빈(內賓)[13]입니다. 우리 형제가 어려서는 품에 안기고 자라서는 무릎을 맞대고 앉았지요. 중당(中堂)에서 모임이 있을 때마다 한창 장난치고 웃다가 반드시 우리 가문의 고사를 들려달라고 졸랐는데, 부인께서는 기억력이 좋고 말씀을 잘하여 싫증 내지 않고 응답해주셨지요. 우리 형제에게 선조들이 충후하고 근검하게 살며 정성스레 집안을 경영해온 어려움을 알게 해주신 지가 지금 또 몇 년이 되었습니다.

부인께서 강변에서 사시고 우리 형제가 저자에서 바쁘게 지내게 되자, 간간이 한 번씩 찾아뵙는 일이 뜸해지다가 이 예(禮)마저 중단되었지요. 다만 영광전(靈光殿)처럼 우뚝하시어 모범이 멀지 않기에[14] 서쪽

---

11 【작품해제】이휘중(李徽中)에게 시집간 고모에 대한 제문이다.

12 깨끗하고 정갈하게 : 원문의 세전(洗腆)은 음식을 정갈하고 풍성하게 장만하여 공경히 부모를 봉양함을 이른다. 《서경》주고(酒誥)에 "효도로 그 부모를 봉양해서 부모가 기뻐하시거든 스스로 음식을 정갈하고 풍성하게 장만하여 술을 올리도록 하라.〔用孝養厥父母, 厥父母慶, 自洗腆, 致用酒.〕"하였다.

13 방중(房中)의 내빈(內賓) : 고모와 자매들을 가리키는 말이다.

을 돌아보며 마음속으로 부인을 크게 의지하였지요. 부인의 연세가 드는 것을 애석해하며 한순간에 잃을까 걱정하였으나 사사로운 은정 때문만은 아니었습니다.

부인께서 세상을 버렸으니 우리 형제가 누구를 우러러본단 말입니까? 방중의 내빈은 곁에 없겠지요. 우리 부친은 형제가 적으니, 참을 수 없는 슬픔을 위로할 길 없을 것입니다.

부인께서 돌아가실 때 우리 형제를 누차 부르셨다지요. 부인께서는 우리를 자식같이 여기셨는데 우리는 어미처럼 대하지 못했으니, 우리 고모님을 아내로 맞아 돌봐줄 고모부가 있었기 때문이 아니겠습니까. 아, 우리의 복이 너무 가볍습니다. 아, 눈을 감지 못하시겠지요.

---

14 영광전(靈光殿)처럼……않기에 : 마지막으로 남아서 전형이 되는 인물을 뜻한다. 영광전은 한 경제(漢景帝)의 아들 공왕(恭王)이 산동성 곡부(曲阜)에 건립하였다. 후한(後漢) 왕연수(王延壽)가 지은 〈노영광전부서(魯靈光殿賦序)〉에 "서경(西京)의 미앙(未央)과 건장(建章) 등 궁전이 모두 파괴되어 허물어졌는데도, 영광전만은 우뚝 홀로 서 있었다."라는 구절이 있다.

죽은 누이에게 올린 제문 대작

祭亡姊文 代

누님은 훌륭한 덕 지니시어	姊有令德
쪽 찌고 비녀 꽂은 모습 우아했지요	儀彼笄總
내면에 아름다운 덕 쌓아	蘊美于中
누린 복도 풍성했지요	享報也豐
산초 열매 손에 가득하고[15]	椒聊盈匊
직첩도 받으셔서	華誥在躬
온 집안에	自閨徂閣
경사가 가득했지요	慶流芃芃
그런데 만년에	施及晚塗
난데없이 떠돌이 신세가 되었단 말입니까	忽此轉蓬
어찌 그리도 갖은 고생을	何苦何辛
겪고서 돌아가셨는지요	閱歷以終
차가운 강가 새벽 머리맡에	寒江曉枕
기러기 소리 시끄러울 때면	每攪歸鴻
우리 형제를 염려하시어	念我弟兄
잠꼬대를 하기도 했었지요	至發譫夢

---

15 산초……가득하고 : 원문의 〈초료(椒聊)〉는 《시경》 〈당풍(唐風)〉의 편명으로, 자손의 번창을 기원하는 시이다. 그 시에 이르기를 "산초 열매 주렁주렁, 한 됫박을 채우고도 남네.〔椒聊之實, 蕃衍盈升.〕" 하였다.

예전에 작은 나귀 타고　　　　　　　　　憶曾小驢

서쪽 거리로 나갔던 날에　　　　　　　　薄出西街

기쁨 가득한 얼굴로　　　　　　　　　　喜動眉睫

발 걷으라 재촉했지요　　　　　　　　　促開簾櫳

그 말씀 아직도 생생한데　　　　　　　　言猶在耳

혼령은 이미 하늘로 갔습니다　　　　　　靈已御風

아, 어찌 끝이 있겠습니까　　　　　　　鳴呼曷旣

저의 애통한 마음이　　　　　　　　　　余懷之恫

한 뿌리의 세 줄기 중에　　　　　　　　同根三荊

이제 한 떨기는 시들었네요　　　　　　　今萎一叢

하물며 외로운 이 몸은　　　　　　　　矧伊孤露

누구를 의지한단 말입니까　　　　　　　于何姘嶸

병환 중에는 손잡고 영결 못 했고　　　　病未握訣

돌아가셔서는 관에 기대어 곡하지 못했으니　沒未哭憑

살아 있는 이로서의 책임을　　　　　　　後死餘責

부끄럽게도 저버리고 말았습니다　　　　愧負幽明

먼 호산으로 가는　　　　　　　　　　湖山云遠

상여를 이미 꾸몄습니다　　　　　　　輀車旣攻

뚝뚝 떨어지는 늙은이의 눈물이　　　　漱漱衰淚

이 제수를 적십니다　　　　　　　　　漬玆簋篠

좌의정 이공에게 올린 제문 대작

祭左議政李公文 代

공의 수려한 풍도와 식견은	維公風猷
옛날의 대신 같았고	古之大臣
공의 정성스런 마음은	維公悃愊
옛날의 어진 사람 같았지요	古之仁人
가풍은 효성과 우애 있었고	孝友承家
친척에겐 너그럽고 후했지요	寬厚睦婣
덕은 이미 넉넉하였고	德旣有容
행실도 부족함 없었지요	行亦不貧

이 덕과 행실로 임금 섬기니	而以事上
임금께서 진심을 알아주셨고	上知任眞
이 덕과 행실로 사람들 상대하니	而以與人
사람들은 진한 술 마신 듯 도취됐지요	人如飮醇
탄탄대로를 편안히 걸으며	平步坦途
온갖 벼슬 쉽게 이루었지요	芥拾前塵
이십 년 동안 조정에 있으면서	廿載朝端
누차 중책을 맡으셨지요	屢秉國均

만년의 공의 절개는	公老一節
우뚝 솟은 산처럼 높아서	屹彼嶙峋

흉도들이 틈을 노려	凶徒釁伺
종묘사직이 위태롭게 되자	宗祧危濱
공께서 거침없는 말씀으로	公言不訥
비분강개하여 앞장서 아뢰니	慨慷前陳
드높은 충정이	頎頎誠忠
마침내 성상을 감격시켰지요	終焉格宸
쇠로 만든 종과 커다란 종이	金鍾大鏞
너의 천 균에 힘입었다 하셨지요	賴汝千勻

지금에 이르러	式至于今
슬픈 윤음 내렸으니	十行哀綸
돌아가셨어도 무슨 유감이 있겠습니까	公歸何憾
이름이 한없이 남을 것입니다	名留無垠
하늘은 어찌하여 공을 남겨두어	胡嗇慭遺
난국을 함께 구제하게 하지 않는지요	共濟艱屯
나라가 몰락해간다는 애통함이[16]	殄瘁之痛
신료들을 편치 않게 합니다	不寧簪紳

옛날 충헌공을 모실 때	昔侍忠憲
가르침이 진지했지요	敎誨諄諄
육칠 년간 함께 공부하며	六七聯業

---

16 나라가 몰락해간다는 애통함이 : 하늘이 훌륭한 분을 앗아가는 것이 나라가 몰락해
가는 징조이기에 애통해한다는 말이다.

형제처럼 친했지요   中表其親

공이 옷깃이면 저는 옷자락이었고   公襟我裾

공이 읊으면 제가 화답했지요   公呫我呻

그런데 늘그막이 되자 느닷없이   忽此遲暮

공께서 먼저 돌아가신단 말입니까 公先戒輴

공께서 임종 전에   記公臨簀

제게 간곡히 당부하셨으니   話我傾困

남은 이로서의 책임상   後死餘責

감히 따르지 않겠습니까   敢忘恪遵

돌아가시고부터 발인 때까지   自殯徂引

슬픈 심정 한 번도 펴지 못했습니다 情未一伸

사람 보내 대신 제사를 올리게 하니 替致瓣香

늙은이의 눈물 수건을 적십니다 衰淚沾巾

참판 정공에게 올린 제문 대작

祭參判鄭公文 代

공은 성품이 관대하였으니	公性寬綽
장수해야 옳고	壽宜靈長
공은 재주가 탁월하였으니	公材盤錯
높은 지위에 올라야 했습니다	位宜巖廊
일찍이 벼슬길에서 명성 날려	早蜚榮途
사람들 기대 끝이 없었지요	未艾人望
남방에는 향기 남겼고	芳留炎徼
북방에는 명성 높았습니다	聲高朔方

표범 같은 문채와 난새 같은 음성 지닌	豹文鸞音
상서로운 세상의 훌륭한 인물이어서	瑞世之良
임금께서 가상히 여겨	王曰汝嘉
성상 곁으로 돌아오게 되었지요	歸近耿光
복록이 가득하여[17]	如京如砥
유유히 누리실 듯하더니	將翱將翔
누가 알았으랴 질병 하나가	云胡一疾

---

17 복록이 가득하여 : 원문의 경(京)과 지(砥)는 높은 언덕과 물속에 있는 높은 땅이
라는 말로, 풍성한 것을 가리킨다. 《시경》〈보전(甫田)〉에 "증손의 농사가, 지붕 덮는
이엉과 같고 높이 올라간 수레의 끌채와 같으며, 증손의 노적가리가, 섬과 같고 언덕과
같다.〔曾孫之稼, 如茨如梁 : 曾孫之庾, 如坻如京.〕"라는 말이 나온다.

이리도 빨리 공을 앗아갈 줄을	奪之斯忙

이 두터운 덕망을 거두어	斂此厚德
저 동쪽 언덕에 감추셨네요	閟彼東岡
공을 아끼는 애통한 심정이	百身餘恫
어찌 돌아가셨기 때문만이겠습니까	豈惟存亡
추억해보니 공의 형제는	念公弟兄
저를 도와주는 분이었지요	卽我瞀相
오래전부터 한 마을에 살면서	久卜里仁
밤낮으로 어울렸지요	晨夕徜徉

무슨 말이든 대답해주고	無言不酬
무슨 일이든 상의했지요[18]	無事不商
취향이 잘 맞아서	臭味旣劑
형체를 잊고 교유했지요	形骸兩忘
서로 도와주어서[19]	將伯之助
난관을 만나면 반드시 북돋아주었지요	遇險必昂
자형화 말라 죽어 눈물 흘리니[20]	荊花泣枯

---

18 무슨……상의했지요 : 《시경》 〈억(抑)〉에 나온다.

19 서로 도와주어서 : 《시경》 소아(小雅) 〈정월(正月)〉에 "그 수레에 짐을 싣고 마침 내 보(輔)를 버리니, 네 짐을 떨어뜨리고서야 백을 청하여 나를 도우라 하리라.〔其車旣 載, 乃棄爾輔, 載輸爾載, 將伯助予.〕" 하였다. 보는 바큇살에 보조로 대는 나무이며, 장(將)은 청함이요 백(伯)은 어떤 사람의 명칭이다. 이로 인해 장백을 다른 사람에게 도움을 청하는 말로 사용한다.

골짜기의 새도 함께 슬퍼합니다   谷鳥同傷

지난밤에 문안했었는데   前夕問疾

결국 돌아가시고 말았군요   遂隔仙鄕

공을 장사 지낸다는 소식 들으니[21]   聞公塡池

저의 외로운 심사 더해집니다   增我踽凉

명정은 나부끼고   丹旐翩躚

백양목은 울창하군요   白楊蒼茫

심부름꾼 보내 이 제문 올리니   伻兒馳辭

쇠약한 저도 눈물 가득합니다   衰淚盈眶

---

20 자형화(紫荊花)……홀리니 : 옛날 전진(田眞)의 세 형제가 모든 재산을 공평하게 서로 나누고 오직 당전(堂前)의 자형수(紫荊樹) 한 그루만 남았으므로, 함께 의논하여 다음 날에 이것마저 쪼개서 나누기로 하였는데, 다음 날 자형수를 베려고 가보니 자형수가 마치 불에 탄 것처럼 말라 죽어 있었다. 그러자 세 형제가 서로 크게 뉘우치고 나무를 베지 않으니, 그 나무가 금방 다시 살아났다는 고사에서 온 말로, 형제가 서로 헤어지는 것을 비유한 말이다. 여기서는 형제의 죽음을 말한다.

21 공을……들으니 : 원문의 전지(塡池)는 전철(奠徹)이라고도 하는데, 조전(祖奠)을 끝내는 것을 말한다. 《禮記 檀弓上》

중부 충문공에게 올린 제문[22]

祭仲父忠文公文

《예기(禮記)》에 제부(諸父)와 제자(諸子)라는 말이 있고, 세속에서 쓰는 유자(猶子)라는 말은 주자에게 비판을 받았습니다. 상대적으로 관계가 소원한 고모들에게 비하는 경우에는 진실로 같다(猶)라고 말하더라도 피차의 구분이 있지만, 제자(諸子)가 제부(諸父)에 대해서는 아들이지 유자(猶子)가 아닙니다. 공이 소자에 있어서는 여느 부자들보다 더욱 각별했지요.

아, 시인(詩人)이 부모의 은혜를 형용한 것이 "그 덕을 갚으려 하나, 하늘처럼 넓어 끝이 없구나."[23]라고 한 데에 이르러서야 거의 가깝다고 하겠습니다. 그러나 부모의 실제 은덕은 낳고 길러주고 돌봐주는 몇 가지 일에서 벗어나지 않습니다. 소자가 낳고 길러주신 은혜로 공을 우러러보고 공이 자식처럼 품어준 사랑으로 소자를 염려해주신 것을 온 집안사람이 함께 보았고 온 세상 사람이 함께 들었으니, 어찌 소자의 자세한 말을 기다린 뒤에야 은덕을 갚으려 하나 끝이 없는 소자의 심정을 알 수 있겠습니까.

그러나 생각해보니, 집안사람과 세상 사람이 보고 듣지 못했지만 소자의 가슴속에 낳고 길러주고 돌봐주신 것보다 더한 은혜가 새겨져 있습니다. 바로 기해년(1779, 정조3)에 눈물을 흘리며 상소를 올린

---

22 【작품해제】숙부 서명선(徐命善, 1728~1791)에게 올린 제문이다.

23 그……없구나 :《시경》〈육아(蓼莪)〉에 나온다.

일과 신축년(1781, 정조5)에 손을 잡고 유훈을 내린 일입니다.

아, 자신을 알아주는 말 한마디가 몸을 버리는 것보다 중하고 재주를 아껴줌으로 인한 감동이 일신을 돌보는 것보다 절절하니, 이는 옛사람이나 지금 사람이나 똑같은 마음입니다. 평소 나와 무관하던 사람에게 그런 것을 얻더라도 죽음으로 보답하는 것이 아깝지 않을 터인데, 하물며 부자간에 있어서이겠습니까. 또 하물며 여느 부자와는 다른 공과 소자에 있어서이겠습니까.

소자는 문장 재주가 공문서를 잘 짓기에 부족하고 식견이 물정을 두루 알기에 부족하여 제 자신을 하찮게 여기고 박대하였습니다. 그런데 공께서는 소자에 대해 제 자신보다 후하게 여기시어 문장을 지으면 인정해주시고 하는 일마다 함께 의논해주신 지가 어언 10여 년이 되었습니다.

그러나 부형이 자제에 대해 사사로운 정에 가려져서 실정보다 과하게 알고 있는 경우가 세상에는 간혹 있습니다. 힘든 일이 있으면 대신 떠맡고 질병이 걸리면 죽을까 근심하였으며 멀리 나가면 목마른 듯이 그리워하고 곁에 있으면 매우 기뻐하였으니, 공의 사랑이 소자에게 유독 치우쳤습니다. 그러나 자제로서 부형에게 총애를 받아 이러한 은혜를 얻게 된 자도 없지는 않습니다.

풍파로 위태로운 날에 알아주시고 침상에서 부탁하는 중에 아껴주시어 하염없는 눈물이 가슴에서 솟아나고 멀리 기약하는 말씀으로 권계(勸戒)를 마친 것으로 말하면, 공께서 알아주고 아껴주신 것이 어찌 다만 소자의 이 생에만 다시 볼 수 없는 일이겠습니까. 천고 이후 아득한 미래에도 우리 부자간처럼 진정 알아주고 진정 아껴주는 이들이 과연 있겠습니까.

아, 공께서 환후가 위독하실 때 소자가 돌아올 시기를 누차 물어보셨고, 돌아오지 못할 줄 아시고는 또 유경(有擎)에게 말씀을 남기셨지요. 만일 소자가 검루(黔婁)같이 진땀을 흘리는 효성이 있었더라면[24] 어찌 영원히 결별하는 자리와 관을 부여잡고 곡하는 대열에 참석하지 못한 채 어리석게 산 같은 은혜를 저버렸겠습니까.

문에 들어서니 흰 장막이 부질없이 늘어져 있고 장막에 들어서니 권목(卷木)[25]은 말이 없네요. 공께서 아마도 소자에게 다 못 한 말씀이 있으시겠지요? 그런데 소자가 왔건만 공께서는 어이하여 평소처럼 웃으며 말씀하시지 않으신단 말입니까. 소자의 이 한은 죽어도 잊지 못할 것입니다. 공인들 어찌 저승에서 무심할 수 있겠습니까.

성상께서 애도하는 하교와 제문을 내리신 일은 유례 없는 은택이어서, 돌아가신 분과 살아 있는 자가 모두 감격스럽습니다. 역사에 기록될 만한 공의 충정과 큰 절개로 말하면 굳이 소자가 칭송하지 않더라도 천하 후세에 길이 할 말이 있을 것입니다. 그러나 행록(行錄)을 모으고 비음(碑陰)을 적는 일은 유언이 있었기에 감히 조금도 지체하지 않고 수십 일에 걸쳐 작성하여 이제야 비로소 탈고를 하였는데, 보름 제사가 어느덧 닥쳤습니다. 소자가 아뢰고 싶은 말이 얼마나 많겠습니까마는 너무 큰 슬픔에 정신이 달아나고 넋이 빠져 경황없이 짓느라 몇 줄밖에

---

24 검루(黔婁)같이……있었더라면 : 남제(南齊) 때 유검루(庾黔婁)가 잔릉령(孱陵令)으로 부임한 지 열흘이 못 되었는데, 까닭 없이 갑자기 가슴이 뛰고 놀라면서 온몸에 땀이 흘렸다. 유검루는 대번에 집에 무슨 변고가 생긴 줄 알고 즉시 벼슬을 버리고 고향으로 돌아갔다. 돌아가보니 과연 아버지가 병에 걸려 앓은 지 이틀째였다.《五倫行實圖 孝行》

25 권목(卷木) : 미상이나, 문맥으로 볼 때 관을 말하는 듯하다.

안 됩니다.

앞으로 한 맺힌 사연 두루 서술하여 궤연(几筵)을 철거하기 전에 한 번 아뢰올 것입니다. 저를 알아주시고 저를 아껴주신 공께서 소자의 말을 듣고 소자의 애통함을 가엾게 여기실 터이니, 어찌 개연(愾然)히 탄식하지 않으시겠습니까. 아, 지금 듣고 계신지요? 아, 애통합니다.

충문공에게 재차 올린 제문[26]
再祭忠文公文

9월 초하루는 우리 중부(仲父) 충문공께서 태어나신 날인데, 축수를 올려야 할 자리가 제사를 올리는 자리가 되어 흠향을 하고 직접 잡수시지 못한 지가 지금 2년이 되었습니다. 종자(從子) 형수(瀅修)가 병석에 누워 밤새 슬피 울고, 3일 뒤 갑오일에 쌀밥과 청주(清酒)를 갖추어 영전에 슬피 아룁니다.

아, 공이 돌아가신 뒤로 세상의 부질없는 일들이 어지러이 일어나고 세월이 쏜살같이 흘러 나무하고 꼴 베는 이가 산에 들어가고[27] 생 들보가 무너진 것[28]을 공은 아시는지요?

아신다고 한다면 백세(百歲)의 난대(蘭臺)와 석실(石室)에 크게 쓸 말은 무슨 말이며, 그릇 하나에 앵앵거리는 파리 떼가 크게 망할 날은 어느 날입니까?

그렇지 않다면 하늘의 호오(好惡)가 특별히 사람과 달라서 항상 용렬하고 사악한 무리들을 길러주고, 수없이 베고 꺾는 환난을 반드시 명문가로 돌리기 때문입니까? 그것도 아니라면 조종(祖宗)의 보우가 오랜 세월 이어지기를 바라고 가문을 빛내는 일이 학문만 한 것이 없는데, 후손이 그 일을 담당할 수 없으니 재주를 자랑하고 말재주를 펼쳐 윤리

---

26 【작품해제】숙부 서명선(徐命善)의 대상(大祥)을 앞두고 올린 제문이다.

27 나무하고……들어가고 : 미상이다.

28 생 들보가 무너진 것 : 뜻밖의 화를 당하는 것을 말한다.

를 버리고 염치를 버려 명성과 이익의 마당에서 활개 치면, 문호(門戶)가 진정 실추되고 조종이 우리의 제사를 흠향하지 않을까 두려워한 것입니다. 이 때문에 후손들이 선조의 정신을 안고 힘써 부끄러움 없이 하여 집안 명성을 보존하고 그 실마리를 이어지게 하려나 봅니다.

예전 밤에 공과 선대부 문정공(文靖公 서명응(徐命膺))께서 함께 주무시며 돌아보고 말씀하실 때 기쁘고 만족스러운 빛이 말씀에 드러났지요. 공께서 살아 계실 때 마음속 생각이 크고 일을 염려하는 것이 원대하여 비록 집안의 사소한 일이라도 〈당풍(唐風)〉의 생각[29]이 있으신 것을 소자가 본 적이 있습니다. 오늘의 일을 어찌 사소하다고 하겠습니까? 그런데도 이처럼 기뻐하고 만족스러워하신 것은 어째서인지요? 공의 영혼은 땅에 물이 있듯이 어디에든 존재하여 무지하지 않고 꼭 들어주실 줄 소자는 분명히 알고 있습니다.

아, 공께서 매번 일신을 근심하여 "결국에는 시사(時事)가 변할 것이야." 하셨고, 매번 집안을 근심하여 "노수(潞修)가 가르침을 따라 행할 수 있을까." 하셨지요. 삼가 가업을 지키며 언제 어디서든 공의 간곡한 유언을 저버리지 않았으니, 공께서 무슨 한이 있겠습니까. 그러나 공을 갈망하고 공을 의지하던 저는 시간이 갈수록 허전합니다. 더구나 한없는 은혜와 특별한 인정을 받은 소자로서 잠자리에서 모시며 기뻐했던 일이 모두 옛일이 되었고 만년을 잘 마무리 지으려 하나 전혀 방법이 없습니다. 도중에 길을 잃고 어미를 부르는 어린아이가 어찌 궤연(几筵)이 철거되어[30] 모습이 날로 멀어지게 될 것을 절박하게 여기지 않을

---

29 당풍(唐風)의 생각 : 《시경》〈당풍(唐風)〉을 말하는 듯하나, 인용한 의미는 미상이다.

수 있겠습니까.

아, 소자는 이제 장단으로 돌아가려 합니다. 봄가을로 고기와 술을 갖추어 예를 올릴 수 있고 하루 식사에 조금의 곡식이면 연명할 수 있습니다. 문을 닫고 찾아오는 이를 물리친다면 거문고와 책이 즐길 거리가 되고, 재능을 감추고 편안히 쉰다면 부들자리라도 편안히 머물 수 있습니다. 이러한 것을 누리더라도 이미 사치스러운 일입니다. 구차히 얻고 구차히 모면하는 영욕(榮辱)으로 말하면 소자가 조금도 연연하지 않을 것이니, 왕희지(王羲之)처럼 선영에 맹세할 것입니다.[31]

그러나 두려운 것은 다짐한 마음을 저버리고 정한 기준을 실천하지 못하여 공께서 인정해주신 것을 욕되게 하고 공께서 내려주신 은혜를 저버리게 되지 않을까 하는 것입니다. 이런 일을 어찌 차마 하겠습니까. 공의 혼령께서 아신다면 경중의 형세를 묵묵히 조절하고 거취를 정할 때 은밀히 도와주시어 소자의 평소의 소신을 부디 이루게 하소서. 소자가 감히 바라지 않을 수 없습니다. 아, 공께서 저의 소원을 들어주실는지요? 아니면 바랄 수 없는 일인지요?

천고의 영결이 오늘 끝나기에 가슴속 가득한 슬픔을 제문에 담았습니다. 말로 다할 길 없는 심정을 공께서는 도리어 고개를 끄덕이시며 "내가 다 알고 있다." 하시겠지요. 아, 애통합니다. 아, 원통합니다. 부디 흠향하시기 바랍니다.

---

30 궤연(几筵)이 철거되어 : 궤연은 삼년상 동안 신주를 모셔두는 곳으로, 대상(大祥) 이후에 철거한다. 서명선의 대상에 올리는 제문이므로 이와 같이 말하였다.
31 왕희지(王羲之)처럼……것입니다 : 진(晉) 왕희지가 만년에 관직을 버리고 선영(先塋)에 나아가서 서묘문(誓墓文)을 짓고 은거하며 다시 세상에 나오지 않았다.

백씨 판서공에게 올린 제문[32]

祭伯氏判書公文

아우 형수(瀅修)가 삼짇날의 제사로 인해 제문을 지어 백씨(伯氏) 판서공(判書公)의 영전에 곡하며 아룁니다.

아! 형님께서 무오년(1798, 정조22) 제석(除夕)에 성상께 문후하는 반열에서 물러 나와 제가 있는 곳으로 오셔서 저의 침소에서 머무시며 흘러가는 세월을 탄식하시고 인생이 덧없다고 개탄하신 지 겨우 두 달이 지났습니다. 형님께서는 지금 어디에 가셨기에 빈 들보에는 먼지가 끼고 난데없이 여막이 보인단 말입니까? 형님께서 진실로 저를 버리고 먼저 가셨으니, 저는 앞으로 형님 없이 홀로 살아야 한단 말입니까?

한 배에서 나서 기운이 이어진 형제간의 지극한 사랑으로 머리 허연 노년에 서로 영결하는 것은 인사(人事)에 지극히 견디기 어려운 것이며 인정(人情)에 크게 슬픈 일입니다. 저와 형님의 관계로 말하면 어찌 형제일 뿐이겠습니까.

《시경》〈육아(蓼莪)〉편에서 길러주고 돌보며 어디서든 생각한다고 읊은 부자와 같고, 〈치효(鴟鴞)〉편에서 부지런히 갈대를 물어오고 비바람 치면 울부짖는다고 말한 군신과 같습니다. 〈여왈계명(女曰鷄鳴)〉편에서 주살로 잡아오면 그대와 맛있게 요리하겠다고 읊은 부부와 같고, 〈북풍(北風)〉편에서 은혜롭게 나를 좋아하는 이와 손잡고 함께 돌아가겠다고 말한 붕우와 같습니다. 그리고 〈소완(小宛)〉편에

---

32 【작품해제】 큰형 서호수(徐浩修, 1736~1799)에게 올린 제문이다.

서 날이 밝도록 잠 못 이루며 부모님을 생각하고, 곡식을 쥐고 나가 점을 쳐서 어디로 가는 것이 좋을까라고 읊은 형제와 같습니다. 이와 같은 것을 어찌 형제간의 윤리 하나만을 지키면서도 죽고 살고 헤어지는 다른 사람의 형제들에 비교할 수 있겠습니까.

장단(長湍)은 서울과 80리 거리이고,[33] 광산(光山)과 서울도 천 리에 가깝습니다. 그러나 제가 장단에서 호남으로 옮겨오자 아우를 버리지 못하여 가족을 다 거느리고 따라오셨고, 제가 광주 목사(光州牧使)가 되자 부단히 왕래하였지요. 3년 동안 머문 적이 없었는데도 형님께서 늘 송매(宋妹)[34]에게 "벼슬하는 사람이라고 한 끼에 두 그릇을 먹겠느냐. 내가 이제 늙었으니, 늙은 사람은 마음이 약하여 아우가 멀리 떠나 있는 것을 견디지 못한다." 하셨다지요. 아, 형님께서는 제가 멀리 가는 것을 견디지 못했거늘 저는 홀로 형님께서 먼저 가신 것을 견뎌야 한단 말입니까.

형님께서 돌아가신 뒤에 위문하러 온 친지와 빈객들은 저마다 형님에 대해 말을 하였습니다. 어떤 이는 "내직으로 팔좌(八座)[35]를 두루

---

33 장단(長湍)은……거리이고 : 원문의 단산(湍山)은 경기도 장단(長湍)을 말하고, 원문의 상유순(上由旬)은 불교에서 말하는 거리의 단위이다. 《홍재전서(弘齋全書)》 권55 〈화산(花山) 용주사(龍珠寺) 봉불식(奉佛式)에 복을 기원하는 게송[花山龍珠寺 奉佛祈福偈]〉 결게분(結偈分) 정토 극락(淨土極樂)에, "단 이슬은 청정한 국토에 두루 내리고, 가을 달빛은 넓은 하늘에 가득하도다. 한 언덕에 있는 아란야는, 왕성과의 거리가 팔십 리도다.〔甘露遍淨界, 秋月滿長天. 一曲阿蘭若, 王城上由旬.〕" 하였는데, 그 주석에서 "유순(由旬)은 중국 말로 한량(限量)이며, 세 등급이 있는데 다르다. 상(上)은 80리(里)이고, 중(中)은 60리이며, 하(下)는 40리이다. 용주사(龍珠寺)는 왕성(王城)과 80리 거리이다." 하였다.

34 송매(宋妹) : 송위재(宋偉載)에게 시집간 누이동생을 말한다.

지내고 외직으로 사절(四節)을 쥐었으니[36] 영화와 존귀함이 더할 나위 없었고, 슬하에 아들 넷을 두어 소과와 대과에 급제하였으니 자손이 번성하였고, 예순이 넘은 연세에도 건강하여 책을 읽고 일을 처리하였으니 장수하고 강녕하였다. 공이 무슨 복을 누리지 못해 유감이 있겠는가." 하고, 어떤 이는 "주인(疇人)[37]의 자제들이 주(周)나라 말기에 흩어진 뒤로 율력(律曆)이 세상에 전해지지 않은 지 오래되어, 아무리 소옹(邵雍)과 주자(朱子) 같은 대현(大賢)과 채(蔡)·허(許) 같은 대유(大儒)라 할지라도 아득하여 상고하기 어려운 기수(器數)에 대해서는 어찌할 수 없었다. 그런데 공은 변방의 후학으로서 단절된 천문(天文)과 역산(曆算)에 직접 통하여 책을 저술하였다. 가령 소하(蕭何)와 조참(曹參)이 재상이 되고 한유(韓愈)와 구양수(歐陽脩)가 대제학이 된다면, 공이 서운관(書雲觀)과 이원(梨苑)에서 어깨를 나란히 해도 부끄러움이 없을 것이니, 안목 있는 사람은 인정할 것이다. 공이 무슨 명성을 이루지 못하여 미련이 있겠는가." 하고, 어떤 이는 "효자의 소원은 어버이를 영화롭게 봉양하는 것보다 큰 것이 없는데, 어느 누가 이러한 소원이 없겠는가마는 이룬 사람이 드물다. 공은 젊은 나이에 총재(冢宰 이조 판서)가 되어 집안이 전성했던 시기에 몸소 양친을 봉양

---

35 팔좌(八座) : 육조(六曹)의 상서(尙書) 및 좌우 복야(僕射)의 총칭이다. 서호수가 판서의 반열에 올랐으므로 이와 같이 말하였다.

36 사절(四節)을 쥐었으니 : 네 고을의 관찰사를 역임했다는 뜻이다. 서호수는 1774년(영조50)에 전라도 관찰사를, 1779년(정조3)에 함경도 관찰사를, 1782년(정조6)에 평안도 관찰사를 역임하였다. 나머지 한 곳은 미상이다.

37 주인(疇人) : 대대로 부조(父祖)의 업을 계승하는 자를 말하는데, 후세에 와서는 오로지 역산가(曆算家)를 일컫게 되었다.

하여 천하의 즐거움을 다 누렸으니, 효자로서 원하는 일에 빠진 것이 없었다. 공이 무슨 소원을 이루지 못해 여한이 있겠는가." 하였습니다.

복록과 명성과 소원으로 말하면 옛사람이 행실을 살펴 길흉을 상고하여 그에 알맞은 하늘의 보답을 부르는 것입니다. 형님께서 이것을 모두 누리셨으니, 혹자(或者)의 설이 옳지 않다고 할 수는 없습니다. 그러나 제가 형님을 위해 원통해하여 하늘을 불러 따지고자 하는 것은 따로 있습니다. 몽장씨(蒙莊氏)는 벼슬을 감옥으로 여겼고 반백씨(班伯氏)는 명성을 족쇄로 여겼으니,[38] 저것들은 사람 몸에 있어서 본래 외부적이며 말단적인 것입니다. 오직 우리의 일생에서 두려움과 근심이 우리의 마음을 크게 어지럽히지 않은 뒤에야 날로 아름다워지고 날로 졸렬해지는 것[39]이 여기에서 판연히 구분되어, 살아서 순조롭고 죽어서 편안한 경지[40]에 대해 말할 수 있습니다.

아, 간사한 무리들이 우리 집안에 대해 시종 짖어댄 것이 지금까지 3, 40년이 되었습니다. 계교하는 마음에서 시작되어 시기하는 사심으로 이어져서, 권력을 잡으면 달려와 애걸하다가 권세를 잃으면 야유하

---

38 몽장씨(蒙莊氏)는……여겼으니 : 몽장씨는 장자(莊子)를 말하고, 반백씨는 반고(班固)를 말한다. 구양수(歐陽脩)가 〈방회칙을 전송하는 서(送方希則序)〉에서 "몽장은 벼슬을 감옥으로 여겼고, 반백은 명성을 족쇄로 여겼다." 하였다. 《文忠集 권64 送方希則序》

39 날로……것 :《서경》〈주관(周官)〉의 "덕을 행하면 마음이 편안한 가운데 날로 아름다워지겠지만, 그 반면에 거짓을 행하면 마음이 수고로운 가운데 날로 졸렬해지게 될 것이다.〔作德, 心逸日休 : 作僞, 心勞日拙.〕"라는 말을 인용한 것이다.

40 살아서……경지 :《논어》〈이인(里仁)〉 편의 "아침에 도를 들으면 저녁에 죽어도 좋다.〔朝聞道夕死可矣〕"는 구절에 대한 주희의 집주에 보이는 말이다.

며 돌을 떨어뜨려[41] 아첨하고 배반하는 행태가 몇 번이나 급변한 줄 모릅니다. 그러나 선군자께서는 산처럼 요지부동하여 두려워하거나 갈등하지 않았고 이해(利害)와 화복(禍福)으로 그 마음이 조금도 흔들리지 않았습니다. 그 당시 나가서는 관망하고 들어와서는 애태우며 몸은 사통팔달한 드넓은 길에 있었으나 마음은 구절양장(九折羊腸)의 험로에 얽매인 것은 오직 형님 한 분이었고 저는 아직 어렸습니다.

형님께서 일찍이 돌아가신 어머니께 다음과 같이 슬피 고하셨지요. "일생 몸을 편히 모시는 것이 하루 동안 마음을 편히 해드리는 것만 못하니, 마음을 편히 해드린다면 일생의 수고를 쉴 수 있을 것입니다. 어머니와 함께 다음 세상에서 또다시 모자간이 되어서 칠리탄(七里灘)[42]에서 아무 걱정 없는 가정을 편안히 만들고 싶습니다. 그리할 수 있을지요?" 이 말씀이 몹시 비통하니, 형님의 몸속에 가득한 진정을 볼 만합니다. 그런데 술잔 속의 활 그림자는 참으로 역노(蜮弩)가 되고[43] 창틈으로 보이는 기왓장은 헛되이 적포(賊礮)가 되어,[44] 마침내

---

41 돌을 떨어뜨려 : 위급한 상황에 놓인 사람을 보고 구해주기는커녕 더욱 곤경에 빠뜨리는 것을 비유한 말이다. 당(唐)나라 한유(韓愈)가 지은 〈유자후묘지명(柳子厚墓志銘)〉에 "사람들이 작은 이해에 걸리면 그것이 아무리 하찮은 것일지라도 안면을 몰수하는 경우가 있고, 함정에 빠졌을 경우에 손을 내밀어 구제해주는 것이 아니라 더욱 밀어 넣고 돌을 던진다." 하였다.

42 칠리탄(七里灘) : 은거지를 말한다. 동한(東漢)의 은사(隱士) 엄광(嚴光)이 은거하여 낚시하던 곳이다.

43 술잔……되고 : 재앙의 조짐이 보이다가 기어이 재앙을 입게 되었다는 말이다. 역(蜮)은 일명 단호(短狐)라고도 하는데, 자라처럼 생기고 세 발이 달렸으며, 입속에 가로질러 있는 뿔로 만든 쇠뇌[弩] 같은 물건에 기(氣)를 화살[矢]로 삼아 물속에서 사람을 쏘아 해친다고 한다. 또 일설에는 모래를 입에 물었다가 사람을 쏘아 맞히면

임자년(1792, 정조16)에 망극한 참언(讒言)이 나오는 지경이 되었습니다. 형님께서 이때 육순의 쇠약한 몸으로 이리저리 떠돌아다니며 갖은 수모를 당하고 온갖 고초를 겪었습니다. 그리하여 수십 년의 헛된 부귀가 홀연히 환영처럼 되었으니, 앞서 말한 외부적인 것과 말단적인 것조차도 후하게 누린 것이 뭐가 있단 말입니까? 아, 원통합니다.

형님은 기상이 맑고 풍채가 좋아 조정의 모임에서든 사적인 자리에서든 바라보면 옥산(玉山)과 요림(瑤林)이 하늘 높이 솟은 것 같아 아무도 따라갈 수 없었습니다. 이 때문에 사람들이 모두 "기상이 이러한데도 복록이 돌아가지 않으랴?" 하였습니다. 형님은 효성과 우애가 월등하고 지극정성이 외모로 드러나, 수저 하나 약물 하나에서부터 장례와 제사에 이르기까지 반드시 모두 손수 담당하여 기쁨만 가득하고 유감이 없었으며, 잠시라도 부모를 잊은 적이 없었습니다. 그리고 아우들과 누이들에 대해서는 보지 않으면 그리워하고 보면 기뻐하였으며, 나이도 잊고 지위도 잊은 채 서로 즐겁게 어울렸지요. 이 때문에 사람들이 모두 "행실이 이러한데도 복록을 누리지 못하랴?" 하였습니다. 지금에 와서 보면 기상과 행실은 참으로 사람의 한평생을 점칠 것이 못 됩니다. 눈썹을 치켜들고 기운을 토하며 아침저녁으로 떠들어 대는 용렬하고 쥐새끼 같은 저 무리들로 말하면 진실로 말세의 기수(氣數)에서 정도로 돌리지 않을 수 없는 현상인가 봅니다.

더욱 원통한 것은 갑인년(1794, 정조18)에 해와 별처럼 빛나는 윤음

부스럼을 앓게 되며 그림자를 맞혀도 마찬가지라고 한다. 즉 몰래 사람을 해치는 것을 말한다.

44 창틈으로……되어 : 미상이다.

으로 찬란히 문모를 천양해주시어 영원히 잊을 수 없는 은택이 지하에
까지 널리 미쳤다는 것입니다. 우리 집안이 전후로 받은 은혜가 또
얼마나 많았습니까마는 시든 나무를 꽃 피워주고 죽은 뼈에 살을 붙여
준 깊은 사랑과 큰 덕을 입은 것은 이때가 제일입니다.

형님께서는 감격하여 생사도 잊은 채 서울의 저택에 들어가 머무셨
지요. 당시에 벼슬에 나아가 성상을 모시는 정성을 다하였고, 또 형제
자매와 가까이 살아서 가는 곳마다 술잔을 주고받았지요. 마음속에
맺혀 털어놓지 못하고 목이 메어 말할 수 없었던 일들을 남김없이 말하
고 후련하게 들었으니, 우리 형님께서 만년의 즐거움으로 지난날의
답답했던 심정을 조금이나마 달랠 수 있을 듯했지요.

그런데 겨우 4년 만에 느닷없이 돌아가셔서 여러 사람들이 했던 말
들이 모두 한낱 망상으로 귀결되고 말았습니다. 어찌하여 자질을 후하
게 주셨다가 이리도 급히 앗아간단 말입니까. 돌아가신 날에 누차 탄식
하며 석연치 않았던 것은 아마도 이 점 때문일 텐데, 하늘이 우리 형님
께 후하게 내리신 것이 그만임을 어찌하겠습니까. 아, 원통합니다.

그러나 형님의 부음이 전해지자 성상께서 누차 애석해하는 뜻을 보
이셨고, 또 형수께서 중도에 위태하고 유구(有榘)가 천 리를 급히 달려
간 일로 슬퍼하시는 전교가 정중할 뿐만이 아니었습니다. 연신(筵臣)
이 돌아와서는 대궐 사람들이 슬피 울고 각중(閣中)의 상하 신료들과
겸임했던 관직의 관원들이 누구나 아까운 분을 잃었노라 안타까워하고
몹시 애통해하였으며, 형님의 공적을 열거하며 이제 누구를 믿고 살까
하였다고 전해주었습니다. 그렇다면 형님께서 돌아가신 것은 다만 문
중의 성쇠가 걸린 일일 뿐만 아니라 세도(世道)와 시운(時運)에 크게
관련된다는 것을 여기에서 증험할 수 있습니다. 생전에는 아무런 보탬

을 주지 못하고 죽어서는 아무런 명성이 없는 사람이 대부분인데, 형님께서는 우리 성상께 이런 대우를 받고 관료들에게 이러한 평판을 얻고 또 사람들의 한결같은 칭송을 받았습니다. 아, 이 결함투성이의 세상[45]에서 일어나는 심신의 영췌(榮悴)와 고락(苦樂)이야 지금 형님을 위해 따져볼 필요는 없겠지요. 그러나 저의 번뇌와 원통한 마음으로 말하면 끝내 이로써 슬픔을 막을 수 없습니다.

아, 군자의 죽음을 종(終)이라 하고 소인의 죽음을 사(死)라고 하는 것은 《예기(禮記)》에 실린 말입니다.[46] 그러나 군자가 바르게 임종하기는 예로부터 어려운 일이었습니다. 그런데 형님께서는 병환이 깊어진 뒤에 말씀과 행동이 평소에 비해 더욱더 차분하였습니다. 한번은 제 손을 잡으시고서 국은(國恩)을 헛되이 저버리지 말고 가사(家事)를 잘 맡으라고 차근차근 말씀하시고 수의와 관곽을 어떤 것을 사용하고 묘와 의물(儀物)을 어떻게 하라고까지 말씀하여, 중요한 일이든 사소한 일이든 할 것 없이 빠트리지 않고 세세히 지시해주셨습니다. 그리고 돌아가시는 순간까지도 여쭤보면 대답하시고 말씀드리면 반응하셨습니다. 이처럼 바르게 임종하셨으니, 옛날의 군자는 어떠했는지 모르겠습니다.

차마 형님께서 돌아가셨다고 인정하지 못하는 의리로 어찌 감히 일체 유언을 명심하여 그대로 시행하지 않겠습니까? 그러나 임좌(壬坐)

---

45 결함투성이의 세상 : 도가(道家)에서 원시천존(元始天尊)이 사는 도읍을 백옥경(白玉京)이라고 하는데, 백옥경은 천상의 세계로 인간의 생로병사가 없는 완전무결한 세계이다. 이와 반대로 생로병사로 고통받는 이 세상을 결함투성이의 세상이라고 말한다.

46 군자의……말입니다 : 《예기》〈단궁 상(檀弓上)〉에 나오는 말이다.

의 언덕은 지관(地官)이 이의를 제기하여 방향을 살펴 기좌(己坐)로 다시 잡았으니, 누차 살펴 자리를 택한 것은 알맞기를 기약했기 때문입니다. 이곳은 실로 정간공(貞簡公 서문유(徐文裕))과 문민공(文敏公 서종옥(徐宗玉)) 양대의 묘와 언덕을 사이에 두고 있고 문정공(文靖公)의 묘와는 더욱 가까워 바라보이니, 형님을 그 사이에 묻은 것은 선영에 묻히기를 원하던 형님의 소원을 따랐기 때문입니다.

아, 형님의 발인이 지금 10일도 남지 않았으므로 제가 형님보다 앞서 가서 학산정사(鶴山精舍)에서 형님을 기다리려 하였습니다. 가마 타고 왕래했던 자취가 있기에 방에 들어가기도 전에 이미 저의 원통한 눈물이 한없이 쏟아졌고, 반들거리는 궤안(几案)과 정돈된 서적도 차마 어루만질 수 없었습니다. 앞으로 고향의 원숭이와 학과 더불어 송운(松雲)과 회월(檜月)·아래에서 슬피 울어야 한단 말입니까. 소장공(蘇長公)이 자기 아우 자유(子由)에게 준 시에 "자네와 대대로 형제가 되어, 내세에도 인연 맺어 끊지 않으리.〔與君世世爲兄弟 更結來生未了因〕"라고 하였으니,[47] 이것이 형님께서 선비(先妣)께 고한 뜻이며 또한 지금 저의 마음이기도 합니다. 형님께서 저의 말을 들어주시겠지요?

아, 제가 형님을 영결하는 자리에서 아뢰고자 하는 애통한 심정으로 말하면 비록 수미산(須彌山)을 붓으로 삼고 바다를 먹물로 삼는다 한들 어찌 가슴속에 가득한 슬픔을 만의 하나라도 쏟아놓을 수 있겠습니

---

47 소장공(蘇長公)이……하였으니 : 소장공은 소식(蘇軾)이고, 자유(子由)는 소철(蘇轍)의 자이다. 소식이 사건에 연루되어 어사대(御史臺) 옥에 갇혀 있을 때 옥리(獄吏)의 괴롭힘이 심하여 살아서 나갈 수가 없다고 생각되자, 영결의 뜻을 담은 칠언율시 두 수를 지어 옥졸(獄卒)을 통해 아우 소철에게 보냈는데, 이 구절은 바로 그 첫 수의 마지막 부분이다. 《東坡全集 卷29 獄中寄子由二首》

까. 형님을 잃은 뒤로 바보인 듯 술 취한 듯 정신이 몽롱하여 아뢸 일이 생기면 형님이 집에 계시다고 착각하여 일어나 찾아가려던 적이 여러 번이니 어이합니까. 넋이 나가 마음은 멍하고 손은 뜻대로 되지 않으며 한 글자 쓸 때마다 눈물 떨어져 작은 종이가 다 젖었습니다. 계절이 바뀌어 시식(時食)을 올리오니, 길게 말해봤자 이별이며 구구 절절 말해봤자 이별입니다. 아, 형님이여! 아, 형님이여! 흠향하시기 바랍니다.

송악산 토지신에게 올린 제문[48]
祭松山土地神文

신축년(1781, 정조5) 봄 3월 계사일에 달성(達城) 서형수(徐瀅修)가
술과 포를 갖추어 송악산(松岳山)의 토지 신령께 삼가 아룁니다.

　저는 기구한 사람입니다. 33년의 인생 동안 진실로 그 마음에 어긋하
지 않은 일이 있었습니까? 학문에 뜻을 두었으나 평지에 한 삼태기[一
簣]를 부은 정도였고,[49] 문장에 뜻을 두었으나 문단(文壇)에서 세 번
실패하였고,[50] 공명에 뜻을 두었으나 세상이 무수히 변했습니다. 다섯

---

48 【작품해제】이 글은 저자가 33세에 지은 것으로, 당시의 절망적인 심정을 엿볼
수 있는 작품이다. 1777년(정조1) 홍계능(洪啓能)의 역옥이 일어나자, 홍계능을 스승
으로 모시고 공부했던 저자는 큰 위기를 맞는다. 저자의 생부 서명응(徐命膺)이 홍계능
에게 아들을 보내 글을 배우게 한 것은 자신의 잘못이라고 자책하는 상소를 올려, 아들
을 비호하고 아울러 달성 서씨(達城徐氏) 문중을 지키는 고육책을 씀으로써 무마되는
듯했으나, 이후에도 저자는 사사건건 반대 세력들에 의해 역적의 제자라는 꼬리표를
달고 살아야 했다. 1780년(정조4)에는 홍계능의 제자라는 이유로 도배(島配)하라는
탄핵을 받기도 하였다. 이처럼 살얼음판을 걷는 상황에서 토지신에게 자신의 기구한
팔자를 토로하고 여생의 안위를 기원하고 있다.

49 평지에……정도였고 : 자신의 학문이 보잘것없음을 표현한 말이다. 《논어》〈자한
(子罕)〉에, 공자가 "산을 만드는 데 한 삼태기를 남겨놓고 중단하는 것도 내가 중단하는
것이고, 평지에 비록 한 삼태기를 갖다 부어 진보할지라도 내가 한 것이다.〔譬如爲山,
未成一簣, 止, 吾止也; 譬如平地, 雖覆一簣, 進, 吾往也.〕"라고 한 말을 인용한 표현이
다.

50 문단(文壇)에서 세 번 실패하였고 : 저자는 1783년 4월에 이르러서야 증광 문과에
을과로 급제하였다.

가마 들이의 박을 타고 세찬 물결 속에서 구사일생으로 살아나 어느덧 늙어가고 있습니다. 이는 하늘이 기구하게 만든 것입니까? 아니면 제 스스로 기구함을 초래한 것입니까?

이제 서리가 내려 물이 마르고 구름이 지나가 일이 공허해져서[51] 우뚝한 기상은 무너져 평지가 되고 총명한 자질은 변하여 흐릿해졌습니다. 몸을 편안히 하고 명을 확립할 곳이라고는 우러러 의지할 선영뿐이기에 경산(景山)의 측백나무[52]를 깎아 장로(張老)가 칭송할 날[53]이 머지않았습니다.

통하고 막히는 것은 하늘에 달려 있고 나아가고 그치는 것은 사람에게 달려 있습니다. 삼재(三才)의 운수가 순환하니, 하늘과 사람 모두에게 불우한 제가 지령(地靈)에게 동정을 받아 도가 충족된 귀함과 몸이 편안한 부유함을 가지고 지난날의 근심을 잊고서 여생의 즐거움을 다할 수 있을지요? 그렇게 될 수 있겠습니까? 그렇게 되지 못한다면 막다른 길에서 통곡하며 더 이상 당대에 기대할 게 없습니다. 부디 신령께서 알아주소서. 아!

---

51 서리가……공허해져서 : 서형수 자신이 허송세월하다가 이제 늙어서 아무 일을 할 수 없게 되었음을 비유하는 구절이다.

52 경산(景山)의 측백나무 : 서울 부근 산의 나무를 말한다. 《시경》〈상송(商頌) 은무(殷武)〉에, "저 경산에 오르니, 소나무와 측백나무 무성하도다.〔陟彼景山, 松柏丸丸.〕"라고 하였다.

53 장로(張老)가 칭송할 날 : 《예기》〈단궁(檀弓)〉에, 진 헌문(晉獻文)이 집을 짓자 장로(張老)가 "아름답고 빛나도다. 여기에서 노래하고 여기에서 곡하며, 여기에서 일족을 모으리라.〔美哉奐焉. 歌於斯哭於斯, 聚國族於斯.〕" 하였다. 즉 저자가 거처할 집을 지었다는 것을 말한다.

종묘의 겨울 제사 친제문 대작

宗廟冬享親祭文 代

거룩한 이중 처마는	皇矣重檐
선왕들을 존숭한 곳입니다	昭穆攸尊
문치와 무치가 찬란하여	文謨武烈
성스럽고 신령한 왕통 이어져	聖子神孫
훌륭한 계책은 후손을 편안케 하였고	洪圖裕後
큰 책임은 선대를 빛냈습니다	丕責光前
지금 겨울 제사 돌아와	繼序在今
법도에 맞게 예를 올립니다	式禮罔愆
덕은 사당에서 볼 수 있고	德可廟觀
공은 역사서에서 징험할 수 있으며	功以史徵
빛나는 말씀이	煌煌寶訓
서책에 남아 있습니다	載秩篇縢
더구나 이 신성한 제사를	矧伊明禋
직접 지내지 않은 지 오래되었기에	久曠躬奠
면류관을 성대히 갖추고	盛我旒冕
저 신하들을 거느렸습니다[54]	率彼爵弁

---

54 저 신하들을 거느렸습니다 : 원문의 작변(爵弁)은 신하가 임금과 함께 제사 지낼 때에 쓰는 관이다. 《백호전서(白湖全書)》 권46 잡저(雜著) 〈독서기(讀書記) 내칙(內則)〉의 "세 번 예(禮)를 더할 때마다 복장이 더욱 높아지니 이는 성인이 되었음을 공경하는 것이다."의 주석에서 "처음 관을 쓸 때는 치포관(緇布冠)에 현단복(玄端服)을 입

칠수와 저수의 물고기를[55]	漆沮潛魚
절기가 겨울이 돌아와[56]	節回玄冥
제수로 이미 진설하였으니	籩豆旣旅
서직이 향기롭습니다	黍稷惟馨
시종 공경하는 마음으로	匪懈一心
삼가 제례악을 올리오니	祗薦九成
부디 흠향하시어	尙冀顧歆
밝게 계도하고 보우해주소서	啓佑孔明

는데 이는 사(士)가 조석으로 조정(朝廷)에서 입는 복장이며, 두 번째에는 피변(皮弁)을 쓰고 소적(素積)을 입는데 이는 임금과 함께 시삭(視朔)할 때의 복장이며, 세 번째에는 작변(爵弁)에 훈상(纁裳)을 입는데 이는 임금과 함께 제사 지낼 때 입는 복장이다." 라고 하였다.

55 칠수와 저수의 물고기를 : 《시경》〈주송(周頌) 잠(潛)〉에 "아, 칠수와 저수에는, 많은 고기 들어 있네.……이 고기 잡다 제사 지내어, 큰 복을 한없이 늘이도다.〔猗與 漆沮, 潛有多魚.……以享以祀, 以介景福.〕"라고 한 데서 온 말인데, 이 시는 곧 물고기를 잡아다가 주(周)나라 사당에 제사 지내던 일을 노래한 것이다. 여기에서 칠수(漆水)와 저수(沮水)는 모두 상징적으로 쓰인 용어들이다.

56 절기가 겨울이 돌아와 : 원문의 현명(玄冥)은 겨울 귀신 이름이다. 《예기(禮記)》〈월령(月令)〉에 "겨울을 주관하는 상제(上帝)는 전욱(顓頊)이요, 그 귀신은 현명(玄冥)이다."라고 하였다.

경모궁 납향 친제문 대작[57]

景慕宮臘享親祭文 代

음률은 대려에 맞고[58]	律中大呂
절기는 섣달에 이르렀습니다[59]	節屆嘉平
물고기 잡고 사냥하게 하여	命漁因獵
예로부터 정성을 바쳤지요	自古薦誠
더구나 우리의 제사 전례에 대해	矧我祀典
새로 법제를 만들었지요	新釐章程
일첨문으로는 부족하여	日瞻不足
월근문을 만드니	月覲有閎
종묘와 더욱 가까워	密邇閟宮
어로가 항상 깨끗했지요	蹕路常淸
가을과 겨울 제사 직접 올리지 못하여	未躬烝嘗
제 심정 참으로 송구하오니	餘慕怔營

---

57 【작품해제】정조를 대신하여 지은 제문이다. 1764년(영조40)에 북부 순화방(順化坊)에 있던 사도세자(思悼世子)의 사당인 수은묘(垂恩廟)를 옮겨 짓고, 1776년(영조52)에 정조가 즉위하자 수은묘를 경모궁(景慕宮)으로 고쳐 불렀다. 이때 정조가 친히 편액(扁額)을 써 달았으며, 서쪽에 일첨(日瞻)·월근(月覲) 두 문을 내어 창경궁 쪽의 문과 서로 통할 수 있게 하였다. 1785년(정조9) 8월에 경모궁과 사도세자의 원묘(園墓)에 대한 의식 절차를 적은 〈궁원의(宮園儀)〉를 완성하는 등 이 일대를 정비하였다.

58 음률은 대려에 맞고 : 원문의 대려(大呂)는 하력(夏曆 음력) 12월의 별칭이다.

59 절기는 섣달에 이르렀습니다 : 원문의 가평(嘉平)은 납제(臘祭)의 별칭이다.

때마다 성묘한 것으로	以時展掃
어찌 정을 폈다 하겠습니까	豈曰伸情
용기 세우고 제수 받드오니	龍旂大糦
음악이 끝나는 것을 오래도록 봅니다[60]	永觀厥成
규장[61]은 우아하고	圭璋峨峨
악기 소리 울려 퍼집니다	磬莞鏗鏗
부디 편안히 흠향하시어	庶其居歆
밝게 인도하고 보우해주소서	啓佑孔明

---

60 음악이……봅니다 : 《시경》〈주송(周頌) 유고(有瞽)〉에 "우리 손님이 이르시어 그 음악이 끝나는 것을 길이 보시도다.〔我客戾止, 永觀厥成.〕"라고 하였다.

61 규장(圭璋) : 제사에 바치는 옥을 말한다.

영희전 작헌례 제문 대작[62]

永禧殿酌獻禮祭文 代

제1실(室)

태조께서 천명을 받아[63]	藝祖受命
우리 조선을 열고는	肇我東方
위무를 이루시어	奢定威武
국운을 열어주셨지요	佑啓烈光
빛나도다 뒤를 이어	昭哉嗣服

---

62 【작품해제】영희전(永禧殿)은 세조 때 의숙공주(懿淑公主)의 집이었다가, 1610년 광해군의 생모인 공빈 김씨(恭嬪金氏)의 사당이 되어 남별전(南別殿)이라 하였다. 1619년 태조와 세조의 영정을, 1637년 원종의 영정을, 1748년 숙종의 영정을, 정조대에는 영조의 영정을 봉안하였다. 작헌례를 위해 영희전에 거둥한 정조를 대신하여 지은 글로, 창작 연대는 미상이다. 제1실에서는 개국한 태조의 공렬을, 제2실에서는 중흥한 세조의 공렬을, 제3실에서는 인조를 낳은 원종의 덕성을, 제4실에서는 교화를 펼친 숙종을, 제5실에서는 오랜 재위기간 동안 선치(善治)를 이룬 조부 영조를 찬양하였다. 이 가운데 세조에 대한 찬양이 주목되는데, 저자는 세조를 찬탈 군주로, 사육신을 충신으로 여기는 일반적인 견해와는 달리, 강한 신권(臣權)을 와해시켜 강력한 왕권을 구축한 중흥의 군주로 인식하고 있다. 세조에 대한 저자의 이러한 호평은 《명고전집》권15〈이조 판서 민공의 시호를 청하는 행장[吏曹判書閔公請諡行狀]〉에도 동일하게 나타나 있다.

63 태조께서 천명을 받아 : 원문의 예조(藝祖)는 '문덕(文德)을 소유한 시조(始祖)'라는 뜻으로 《서경》〈순전(舜典)〉에 나오는데, 보통은 송(宋)나라 태조를 가리키는 말로 쓰인다. 청(淸)나라 고염무(顧炎武)는 "사람들은 송나라 사람들이 자기 태조(太祖)를 예조(藝祖)로 부르는 것만 알지, 이전 시대부터 태조를 예조라고 해온 사실은 모르고 있다." 하였다. 《日知錄 藝祖》. 여기서는 태조 이성계를 가리킨다.

대대로 명철한 임금 나셔서	世有哲王
팔채 중동의⁶⁴	八彩重瞳
다섯 성인을 한 당에 모셨습니다	五聖一堂
중춘의 제사는	仲春祼將
정례적인 전례이니	曰維典常
길일을 받아 경건하고 정성스레	諏日虔誠
소자가 규장을 올립니다	小子奉璋

제2실

세조께서 중흥하여	光廟中興
국운이 더욱 굳건해졌지요	邦籙彌堅
덕은 은나라 고종과 맞먹고	德配殷宗
공은 주나라 선왕보다 높네요⁶⁵	功邁周宣
문무를 겸비하여	經文緯武
선조를 잇고 후손에게 전했습니다	貽後紹先
진전을 우러러 청소하고	瞻埽眞殿
법도에 맞게 예를 갖추니	式禮罔愆

---

64 팔채 중동의 : 팔채(八彩)는 성인의 미간에 어려 있다는 여덟 가지 광채로, 제왕 (帝王)의 얼굴을 가리키는 말로 쓰인다. 중동(重瞳)은 눈동자가 두 개란 뜻이다. 《사 기》 권7 〈항우본기(項羽本紀)〉에 "내가 주생(周生)에게 들었는데, 순임금은 눈동자가 두 개라고 하였고 항우도 눈동자가 두 개였다고 하였다."라고 하였는데, 후에 황제를 가리키는 말로 쓰이게 되었다.

65 덕은……높네요 : 은(殷)나라 고종(高宗)과 주(周)나라 선왕(宣王)은 모두 중흥 한 군주들이므로 세조를 찬양하는 데 인용하였다.

황류는 서로 비치고	黃流交映
붉은 장막 일제히 걷었습니다	絳帷齊褰
부디 편안히 흠향하시어	庶其居歆
자손들 끊임없이 내려주소서	錫我瓜綿

제3실

원종께서 감추어진 덕이 있으셔서[66]	章廟潛德
성스러운 아들 낳으셨지요	聖子篤生
그 상서로움이 발로되어	濬發厥祥
옥 소리 더욱 멀리 퍼졌지요	彌遠璜聲
뒤를 이을 아들을 주셨으니	凝圖定命
쌓은 덕이 넉넉했기 때문입니다	積累有贏
광채를 뵙기를	載覯耿光
저 전각에서 합니다[67]	于彼旅楹
제사 음식 가지런하고	秩秩豆籩
패옥 찬 신료들 가득한데	濟濟蔥珩
어찌 엄숙하지 않겠습니까	曷不肅雍
깨끗이 재계하였습니다	皎如齊明

---

66 원종께서……있으셔서 : 원문의 장묘(章廟)는 인조(仁祖)의 생부인 정원대원군을 말한다. 나중에 원종(元宗)으로 추존되었고 능호가 장릉(章陵)이다.

67 저 전각에서 합니다 : 원문의 여영(旅楹)은 건물의 많은 기둥을 말한다. 《시경》〈상송(商頌) 은무(殷武)〉에 "소나무 서까래가 길고, 여러 기둥이 크다.〔松桷有梴, 旅楹有閑.〕" 하였는데, 주희(朱熹)의 집전(集傳)에 "여(旅)는 많은 것이다."라고 하였다. 여기서는 종묘의 건물 기둥을 가리킨다.

제4실

숙종께서 보위에 오르셔서	肅廟光御
대대로 닦아온 덕을 찾으셨지요	世德作求
명성을 널리 펴시고	布濩聲明
교화가 매우 아름다워	賁飾宏休
백성들이 지금까지도	民到于今
칭송하는 노래 부릅니다	載吟載謳
영정이 엄숙한데	有儼寶禎
그윽하게 면류관을 쓰셨습니다	穆穆垂旒
세시에 올리는 제사는	歲時祗事
영조께서 만든 것으로	皇祖所修
소자가 이어받아	小子繼述
의장을 갖추고 제사를 올립니다	龍旂九斿

제5실

영고[68]께서 기반을 다져	寧考撫基
교화가 크게 융성했지요	治化邦隆
자식처럼 백성들 사랑하고	子惠庶民
신하들을 화합시켰지요	寅協群工
아, 잊을 수 있겠습니까	於乎可忘
훌륭한 덕과 공을	聖德神功

---

68 영고(寧考) : 원래 돌아가신 선친을 말하는데, 여기에서는 정조(正祖)가 조부 영조(英祖)를 이어 즉위하였기 때문에 이와 같이 말하였다.

숙연히 뵙는 듯합니다	愀然如見
오실 안에서	五室之中
일찍이 따라와 잔 올린 것 생각하니	憶曾從獻
소자의 마음 배나 감동스럽습니다	倍激微衷
무엇으로 오시게 할지요	何以格之
향기로운 제수 올렸습니다	芯芬蔥籠

숭양서원에 충정공 우현보를 배향하며 올린 제문[69]
崧陽書院陞配忠靖公禹玄寶致祭文

우리나라에 유학이 전래되어	吾道之東
숭악이 신령스럽게 빛났습니다	崧嶽赫靈
학문은 황폐함을 일소하여	學掃榛蕪
의리는 해와 별처럼 빛났지요	義炳日星
백성들이 지금까지	民到于今
본보기로 삼고 있습니다	迺範迺型
공허한 저 이단의 설은	寂彼異說

69 【작품해제】숭양서원(崧陽書院)은 포은(圃隱) 정몽주(鄭夢周)를 제향하기 위해 개성(開城) 선죽동(善竹洞)에 세운 서원이다. 1573년(선조6)에 개성 유수 남응운이 유림들과 협의 끝에 정몽주의 충절을 기리고, 아울러 서경덕의 학덕을 추모하기 위해 선죽교 위쪽 정몽주의 집터에 문충당(文忠堂)을 세웠다. 1575년 문충당에 '숭양'의 사액이 내려 국가가 공인한 서원으로 승격되었다. 1668년(현종9) 이후 김육·조익·우현보 등을 추가로 배향하였다. 흥선대원군의 서원철폐령에서 제외된 47개 서원 중의 하나로, 선현을 봉사(奉祠)하고 지방 교육을 담당하였다.

우현보(禹玄寶, 1333~1400)는 자(字)가 원공(原功), 본관이 단양(丹陽)이다. 지정(至正) 을미년(1355)에 과거에 급제하여 한림원에 들어가서, 이때부터 청환 요직(淸宦要職)을 모두 거쳐 문하우시중(門下右侍中)에 이르렀다. 계해년에 문하찬성사(門下贊成事)로서 지공거(知貢擧)였는데, 그때 태종이 병과(丙科) 제7위(第七位)로 등과(登科)하였다. 임신년에 계림(雞林)에 귀양 가 있다가 무인년에 소환되고, 기묘년(1399)에 단양백(丹陽伯)을 하사받았다. 다음 해 경진년(1400)에 이방간(李芳幹)이 난을 꾸미는데, 문인(門人) 이래(李來)가 알고 우현보에게 고하였다. 우현보가 곧 아들 우홍부(禹洪富)를 태종의 잠저(潛邸)에 보내어 밀고하였다. 태종이 미리 방비할 수 있었으므로, 화란을 평정한 뒤에 '추충보조공신(推忠補祚功臣)'의 호를 하사하였다.

하늘의 구름이며 병 속의 물입니다[70]　　　　雲天水甁

덕을 보답하지 않을 수 없기에　　　　無德不報

향기로운 제사를 지냅니다　　　　有祀維馨

시대가 다른 분을 함께 모셨으니　　　　異世同食

우뚝한 네 분 호걸이　　　　四傑亭亭

저마다 한 가지 도를 이루어[71]　　　　各得一端

천년토록 길이 배향되었습니다　　　　永配千禩

그러나 한스럽게도 충정공을　　　　獨恨忠靖

아직 배향하지 못했습니다　　　　未遑俎腥

옛날 고려 말기에　　　　昔在麗季

깨어 있는 사람 없어서　　　　人無喚惺

시는 거의 관을 쓰게 되고　　　　詩庶見冠

예는 끊어져 병풍을 기다렸는데　　　　禮絶俟屛

일변하여 도에 이르렀으니　　　　一變至道

저 누구의 덕입니까　　　　伊誰云聽

완악한 무리들을 거느려　　　　率爾頑蚩

유학의 문정으로 모이게 하니　　　　囿我門庭

거리마다 오전을 익히고　　　　巷習五典

집집마다 육경을 존숭했지요　　　　家尊六經

70　하늘의……물입니다 : 구름이 하늘을 지나가면 흔적이 없고 병 속의 물이 쏟아지면
간 곳 없듯이, 이단의 설도 공허하다는 말이다.

71　저마다……이루어 : 정몽주(鄭夢周)는 고려에 절개를 지킨 충절로, 서경덕(徐敬
德)은 기 철학을 위주로 한 도학으로, 김육(金堉)과 조익(趙翼)은 대동법의 기틀을
다진 경세가로 이름이 났다.

마침내 탁월한 절개가   終焉卓節

청사에 빛나게 되었지요   炳耀簡靑

돌아와 포은과 함께하니   歸與圃老

그 덕에 외롭지 않았지요   賴不伶俜

서로 부르고 서로 응하여   相求相應

양 날개 같았지요   如翅如翎

배향하는 예가 맞으니   禮宜從侑

한 사당에 모셨습니다   一堂之櫺

제 사적인 뜻이 아니라   予心先蔽

뜰에서 사람들 일제히 호소합니다   衆籲齊廷

이에 길일을 잡았으니   穀朝于差

혼령께서는 편안하시기 바랍니다   神尙淵停

일에 앞서 고유하고   先事告由

제수를 올립니다   用薦籩鉶

진안현 향교 개수시 고유 축문[72]

鎭安縣鄕校修改時告由祝文

비바람이 들이치기에	風雨攸萃
좋은 날을 잡아서	日月載涓
일을 하기 위해 고하노니	將役而告
법도에 맞게 예를 갖추었습니다	式禮罔愆

---

72 【작품해제】진안향교(鎭安鄕校)는 1414년(태종14)에 처음 지었고, 임진왜란으로 불타 없어진 것을 1601년(선조34)에 다시 지었으며, 1636년(인조14)에 이건하였다. 이 글의 창작 연대는 미상이다.

환안제 축문[73]

還安祝文

지붕을 얽고 수리하여	迺葺迺理
신명을 봉안하니	迺安明神
빛나는 사당의 모습이여	煌煌廟貌
비록 옛집이나 새롭게 되었습니다	雖舊維新

---

73 【작품해제】환안제(還安祭)는 다른 곳으로 옮겼던 신주를 도로 제자리로 모실 때 지내는 제사이다. 진안현 향교를 개수한 직후에 지은 것으로 보이는데, 창작 연대는 미상이다.

광주 사직 기우제 제문[74]
光州社稷祈雨祭文

금년의 비는 팔도가 똑같이 부족하지만 그중에서도 호남(湖南)이 더욱 심하고, 호남의 농사는 도내 전체가 똑같이 근심하지만 그중에서도 광산(光山)이 특히 더합니다. 농토가 물을 대기 좋은 것만으로는 안 되며 사람이 농사에 부지런하다고만 해서는 안 되고 실로 사직과 산천의 도움을 받아야 합니다. 내 땅을 내가 다스려[75] 넘실대는 물결이 하늘에 닿고 늘어진 이삭들이 땅에 가득해져서 장후(張侯)처럼 활짝 웃고 양공(楊公)처럼 내려주기를 간절히 바랐습니다.

그런데 어찌하여 모가 뿌리를 내리기도 전에 뜨거운 햇살이 스무 날을 내리쬐고 초벌 김매기를 하자마자 그 논이 거북 등처럼 갈라져서, 전준(田畯)은 밭을 돌아다니며 속을 태우고 농부는 가을이 되려 하는데 부황이 들게 한단 말입니까.

비가 내리지 않는 것은 오직 사람이 초래한 일이니, 하늘을 감동시킨 것을 옛날의 역사에서 환히 볼 수 있습니다. 한(漢)나라 사람이 옥사(獄事)를 잘 처리하자 비가 내려 광택이 났으니,[76] 그렇다면 제가 송사

---

74 【작품해제】서형수가 광주 목사(光州牧使)로 부임했던 1796년(정조20)에 지은 글이다.

75 내……다스려 : 자신의 농토에서 부지런히 농사짓는다는 뜻이다. 《시경》 소아(小雅) 신남산(信南山)에, "내 경계를 내가 다스려서, 그 이랑을 남으로도 내고 동으로도 낸다.〔我疆我理, 南東其畝.〕" 하였다.

76 한(漢)나라……났으니 : 한나라 원안(袁安)이 초군 태수(楚郡太守)로 있을 때,

를 억울하게 처리한 일이 있는 것입니까? 송(宋)나라 사람이 정사를 닦자 비가 내려 광택이 났으니,[77] 그렇다면 제가 잘못한 정무가 있는 것입니까? 서화(西華)의 수령이 몸을 불사르려 하자 비가 죽죽 쏟아졌으니,[78] 그렇다면 제가 허물을 살피지 못해서입니까? 한양(漢陽)의 수령이 정성을 드리자 비가 세차게 내렸으니,[79] 그렇다면 제가 경건하게 호소하지 못해서입니까?

초왕 영(楚王英)의 반역 사건으로 구금된 사람이 1천여 명이나 되고 3년 동안이나 옥사(獄事)가 처결되지 않아 옥사(獄死)한 자가 100여 명이나 되었으며 큰 가뭄까지 들었다. 원안이 옥사를 다루어보니 본디 공모한 사람들이 아니고 초왕 영이 끌어들인 것이므로 10일 동안에 1천 명을 처결하여 내보내자, 단비가 내려 크게 풍년이 들었다고 한다. 《事文類聚 前集 禱雨 決獄而雨》

77 송(宋)나라……났으니 : 소식(蘇軾)의 〈희우정기(喜雨亭記)〉의 고사를 원용한 것으로 보인다.

78 서화(西華)의……쏟아졌으니 : 후한(後漢) 대봉(戴封)의 고사이다. 대봉이 서화령(西華令)이 되었는데 어느 해 몹시 가물어 기우제를 지내도 소용이 없자, 장작을 쌓고 스스로 그 위에 앉아서 불을 질러 목숨을 걸고 기도했더니 큰비가 쏟아졌다고 한다. 《後漢書 卷81 戴封列傳》

79 한양(漢陽)의……내렸으니 : 후한(後漢) 양보(諒輔)의 고사이다. 양보가 군(郡)의 태수 밑에서 벼슬하고 있을 적에, 여름에 크게 가뭄이 들었다. 태수가 산천을 다니며 기우제를 지냈으나 효험이 없자, 양보가 관청 뜰에 꿇어앉아 장작과 지푸라기를 둘러쌓아놓고 불을 질러 타 죽으려 하면서 울부짖기를 "제가 태수의 수하로 있으면서 간언하지 못하고 어진 이를 등용하고 악한 이를 물리치지 못하여, 음양이 조화를 잃고 하늘의 뜻을 받들지 못하게 되었습니다. 그리하여 천지가 비색하여 만물이 말랐으며 간절한 백성들은 호소할 곳이 없게 되었습니다. 이는 모두 저의 잘못입니다. 지금 고을 태수가 자책하면서 백성을 위해 정성스럽게 기도하였으나 아직 하늘을 감동시키지 못하였습니다. 이제 제가 감히 기원하노니 오늘 비가 내리지 않으면 제 몸을 바치겠습니다." 하였다. 잠시 뒤에 하늘에 구름이 모이더니 비가 쏟아져 온 고을이 윤택해졌다고 한다. 《後漢書 권111 獨行列傳》

그렇지 않다면 제사 지내고 기도하는 것이 환난을 구제하는 방법이 못 되며 말로 고하는 것이 하늘의 견책에 사죄하는 실상이 못 되지만, 천심(天心)이 지극히 인자하고 지도(地道)가 도와줌이 있어서 처음에는 인색한 듯하나 끝내는 반드시 혜택을 주는 것이 응당 때가 있기에 사람이 감히 헤아릴 수 없는 것입니까?

묵묵히 빌며 삼가 기다린 지 여러 날입니다. 물고기가 입을 뻐끔거리고 개미가 두둑을 쌓아 올리며, 수비둘기가 암비둘기를 둥지에서 내쫓고[80] 달이 필성(畢星)에 걸렸습니다. 모두 간절히 바랐지만 하나도 맞지 않았습니다. 지금 비를 얻지 못한다면 나중에 비를 얻은들 무슨 소용이겠습니까? 농사의 풍흉이 여기에 달렸고 백성의 생사가 여기에 달렸습니다. 사직신께서 토지와 곡식을 담당하시니, 아신다면 우리를 불쌍히 여겨주시겠지요. 부디 정성을 다해 올리는 제사로 인해 예천(醴泉)의 물을 떠다가 퍼부어주소서.

---

80 수비둘기가……내쫓고 : 하늘이 흐려지면서 비가 내릴 조짐이 보이면 비둘기 수컷이 암컷을 둥지 밖으로 내쫓고, 하늘이 맑아지면 다시 불러들인다고 한다. 그래서 "하늘이 비를 내리려 하면 비둘기가 암컷을 내쫓는다.[天將雨, 鳩逐婦.]"라는 속담이 있게 되었다고 하는데, 암컷이 쫓겨날 때에는 분노와 원망이 뒤섞여서 목청껏 크게 부르짖으며 운다고 한다.

광주 성황단 기우제 제문[81]
光州城隍壇祈雨祭文

날마다 사직에	日于社稷
진실로 위급함 아뢰었으나	誠切詞急
신령께서 우리를 가련히 여기지 않으시어	神罔我憐
은택을 끝내 내려주지 않으시니	澤慳終洽
무슨 풀인들 시들지 않겠습니까	何艸不黃
언덕이든 습지든 모두 메말랐습니다	無原無隰
곡식이 없으면 어찌 백성이 있겠으며	匪穀曷民
백성이 없으면 어찌 고을이 있겠습니까	匪民曷邑
온 들에는 일손 놓고	滿野抛鋤
밭마다 사람들 우두커니 서 있습니다	緣畝耦立
이번 가뭄은 유래가 없으니	此旱古稀
온 고을이 똑같이 근심합니다	渾境同悒
물 끌어댈 샘은 말랐고	源窮漑灌
물 퍼 올릴 힘도 바닥났습니다	力殫綆汲
앞으로 나물이나 씹어야지	逝將咬菜
누가 곡식 먹을 수 있겠습니까	誰哉能粒
고을의 성황단은	城隍於州
사람들이 우러러 비는 곳이니	人所仰給

---

81 【작품해제】 서형수가 광주 목사(光州牧使)로 부임했던 1796년에 지은 글이다.

구원을 바라는 기도를   求救之聲

잠시라도 늦출 수 있겠습니까   敢緩呼吸

길일을 받을 틈도 없었고   吉未及蠲

의식을 익힐 겨를도 없었으니   儀未暇習

부디 정성을 살피시어   祇鑑精忱

비를 내려주옵소서   言下瀼瀼

광주 불대산 기우제 제문[82]

光州佛臺山祈雨祭文

불대산이라는 명칭은	嶽名佛臺
사람들에게 자비를 베풀기 때문입니다	爲其慈人
사람들을 자비롭게 한다는 것은 무엇일까요	慈人則那
은택을 머금고 사랑을 베푸는 것이겠지요	含澤布仁
잘 베풀어오다가	亦旣布止
어찌하여 지금 가물게 하시는지요	胡今之旱
파종하고부터 김맬 때까지	自播及耘
불볕더위 기승했지요	一此火傘
일전에 이슬비 내렸지만	間者乍霈
큰 불길 앞의 한 잔 물 같았지요[83]	杯水車薪
도랑에는 물줄기 마르고	溝斷細流
밭두둑에는 먼지 날립니다	塍飄軟塵
삼복더위 다 끝나가거늘	三庚將邁
온 들판이 모두 한가롭습니다	千耦都閒

---

82 【작품해제】 서형수가 광주 목사(光州牧使)로 부임했던 1796년에 지은 글이다.

83 큰……같았지요 : 《맹자》〈고자 상(告子上)〉에, 맹자가 "인(仁)이 불인(不仁)을 이기는 것은 물이 불을 이기는 것처럼 뻔하다. 그런데 오늘날 인을 실천하는 자는 한 잔의 물로 한 수레 가득한 땔나무의 불을 끄려고 하는 꼴인지라 꺼지지 않으면 물이 불을 이기지 못한다고 한다.〔仁之勝不仁也, 猶水勝火. 今之爲仁者, 猶以一杯水救一車薪之火也, 不熄, 則謂之水不勝火.〕"라고 하였는데, 이를 인용한 표현이다.

우뚝한 저 산은	彼岸嵯峨
수미산처럼 높으니	須彌與班
널리 구제해주는 신이한 공력을	普濟神功
신령님이 아니면 누구에게 빌리겠습니까	非靈曷倩
무지한 중생은	衆生無知
허물을 꾸짖을 것 없고	過不足譴
꾸짖더라도 고을 수령에게 해야 하니	雖譴惟守
백성들을 노여워할 필요 무어 있겠습니까	在民何慍
사직과 성황단에	于社于隍
기도를 드렸고	聽我汶汶
불대산에 이르러	言至于山
예를 갖추어 세 번 탄식합니다	禮成三歎
밥 시루의 덮개에 맺힌 물처럼	飯甑有蓋
작은84 비라도 내려주신다면	膚寸經漢
내일 아침 보사제85를 지내	詰朝報謝
신령님께 찬축을 올리겠나이다	戒汝祝贊

---

84 작은 : 원문의 부촌(膚寸)은 옛 척도(尺度)의 이름이다. 네 손가락 넓이를 부(膚)
라 하고, 한 손가락 넓이를 촌(寸)이라 하였다. 《춘추》 희공(僖公) 31년 조에 '부촌이합
(膚寸而合)'이라 하였다.

85 보사제(報謝祭) : 기우제를 지낸 지 3일 이내에 한 자가 넘는 비가 내리거나 기청제
(祈晴祭)를 지낸 뒤 비가 그치면 감사의 표시로 지내는 제사이다. 《오례의(五禮儀)》에
는 입추(立秋) 뒤에 보사제를 지내도록 되어 있다.

지은이 서형수(徐瀅修)

1749(영조25)~1824(순조24). 본관은 달성(達城), 자는 유청(幼清)·여림(汝琳), 호는 명고(明皐)이다. 대제학 서명응(徐命膺)의 둘째아들로 태어나 숙부 서명성(徐命誠)에게 입양되었다. 35세(1783, 정조7)에 증광 문과에 급제하고 이듬해 홍문록에 들어 부수찬(종6품)이 되었으며 그해 12월 초계문신(抄啓文臣)에 선발되었다. 내외 관직을 두루 거쳐 57세(1805, 순조5)에 경기 감사에 올랐으며, 51세에 진하겸사은부사(進賀兼謝恩副使)로 중국에 다녀왔다. 《군서표기(群書標記)》·《규장각지(奎章閣志)》등 많은 국가 편찬 사업에 참여하였다.

숙부 서명선(徐命善)이 정조의 즉위 과정에 세운 공으로 인해 특별한 지우(知遇)를 받은 한편, 정조의 즉위를 방해하려던 홍계능(洪啓能)의 제자라는 이유로 출사 전후에 몇 차례 탄핵을 받기도 했다. 1805년 김달순(金達淳)의 발언 — 사도세자(思悼世子) 대리청정 시에 학문 정진과 정사의 근면 등을 간언(諫言)했던 박치원(朴致遠)·윤재겸(尹在謙)을 표창해야 한다고 주장 — 으로 인해 이듬해 불거진 옥사에 연루되어 1824년(76세) 별세할 때까지 19년 동안을 유배지에서 지냈다.

문장은 청(清)나라 서대용(徐大榕)으로부터 당송팔대가 중 하나인 유종원(柳宗元)의 솜씨라는 평을 받았다. 학문은 주자학적 사유에 발을 딛고 있으나 그에 갇히지 않았다. 시 창작의 배경과 의미 맥락에 주의하여 《시경》의 시를 온전히 이해하기 위한 노력으로 《시고변(詩故辨)》을 저술하는 등 고증적인 학문 방법과 정신을 수용하였다. 조선 학문의 폭과 체계가 일신되던 시대 그 현장의 중심에서 개방적인 태도로 기윤(紀昀) 등 중국의 석학들과 교유하며 정조(正祖)의 의욕적인 도서 구입에 조력한 인물로, 진취성과 신중함이 아울러 돋보이는 학자·문인이다.

옮긴이

장성덕(張星德)

1977년 경북 봉화에서 태어났다. 충남대학교 중어중문학과를 졸업하고 경상대학교 한문학과 대학원에서 석사 학위를 받았으며, 성균관대학교 동아시아학술원 한문고전번역협동과정을 수료하였다. 성균관대학교 대동문화연구원 연구원을 지냈으며, 현재 전주대학교 한국고전학연구소 연구원으로 재직 중이다. 번역서로 《향산집 5·7》, 《월사연보》 등이 있다.

이승현(李承炫)

1979년 경북 포항에서 태어났다. 성균관대학교 대학원에서 박사과정을 수료하였으며, 한국고전번역원 고전번역교육원 연수과정을 졸업하였다. 한국고전번역원 연구원으로 재직하며 번역 및 편찬에 참여하였고, 현재 성균관대학교 대동문화연구원에서 권역별 거점연구소협동번역사업에 참여하고 있다. 번역서로 《창계집 2》(이상 단독 번역), 《승정원일기 영조 83·93》, 《동천유고》, 《고산유고 4》, 《역주 당송팔대가문초 구양수 3·4》(이상 공역), 교점서로 《교감표점 승정원일기 인조 41》, 편찬서로 《한국문집총간편람》, 《한국문집총간해제 8·9》, 논문으로 〈초의 의순의 시문학 연구〉, 〈기리총화 연구〉, 〈김시습의 장량찬의 이면〉, 〈서형수의 명고전집 시고를 통해 본 원텍스트 훼손〉 등이 있다.

권역별거점연구소협동번역사업 연구진

연구책임자　이영호(성균관대학교 HK 교수)
공동연구원　이희목(성균관대학교 한문학과 교수)
　　　　　　진재교(성균관대학교 한문교육과 교수)
　　　　　　안대회(성균관대학교 한문학과 교수)
책임연구원　김채식
　　　　　　이상아
　　　　　　이성민
선임연구원　이승현
　　　　　　서한석
연구원　　　임영걸

번역　　　장성덕(13쪽~46쪽, 147쪽~304쪽)
　　　　　　이승현(47쪽~144쪽)
교열　　　정태현(한국고전번역원 명예교수)
윤문　　　이민호 정용건

명고전집 4

서형수 지음 | 장성덕 이승현 옮김
2018년 12월 31일 초판 1쇄 발행
편집·발행 성균관대학교 출판부 | 등록 1975. 5. 21. 제1975-9호
주소 (03063) 서울시 종로구 성균관로 25-2
전화 760-1253~4 | 팩스 762-7452 | 홈페이지 press.skku.edu
조판 김은하 | 인쇄 및 제본 영신사
ⓒ한국고전번역원·성균관대학교 대동문화연구원, 2018
Institute for the Translation of Korean Classics·Daedong Institute for Korean Studies

값 25,000원
ISBN 979-11-5550-304-1　94810
　　　979-11-5550-265-5 (세트)